长篇小说

2022年度佛山市文艺精品扶持项目

南园纪事

沈涌 著

UNITY PRESS 團结出版社

图书在版编目（C I P）数据

南园纪事 / 沈涌著 .—北京 : 团结出版社 , 2025.7.
—ISBN 978-7-5234-1827-7

Ⅰ . I247.5

中国国家版本馆 CIP 数据核字第 2025VS1479 号

责任编辑：郭　强
封面设计：书香力扬

出　版：团结出版社
（北京市东城区东皇城根南街 84 号　邮编：100006）
电　话：（010）65228880　65244790
网　址：http://www.tjpress.com
E-mail：zb65244790@vip.163.com
经　销：全国新华书店
印　装：四川科德彩色数码科技有限公司

开　本：145mm × 210mm　32 开
印　张：12.625　　字　数：289 千字
版　次：2025 年 7 月　第 1 版　　印　次：2025 年 7 月　第 1 次印刷

书　号：978-7-5234-1827-7
定　价：68.00 元

目 录

第一章

1

“谢谢你。但是，不。”温灶花说。

“为什么？”谢雨竹说。

“不为什么，本能。”温灶花说。

“什么本能？”谢雨竹说。

“生我的故乡，目前的自在，未来的寄托。”温灶花说。

“哈哈，听起来有点玄，高深抽象的理论，太过于形而上。但，我现在不想与你辩论。言归正传，照说，这不是很好的事情吗？明摆着的，有名有利。”谢雨竹说。

“是的，对于很多人而言，的确如此，求之不得，立马答应。但于我却未必。”温灶花说。

“我说的话可能有点俗气，但直白。我喜欢直截了当，干脆利落，一五一十地将事情说清楚。”谢雨竹说。

“我懂。”温灶花笑着看他，然后摇摇脑袋。

谢雨竹微微点头，端起小口花边瓷质茶杯，轻轻抿了一口。感到有点儿意外，心里咯噔一下。虽然也知道，这并不是意味着确定了一个事情，完全地失却希望了，但情绪上还是不可避免地受到影响。

本来，两人在一起吃饭，环境与气氛都很不错。

古旧园林一处角落的这里，砖瓦杉木结构，砖为青砖，明清时代的屋宇，红岩石材长方形墙脚，龙船屋脊，镬耳屋墙，蚝壳砌外围，以前为官宦及富豪人家所居，如今是西餐厅，安静温馨，菜品精致，味美新鲜；一男一女大方相处，气氛愉悦，交谈轻松，颇有意思。

只是那个事情讲谈开来的时候，温灶花却收起笑容，没有答应。她话语温和，声音平静，似乎不假思索，但又清晰明确，态度坚定。

谢雨竹愣了愣，眉头皱一皱，倒是很快不动声色，淡淡一笑，保持原来的表情。

“南园这个小餐厅还真可以，其貌古旧，内涵不错。不着急，慢慢吃。”谢雨竹说，缓和了气氛。

“您也吃。”温灶花说，她是顺从配合的，心领神会。

“这个菜是地方菜，正宗粤菜，不少祖传的过硬手艺。其实南园这一带，菜馆餐厅，酒楼食肆，林林总总，已经成为美食荟萃之地，什么菜都有。”

“我喜欢客家菜，也喜欢粤菜。”

“其实是广府粤菜。水城是其典型代表之地。普通的食材，精细的烹饪，新鲜可口，其味无穷。比如，热锅焖鹅，古法与现代又不一样。一条鱼，可以有一百多种做法。清蒸鲜鱼，其锅盖，木材质的与金属材质的，对于菜肴的出品，效果不同，会带来味道的差异，显示广府文化的特质。又如，不仅鱼皮可以单独做菜，连鱼鳞也不舍得丢弃，可以做一道特色菜。”谢雨竹说。

“天哪，老师什么时候成为美食家了，以前好像不这个样子，你过去是喜欢讲作家作品、文艺思潮的……”温灶花说。

谢雨竹摆摆手，打断她，又摇摇头，说：“那还有现代派意识流，无主题变奏，弗洛伊德潜意识，萨特存在主义，以及吉他的西班牙弹法与夏威夷弹法……提起来我还记得。但作为人生的一个阶段，已经过去了。现在则是关注实际的东西。要说我们这，美食不仅是地域标签，也是一种文化的沉淀。如今，多少来客，周末或节假日，或驾车，或乘轻轨，或乘地铁，聚集过来，人头攒动，好不热闹。除了吃之外，还有许多值得品味的东西。现在我们跟进的项目，是城市文化综合工程的一部分，南园这个片区，其实承载着包括美食、粤曲、工艺与民俗在内的大量地域特色的文化元素。因而在这之后，无论其格局、面貌还是内涵、功能，都将迎来一个新的阶段。我们喜爱写作，作为参与者、见证者，要把握这个时代的节点。”

“好像任何东西到了老师您这里，都能够产生质变的理论提升。老师就是老师，我学习了。”温灶花说。

谢雨竹举起茶杯，说：“那个话题，如果你有兴趣，咱们以后慢慢细聊。这头一次吃饭，以茶代酒，干杯。”

温灶花咧开嘴一笑，也举起茶杯，看着谢雨竹，朗声说道：“谢谢老师，这么客气，我的荣幸。应该我来买单。”

谢雨竹说：“这个你不用多说。”

温灶花点点头，说：“好吧，恭敬不如从命，听老师的。”

其实，所说那事，不关乎个人情感，但投入了情感，就成了一个确实想做好的工作项目。本地历史文化丛书的选题、编写，以及出版、宣传等等，这些日子，一直在心里头搁着。之所以提出来，是因为与吃饭的氛围有关，也与所在的地方有关。

谢雨竹感到官方在加快行动，落实新的理念。最近，许书记在城市文化发展的动员大会上作主题报告时，说：“我们这里发展到了今日，大湾区城市群联动，作为核心区域的黄金内湾更是如此。需要有新的突破，必须加倍关注文化。都说，文化是软实力，但它不仅仅是虚的，也不仅仅是政府的投入与服务，要以文化为抓手，推动制造业的提升，推动城市的发展。”

于是，这远近一带都大名鼎鼎的南园，作为整体工程的标志，犹如灵魂，如今又一次进入高光时刻。古香古色的这方园林建筑群，可以看作是广府传统文化代表，展示其风采、特色，以及魅力和价值。书记那个报告之后，部署迅速推开，各个方面都积极配合，采取行动。

舆论关注，报纸、电视、电台、网络等，本地的各种媒体重点推出报道、评论、访谈以及知识背景介绍，掀起了一阵阵热浪，还有，四处可见醒目的环境布置与户外宣传。一时间，整个态势主题突出，营造了氛围。认知与舆论先行，敲响开场锣鼓，由此，城市新一轮发展的重头戏拉开了大幕，相关的精彩徐徐展开。

其中一个主题座谈会，官方召开的，邀请外地和本地几十位专家、学者、作家、艺术家、媒体人士等出席，济济一堂，场面不同一般的大气。目的是，希望针对这个项目，集思广益，让其出彩。同时，也是某项重点工作的一种展现与宣传。相应的氛围立马生成，发言者兴奋不已，一个接一个停不下来，都说，我们不是没有文化，广府文化是厚重的文化，问题是我们以前认识还不够、建设还不够、开发还不够。而南园，其特色鲜明，内涵丰富，沉淀年久，算得上典型的历史文化地标。其内容符合城市新发展、提升软实力的要求，挺好的，丰富厚重且有辨识度，值得作为。此外，这个对象也符合本次丛书的选题要求，具有突出的现实价值意义，因为正在推进的南园文物活化与环境整体改造工程，非常需要这样的文化配合。写书这个任务，变得更加的重要和迫切。

前几天，与分管负责人陈铸杰会面，简单地进行了对接，研究确定了一些事情。

那个现在职务级别高于他的陈，个子不高，相貌平平，但精神抖擞，很是自信。此君几年前带着高级职称的专业优势，从大学出来，在本地国企工作。上位后，又到四川大凉山乡村参加扶贫，经受了锻炼，成绩不错。前段时间回来，进入政府部门行列。如今，接手负责重大项目，受到重用，春风得意，踌躇满志。

他风风火火，步伐匆匆，走到谢雨竹办公室，要商讨工作。谢雨竹一见到他，赶紧从座位上站起身子，说："你电话一下，我去你办公室去才合适。"陈铸杰摆摆手，说："咱们是干活办事的，讲究这个为什么呀，在哪都一样工作。"说罢，大大方方地在谢雨竹办公桌前的椅子坐下，跷起二郎腿。不一会儿，服务员阿姨熟练地将一杯热茶端来，放在陈铸杰面前。他也不客气，拿起来咕噜咕噜一口喝了半杯，然后亮起大嗓门，滔滔不绝地说话，旁若无人，声音洪亮，隔壁的办公室也听得一清二楚。看得出，这时候的他，神采飞扬，意气风发。刚刚踏上新的台阶，劲头十足，对于南园有关的事情，显然非常重视。

两人认识多年，关系也不错。以前，陈喜欢与他讨论文化和学术上的事情，也表示过对于谢雨竹在写作方面成绩的欣赏。如今，对于这个任务，也有共识：建设是硬件，著书等文化行为着眼于软件，两者齐全，软硬结合，才可以说配套。按照分工，陈是前线总指挥，谢雨竹作为整体工程一小部分的后者，也正在为此事忙碌。彼此了解，互相熟悉，都觉得，工作方面没说的，喜欢雷厉风行，不追求过多论证，说干就干，希望取得务实的成效，以对得起自己的职务。反正都是身强力壮的年纪，非常珍惜所在岗位。陈铸杰还主动提出约请，说："现在我正忙着，稍后吧，咱们找时间一定好好谈谈。加深了解，交交心，这是我真实的愿望。现在，出版这个书，还有相关文化艺术的许多事情要你指点。不管如何，在我心目中，你是大哥，你是师傅，这个不会改变。”说这些话的时候，他两眼紧紧盯着谢雨竹，一脸诚恳，这很容易看出来，对谢雨竹是尊重和关切的。接着，他似乎想了想，又说：“你也不要有什么负担。人生一些波折，难以避免。说不定我什么时候还更麻烦，那时候，你可别笑话我。”

这时，谢雨竹呵呵一笑，摆摆手，赶紧止住他，说：“不说这个，不说这个。”

陈铸杰一听，也赶紧点头，说：“是的是的，小事一桩，不说不说。但以后一定与你喝个酒，一醉方休。眼下，我们一起努力，抓紧把南园的事情做好。”

谢雨竹说：“我也这样想。”

“有什么困难，需要我帮助的？”陈铸杰说。

“这段时间，满脑子都是南园，它的特色，它的历史，它的内涵，它的价值意义，还有具体的人与事，等等等等，大家都说了很多。而还应该通过我们的这个系列著作，挖掘整理，反映出来，传播出去。现在的问题是什么呢？寻找作者！再好的选题，再大的期望，如果需要落地，那么谁来写作，如何确定人选，是个关键。”谢雨竹说。

他是认真的，一点假话都没有。写南园，出版丛书，虽然他负责的编辑出版工作，还不是整个项目的主要内容，属于配合的角色。但他会延续以往的风格习惯，全力以赴，精益求精，拿出让别人刮目相看的东西。

进入这个项目，与陈铸杰又开始有更多的联系。认识多年的朋友，有一段时间，各忙各的，也因为不是很投缘，很少来往。如今再次走近，觉得有点无聊与无奈。

回想起来，有点偶然。前些天有个会，秘书科的人打电话给他，说单位里其他领导之前都已经安排了任务，这个会议是临时召开的，一时找不到人，还是想请他去参加一下。他说，我没有要紧的事，半个闲人，反正闲着也闲着，那有什么，去就去呗。回答得很干脆。

但是过去之后，发现又有任务要承接了。会场上，主持会议的部门负责人老张看见他，赶紧招手示意，咧开嘴巴笑起来，说："我知道你肯定会来，这个事一定得找你。"原来，此会议说的事情正是文化。这座城市的一个历史文化建筑的活化，通过这活化，增加城市的文化内涵、文化服务、文化功能与文化魅力，从而增加软实力。会上，谢雨竹静静地听了，认真做了笔记。个把小时的会议开完，收拾了笔具和本子，转身要走。来之前他是这么想的：主持人你说你的我干我的，我来开会是代替别人参加，会后我把会议的主要精神也就是工作任务，即我们需要做什么，回去跟相关领导作一个报告，或者不找领导而是找秘书科，把意见大致说一下，叫他们转告也都可以。但是还没有走出会场，却听到背后一声招呼，还是那老张，把他叫住，说："本来书记要出席这个会的，临时有任务来不了。会中我发了个短信告之你也参加了，他非常高兴。"

谢雨竹听罢，撇撇嘴，冷冷一笑，知道又得进入一段紧张辛苦的轨道。在这儿的基层工作，上面千根线，下面一枚针，没有固定的分工，承担任务依照实际需要，这种情况已经习以为常。任劳任怨，敬业肯干，这样的优点或者说承受度，他也确实具备。如同慢跑长跑，人生能否取胜，很大程度上看这方面的功夫。

原来想松口气解脱一下，没想到只是换了一个具体的工作对象，换一种环境，一转身进入的同样是一股洪流。工作依然紧张，节奏快，要做的事情，排列出一大串，无休无止。没多久，许书记找他谈话，明确任务要求。这领导有博士学位，当过大学教师，文化底蕴深厚。虽是北方人，却对岭南文化情有独钟。

其实关于许书记的这些思路，谢雨竹已经心中有数。前几天，与往常一样，到了下班时间，他没有立即离开，在办公室再待了一会儿。在网络上看几篇文章，看了之后看评论，看着看着，自己也有感触，发了一两条评论。不觉过了个把小时，发现时间后，匆匆关掉电脑，关上办公室的门。电梯下达，快步走过一层大堂。

这时候，遇到了许书记。他从对面的电梯下来，走出电梯门，迎面见到谢雨竹，脸上露出亲切的笑容，先开了口，说："这么忙呀，这么晚才走。"

"我不忙，领导您忙。"谢雨竹赶紧说。许书记的表情，让他感到亲切和高兴。

"回家吗？"许书记问，少有的闲谈。

"是的，下班了，回家吃饭。"谢雨竹说。

"有空没？"许书记又问。

"有空啊，有空。"谢雨竹赶紧说。

"那上我的车。咱们到东头河边那儿去，有个小食店的鱼片粥，听说很不错，去品尝一下本地的美食滋味儿。"许书记说。

还从来没遇到过这样的待遇，也没想到上级会这么关心，能有这样的安排是非常愉快的事情，谢雨竹高兴地答应了，坐上许书记的越野吉普车。

两人并肩在后排，聊了起来。

谢雨竹说："那天您的讲话，很有新意，反响热烈，我听过后，深受鼓舞与启发。"

许书记说："你是这方面的专家，我的报告稿子，都是经过你们社科界讨论的，经过了集思广益，是集体智慧的结晶，你还客气什么。”话题一转，又说：“去河边小餐厅吃生滚鱼片粥，新鲜美味啊。”

但是，实际上许书记还有其他兴趣，途中也去看了附近农村的几个祠堂和庙宇，这样花了一个来小时，停停走走。

谢雨竹对许书记很有好感，记得他的不少好事。前几年，这位博士书记到水城工作，他希望产业、城市和文化都上一个台阶，曾召开专题座谈会，说：“想搞一个推介语，把本地在新阶段的任务目标明确表达出来，对内聚集人心，对外广为传播。”大家都赞同，纷纷说好。有人提议，这个推荐语很重要，最好找专家来提炼。许书记说：“不，我想公开征集，让广大市民群众和各界人士都来参加，通过这样的过程，让大家知道我们的意图。”宣传部门进行宣传，以丰厚的奖金征集。一下子反应热烈，收到全国各地的10多万份稿件。许书记非常高兴，说：“我们很划算，实际上动用了10多万颗头脑来为我们的发展出谋献策，多么宝贵难得呀。”最后是本地一个小企业主获胜，他提出：优胜制造，时代骄傲！当选为城市的推荐语。各界的代表座谈，也有不同的意见。有人说：我们这个地方各方面都不错，比如改革创新，比如历史文化，只讲到一个制造业，是不是不够全面呢？许书记笑笑说：“这是从一个有特色的角度切入，其他内容可以连带出来。制造业的成功发展，离不开制度创新带来的保障，离不开文化底蕴的支撑，它们是关联互动的。”又有人提出，不能讲骄傲二字。许书记说：“这里的骄傲是褒义词，是要自信，要敢为天下先。”于是统一了认识。之后，通过各种方式，积极宣传，推介语风行一时，水城成为舆论界热点。

谢雨竹全程参加了这项工作，觉得这个博士书记没有架子，坦诚待人，挺有意思的。

肚子饿得咕咕响了，才到那个吃东西的地方。

哪是什么吃东西啊，这一次行走，一是为着了解当地的特色文化，第二个目的，许书记也想让谢雨竹亮相一下，知道他心里是有点儿疙瘩，闷闷不乐，但还是给他一个任务，让他振作起来。书记的这一番用意，谢雨竹当然心领神会，无法推脱，存有感激。

正如陈铸杰提到的，谢雨竹处于不景气状态，心情不太好，有点儿落寞惆怅。这种状态的基本事由，许书记当然也知道。

一者，目前的处境不得不谨慎。半年前，谢雨竹身为本地政府副秘书长，协调几个政府工作部门，工作顺利，自己也颇有成就感，正踌躇满志。没想到风云突变，一夜之间，有个局长出了事，也很快查清，其党籍、公职被双双开除，问题移交到检察机关，显然到了必须关进监狱的地步。他的事情与谢雨竹无关，谢确实没有沾上一点儿，但脱离不开调查厘清。在检察院那个显然是专门用来调查问询的没有窗口的小房子里头，被盘问了半天。

记得，当时处理事情的是一个女干事，一见眼熟，他立马想起来，几个月前演艺中心的那场文艺演出，她也在观看。到了散场，热烈的掌声之后，在观众人流中他们走近了，目光相遇，他知道自己被认了出来，她应该清楚他是负责文化口工作的副秘书长。只见她禁不住热情，说："你们安排的这个文艺节目太精彩了，我们这个城市的生活太需要了，大家都喜欢看，希望以后还要举办呀。"他笑笑，回话说："那你一定要来，没有观众的参与支持也不行。"接着，谢雨竹还对着刚看完演出，也在一旁的陈铸杰说："你看，你提供经费支持的东西，得到了观众认同的正面效果。"陈铸杰立即没有回答，看了一眼那个女干事，似乎来了兴致，也想说点什么，但她已经走开。于是，陈铸杰向谢雨竹点点头，算是同意。这些，谢雨竹都记住了。

这会儿再见，谢雨竹脸上绽开笑容，想着与她说上几句话，但对方的脸毫无表情，眼睛也不看他，以公事公办的口吻说："我是单位的工作人员，现在对你进行问询调查。"这时，谢雨竹才意识到，走进这个特别的空间里意味着什么。在里头回答问题，对已经记录成文字的自己所交代的材料，仔细进行审核，签名按手印确认，待了大半天。走出那个地方，面对黑暗天空，谢雨竹才回过神来，已经不是下午那阳光灿烂的景象。经历从未遇到的事情，也感到了压力与折腾。心里像是有一块石头，难以承受，闷闷不乐。妻子提前退休，在国外照顾攻读博士学位的女儿，他独自生活。加上工作任务依旧繁重，长久的亚健康状态难以持续，于是身体内部各种不利的要素终于集聚爆发，上吐下泻，头脑昏沉，不思饮食，难以入睡，大病一场，不得不请假，在家休息几日。之后，作为与这个前局级领导有着密切工作关系的副秘书长，不适合继续担任该职了。他是头脑清醒、知趣明理的，找到一个时机，向上级领导提出自己对于工作安排的想法。顺利得到同意批准。这并不难理解。由是，职务岗位变更，到了政协当副秘书长，分管档案馆业务，兼任本地一个创新机构社科中心的主席。又过了一些日子，才松一口气，说话行动都小心翼翼，晚上极少外出，伏案读书，写点文字，以低调姿态度日。

2

接手南园这部书的编写出版项目，谢雨竹的精神状态振作起来，立即投入，头绪还算清晰，能抓住要点。比如选题确定了，主题目的与价值也清晰了，接着要推进，需要找到人来承担，这实在不容易。想写的不一定能写好，有把握写好的不一定想参与。比较一番来看，温灶花是颇为理想的作者，感觉挺不错。其实选中她，也是一个缘分。对此，自己心里头想过多时，做了充分考量。

半年前认识这女生，有点偶然。那个晚上，谢雨竹在图书馆一楼的文雅书屋搞了个讲座，题目是《当下的文学与电影》，不仅是艺术的欣赏，更多针对文化的批判，现实的批判。他说话有画面感，喜欢讲故事，也有很多故事，书上的、现实的。讲着讲着，谢雨竹似乎回到过去的岁月，变身为那个文艺理论的讲师，仿佛回到二三十岁的年轻时代，一副舍我其谁、指点江山的典型愤青做派。口若悬河，滔滔不绝，嬉笑怒骂，妙语连珠。面前的听众黑压压地坐成一片，精神集中，互动性、共鸣性非常好。多次的掌声，笑声……

这次的演讲获得成功，谢雨竹心里颇为得意，感觉很好。

带着微笑走下讲台，立马有围着来赞许和交流的。好不容易结束了这些，正要离开，一抬头，看到了温灶花。

当时愣住，觉得眼前一亮。这个三十来岁的女人，知性且有活力，形象气质不落俗套，落落大方，颇有韵味。她热情地打了招呼。于是，两人交谈起来。

时间不早了，人群已经散去。

她脸带微笑，看着谢雨竹，说："我是您的学生，在大学时候的。"谢雨竹听了，心里欣喜。这句话，拉近了两人距离。原来她是在谢雨竹以前当教师的那所大学念的书。不在谢雨竹所在那个系，是其他专业的，但爱文学，爱写作。她说，谢雨竹在大学里头开设的一些讲座，她都去聆听过；经常表现那副模样——扬起脸蛋，半张开嘴巴，听得入神痴迷，忽而又低下脑袋，在笔记本上唰唰地书写记录的女学生，就是她。

学生众多，对她，那时候的谢雨竹其实并没有什么印象。

"还有，你不是组织过大学生暑假回家做些乡村调查的事情吗?"她问。

这一提起，谢雨竹想起来，那时，他与美国人劳格文合作一个对农村传统社会进行田野考察的社科课题。那种新鲜的社科研究方式，让他开始将注意力从书本转向大地、社会和生活。

不过，在异地相逢，提起共同的往事，倒让彼此的亲切感油然而生。

离开会场，清风徐来，一段并不长的百把米的路程，因说话投机，越说越有兴致，显得更短。到了停车处，她要驾车离开，谢也要叫出租车。两人站立，微笑相向。当然，也都不必要这样再继续，留下联系电话便分开。

接下来，微信交往，互致问候，有时也电话聊聊。这样下来，最近忽然发现，自己每天都没有忘记她，其实已经在热线联系中。也许心有灵犀，互相感应，这天，温灶花电话来了，约他出来吃晚饭。

对此次邀请，谢雨竹又高兴又有点担心。

于是想到，南园这个题材，可以找她担任作者。这也可以说是一个人情礼物。此前不少人来争取了，评职称需要成果的大学教师，喜欢舞文弄墨也要来点名利好处的社科爱好者、写作爱好者等，发微信、发短信、打电话，通过不同方式向他提出。但，还是交给她吧。

这样想着，答应了约请。之后，还进行了一次长时间的电话聊天。

他想多一些了解，多一些准备。

对于交谈，温灶花显然十分开心，一有机会说话，她话匣子打开后便忘记关上。

她说，已经写好一部书稿，里面有几十篇散文作品。写自己从客家大围屋到大学再到大湾区所经历的人生故事，叙述自己一路走来的所见所闻，也有不少情感世界的表露。魅力在于语言，那一句一句的话语，从内心流淌出去，带着故事与心声，仿佛清冽甘甜的山泉水。别人是否喜欢，她是不管的，但自己觉得很好。还说，在读稿校对的时候，对于一些篇章，一些细节，甚至一些语言，自己看着看着，不觉嘴里轻声念读，走了进去，融入内容。于是浮想联翩，心潮起伏，眼睛模糊，泪水吧嗒吧嗒地洒落在书稿上，留下一个个淡淡的斑点。即便在电话这头，听温灶花这么一段话语，谢雨竹也受到感染，可以清晰地感受到这个细节情形。

见她如此动情，谢雨竹也不好打断，生怕扫其兴致，只得倾听，应对附和。

说完这段，接下来说吃饭。她的意思，见个面，好好说说话。不仅继续讲这个著作写作的感受，还想聊别的，包括人生、情感，等等。

她大学毕业后，南下广东，在这里找到工作，一直在中学当教师。结婚，生孩子。后来离婚，如今单身。

其实，谢雨竹开始有点犹豫。吃个饭本来不是什么问题，也想与她说说南园题材著作的事情。但是，与这一个女子在一起，还是有些不同于平常的感觉。对于温灶花，这些日子的交流，也在增加了解。一个感觉是，这个女生，正在满怀热情地向他走近走近，越来越近……

对此，他自己不能没有一个判断与把握。否则，到了失控的地步，会引发不必要发生的事情。这样的警惕性，他能够时刻放在心里。

谢雨竹想，从某些个角度来看，自己与市民群众那些普通人还是有点儿不一样，作为成熟的男人，受过高等教育，在职场、官场也有一定的历练，以及在水城有地位和名声。因此，处理好这类事情是必要的，不要滋生不好的问题，否则会得不偿失。而这也不难，保持冷静，相信可以做到。

不过，一想到历史文化丛书的选题，需要找到合适的作者，又另有想法。综合来看，温灶花是很不错的。

因为这样，谢雨竹又觉得同她吃饭会面，很有必要。

多点交往，多点说话交流，增加了解，反而会促使各自增加理智，从而使得两人的关系光明磊落。

吃饭地点在南园建筑群里头，不仅别有风情，而且也契合主题，方便聊天。

打车过去，下车后，赶紧走去那个地方。

一路步履匆匆。他下班时出发，从位于新城区的政府大楼到老城区的这个古老的园林建筑群，如今所花的时间多了一倍。

过来的路上，严重堵车。满眼车辆，排起长龙，不见首尾。道路的修建赶不上车辆的增加。这是必然的，永远的。道路越好，车流量会越多。

谢雨竹急得干瞪眼，喘起粗气。才到达，抬头一看，温灶花已经静坐在那里等候，她正低头看书。浓密乌发，洋溢着生命活力，皮肤白嫩，睫毛细密，有点撩人。

他悄悄地拭去了汗水，说声抱歉，说："叫车不容易，等了好一会儿，现在是高峰期。司机接单多，忙不过来。"

温灶花说："你为什么自己不开车。"

谢雨竹说："实际上，打车比开车更省钱。"

温灶花说："你这身份，用不着这样考虑问题，应该是别的原因吧？"

谢雨竹摇摇头，说："不是不是，各人有各人的习惯。"又说："你喜欢西式的格调，有点新潮。"岔开了话题。

"是的。这点我不隐瞒。虽然我不是'小鲜肉'，而是在土围屋长大的客家妹子。"温灶花笑笑说。

“可能也正是因为你是从客家围屋走出来的。”

“你又说对了，物极必反。”

“也不必要。那有什么，对于生活格调以及文化的喜好，完全属于个人的自由选择。”

“喜欢你这样说话，没有官腔。”

“什么官腔。好官其实很少官腔，他们更会务实，是聪明人。但我确实不是。”

“为什么？你可是好人，也挺有文化的。”

“不说这些吧。生活的内容丰富多彩，我们说一些有意思的东西。”

“那好。有意思的东西很多。”

顺着这个话题，谢雨竹把编辑出版历史文化丛书的事情说了，也说出了自己的一个提议，让温灶花写一本，选题为南园的史话。

“题目都给你想好了，也可以叫作《南园故事》，非虚构的东西，以纪实的笔触，记录这个建筑区域的各种故事，不嫌其琐碎。也是一个地标呀，它不是物质材料的，而是文字内容的，但其分量与影响，同样可以达到特色鲜明、巨大长久的效果。”谢雨竹说。对于这个选题，他很是看好，有信心。

但是，一经抛出来，遇到的却是一个软钉子。温灶花听罢，立即拒绝。

3

于是，出现了那个冷场。

吃点，喝点，过一会儿后，谢雨竹还是先开了口，说：“为何不接受，你不是喜欢写作吗？”

温灶花说：“这倒不假。但不是什么题材都适合我。”

“命题作文有点不愉快，但也有其好处。比如，不需要自己花钱解决出版问题，而且，我们这套丛书，作为政府的一项文化工程，配合一项重大的工程，体现新的发展理念，确实必要，此外还有稿费。这在当下的写作出版中，并不是很容易得到的机会。”

“这个我知道。只觉得接受不了这个选题，对此，我也缺乏研究。”

“是需要有研究这个基础前提的，况且，别的选题别人拿去了。那些大学教师，可以从这样的项目中积累科研成果，有助于评职称，职称上了台阶，整个的待遇和竞争力也都相应上台阶。所以他们争着来做。本地有的文史爱好者，也积累多年，现成的稿子不止一部，也被他们取走一些。其实关于南园的这个选题，我是想了办法才留给你的。”

“颇费心思了，感激不尽。可惜的是，我可能真的与这个项目无缘。”温灶花说：“我举个例子吧，以事说理。我生长在赣南，连接珠玑巷的梅关古道北面。本是客家人，客家围屋，一种有代表性的传统文化建筑，也是我家乡的标志与象征。如今被媒体经常炒作，评价甚高，参观者众多，让人目瞪口呆。从中可以窥视世人的好奇癖、好古癖，以及商业炒作的狂热风格。其实，我在围屋出生，自小到上大学，生活了十多二十年，对那个空间环境，十分熟悉。老实说，在高中毕业考上大学，离开家乡奔向省城的那一刻，我有一种发自内心的解脱感、自由感。实际上，我一点儿也不喜欢那个如今被人们评说为传统文化的宝贝的环境，狭小、沉闷、封闭、霉腐。而且，下一步还不知道会怎样。这些，是围屋留在我心里头的印记。虽然我这态度不一定对，但请允许我保留个人的真实感受。所以，我思想上对于传统建筑与事物的反叛，非常强烈，无法妥协。觉得自己像是脱离笼子，飞向蓝天的小鸟。你看看，我能接受你的那个课题项目吗？”

“非得这样来拒绝吗？”谢雨竹说：“研究地方史，沉了下去，又是一番景象。历史的步履，别有滋味。我第一个体会，来自切身实践，印象颇深。对此，我也举例说吧。祠堂园林这些地方，在历史上的位置非常重要。数量颇多，建筑考究，寓意深远，影响巨大。为什么会这样？源于对正统文化也就是中原文化的认同、尊敬与遵从。作为水乡，这里一千多年前，陆地还未完全成形，开发迟缓，文明程度不高；作为区域，相对于中原，所得到的身份标签是南蛮之地。后来，生活于此地的人们，总是叨念着自己的祖先与文化来历，于是，祠堂的设立，提供了证明的标识和延续的空间平台。经过历史的沉淀，各个村庄，各种姓氏的祠堂林林总总，数不胜数。还有，作为文化板块，我们这里称得上广府文化的典型代表。在经济发达，城市领先，开放活跃的现代，人们对于传统的认识与保留，那种热情与力度是前所未有的。当然这也体现了政府的责任与担当。所以，写好南园题材，其价值显而易见。”

听罢，温灶花点点头，说：“确实如此，事实是这事实，道理是这道理。可是，我真的不喜欢这类古建筑。我这客家人，离开家乡，大学毕业后独自跑来珠三角谋生，为的是摆脱这样的东西。比如，我们那的围屋是很出名的。我在围屋出生长大，对我而言，那不仅是一个建筑，一个家居之处，还是一个家族，一个宗族的制度的象征，也是一种浓重的传统文化的象征。请再允许我对祖先表达某些不敬，虽然也需要感恩与祝愿，但我确实受够了，心里头憋得慌，非得出来，在辽阔的自由空间飞翔，舒畅快活。但好日子不长久，你看我现在，一个离异的单身女人。这样的尴尬人生，也是因为古建院落文化的影响。我和前夫只有一个女儿，可那位先生他需要传宗接代。而那时候，我因为工作事业不能成全这个。我有自己的人生，不是某个家族价值理念的实施工具。”

席间沉默。对于这样的人生麻烦，谢雨竹张开嘴巴，也说不出话，无法多言。

又过一会儿，谢雨竹才说：“可以理解的。把事情看开一些吧，比如我，现在也是一个人过日子，但觉得心胸豁达许多了。因为观念的变化，我感到生活变得简明起来，做什么，如何做，心里头越来越清楚。也是时日不多，于是将一些幻想的窗口关闭掉了。其实生命的有限性，不仅是一个现实，也是一种理智的表现。”

“我的老师！别那么老气横秋，你没那么老。我不多说你，但我想，作为你的学生和写作爱好者，是知道你，理解你的。你也是一时的消沉，发泄一些而已。说过之后，内心舒坦，自然轻松。你还是原来的你，不甘平庸，也不会放弃，该干啥干啥。”温灶花说。

谢雨竹摇摇头，苦笑一下说：“插科打诨，嬉笑怒骂，抒情浪漫，这些，已经如同远逝的涛声，偶尔在记忆深处会浮现出来。”

温灶花点点头，说：“其实，我们的物质生活不是没有压力，相反，而是非常大的压力。但这又如何？问题不在这里。我不是那种人：除了拼命挣钱，别无所求。”

谢雨竹说：“你发现主题了，是作家的一个收获吧。”

“目前最大的忧虑是过劳肥。”

“什么意思，这个词头一回听说。”

“那不奇怪。这个词说不定是我发明的呢。我的身体处于这样的状态。”

谢雨竹笑起来，说：“我想起以前中学的语文课，列宁的一篇文章，说资产阶级有一个显著的问题：他们胖得发愁。我还是学生的时候，确实觉得有趣又难以理解，那时候，我们吃饭都成问题，面黄肌瘦很常见。发胖，那可是不折不扣的福气。人们说恭维话，常常离不开那句：你胖了，或者你好胖，你好富态。后来懂了。如今，星移斗转，时过境迁，肥胖倒是变成了劳动者担心的问题，好笑吧。”

“说开心也开心，说烦恼也烦恼。不清不楚，模模糊糊，其实这也是人生。”温灶花说。

“快刀斩乱麻，大刀阔斧。朝着既定目标，积极挺进。需要跨越障碍，赶紧行走，不要停留，因为前面已经铺设好了道路，也因为这样的道路有可能忽然消失。”谢雨竹说。

温灶花点点头，说：“你说得真好，像是格言，充满哲理。”

谢雨竹笑笑，说：“我只是说说而已。其实没有做到。你看我，一个过了五十的男人，在大学多年的教师，十多年前转入政界，原来的积累或者说基础，一下子消失，荡然无存。开始新的工作，基本上是从头开始。忽然觉得有点郁闷以至于悲凉。之所以会这样说，是因为这是我的经历习惯，还有我那个态度的对立的性格，看到了自己的失败之处，恨铁不成钢，所以形成了这个感悟。”

温灶花说：“你是善于思考的。”

谢雨竹说：“空想中的巨人，行动上的矮子。”

温灶花笑笑，又说：“接着也有一些批评的意见。”

谢雨竹摆摆手，说：“不必要你亲自开启尊口，我来说吧。我自知我知足。很多人都说我混得不错。其实，物质享受和社会待遇，应该很好了。一转身换上另一副模样，多愁善感，牢骚满腹，也不是很地道的。最近有个朋友，批评我的一些文字，说流露出颓废、暧昧的情绪，不够健康。我倒是认真进行了反思。觉得内因与外因，都是有的。注意改正，但也不必太紧张。我们这些小人物，总离不开尴尬。”

温灶花哈哈大笑，手指点着他，说：“你看你，太搞笑了。”

“对对对，偶尔来点搞笑，如此而已。”谢雨竹说。

稍停，温灶花又说：“话又说回来，其实南园这个题材，我已经写过了。当然是散文、诗歌之类，个人情感的东西。另外，我还听说过，在南园出去的岭南派大画家钟寒木，他这次回来，有点叶落归根的意思，带了一批书画作品，其中，有一幅记录了南园的重要时刻，颇有价值。”

谢雨竹一听，连连点头，说：“今天所说，互相交换一下，也挺好的。不急，有些事情，我们慢慢再看吧。”

温灶花笑笑，忽然想起什么，说：“听说有一幅南园国画作品，写实的，里头暗示了一个大的宝藏，是吗？”

谢雨竹说：“最近的一个传闻，南园文化工程一启动，这个故事就出来了。”

温灶花说：“你相信吗？”

谢雨竹说：“你呢？”

温灶花说：“与我有什么关系呀。”

谢雨竹说：“咱们做文化，拿东西，不能说没有，无风不起浪嘛。也不能说有，这样的故事太多了。”

温灶花说：“挖地三尺，见到了真金白银，我才相信。”

两人哈哈一笑，没再说了。吃饭、说话，过了一些时间，两人道别。

4

看到温灶花走后，再过一会儿，谢雨竹来到路口，忽然又不想离开，把手机上叫车的信息取消了，沿着僻静的小巷道路，在南园这一带地方，慢慢走着。

亲临其境，触景生情，直面课题，以这样子的路径来思考事情，是因为还有别的现实情况。另一个事，也是向着南园的题材而来。对方是本地的粤曲名旦易新航，长相俊俏，开朗热情，唱腔甜润，技艺高超，大名鼎鼎。

她也是在南园这片区域长大的，目前，她也为配合中心的任务，在负责一个与南园有关的粤剧创作项目，说过几次，邀请他担任文学顾问。为此，少不了要接触。易新航的姑姑易咏梅，也是本地粤曲表演的名家。以前在进行主题宣传的时候，她利用粤曲，通俗而生动地演唱，让严肃的内容有效进入社会基层，效果很好，得到好评。谢雨竹与她接触过，感觉不错。这之后，易咏梅也提出过再合作，继续以粤曲的形式，与主题宣传教育结合起来。谢雨竹提供政府购买的机会，以及担任内容顾问即可。当然，这个主意不错，谢雨竹放在了心上。

对于南园，这个本地著名的也是自己来过很多次的地方，虽然相当熟悉，但如今作为一部专著的选题对象，又将触发更多的了解与思考。

其实，南园是个建筑群，一个大院连带几条街巷，一片古旧的楼房，丰富多彩。整体上，坐北朝南，背靠的小山叫东山，东山背后是名叫北海的河流，由北江流淌过来。西边是河流西海，则是西江的下游。西北处和东南处，各有一处古旧码头，一个通往广州，一个通向海外，通往南洋。南园的主要区域叫明悦院，那名字的由来谢雨竹知道。悦者，月亮之谓是也，一轮明月，清亮丰盈，凉风习习，宁静宜人。前舫一片，是酒楼食肆。后街一片，低矮的一层或两层的砖墙瓦面房屋，聚集的多是艺人、工匠、小商人家。

夜色中的南园，如同一幅静谧的画卷。正门的歇山式建筑在月光下投下长长的影子，门上雕刻的图腾和石像在夜色中显得格外神秘。穿过大门，一条石板路引领着脚步，两旁是排列整齐的石像，在月光下，仿佛在诉说古老的故事。

主殿庄严而宁静，飞檐翘角在月光下勾勒出优美的线条。殿旁的曲廊，青藤缠绕，绿叶在微风中轻轻摇曳，增添一抹生机。曲廊尽头，是一座静静矗立的方亭，亭角的风铃不时发出清脆响声。

方亭旁边，一池碧水映着月光，波光粼粼，偶尔有鱼儿跃出，打破宁静。横跨其上的玉带桥，洁白如玉，桥栏上的雕刻若隐若现。

九龙壁这时候更显威严，九条龙在壁上栩栩如生，仿佛随时会腾空而起。麒麟吐玉的雕塑，像是真的有玉液从麒麟口中流出。

书影石壁上，古墨迹隐约可见，像是历史书翻开的一页。松柏和竹林静静伫立，留下斑驳的身影，绿篱和花坛点缀其间，草坪上偶尔看得见露珠。竹韵松风交织成一首自然的夜曲，竹林中的沙沙声与松涛声相呼应，让人仿佛置身于一个宁静而神秘的世界。细心品味，是一次心灵的旅行，能感受到古园林的韵律。

不知不觉，行走了好一段时间，此时触发想象，古建筑悠久的面目，仿佛活了起来，在发出独特的声音。

那是一幕丰富复杂的历史画面，一时间无法消化。因为一个重要原因，这里有故事，蕴藏非常丰富的非物质文化内涵。这些看不见摸不着的东西，其实还在产生潜移默化的影响。

而这，是南园项目需要打捞、需要整理、需要认知的。

想到这些，谢雨竹止住脚步，抹去脸上的汗水，驱车回家。

脑子里，还在琢磨着丛书的事情。除了出版丛书，相关的文化项目，近期逐渐成为水城的话题。其实也是政府的理念，先是看看社会的反响，了解一些信息，再进行部署实施。现实背景很清楚，几十年高速的发展，体现了中国沿海区域的速度与成效。物质的巨大发展景象，带来一个明显的反差，那便是与文化的不对称。产业迅速发展，农业消失，工业崛起。农民洗脚上田，建造厂房，做起了工业。环境形态迅速变化，千年水乡、百年小镇的格局改变模样。农田、鱼塘平整为建设用地，道路铺设，楼房矗立。广场、公园、学校、写字楼、酒楼饭店、体育场馆……逐渐增多。外地涌入的人群不断，流动人口规模庞大，区域人口密度增大。这些年，除了高速公路，又有了城际轻轨、地铁，交通网络非常发达。但是，文化没有配套地跟上。文化与物质不一样，其存在的形态更为多样，有时候触摸不到，但又无时不在地感觉其存在。而且，这些无形的东西，还会实实在在地发挥影响作用。由此，引起关注。近期，有了一个大的进展，政府将文化作为一个战略，作出部署安排。铺排出一系列项目，有城市品牌的，有建设项目的，有古旧文物修复的……谢雨竹分配到的任务，是编辑出版那套丛书，梳理地方人文历史。还有，对整个文化活化的项目，提供社科咨询，开展战略理论研究。总之，锁定南园这个题材，是必须的。而且，他心里明白，他接手这个任务，也是许书记的意见。那天下班后，许书记带他去看祠堂，在河边的小餐厅吃生滚鱼片粥，已经说过了。

5

某种感觉往往不是空穴来风，其实南园与谢雨竹自己，也很有缘分。这世界，说大也大，说小也小。

在南园里散步，走了几圈，夜深人静，古建筑老旧悠久的面目，模糊而神秘，仿佛在言语，诉说着说不完而又不清不楚的意思。这时候，谢雨竹忽然若有所思，于是止住脚步，抹去脸上的汗水，驱车回家。一片古旧建筑，经历了风风雨雨，经历了沧桑，布满各种各样的痕迹，也留下各种各样的记忆，其中的内涵确实是太丰富了，太多的内容叠加在一起，很多东西是模糊的、无法搞清楚的，当然也有一部分，在某种角度来看也是没什么意义的，它的意义只是相对于某种需要。其实大家都是各取所需，做出自己的解读，除了基本的东西之外，有特色的内容就是这样被理解、被解释、被传播，这也是一个无可奈何的客观事实。

所以，需要进入这个状态。无论是在上班时还是在工作之余，都将此事放在心上。在政府工作，谢雨竹习惯了，一贯如此的。从今晚的交谈来看，那个温灶花，是个有点儿意思的女子，与其交往，感到愉快轻松。但一定需要掌握好分寸，否则麻烦说来便来。目前要做的事情是合作，把南园这个选题做好。

对那个易新航也是这样，必须坚守冷静的态度。她的出现，也是一个缘分。说开来，不仅与南园有关，一个南园人的事情，也与她父母有关。尤其是她的妈妈，一个曾经的粤剧优秀演员。很多年前认识的，也很多年没有见面了，知道她在加拿大定居，有时候会回来。

回到家里，走进书房，坐好，静下来喝茶。

以前在大学任教，这是一个常态。他知道，自己更喜欢这样生活，读书、写作、品茗。慢节奏，自由自在。但实际上，哪有这么好的事情，要适应客观现实的需求，而不是相反。或者说，从客体对象中寻找与自己有关的联系，从而确立实现自由的切入点。如今是依托南园及其文化工程，以后，看看可否回归以往的常态，重新安排生命的轨迹。在心里，隐藏着这个期待。

难得安静，触景生情。在书房的书架里头，摆放着一套小开本的旧书，纸张发黄，边角模糊，19 世纪 30 年代出版的一部辞书。上大学的时候，谢雨竹从家里带走，从此，这部书一直陪着自己，几十年时间悄然度过。

这旧书的第一任主人是谢雨竹的曾祖父，也与南园有关系。他是前清秀才，读书刻苦认真，行为举止也毫不马虎，个性鲜明，不落俗套，有志救亡图存、振兴中华，崇拜康梁，认同君主立宪，支持维新思想，考取功名，踌躇满志，跃跃欲试，准备大显身手。无奈辛亥革命爆发，大清王朝轰然塌台，国家腐败，权力混乱，社会动荡，江河日下。面对这样的时局，放弃了自己的理想抱负，告别为官的省城，回到乡下，安心度日，晴耕雨读。此外，也不闲着，展开大手笔，动用全部积蓄与全家资源，不辞劳苦，修建了大围屋，培育谢雨竹祖父成才。祖父有志于经济，希图通过勤劳理财，发家致富。祖父很有文采，满腹诗书，写得一手好字，沿着父辈外出的路径，跑到省城，带着其父亲亲笔书写的推介信，找好友咨询，搭建关系，于是考入南园这家主人创办的一家银行，当了账房先生。可是好日子不长，国内依然动乱，经济越来越不景气，后来日寇侵华的战火蔓延，无情地燃烧神州。所居的数十里远处，作为广州粮仓的一个古镇，被日本空军炸毁。粮食告急，广州无法坚守，很快陷落。人民遭受杀害之灾，惊恐万状，纷纷逃亡。南下到珠三角各地，沿着西江去广西，沿着北江到粤北，不问前程，不知所向，只为活命，其状悲惨。祖父供职的银行关闭，老板逃至香港。世道艰难，无法生存，不得不离开，回到乡下。

对于他而言，叙述的吸引力，不是戏剧性的悬念，而是人物性格的生动展示，是历史与现实进程中所体现出来的审美与记忆。这是成年男人的风格，也是价值。

他点着了几炷香，双手把香插好，又凝视星星光点，感受微微香气，行毕鞠躬礼，肃立了一会儿，再走到北向的阳台，对着遥远的前方，恭恭敬敬地再鞠躬三下，以姿态和心情，表示了自己对祖宗的尊重与缅怀。

过一会儿，习惯性地打开手机，浏览睡前需要留意的信息。一看，不由扑哧一笑，事情都来了，这是一个怎样的日子呀，以后或许要记住的。头绪纷纷，但主题集中，或多或少都与南园有关。不可以说，这完全属于偶然吧。

类似的信息，其实前几天已经有所接触。那是办公室转来的一封社会来信，作者是一位在本地知名度很高的画家，大名叫钟寒木，正在南园一个区间借住。他说，南园历史文化的底蕴深厚，是本地区的一个地标，政府加重关注。这个文物活化的主题项目，他在媒体上看到，心里十分高兴，也想参与，发挥作用。还说，前几年从海外回来，也是叶落归根。为这个重大的事情，他会捐献一批自己一生珍藏的书画作品以及相关资料，希望在有生之年，为故园的文化兴盛尽自己的最后一把力气。

看罢这些信息，谢雨竹长长地舒了口气，想，看来南园这个选题正当其时。有熟悉南园又闻名遐迩的钟老先生参与，内容和亮点都增加了，项目更有吸引力。

最近被传得沸沸扬扬的那幅神秘的画作，其真相也有可能被破解了。

不难想象，想要写此书的作者应该很多，大家都会对此蜂拥而至，可是，温灶花却偏偏冷淡对待，无动于衷。而关键在于，自己又觉得非她莫属。其实并没有太充分的理由，只是直觉，真是奇怪。只能说，自己感情深处那微妙的情愫在发酵。

喝了一口茶，谢雨竹眼瞅窗外，自嘲地笑起来。

因为知道，南园还有其他一大串的商业，小餐厅、点心屋、咖啡馆、小酒吧等。极端地说，消费导致拜金主义，拜金滋生罪恶。在古老高雅的园林里，这一规律也依旧存在，难以避免。而那个书吧，则是另一番景象，夜里做读书讲座。希望以文化来增添文气。但卖书赚不到几个钱，疫情期间更是麻烦，一地鸡毛，如今也都不知道如何是好。

当然，不必大惊小怪，其实也不是什么圣地，只是带着历史古风的当今城市一个片区，其中，也毫不例外地交集了许多东西，这也是故事，偶然的、必然的、都有的。

夜已深沉，城市的灯光渐渐减少。透过窗口看出去，这时候，天上的星星，点点闪亮，更清楚、更明亮了。

第二章

1

东方欲晓，朝霞由红色渐渐淡化，天空慢慢白亮起来。在珠三角平原大地上的这座城市，面目更加清晰地展现在视线中。巨大视域的城市景观，大部分建筑是近几十年所出现。新的一片与旧的那一片，还是不难看出，差别明显。新的更有力量感和现代感，而旧的则是不可替代的历史感。

位置在旧城区，这本地大名鼎鼎的南园。夏日清晨，园内偏角落的一方小院，花草竹木还带着露珠，鲜嫩阳光照射，闪着光泽。微风习习，送来凉爽，一时间颇为自在。

小院打扫得干干净净，石板地面一尘不染。这里没有嘈杂声音，安宁寂静，默默地提供舒适环境；漫步转悠，凝神静气，细心看看附近得意抖擞的花草，看看水池悠然自由的锦鲤，看看周边苍劲挺立神采傲然的古树，看看见底老井里那沉默不语、传说中的千年老龟，活动眼神，随意观察，轻松自然。

动物有生命，植物有生命，都以各自方式在表达与沟通，知者可以明白。而自己熟悉这里，已经与这些东西融为一体，或多或少，感知它们那特别的言语。

身旁那体型巨大、富态挺立、枝叶繁茂的榕树，从容地迎来新一天。几片落叶，在空气中向下回旋飘移，无声无息，悄然落地，安静躺下，回归泥土。

这眼前植物，仿佛长着眼睛在观看，那鼻子在呼吸，还有音容笑貌，活脱脱一个生命体。或者说，也是隐喻，里头包藏着丰富的话语内涵。

画家知道这个，懂得物象里头传递的文化意思。

对此感触，在寂静隐秘的南园院落里，心灵特别敏感。时空变化，不可能重复，但也总有不变的东西，相对长久。

情绪笼罩着空间，情景交融，物我一体，如同某种画境。这是怎样的情绪呢，有点微妙或者说神奇。应该是记忆的唤醒，感觉的念旧。那些东西已经深埋在心中，但也有重新活动的可能。故乡，那个人生的第一印象，像是胎记，无法抹去。熟悉的亲切、宁静的舒适，那种独特的感受，置身其中，自然会接收得到，不易言说具体，总是觉得，其享受如此舒适惬意，别的地方难以取代。

再打量一番自己，整个装束打扮，都体现了中国风。那是属于故乡的、传统的：一身白色绸布衣服，手工布鞋，柔软舒适。

珍惜这时光吧，每一天、每一个上午、每一个下午、每一个晚上，都非常宝贵。而且，也不可能太多了。

他仪表儒雅，从容淡定，不动声色。但心里头很清楚，应该这样想。

此人是钟寒木，八十多岁老人，这天也一如往常，早早起来，走动一会儿后，端坐在历时长久、磨得光滑的红木太师椅上，不言不语，怡然自得。旁边紫红色原木的小圆桌上面，摆放着暗黄色的紫砂壶茶具。一缕紫檀香烟，袅袅升起，散发出草木的香味。

刚刚的一会儿散步，手脚活动开来，身体舒达，细细的汗珠冒了出来。口渴了，手把茶壶，倒满一杯，一口气喝罢，还觉得不够，正要再斟满。

三十多岁模样的女佣人阿玲已经悄悄来到身旁，轻轻挡住他的胳膊，说：“让我来吧。”

往常都会这样，服务到位，无微不至，给人成熟感与舒适感。阿玲从粤北那边的偏远山区农村过来，身边带有一个十岁大小的孩子。在钟寒木看来，外表普通的她，其实优点很多，温柔细心，手脚麻利，举止稳健，言语温和，老实勤快，照顾周到。对这些，钟寒木内心是很感谢的。

但这次，钟寒木没有听从她，还是自己动手倒茶。

此时，茶水的滋味有点不同，脑瓜似乎嗡嗡作响，不由拍拍额头，想让那翻滚的思绪平静下来。又一次认同了关于奇异灵感的说法：有一种记忆深埋在心里，自己平时全然不觉，忽然地，会一下蹿了出来。当下的思绪是对于脚下这片土地，这个过去家园的感受。

乡亲朋友，送他一双八哥鸟，早晨喊老爸，作画时，唱个不停。孔雀享受着齐人之福，有两双母孔雀伴着它，当然它喜欢年轻的，开着屏叫它。雄赳赳的公鸡在竹树下啼叫，虽是日午，也啼得不停，比时下的音乐，更有一种亲切的韵味。粤北的鸳鸯潜了水，在溪水深处觅食，特爱阿玲买来的鲜鱼，随着她到厨房里，一尾鲜鱼，连骨也放进肚里。一群白鸽天上翱翔，几只天鹅、水鸭戏水溪边，飞翔的声音，欢叫的声音，好一首大自然的交响乐。

钟寒木满心喜欢，忘乎所以。于是，画出来的禽鱼十分生动，木棉、翠竹，甚有生态，这是师法自然，万物相交于心底，胸有成竹。

这个年纪，近日的事情经常遗忘，早年的经历却历历在目，挥之不去。于是断断续续地回想了一番。

出生在这地方，一直待了十多年，到私塾教育结束。家里安排，坐船一夜一天，经过几道河流，顺水逆水，宽河窄涌，或深或浅，到达省城广州，在东西走向的珠江北岸停靠，登上码头。进入学校，中学之后又是美术专科学校，那基本是西式的。在省城六七年之久，之后结婚。在这故园家里住了不到一年，忽然地，又去了澳门，在那附近乡下买片农地，建了农场，从事画画，兼种蔬菜瓜果，饲养鸡鸭。后来，一场突如其来的火灾断送了这种生活。世事难料，人算不如天算。只好跑去香港，好不容易待下来，在小学任教，住的是拥挤狭窄的公屋，在那熬了不堪回首的两年光景。确实难以为继，没想因为国画作品参展，遇到马来西亚的华语教师招聘机会。那个西装革履的中年华人，紧握钟寒木的手，说："到我们那儿吧，华人子弟太需要你这样的人才。我可做个担保。"回去与思华商量，开始她不同意，说："那是什么地方呀，我们要漂洋过海，越走越远了。什么时候才可以回到南园那里。"钟寒木说："难道我不知道这个道理吗？只是，人在江湖身不由己。在这里也太憋屈了，过的是什么日子呀。"思华只好同意。两人赶紧收拾东西，到码头上船，在海上航行数日，到达东马。钟寒木在华人中学当教师，工作出色，几年过后升任一校之长。其实也没有心理准备，不知不觉，一年接一年，结果自己一生待在马来西亚的时间最长久，也是身不由己。度过青壮年，直到退休。接下来的那一程，是到了加拿大。如今回到生命原点故地。生命轨迹，大抵如此；几十年光阴，一晃而过。各个地方的生活虽然不一样，都是匆匆过客的场景，但只是出生地，似乎才是自己的，故土才能够唤醒微妙的感觉。

这样沉思了一会儿，他才起身，踱着方步，走到书房。这个几十平方米的房间，中间摆放一张长方形的厚板红木大桌，桌上文房四宝，戒尺镇纸，印章印泥，笔筒水盆，各色物品布满一大片。铺开白纸，压稳上下左右四个边角，蘸好墨汁。抑扬顿挫，干枯湿润，或浓或淡，在平缓熟练的运笔中，或是哲理，或是典故，几个文字跃然纸上。

放下了毛笔，又呆立在那里，沉静无语。

好一会儿，在一旁收拾东西的阿玲见状，轻声问道："教授，您怎么啦？"

"今天下午有客人来。"钟寒木说。

"知道。您说过，分两拨。"阿玲说。

"做好接待准备。"钟寒木说。

"好的，您也说过了。"阿玲说。

钟寒木说："那就好，那就好。"

"看您这么重视，我还要做什么准备呢？"阿玲说。

"南园的事情，如今的大动作。可能也是我实现回来目的的机会，我最后的作用都在这里了。"钟寒木说。

阿玲看看钟寒木，说："教授，我昨天买菜，菜市场保安大叔都说，钟教授带回一幅珍贵的画作，里面藏有南园宝贝，价值连城。"

"都这样说呀，真有意思。我们分开的时候，她也特别提醒。当然，也不必过于在乎，没什么的，顺其自然吧。"

说罢，钟寒木不言不语，目光平静地看着前面。

阿玲悄悄叹口气，说："看样子，是不是又见着她了。"

钟寒木点点头，说："是的，昨晚她又来了。"

阿玲凑过去，挽起他的胳膊，说："你不是说了，上周才来过吗？"

"又来一次了，这段时间总是相会，频繁不已。"钟寒木轻轻地叹口气。

陪伴自己几十年的妻子曾思华，已经走进另一个世界的她，虽然阴阳相隔一年多了，但在夜晚的梦中，她却又是悄悄出现，过来看看。

她秀气的身影，那热忱的表情，那清晰的声音，逼真生动，就是她了，触手可及，历历在目。

醒来时候，恍然大悟，无法再睡。心里头翻江倒海，眼睛潮湿，泪水溢出眼眶，顺着眼角，滴落枕面。熟悉的往事，像是观看电影一样，又来回放。

离别那一次的情形，清清楚楚地记得。几年前，不同寻常的那个时候，是他们人生的一个节点。

2

加拿大的温哥华，处处枫树的城市，在他回国前的一个晚上。

在郊外西餐小店，一边是落尽了红叶只剩光秃秃枝丫的枫林，一边是依然青翠的松林。那一处是他们喜爱的地方，虽然是异国他乡，总觉陌生，但半生漂泊，已经淡化了某种意识，心安即可，他乡也是故乡。

经过一段时间的沉默，她看着他，还是说："那么，这样定下来吧，这次还是你回去。南园那地方，其实你一辈子都没有走出。我也卷进去了，本来是十万八千里之遥的，和你在一起，也只有这个样子。不多说了，也不必过多操心。结局这样，顺其自然。此外，听你所说的，南园面临地方政府的修复更新工程，那更好。"她轻声说道，很平静的话语。

窗外飘着雪花，不紧不慢，无休无止。树林、道路，泛白一片，为极少行人与车辆的安静夜色中，增添了寒意与诗情。

室内，温度的效果很好，顶上吊灯和旁边蜡烛，散发出明亮而柔和的光线，暖意融融。

她轻轻地品了一点酒，眼睛一转，看着别处，说了几句话。劝他回国，成其美事。

声音还是如同平常那样沉稳与坚定。

他看着她，一时半会，并不作答，再举起酒杯，喝了一口。

然后，说："这些年，我大都在中国。你知道，那是一个情结，离不开南园的吸引。期间回来一段时间陪陪你。可惜你身体欠佳，不可以乘坐飞机。要不，我们再回南园，重温往日时光，会有多好。"

她说："我这身体，不能飞，也不想飞了。南园也好，过去也好，都是有感觉的。如今平静待着，守候岁月的末页。我心里看着你，你能飞，回到祖国写生创作，回到南园，寻找旧梦，那便是好了。"

他说："昨晚我忽然想起来，以前，我恳求你到南园，开启我们共同的人生，你最终答应，让我得到最大的青春礼物。后来，我动员你离开南园，你不肯，还发了好大的脾气。你姐姐也站在你那边。如今，又是你劝说我回去，尽管你一人独处，也要我离开，非去不可。你和你姐，似乎比我更看重故地，说实在的，如此主次之差异，让我自愧不如。看看这人生，也真有意思，说不清。"

她说："没有什么说不清。其实都属于一回事，顺势而为，适应生存。更重要的是，确实没有必要像学究那样去研讨什么了，意义与价值，必要与乐趣，都在过程当中。"

"叶落归根，自古而然，无法摆脱，我只是一个代表吧，代表你们。只有如此理解，方得本意。"钟寒木说。

平平淡淡地说着，都有感觉，特别的滋味与亲切。

思艺、思华两姐妹，这两位在自己生命中的特别角色，也都与南园有着特别的关系。

即使知道那是一次诀别，也一定要回到中国去，回到故乡去。那次吃饭，确定了下来。吃什么东西，什么滋味，是否吃饱，都没有在意。只觉得如同行车，进入一个路口，从一段路转入另一段路。不仅有新的体验，而且没有可走的回头路。

“回去，住进南园，又要到你姐姐那里去了。”钟寒木说。

“怎么南园成了我姐姐的地方？”曾思华说。

“难道不是吗？”钟寒木说。还有更为重要的理由，但是那是说不出口的。

思华对此，是心知肚明的，也都不会说出来。她只是轻轻地摇头，说道：“南园是你的祖屋啊，你们的财富，你们的标签，你们的精神家园，你们的荣耀资本。”

钟寒木说：“你也知道，其实是大家的东西。但都离不开你姐姐。”

曾思华说：“在如今是你和她妹妹在一起。你看，我两姐妹是不是前世欠了你钟家什么？”

“那当然一定是有缘分，要不怎么会让我找到你，你到了南园，成为南园少奶奶。而你一离开那儿，前脚刚走，她后脚便来，而且也是南园的主人，一个崭新的主人。”钟寒木说。

开始插科打诨，打趣说笑了。这样的状态经常出现，要不怎么消磨在国外那寂寞无聊的生活呢？

钟寒木准备启程，因此要做一番收拾，两人忙了一两天，钟的一批书画作品是要带上的。

很多东西跟随着钟寒木，有大半辈子时间，不离不弃，如同生命的一部分。《南园锦水图》是少不了的。这作品从南园出发，最终又回到南园。许多作品不仅经历了沧桑，还在澳门、香港，东南亚多国，澳洲、欧美等国度留下了痕迹。

这样的阅历，旁人不会关注。而关注的人对于这样的轨迹，会倾注深切的心思。这段时间，老两口也不停说起子女。两个儿子和女儿，都生活在国外，对于文化艺术并不上心。女儿原来生活很美满，在旧金山和华人男子结婚，相处很好，后来遇到车祸，丈夫不幸早逝。之后女儿一直单身，郁郁寡欢。几年前与一个英国中年男人生活在一起，常常在野外露营、爬山，除此之外，似乎没有其他的生活目标。大儿子在国内长大，“文革”时在南园学校初中毕业，上山下乡当知青，在海南岛建设兵团务农，过了三十岁还没有结婚，后来出国。幸运的是，在加拿大温哥华找到水城乡亲的女儿为妻。那个乡亲在加拿大事业有成，非常勤奋非常节俭。他退休后，义务在当地公共图书馆当阅读服务员。平时使用卫生纸，别人一次使用一两张，而他只使用半张。去小餐厅喝咖啡，为节省一元钱的糖费，不怕麻烦，自备砂糖。在他晚年，差不多将一生的积蓄都捐献给故乡，在水城的一个乡镇建设了医院和学校，对于子女，只负责抚养成人与供给上学的费用。深受家庭文化影响的女儿，与钟寒木儿子结婚后，两人情投意合，吃斋静养，工作以外，不参与社会活动，不问世事。小儿子则外向活泼，大学攻读理工专业，暑假带韩国女友回家，夜里在自家游泳池裸泳。妈妈见着了，很不高兴。当然也不是什么大事。但书画与南园的事情，显然不可依赖他们。

在整理打包的时候中，大部分时间，钟寒木和曾思华都沉默不语，似乎可以听到彼此的心跳，无须言语也都知道对方在想什么——把这些主题作品安置好。思华忽然从她那里拿出一个纸包，说：“这个你也带上，放在南园或许是找到最好的地方了。”

钟寒木接过来打开一看，又赶紧取下眼镜，擦了擦再细看，那里面一大叠纸张是他给她写的信，也是几十年的积累，有不少图文并茂，里头加入了图画。年轻的时候，钟寒木给曾思华写信，喜欢用画画作为表达的手段。

钟寒木收了下来，第二天他也拿出了一包东西，递给曾思华说："那么，这个留在你这里。"

思华瞄一眼，笑起来，手不接，说："我知道那是什么，不用打开了，都装在我心里，从未忘记。也无须留在我这儿，随着你，连同昨日我交给你的，都在南园找个地方放在一起。这两样东西是一对的，要放在一起，能放多久就放多久。我们都珍惜的东西，在别人看来往往不会被重视。我们这把年纪，还可以关注多少个日子呀，子女各忙各的，有他们的人生，我们各自安好吧。"

钟寒木听罢，轻轻叹口气说："这些东西都是我最珍贵的收藏，与最重要的作品放在一起，而且，地点必须是南园。"

3

偶尔对照一下以前的相片，看得更加清楚。一头浓密乌发变成满脑袋银丝，临近人生末尾的岁数了，时日无多，不由叹息伤感，倍觉珍惜。自己曾提问自己，如此执着，为的是什么呀。其实，这些年都在思虑这个事情。八十年代以后，回到国内，已经很多次。辽阔大地，处处点点，去过的地方也不少，难以细说。大好风光，优美风景。古道热肠，风土人情，五彩斑斓，感念至深。至于同行同业、亲朋好友，交流畅谈，来来往往，也甚为开心。写字画画那样的技艺，到了一定的积累，便会进入一个愉悦的境地。艺术，中国字画的艺术，笔墨作魂，也简单也复杂，其魅力是难以言说的。还有一点，感受越来越深刻，那是故土难离。祖国，毕竟是祖国，祖祖辈辈的根系没有离开，那土地，那山水，是与自己的生命和艺术有着天然关联、不可替代的土壤。故土、家乡、南园，于是如同饱含魔力似的，紧紧吸引了他的心房。

回来，带上一批字画。那些东西，在自己这边看来，属于无价之宝，几十年相伴相随。

南园，不仅对接了自己专注一生的书画事业，也滋生了与女子有关的许多生动故事。

早年在南园厢房学习书画，是那个前清秀才亲手教的。在那里认识阿巧，她是家里的佣人，像是人生导师。往事如烟，早已模糊。只是人到黄昏，总是离不开这样的轨迹。于是遥远的事情，逐渐清晰起来，留驻在头脑里头，挥之不去。想起来，颇有意思。人生在演绎故事，故事包容不了真实感受，但也只有故事可以长久流传。

暗自思量，心里颇为得意的事情是，此生有很不错的女人缘。一则是因为自己的长相，出生在富裕家庭，男人娶媳妇，漂亮是必备标准，所以，至少妈妈的基因条件好、营养好、教育条件好；二则是因为美术专业，一手好画好字，美的作品创造美的才华，而且是视觉的、直观的，很容易引起女子的好感。

在高中时期，和思华的姐姐同班。其姐叫曾思艺，模样端庄大方，气质高雅不俗，很有内涵。青春年少，对于女性特有的敏感，他不会糊涂，感觉得到，这个女生挺欣赏他的，原因也很简明，他爱好运动，开朗活泼，而且在学书画，文笔还不错，有点小聪明。她年纪大于他，已经有了男朋友，也看得出来，对此她有点失落。但她的智商非凡，办法颇多，做事果断，可以驾驭和协调复杂微妙的人际关系，达到皆大欢喜的效果。所以，对于钟寒木，她既不会做那不可能做的，也可以尽可能争取最大的满足。她找到平衡自己的办法，慷慨地向他介绍了自己的妹妹。钟寒木毕竟不是普通的青年，各方面都非常优秀，因此，这样的选择，也是她为妹妹做的一件大好事情。

那件往事会很自然地想起来的，因为那时，对于广州、对于中国而言，也都是非同一般时刻。在那天，即将迎来社会历史性巨变的春夏之交的一个傍晚，却也平静如常，气温宜人。

微风吹来，树叶沙沙作响，花香味浓。校园这会格外安静。篮球场上，还有几个爱好运动的男生，兴致勃勃地打篮球，不时发出活泼的叫喊声。此时，国家处于战争状态，许多地方是激烈的战场，炮火连天，尸骨遍野，血流成河，社会动荡，难得一见这些青春活力，让人感到特别亲切。

钟寒木代表班里打篮球比赛。同班的曾思艺在一边为自己的集体呐喊。她的声音是撩人的，钟寒木受到激励，使出了自己全部的力气。球场上，掀起一阵阵热浪。

晚自习结束时，在教室里头，钟寒木对着作业簿，两眼发呆，很是走神，无心书写什么。这时候，一阵脚步声响起，思艺过来，坐在他前面的空位置上，笑笑说："还在受比赛结果的影响吗？"钟寒木看看她，说："辜负了同学们的期望，我们失败了，有点丢人。"思艺说："人没败。比赛有输赢，这很正常，你们努力了，尤其是你，超水平发挥，给人鼓舞。原本实力相差太大，无法一下子改变过来，大家也都是理解的。"

钟寒木抬起头，看她一眼，板着的脸露出笑容。

教室里没人了，他们要离开。两人沿着林荫道路，散步走向宿舍。

"是否去到珠江边，那里的艇仔粥很不错的。鱼虾新鲜，米也不错，味道极好。"钟寒木说。

思艺摇摇头，笑笑说："谢谢你这么热情。但今晚不行。"

“没什么的呀。只是吃点东西。”钟寒木说。

“我知道，肯定不会有什么事情。但今晚我确实还有一点别的事情安排。”思艺说。

“我知道你不一般，有点忙，但没想到这么忙。”钟寒木说。

“你看看，现在什么局势。”思艺说。

“我不关心政治，不懂政治。但是，如何做人，我是清楚明白的，也是认真的。”钟寒木说。

“这可以理解，也可以相信。”思艺说。

“我不同意你，也不打算说服你。不过，在你身上，还是觉得有股子味道，这可以丰富我对于人生的理解。”钟寒木说。

“还是要关注现实，关注劳苦大众的声音。很快，一个新天地会展现在我们面前。”思艺说。

钟寒木听罢，看着思艺，若有所思。

在校门口，两人道别，思艺快步离开，身影消失在夜幕中。

后来，钟寒木才知道，思艺是中共地下党，是个进步的政治青年，实质上的革命者。以后在这些方面，还与钟寒木有许多联系。

当时还不明白，所以，看到思艺走开，钟寒木心里还有一点儿失落。过了几天，钟寒木在校园小道上，专门等候，找到机会与思艺说话，又向她发出邀请，请包括她在内的几个同学和自己一起回家乡，参加一个典礼活动。钟寒木学习画画，告一个段落，家里为他举办谢师宴，父亲还特别重视，慷慨解囊，大方作出安排。有吃有喝，会很热闹的。

思艺想了一下，爽快地答应下来。对此，钟寒木喜出望外，特别高兴。他不嫌麻烦地认真张罗起来，叫上几个同学，成群结队，一同参加。

这次活动，确实不同寻常。钟寒木的父亲，特别重视。

注定了难忘。那很成功的一次活动，同学也都兴奋开心。大家兴致勃勃，去了钟寒木家乡。从省城广州到珠三角腹地的水城，直线距离其实也并不遥远，但道路不便，弯弯曲曲，因为水网密布。

乘坐柴油机动力的木船，机器轰隆轰隆作响，船体抖动着，闻到浓浓的柴油气味。也好，两岸的田园风光，极目平畴，也可让人心旷神怡。

两个白天，一个晚上，参加了宴请谷南萍老师的活动。谷先生是一个饱学诗书、多才多艺的雅士，前清秀才。为了儿子的前途，钟寒木父亲不惜重金，请他为师，教授书画。

求得谷先生答应，钟父特别高兴，还专门举行过拜师宴。之后，不时宴请，把这当作崇文雅集。这次，趁着气候凉爽，也感到需要抓紧可能不再容易获得的时机，钟父特地安排九大簋宴席聚会，特别的慷慨。于是，整个气氛也就非常热烈。钟寒木家乡是水乡，物产丰富，其美食文化，尤为出色。

在南园前庭上，横放一张红木长条桌子，铺着灰白粗布，摆设好文房四宝。在众人围观中，谷南萍老先生不慌不忙，镇定自若，心平气和，熟练地现场展示功底深厚的书画才艺。写罢几幅字，还意犹未尽，兴致勃勃地向围拢过来的钟寒木和他的同学，说起了书法技艺。

书法不神奇，没有太多的深奥理论。书法就是写字，写字就是说话。提起笔来，且当弄书法。每天都要做的，许多人都会的。但是，需要入心。有的人写字好点，那是因为用心，有的人的字体过于随便，那是因为不走心。我自己，几十年没有放弃功课，经常琢磨字，思考着怎么写才好看、耐看。比如，你们提出来的王之涣《登鹳雀楼》，这是一首好诗，大家耳熟能详。但要写出来，却又是比较难的。“白日依山尽”，“白”后面紧接一个

“日”字，“依”“山”笔画相对简单，“河”“海”“流”都是三点水，左右结构；“千里目”三个字不容易处理，“里”字和“目”字也结构相近，“更”字和“里”“目”相近，“上”“一”是比较简单的字。我写过多次，一般都不容易写好，偶然有写好的。书法笔画太过简单不容易写好，笔画太复杂也需要认真布局才行，比如《楚辞》，往往很难写好。

接着，面对青年人的纷纷提问，他不紧不慢地回答，一一道来，满腹经纶的样子。

钟寒木不住点头，说：“的确如此，老师功力深厚，每笔每画，必有交代，毫不含糊。每次教导，说技艺，论道理，都是真言。弟子收益甚多，有茅塞顿开、醍醐灌顶之感。”

然后有个环节，合作《锦水春美图》。少有的一直站立在一旁的钟寒木父亲，应谷南萍的邀请，拿起画笔，涂抹了几下。

然后停顿，说：“留点空白，以后再补吧。”

这个情形，谷南萍也高兴，紧紧握住钟寒木父亲的手，说：“尊老板做事认真，重视公子，倾注心血，一片丹心，情意绵绵，感人至深。”

钟寒木本人恭敬垂手，站立在一旁，也非常开心，笑得合不拢嘴巴。

接下来，丰盛的九大簋酒菜，八音锣鼓在一边助兴。这是当地最高规格的安排，不同寻常。

谢师宴这里头，父亲有什么心思，钟寒木多少知道一些。父亲其实万念俱灰，希望都寄托在他这个儿子身上。可是，谁又可以承担这样的重任呢？钟寒木明白，自己最大的优势其实还是年轻，有时间适应巨大变化的时代。如同一叶风筝，随同风云起伏。未来如何，受制于牵拉的那根线，而不是自己。

漫长的河道航行，去时是观赏两岸风光，桑基鱼塘，甘蔗林海，船只往来，小桥流水，满眼水乡风光。回程时候，展开了漫谈，充分地交流，是惬意的。

钟寒木特地与曾思艺在一起，这样的机会本来不多，在这样的场景里头，更是可遇不可求。

靠着船舷，身子懒洋洋地斜着，放松而随意。两人都这样。而钟寒木暗自感到诧异，有一个新的感觉：一直严谨端庄，有着革命者特别作风的思艺，在此时，竟然也会展现青年女子的秀丽与活泼，也会流露知识分子常见的洒脱。

思艺客气而礼貌地再一次对钟寒木的热情邀请和周到接待，表示了感谢。说这样的机会实在难得，不仅让紧张的学业生活得以放松，还开阔了眼界，增长了见识，还有，乡下的广府菜肴，新鲜美味，不是很容易能够品尝。一来是因为同学经济条件不够；二来目前时局动荡，百业凋敝，民生艰难，实属难得。

但，思艺毕竟有着非一般青年学生所有的政治斗争的经历和背景，她虽然谈锋甚健，但也更为稳重。该说的，轻松愉快，说个痛快；不该说的，滴水不漏，守口如瓶。如果遇见必要的宣传鼓动，她也没有忘记抓住机会，发动攻势。比如，怎样认识时事，怎样认识人们议论很多、甚至有所接触的共产党，作为知识青年，在当下，应当怎样的选择，等等话题。在她沉稳、自信而又带着女性特有的平和亲切的话语中，钟寒木感到了一种令人信服的力量。

这样的政治表态，分寸感把握得很是到位，不会刻意，不留人为痕迹。

之后，思艺仿佛走进钟寒木内心，让他经常思想。

而思艺显然不同于一般人，察言观色、判断人物的敏锐性特强。没多久，她约了钟寒木。傍晚，落日霞光还未消失的时候，和他在学校的林荫道散步。

接下来，思艺又切入另一个话题，更是令钟寒木兴奋。思艺当他的恋爱牵线人，推介了自己的妹妹。听思艺介绍，妹妹思华是一个新潮女子，喜欢话剧，爱看电影，也是个热血青年，向往革命。她在武汉准备考试，不出意外，几个月后就念大学。

“你们两姐妹真不简单。”钟寒木说。

“你没有说错，我们来之不易，用两个哥哥的生命作为代价。”曾思艺说。

“是吗，为什么？”

“我们前面的两个哥哥，一出生，因为性别问题，扔到河水里淹死了。”

“这么可怕。”

“我们已经有了两个大哥，再生下来男丁，前面的大哥便要去当壮丁。父母不愿意自己的儿子充当炮灰，已经花费了不少钱。所以，一定不可再有男孩。”

曾思艺说罢，低下脑袋。一时间，两人都沉默不语。

此次家乡之行，收获太多。和思华那头，成功地建立一种关系。钟寒木也觉得信心不足。毕竟没有见过面，虽然那也是属于新潮的方式，但关切都自己的体验，总是有所担心。还有南北差异。但不管如何，在姐姐的介绍之后，钟寒木与思华开始书信来往。

钟寒木进入激情状态，每天发信。后来，还将一些画作寄上。或者，干脆为思华而画画，工笔的、写意的、硬笔的、单色的、彩色的，都有。因为要邮寄，篇幅不大，更像是私人感情的表达。山水鱼虫，人物百兽，在他笔下，都是送给思华的一份心意。高亢的创作激情，让他的美术才华展示得淋漓尽致。

思华显然接受了，很受感染。她那边，回信也是一封又一封，丝毫没有怠慢，看得出来，她也是真心投入的。

这交往使得两个年轻人激情四射。没多久，见了面。思华到了广州，住在姐姐那里，几天时间，和钟寒木有了更多的接触。

感情发展很顺利，姐姐思艺是理性、冷静的，妹妹思华性格外向，活泼可爱，同时也很有涵养，言行举止落落大方。那天，当钟寒木在广州火车站等候多时，终于在出站的人流中见到思艺，眼前一亮，呆住了，心里头冒出一句话：没想到人世间还有这么美丽的女子。

回去的时候，钟寒木提出要送思华到武汉。思华没答应，在火车站道别，思华说："粤汉铁路虽好，但广州到武汉要一两天，来回折腾人。后会有期。"

"那是什么时候呀？"钟寒木两眼看着思华，有点傻气地问。

但到武汉后，在信中，思华说她最近参加一个活动，要去上海待上一段时间。钟寒木感到有点突然。

此事信上没有详说，钟寒木还是有所警惕，赶紧去信细问，并叮嘱了一番。不见回应，坐立不安，考虑一两天，他决定过去看看。此时，国内时局更为紧张，一度兵荒马乱。钟寒木原本担心，来回需要好些日子，向学校请假可能不容易。但却是找不到负责的老师，上课已经不正常，有时候，老师不来了，或者，进入了教室，简单讲几句，转身匆匆离开。学生情绪波动，秩序被打破了，逃课的学生也越来越多。后来在教务室见到负责他们的老师，抓住机会，把请假的事情提了出来，那老师还没听完，摆摆手，说："你去吧，你去吧，注意安全，没人管你的了，自己看管好自己。"另外，这些日子，也见不到思艺。

坐上广州到武汉的火车，匆匆出发。通信的地址是她居住的地方，汉口边上一所职业学校，也是一个补习点。简朴的二层教学楼，有几间教室改作了学生宿舍。还有几个女生在那，唯独没有思华。一打听，有一个是思华的同学，她转给钟寒木一封信，说是思华交代的。

开启信封一看，方才知道，思华已经在前一天去了上海。

钟寒木拔腿离开，匆匆跑去码头，买了船票，顺长江而下，只想赶紧跟上思华。那船只属于中型的汽轮，机器突突作响，粗短的烟筒，不停地冒着滚滚浓烟。船只在机器有节奏的震动中，不紧不慢地前进。

从南园到广州，也是航行，但是，情形与感受都大不一样。

站立在船头部位的舷栏边，向着前方张望，长天开阔，茫茫的江水，不见尽头。

快点呀，为什么不如李白那样，早发白帝暮宿江陵，风驰电掣呢？多么希望也来个“两岸猿声啼不住，轻舟已过万重山“的情形呀。快点，早些到达黄浦江畔的上海。

航行中，钟寒木心里总会这样叨念。

越想越着急。

本来，想利用航行的时间，在船上写生，画点东西，作为带给她的礼物。但是，手中的笔杆，似乎突然变得陌生，不听使唤。整个航程，面对着从未见过的奇丽山水，却没能作出一幅像样的画作。

还算顺利，漫长的几个昼夜的航行，进入上海，船泊码头，马达声响消停，目的地到达了。

自苏州河边上岸，他第一次到这座大城市。这里的情形，已经想过多遍。阅读过茅盾的长篇小说《子夜》，那是一个具体的参照。他对这本书印象很深，书中浓墨重彩的描写，对应的是现实中的丰富多彩。但是，当钟寒木提着皮箱，满怀希望走出码头，顿时，心里一阵悲凉。眼前的景象，完全是另一番模样。

行人匆忙，人们的表情大多是焦虑、恐慌和忧愁。路面垃圾随处可见，显然无人清理。商业广告破旧居多，没有及时更新，多彩而有活力的霓虹灯景观难得一见。车辆行驶失去应有的规则，混乱危险，鸣笛声此起彼伏，总没个停歇。

末日之景，残败之象。钟寒木心里悄悄说。长叹一声，招招手，叫来一辆人力三轮车。

目的地是曾思华所在的学校。

三轮车穿街走巷，所见所闻，依然是刚刚第一眼看到的现实的翻版和重复。这一切，仿佛在说，局势已经确定，无法更变了。

到达停车，付费的时候，那事情又让钟寒木吃惊。车夫接过钱，摇摇脑袋，说要多收一些。钟寒木不解，说："上车前已经说好了车费的。"车夫苦笑一下，说："刚刚经过一家小饭店，看到门口新换上的食物价格单，心里才知道，仅仅在这会儿，物价又涨了一波。随行就市，我也没有办法。"钟寒木哼了一声，说："你们这里的物价，涨得比钱塘江的潮水还快。"没再争辩，多付给了钱。车夫接过钱，低头鞠躬，连连致谢，还说："下次记得，你上车时，先付清车费，还有，吃饭住宿也要这样。"

钟寒木不再说什么，提着皮箱，疾步走向学校里头。心里更关注的，是此次长江漂流之旅的目的——思华的安全。时局的紧张，真是前所未有，这更加说明安全的不容易。

和思华见面了，在女生宿舍里。这里都是一切如常，不见异样。思华也依然热情大方，一见到自己的男友，高兴得差点没跳起来。拉着他的手，向宿舍的女生介绍起来。过一会儿，两人在宿舍里不方便过于亲热，又手拉手出了来，一边走，一边说话。思华依偎着钟寒木，脑袋斜斜地靠着他的肩膀。

闻着思华一头浓密黑发散发出来的清香，钟寒木说："真好闻，让人不禁心荡神驰。"

亲昵过后，钟寒木把心里担心的事情提了出来，说："感到你们那是政治活动。”停一会儿，又说：“一个人有信仰、有社会理想并不是不好，但危险的事情一定要回避，毕竟你是个女子。”思华说：“我姐姐也是女子，这样的话，你对她说过吗？你敢这样说吗？”钟寒木愣了愣，说：“毕竟，你和思艺不一样，她是姐姐。明显地感到不一样。”听到这话，思华不高兴起来，哼了一下，脑袋转到一边，说：“什么不一样，都一样。革命这事情，靠的是自觉。敢于牺牲，已经牺牲的，大有人在。国家都这个样子，青年不起来，还有希望吗。你看看社会的黑暗，看看现实的苦难，看看大众的悲惨，还有他们的呻吟。”

钟寒木无法左右思华的思想，但他还是坚持自己的观点，劝阻思华，不要参与危险活动。思华不答应，说他不要太自私，要有时代青年的担当。但现实毕竟是乱世，就看那黄浦江，百舸争流，万船来往，其去向沉浮，都不是一个定数。命运不知被谁操纵。徐汇区的洋味街道、别墅洋房，还有那么一些情调，但失修的围栏、杂乱的花草，可以反映出惶惶不安的人心。钟寒木在思华学校附近租了个住处，每天都要到思华那看看，他不好走进女生宿舍，早早地在门外等候。待思华出来了，两人散步一会儿，说说话；也有在吃饭的时候，钟寒木请思华在街边小饭馆简单吃个饭。几天后的下午，两人的时间要多些，他带她去黄浦江外滩散步，又租上一条小船到了江东，没想到，一时回不去，耽误了安排在晚上的一次集体活动。当时，思华很是生气，不理会钟寒木了。几天时间，钟寒木站立在外头，等待思华，但都不见她。正着急，突然军警来学校搜捕，带走几个女生。因为那个夜晚的事情，思华没有参加，不在此列。后来得知，那个晚上是到国军空军的俱乐部里跳舞，女生背后有中共地下组织指示，借此机会刺探军事情报。被带走的那几个女生失去了自由，接下来是审问。国民党军败退时，将她们带走了，去了台湾，又在台湾进行审判，都获得了徒刑，关进监狱。短期的十几年，长期的二十多年。很多事情是后来陆续知道的，当时，思华还不知道害怕。看到军警带走她的室友，还将发出沉重的金属声音的镣铐扣上。几个步子冲了过去，揪住一个当官模样的，大声说：“你们有什么依据，凭什么无缘无故抓人，还要不要法律！你们是搞白色恐怖！把我也抓去吧！”那当官的一把甩开她，说：“当心赤化！你要真的跟上共党，下次来抓你没二话！”刚刚赶到的钟寒木，赶紧跑过来，对那军官连连赔笑，不停地说好话。

因此大难不死，躲过一劫。很多时候，革命是这样的。并不都是光明正大，而是更多的危险复杂。诗意与赞美，很多都是后来的补课。思华似乎有所感悟。她不想否定自己那个真切热情的选择，也很同情那几个女生，但一下子掉进孤独的漩涡，不知所措。之后，更多与自己的恋人钟寒木在一起说话。

钟寒木精疲力竭地回到广州，没几天，又接到不好消息，乡下来的。父亲疾病沉重，快不行了。不由想起，上一次的热闹，却是父亲的最后一次风光。打点一下行装，连夜赶回。在南园住了几天，日夜守候在父亲身边。最后，80 多岁的他驾鹤西去，与患病有关，也不完全因为这一点。心情不好，沉重与失落，悲观与绝望，这样的心情交集一起，惶惶不可终日。临死前几天身体不适，似乎与往常一样，看似也不太要紧，过些日子会好，没想半夜里一口气没喘过来，眼睛闭紧，两腿蹬直，脑袋歪到一边，没再回转过来。这么着，结束了一生，那可谓是丰富的一生，曲折的一生，奇迹的一生，富裕奢侈的一生。

日子是这样过着，学业无须理会，家事不是他做主，还有母亲大人张罗拍板，但具体事务还是要跟进。思华，还有思艺，是时刻放在心里头的。思华是自己的恋人，也是今后人生的伴侣。思艺是姐姐，不仅是思华的，也是他钟寒木的，这个引路人，显然是到了最忙碌的时刻。想见一面，很不容易。后来，思华也来了广州，还是住在思艺那里。

思华心情依然不好，有点消沉，担心着同室女生的生死，也很遗憾事业追求的不顺利。和钟寒木在珠江边的榕树下散步，她说："亲姐姐就在身旁，但找不到组织。"钟寒木看看她，说："其实我不是你所说的怕死，也不是不关心国家前途命运，不关心民众死活的自私自利小人，只是，我喜欢自由、欢乐、轻松，也喜欢简单透明的生活方式。既然我选择了艺术，那就在艺术的海洋里游泳吧。我可以保证的是，无论何时何地，无论做什么事情，都会保持良心。其他的东西，我说不出太多见解，也不大感兴趣。这样可以吧。"思华听罢，想了想，说："也没有什么不可以的。革命靠自觉，一些艰苦复杂的事情，真正的革命者还为保我们安全，不让我们参与，他们勇敢地担当了历史的重任。这样吧，生活我们是一致的，思想和政治，也各自保留自己的选择。时间会告诉我们，也会改变我们。"

4

于是，两人也还在一起。后来也忽然见到思艺了，不知她从哪里过来的。思艺不多说，见他们安好，心里一块石头放下，很是高兴。在街边小餐厅吃饭，三人说说笑笑，也不见思艺讲大道理。吃罢，思艺起身就要离开，这时候，她看看周边，确实没人留意，才说："这段时间我特别忙，很快，新的天地就会出现，我们为之奋斗为之牺牲的伟大事业，成功胜利了。到时候，新的时代、新的生活会更加精彩，人人都更加幸福。你们哪里需要担心什么，好好迎接吧。牺牲的人为你们、为人民大众已经付出了。大家心中记得他们，不要忘记就好。"

钟寒木和思华听了后似懂非懂，但心情都非常振奋。接着广州解放，不久，两人谈婚论嫁。思艺忙着恢复城市的革命，广州喜事是由两家的主妇张罗。为此，身在湖北的思艺和思华的妈妈，乘着新中国成立后的武广铁道的火车，专程来到羊城，再由女儿思华和女婿钟寒木的陪同，乘火轮到达水城，入住南园。但到底是文化有差异，出现了冲突，两个主妇都担心对方看不起自己，都摆起架子。都有板有眼地说着自己的方言，也不管对方是否可以听明白。思华妈妈入住后，休息一晚，装扮打点好，在厅堂上与钟寒木妈妈见面，两人简略寒暄后，端坐在屏风前的红木太师椅子上，身旁，摆放着一杯清茶。钟寒木、思华分坐两旁。仿佛是一次重要的谈判。开始是冷场，沉默好久，思华等不及了，说："你们说话呀，听不明白的，我和钟寒木可以翻译。"思华妈妈打断了她，说："都怪你不懂规矩，让我落到这尴尬地步。"喝口茶，把茶杯放下，然后说："我来广州看望女儿思艺。既然老远过来了，顺道来到你们钟家，看看这个大喜事，你们怎么办。"钟寒木母亲也不示弱，不讲客气，说："按照我们南园这里的规矩办。"这样一来，几乎是各说各话。思华妈妈说："我们家的大小姐，在家里不需做家务。"钟寒木妈妈说，钟家规矩也是南园的规矩，媳妇进门，需要如何如何。你来我往，交锋半天，没有谈拢。结果，思华妈妈生气，原来计划住几天的，但临时改变，第二天一早启程离开，到了广州，立马又买火车票，直奔武汉。思华只好跟着回去，住在家里，不到钟寒木那里，也懒得回信。

日子这样一天天过去，钟寒木着急起来，只得买了火车票，坐火车去武汉。那一次，钟寒木偷偷地带来父亲留给他的金饰品，一到思华那里，见了思华妈妈的面，不仅嘴巴甜甜的，一口一个岳母大人，而且从口袋里掏出那一大块金饰品。那些金灿灿的东西，让思华妈妈不笑都不行。

搞成这个样子，无法按着原来的设想办事了。钟寒木想法还是新鲜浪漫的，他提到了澳门，想到那里发展。以前他去过，一个小地方，也是独特的地方，毕竟也是殖民城市，国际化程度高，信息丰富，自由度高，可以搞搞艺术。一商量，思华接受了，两人决定了下来，暂时离开南园，到澳门去，找一个安身之地。钟寒木卖掉广州的那套房子，换了一些钱。在澳门，一个要移民到英国的人，对于形势的发展变化非常担忧，急着出售手中产业，于是，钟寒木用很划算的价钱，买下了一个农场。接着雇请几个工人，养殖鸡鸭鹅，种植蔬菜瓜果。他住进茅草屋，做生活的实验和艺术的实验。

但突然发生意外，小事酿成大祸，没有注意火苗，引起熊熊烈焰，呼啦呼啦，一眨眼睛的工夫，烧掉了农场。只好跑到香港，在中学任教师。住的是狭窄的公屋，实在很难熬下去。大马过来招聘华文学校教师，到了东马，住竹棚屋，后来搬到公寓楼房。最后，移民到加拿大，租屋住，房子是类似于别墅的平房。大儿子在香港时无法带在身边，送回了内地。他中学毕业后，到海南建设兵团当知青，在林场割胶。后来，他似乎无法继续了，钟寒木夫妇在八十年代回来，只得把他带出去。

如今，回到南园祖屋，在自己的出生地，觉得应该是有一根无形的绳子，牵引着命运，影响着移动与轨迹。

5

在南园，早上读报，在那份本地的报纸上，看到文丛的征稿启事。眼前一亮，高兴起来，于是想，也来参与吧，出版一本关于南园的著作。他觉得，这南园的好时机已到，不可袖手旁观，自己是这里的亲历者，过去的岁月，汇集了非常丰富的资料。比如，关于南园建设历史，关于这里的人物故事，还有，其中的文化底蕴、风俗节庆和奇闻趣事，等等。一座古建筑，本身必定是一部内容丰富、特色鲜明的著作。

状元堂书画院窗外，可以看到二层小楼，楼上是小姐屋，钟寒木上中学后住了进去，结婚也是以它为新房的。婚后不到一年，他忽然离开水城，此后没回来。之后入住者各种各样，解放军负责人住过，土改工作队也住过，“大跃进”指挥部、整风运动领导小组、红卫兵指挥部，如同走马灯。最难忘也是最为悲惨的，是思华的姐姐思艺。作为革命者，作为党的基层负责人，在那儿住了几年，经历像坐过山车，或上或下，自己也无法控制，最后是在那里结束了自己美丽的生命，了断了宝贵的人生，令人唏嘘。

神州畅游，尽情山水。回到故园，更有感触。在阁楼木床边，放置着一米高的保险柜。钟寒木从腰带上解下钥匙串，选出其中一把，打开了保险柜。里头所藏，除了几捆人民币，一些美钞和港币外，占据了大部分空间的，是一卷收拾好的书画作品。

品味这幅书画，坐在宁静的环境，附设香茗悦琴，心情舒畅，不觉时间的流逝。

这大半生，都是搞艺术，写字画画，笔墨生涯，作品无数，散落四处。但少数陪伴自己的东西，会有特别的故事。其中的压轴，当然是与恩师合作的那幅作品。那是恩师的提携和厚爱，作品叫《南江春日图》。这幅画，几十年一直跟随自己。带着这幅画回到南园，传说各不一致，颇显神秘。

不承想，由此引来很多猜测，风言风语，也传到钟寒木这里来。他听过，微微一笑，不置可否，让别人无法揣测真假。于是，更多议论和流言传播开来。说是其父亲有嘱咐，拥有此图者，真迹加上其私人印章，可分得南园某栋楼宇，而那里的基地下面，埋藏着稀世之宝，以及金银财宝，不说价值连城，也是一个惊人的数目。人们还说，那画作其中的机关，指示了园林的财富，以及园林的产权归属。而找到那个契书，等同于获得所属的产权。

前几天，关于出版一部书的事情，约了谢雨竹。谢雨竹打来电话，说他接到钟寒木的这个邀请，眼睛为之一亮，恨不得当晚就去拜访他。

但在约定见面时间之后，又有另一个人插了过来，谈的是另一个主题。说是要参加为钟寒木过生日的宴会活动。对方向阿玲提出，请她转告。对此，钟寒木听后，想了想，点头同意了，说只见个面，简单说一下是可以的。回来这几年，在自己生日的时候，都会请大家过来吃个饭，高兴高兴。只是，今年过生日有些特别，一定要办好。

见到这个访客，可以谈谈。这个事情，还真的在心里有所牵挂。

“今年，过生日吗？”在前几天，阿玲问。

“过的，只要我还活着。”钟寒木说，“大家在一起，热热闹闹，聚集一起，多好呀，反正钱是我自己解决。这次还需要有点新意思。再把云南那些布依族的小学生请来。请他们的老师带队。我已经画了几幅作品，再写一幅大的。想要的人会有不少，公平交易吧。我不骗人，也不求人。卖画收钱，天经地义。用钱办宴，大家同乐。名堂是为我庆祝生日，其实是个由头。我不重要，我的生日更不重要。我关注的是，现场气氛和大家的感受。”

“大家都知道的，尊重你，也非常乐意参加。过几天，冼总过来，具体谈这个事情。”

“哪个冼总？可以的。不管什么老总，都一视同仁，一样接待。”

今天下午的两位来客，这个冼总，便安排在谢雨竹之前会面。

下午，准点到达，如约而至。这冼堂洪，一身名牌西装，举止谦恭，笑容可掬。不难看出，他对于此次造访十分重视。

在钟寒木的画室兼会客厅，两人茶叙。

钟寒木很是随意，衣着随意，言谈举止也如此。

相比之下，冼堂洪则客套很多。寒暄过后，冼堂洪说：“能参加钟老先生的寿宴活动，实在是本人的荣幸。自幼即听闻先生大名，一直十分欣赏您的书画艺术。以前，总是希望有机会见到您。所以，每次到南园来，心里都自然产生这个念头。在我们这里，有您这位艺术家，我感到非常自豪，每当向别人介绍自己，总忘不了把您抬出来。”

“我们同住南园，那是大家的缘分。这是上天安排，与生俱来，非人力可以左右。所以顺其自然，无须过多客气。”钟寒木说。

“我想表达的心愿是，这次您的祝寿，所需费用，就由我来安排吧，也是我的荣幸。”冼堂洪说。

钟寒木微微一笑，举起茶杯，邀请他喝茶，抿了一口，说：“谢谢啦，这么有心，我受领了。不过，我也要回个礼，给画给字，尺幅内容，听从所需。”

冼堂洪喝了茶，放下杯子，说：“怎敢烦劳您老呀，您还是好好休息，养好身体要紧。再说，几十围台，大家吃个饭，那算什么钱呀。不必客气。”

钟寒木摇摇头，说：“要的。以前都是这样，你也不例外。何况，大家都不容易。”

冼堂洪说："我还是不敢索取如此高贵的礼物。这样好不好，将您的大作现场慈善拍卖，所得款项，捐给福利机构。"

钟寒木说："这也是办法，但是由你做主，捐款人也是你，不是我。"

这么谈定，结束了会面。冼堂洪伸出手，想来个愉快的握别，不料钟寒木却一摆手，双手合十，表示了一下，从简了之。

第二个会见，谢雨竹来了，两人似乎相见恨晚，一见面，互相看着对方，紧紧握手，然后都哈哈大笑起来。谢雨竹说："久闻先生大名，如雷贯耳。"钟寒木说："我见过你，在电视上。"

"我祖父还是您家银行的高管。"谢雨竹说，还想展开说说，但见对方摇摇手，只好打住。钟寒木哈哈一笑，说："过去了。过去的买卖已经结束，我们做个新的生意吧。"

"好呀，钟先生如此爽快，做什么生意都好说。"谢雨竹说。

"开个玩笑而已。其实，我这个风烛残年的老头，哪有什么做生意的本钱呀，都是麻烦你们。"

于是，说了丛书的安排，也谈到整个南园修复活化的事情。谢雨竹说："您的提议很好，我们也有这个想法，南园确实是个宝库，不仅是个建筑，是个文物，也是好的写作题材。一定要处理好。"钟寒木说："我有经历故事，有不少资料，还有想法供你们参考，但确实没有精力去做，具体事情靠你们。"

谢雨竹说："您已经给了很大的帮助了，您这份帮助非常宝贵，非常难得，不可或缺。您有这份心，对我们而言，无疑是莫大鼓舞。"

钟寒木把谢雨竹带上阁楼，从他的卧室里取出一叠文稿资料，说："这些都是我多年保留下来的，你们拿去，参考使用。"

看着一大叠的资料，不少发黄了的，钟寒木手写文稿占了一半多。谢雨竹说："这些可是宝贝呀。"

"一堆乱草。辛苦你们了，要细心整理。"钟寒木说。

"受领了，谢谢您的信任。"谢雨竹说。

"这事还是需要加快，你看我这把年纪。"钟寒木说。

"我这里都安排了，但还需要您的认同。最近找了个女教师来执笔。"谢雨竹说。

"那好，由你来定吧，只要人品好。"钟寒木说，又邀请谢雨竹和那个执笔者参加他的寿宴。对此，谢雨竹特别高兴，说一定来祝贺，十分期待着。

钟寒木对喝茶很有兴致，端起茶杯，用杯盖轻轻地拨开浮在茶水表面的茶叶，美美地喝了一口。

拉开了话题，与谢雨竹，一见如故。他说的都是日常生活的点点滴滴。

回国后，开始住在一个当地成熟的小区，饮食交通十分方便，可惜不能养鸡养狗，没有农村鸡啼犬吠的感受，同时来访客人不甚方便。常到园外品茗，经常忘记带业主证，回来时遇到几次查询，于是同行者教他讲粗口。一到关卡，便大声喊："丢那妈！日日都要查证，你叫你们老板来见我。"这之后，每天往返，一见他的车进闸，便自动开启，怕老人家喊三字经。

水城的一个退休领导知道他，过来问候。钟寒木说："还在种花养禽，再过十几年。如同神龟，尚有竟年。又好像老骥伏枥，志在千里，毛笔未残，续我弘扬中华文化的志向。南园是有故事的地方，是我的祖屋，也是大众的财产。"

见过不少乡亲官员，钟寒木只记得他。居海外数十年，归来的思想，都是他一句话：得唔得、返水城。在故乡，冬日围炉，几尾鲜鱼滚几滚，好过做神仙。

前些日子，首都大会堂的主管人员，邀请他画一幅以祖国改革开放富丽强盛为内容的作品，挂在厅堂里。

花了月余时间，画了一幅题名为神州第一峰的作品，画长六米，宽一点八米，用淋漓的笔墨大笔画来，也觉得气势酣畅，颇像巨制。

献画一行十余人，得到南园企业家冼堂洪等多人的全程资助。到了北京，在大会堂安排了隆重的仪式，举行接待宴，采用款待外宾的国宴标准。献画后，他们参观了大会堂内的各个馆。其中，看到濠江的风味、矮墙荷亭、马万祺的诗、崔德祺的书法，感到特别亲切。又到清华大学做学术交流，共谈岭南画系。

钟寒木喜欢画松竹、山水，岭南画系以写生为主，所以世界的名山巨川都在笔底。

附近顺锦山的好友，送来数株四方竹。四方竹子算是异种，种了后，浇水、修枝、施肥，爱不释手。生了、生了，还出新篁。

南园老年大学，老有所学的百余人，组建舞蹈班、语文班、歌咏组、太极组及书画组。他客串任教老师，学员们一经教导，学习效果明显，字里行间慢慢有了章法。

6

这天钟寒木很忙，也很高兴，晚上喝了酒，然后还主动地招呼大家铺开台桌，摆好凳子，沏好茶水，兴致勃勃地打麻将。其实每天晚上都有人来和他玩麻将，来人都是一些办企业、做生意的。他们跟钟寒木在一块儿，说说笑笑，打发时光笑话，也想在他那里讨取一些书画，那东西值钱。即使不懂文化艺术，也懂得价钱。对此，钟寒木也知道，平时应付一下。但今天就格外高兴，跟他们在一块聊天。

打完麻将，送走朋友，时间已晚，但钟寒木还没有睡意。他走进画室，收拾好桌面、文房四宝，还有颜料，然后对在一旁搞卫生的阿姨说：“明天开始，不接待客人了，你给我挡住。我要在这里画画，做好这个寿宴的准备。”

宝贝在卧室保险箱里头，安稳存放。

是不是因为物极必反的问题，那幅画，自己看得那么重要珍贵。寻找承接者，费尽心思，否决了几个选择。但是，最后在落实中，在实际的操作中，自己却是匆匆完成。缺乏了应有的准备，更谈不上应有的仪式感。其实，这样的情况，也不是偶然的。

回想起来，那天冼堂洪过来聊，又表示拿出更大资助，贡献给南园，也提出了那幅图的事情。钟寒木听着，头脑有点乱了，也有点累了。不知不觉，顺着冼堂洪的话，决定将这图交给他承接。

两人说好，正要上楼。走到半途，忽然想到什么，钟寒木止住脚步。跟在身后的冼堂洪眼睛一沉，脸上堆起的笑容顿时飞走了似的，一点儿都不待见。

钟寒木转过身子，回到茶几座位，从容坐下，拿起自己的杯子，轻轻地抿口茶水。

冼堂洪也凑了过来，悄悄地在原来的位置落座。他把茶杯握在手里，没喝。也不说什么。

还是钟寒木先开口说话：“对不起。此事暂缓一下，我还得再想想。”

冼堂洪赶忙接过话，说：“不要紧，不要紧的。”

钟寒木看看他，说：“毕竟，我将自己的思念，半辈子的思念，还有对于未来的寄托，都放在这儿了。”

“我知道，我知道，完全理解。作为艺术大师，您对事业那丹心一片，情深如海，确实非同一般。我的建议和初步构想，也只是希望尽点绵薄之力，看看可否为您的崇高心愿服务。”冼堂洪说。

“你的言语很好，滴水不漏。只是，我心里总放不下来。”钟寒木说。

“我等待，也继续努力，完善我们的计划。一定会符合您的要求。”冼堂洪说。

钟寒木不再说什么，举起茶杯，招呼一声：“喝吧。”

第三章

1

南园四周的这片古旧街区，像是历史遗留下来的胎记，也引起人们特别的注目：仿佛某个时代的节点，保留过去相貌，独有一番风韵。建筑老旧，仿佛顽强存活的老年人，历经岁月流逝，留下彰显鲜明特色的痕迹，诉说着丰厚与深沉的岭南广府格调。此外，似乎有个传统，水城有水，喜爱水的韵味，南园这带讲究干净，卫生工作做得非常细致，整洁清丽，让人感到环境的优雅舒适，也显示出某种传承的品质与修炼。路边、墙角、屋檐，这一处那一处，一排一抹，一点点，各个角落，种养花草，散发出淡淡的新鲜香味，隐隐约约在街巷飘荡，长期如此，成为常态。打个不大恰当的比方，如同一种宜人的体味，使人熟悉亲切，感知到一个温馨的存在。

南园后街一排三两层低矮楼房，砖墙瓦面，木门小窗，主体色调或红或白或灰或黑，繁杂不一。张打出来的招牌，有木板的，有布质面的，有金属材料的，各色各样，为小店铺注解着活色生香，别有一番滋味。小巷转弯角，矗立着一座小楼，其一楼是个早餐店，透过门口，屋里挂着的没有上漆小木板上，醒目地标出所经营的品种，那里有早点、面条、米粥和米粉。店铺门面不大，大厅有十个还是八个座椅，摆放整齐。显然可见，小买卖利润微薄，但也没什么经营压力，细水长流，慢慢度日。

这小小店铺，其经营者的身份使人难以置信，竟是本地粤曲名家易咏梅。

这些天，必须早起，易咏梅调好手机的报时，设置一段粤曲，让熟悉的声音唤醒自己。天还蒙蒙亮，四处安静，少有行人，她爬起床来，匆匆洗漱，略为打扮一下，从附近的家居赶到这里，开门亮灯，便开始干活。在以往，这样的时刻，还在睡眠，稍后一点，才起来练身段、吊嗓子，如今，在小店里做这工作，为的是多多少少有点收入，保障必要的经济来源。

锅碗瓢盆，油盐酱醋，各种食材，分类调味，洗洗涮涮，点火烹饪，这里那里，张罗个把小时，准备好了，伸直一下腰板，甩甩两手，算是放松休息。附近那重点学校南园小学，学生不少，小学生上学放学，都要经过这里。

早上，那些朝气蓬勃的学生，步子急促，蹦蹦跳跳，嘴巴不停，少不了嘻嘻哈哈，叽叽喳喳；遇见小食店，爱停留一会儿，掏出一点钱，买份早餐。当然，要赶紧上学，学生大都将食物带上，拿在手里，低着头，边走边吃。

过去，小食店的饮食是工作之余附带做的。做了好几年，虽是累了点，也觉得愉快。而这以后，要适应新的日子。如今只是一个进入新的生活轨道的开始。对此，易咏梅是明白的。她聪明，头脑经常保持清醒，容易接受现实。在本地，她并非普通人，曾经家喻户晓，是一个颇有分量的粤剧名家。行走在街道上，经常遇到好奇打量的目光，受到尊敬，颇为风光。当然这些年，或者说在青年人那里，这样的关注度越来越少。

本来，日子也还过得去，平静如水。这样的韵味，如同天然。但闹心的东西，也会不期而遇，终于在前些时候爆发。而同一时刻，各种情况交集碰撞，水落石出，尘埃落定，一清二楚，因而也是终结的到来。

那个事情是，本地品牌南园曲艺社，其理事会换届改选。她那时是在任会长，依照以前惯例，还有自己的实力和想法，易咏梅都可以再当一届会长的。

问题还是出现，有人与她竞争。选举的过程热热闹闹，一波三折，颇具戏剧性，而结果又是她的落败。这里头有预谋、有背景，不大地道，不是公平竞争。易咏梅心中有数，表面上满怀信心参与竞选，暗地里对于这个结果也有所准备。

但心里总觉得有点堵，很不服气，满肚子不高兴。

取而代之的继任者是经营小酒店、喜欢唱粤曲的张生，一个她皱眉头的人。本来，易咏梅不刻薄，也不大关心别人的谋生方式，以及个性与私生活，但张生背后是这些年热衷于做文化生意的杜生。张的这次胜利，取决于他某种超常的努力，背后的小动作，利益的输送，当然不能说是正道。他这样的为人，多少有些听闻，易咏梅对此一直反感。

易咏梅知道，杜生与陈铸杰打得火热。前者奉承取悦后者，并承诺为其提供厚礼。

曲艺社是南园的标签，两者还有景密的联系，南园不可能没有曲艺助兴，而曲艺也很依赖南园这样的表演展示场地。20 世纪 70 年代出生的易咏梅，在南园这附近长大。她的曲艺技巧是祖传的，父母那一代，也唱戏演艺，以民间艺术为职业。那时候有点技能，可以逃离苦力困境，但生活也没有保障，仍然处于社会底层。沿着珠江，顺流而下，从内地山区农村，向着繁华富庶的珠江三角洲，逐步靠拢。掌握了粤曲演艺专长，凭本事吃饭。何况，粤剧博大精深，里头的剧目戏文、技艺本领，绚丽无比，从中也得到了精神激励和鼓舞。所以，还是心中淡定，有一定的自豪感。易咏梅还没上小学，颇有头脑的父母，劳作之余，不辞劳苦，抓紧时机，对她教授培训。那时候，学习的曲目内容，很多是气势豪迈的红色英雄。她形象不错，椭圆脸形，五官端正，明眸皓齿，中高个头，发育良好，精神抖擞。一直以来，认识她的人都说，这个学生的文艺素质很棒，不仅形象佳，口齿伶俐，念白清楚，嗓音的先天条件很好，而且聪明懂事，正义感强，一身正气，威风凛凛。当过红小兵、红卫兵，是听话的孩子；她不是造反，更不是加害于人，而是向往阳光，具有一些理想色彩。

那场演出，在记忆里无法抹去。一个没有掌声的独舞，留在少年时代，成为一个节点。本来，她参加了一个汇报演出的主要节目，要到市里组织的会演亮相。但学校工宣队陈队长看了彩排，皱起眉头，提出意见说，尽管这个学生的艺术水平优秀，可需要全面来看，她父母是旧文艺的人才，以前经常演出，南园这一带，大家都熟悉。这样的政治底色，宣扬起来，对学校的影响并不好。

易咏梅的辅导老师听了摇头，说：“可惜了，这孩子是个好苗子呀。”陈队长瞪他一眼，说：“政治问题是原则性的东西。好苗子更需要经受严格的考核，须经得起考验。”主管政治的他这样说话，在场的人都低下脑袋，或转头看向别处，没人再说什么了，于是现场决定调换角色。这下子，易咏梅被刷掉。她这段时间的努力排练，白白浪费了。还有内心的阴影，别人看不到，被深深地掩埋着，但所带来的刺痛很难接受。接到这个通知，她并不服气，一定要表演节目，找辅导老师，红着脸，鼓起勇气说了出来。老师对她是器重的，也是专业人才，重视艺术才能的价值，答应了她。恰好在另一个不那么重要的校内文艺演出中，有个同学生病，住进医院，赶不上，原本要取消这个节目的，可以临时安排她上去。但时间紧迫，需要连夜排练，而且这个节目内容有点生硬，学生观众不会喜欢，类型也是易咏梅不熟悉的独舞。因此，老师也问她，可以接受吗？也许效果不会好，或者算了吧，以后再找机会。易咏梅摇摇头，想了想，说：“我试试看。”从老师那里拿了节目资料，离开学校，一溜烟跑回家，简单扒几口饭，放下碗筷，走进小房间，把门扇关闭得紧紧，按照节目要求，开始排练，唱歌、念白、表情动作，对着不大的镜子，像是面向着台下的观众，情感充沛，反复练习，直到半夜。经过一段时间，觉得可以拿出来了，在晚自习结束后，留在教室，请来老师，汇报表演。但老师看了她的排练成果，摇摇头，说：“不大对劲呀。”易咏梅一听急了，脸刷地红了，说：“这些，每一个动作表情，都是我想了很久的。”老师说：“看得出来，都是你自己的东西。可我们的要求可不是这样的。”于是，又按照老师意见，改动了许多。毕竟匆忙，上台演出，停顿了几次，观众也看出来了，整台节目都是宣传，大家心里烦躁，一有机会便起哄，喝倒彩了。结束时，连表示基本礼貌的鼓掌声，也稀稀拉拉。但是，这一切似乎没有影响到易咏梅，她表情平静，沉着迈步，走下舞台，头也不回地离开演出现场。后来一直坚持练习，表演的基本功越来越好，再后来考进省粤剧学校。毕业后，一走出校园，毫无悬念地被南园粤剧团吸收。

往事回想起来，宛如清淡烟霞，笑笑而已。

家里的事情，令她又高兴又担心。易咏梅把双胞胎女儿培养得很好，高个头，丰满漂亮，容光焕发。有歌唱的特长，一个学习美声唱法，另一个是流行音乐。都没有爱上粤曲，易咏梅夫妇也不勉强她们。已经开始登上舞台表演了，几次应邀亮相，效果不错，不仅收入演出酬劳，而且还引起关注，很被看好。二十七八了，还自由自在，开心度日，都没有男朋友。追求者不少，但总成不了。每次男方有请，约见其中一个，这两姐妹总要一起参加，缺一不可。上次约请姐姐，晚上在餐厅喝茶，小妹坐在旁边吃喝，一言不发。男的很有意思，殷勤讨好，嘴巴不停说话。见面结束，两姐妹刚走出门外，妹妹嘴巴锁不住，大声嚷起来，说："哎呀，男生这条件，还真不行！姐姐，不要考虑。"姐姐听到，微微一笑，看样子是表示同意。两人挽起胳膊，边走边说，说起别的事情，把刚才的经过抛在脑后。清朗漂亮的声音，不时吸引路上行人。回到了家，静坐客厅，等待已久的易咏梅，赶紧了解情况。听她们说完，见小女儿这个态度，不由立马拉长了脸，很是生气，大声地说："妈妈被你们急死了。什么是爱情？什么是婚姻？你们也要有清醒的头脑，不要犯糊涂。爱的是他那个人嘛，要看本质，看综合，个子高一点矮一点又如何？"两个女儿，是爸爸妈妈的宝贝，家庭最大的欢乐，都来自于此。但也没少费心，小时候教她们拉小提琴，学习要求很严厉。两个孩子都不喜欢，经常抵触。可是爸爸不依不饶，拿出硬气的手段，不许她们出门，关在房间拉琴。练琴不能坐在凳子上，要站立。妹妹脾气倔，一屁股坐下。爸爸进来看到，火气来了，转身出去拿了根手指粗细的竹子，扬手要打。站在旁边的姐姐一着急，将小提琴横着去挡。啪！小提琴把手被打断。爸爸一见，两眼一瞪，愣住。姐姐妹妹却呜呜哭起来，把小提琴扔在地上。跑进自己的小房间，嘭地把门关上。后来，易咏梅把两个女儿叫到面前，说："艺术你们是要学习的，我们是这样的世家，爸爸妈妈都特有专长，你们不学，不来传承，是一个极大的浪费，没看见吗，许多人家，花钱不少，都想让孩子学到一门技艺。"两个女儿听了，连连点头。让她们学习声乐，戏曲、民歌、美声、流行等类型，不做强求，任由两个女儿各自挑选，于是，练习一段时间，一个选了美声，一个选了民歌。自己喜欢的东西，投入很快，进步也很快。不知不觉，又有问题冒出来了，找对象，乃至结婚成家，又是越来越紧迫。

老公阿龙为人不错，但也有不让人省心的地方。他管不了女儿的艺术学习，之后似乎有些泄气，当起了甩手掌柜，倒是一点不着急，仿佛没他什么事。身材不高，灵活结实的他，年轻时候，翻跟斗一次可以做几十个，然后还站得稳稳的，大气不喘，满面红光，神采奕奕，浑身是劲。如今没有这样的兴趣与干劲，只热衷养生过日子。

阿龙家原来也是粤剧世家，祖上在南园附近，后来跑去广州演戏，在那定居。世代承传，后来有了不小的名气。“文革”开始，阿龙爸爸受到批判，打入牛鬼蛇神之列，下放回家乡，到南园街区小企业劳动改造。工作之余，阿龙爸爸喜欢关上屋门，一家人在里头又拉又唱，享受着他们的粤曲艺术。

受到当地的重视，让他出来发挥专长，教导群众唱新乐曲，新的节目，山乡风云。在许多的参加学习的人当中，咏梅是其中的一个。然后我认识了他的先生，那个时候也才十多岁，性格内向，不爱说话。

后来阿龙一家忽然又调回广州了，原来上面要求大搞移植现代京剧样板戏，地方戏种排演那几个京剧，广东抓的第一号项目是粤剧《沙家浜》。那是政治任务，人员等各种资源的配备安排得到了特别的照顾。于是，阿龙一家要回去参加。阿龙也扮演了一个小角色，演新四军小战士，他的重头戏是武戏夜袭，翻跟斗越围墙，拳打脚踢，起跳转身，表现得非常精彩。在北京演出受到上级表扬，说是为样板戏带领地方戏革新树立了典型。还特别强调，那个旗手对此很满意，要安排接见。这是非常重大的事情，非常难得的荣誉和机遇。对此，粤剧项目的负责人十分激动，几个晚上没有睡好，精心准备，带上经过多次学习培训和反复叮嘱的主创人员，也特地带上了阿龙。但后来事情忽然有变，只许负责人一人去参加接见会。到了现场一看，才知道参会的是全国各地这个方面的代表，所谓接见，也并不是指某个人。不过，失落很快变成幸运，阿龙父子也好在没参加这接见，没几年打倒四人帮，又来了大揭发、大批判，单位办公楼的大墙壁上贴出几张大字报，文章批判广东搞粤剧移植样板戏的某个红人。剧组的一些人也受到指责，少不了被牵连。在这样的情况下，阿龙一家再次到回南园来。阿龙爸爸说："回来故地，感到心里宁静，踏实很多，反正我也这把年纪了，粤曲的风风雨雨都经历过，这个方向、那个方向也都体验过，如果说个人艺术事业的发展，差不多就是这个样子了，不可能突破也不想去突破什么。"遇到了那个事情，现在跟以前也不一样，批判一下走过场，过了风雨就算完事，并没有什么实质性的伤害。但是他心里也突然亮堂了许多，年龄也到了，索性提出申请，把退休手续办了，然后把家搬回到南园这边来。计划利用空余时间，在南园那里，再做点粤曲方面的培训，像以往那样可能更有意义。果然，他的话是没有错的，人们说起他，对他更多的是怀念和同情，所以他的粤曲教育推广活动开展得很顺利。当然还有更大的收获，他的儿子与易咏梅喜结良缘。

这阿龙也是个典型的艺人。受家庭影响，沿袭戏曲事业，原来在大城市广州，几代人都演戏。"文化大革命"前夕，破四旧，受到批判，待不下去，索性迁回老家南园这里，父母也没干什么了，只在一个文化馆挂了个闲职。他自己也无所事事，周围的群众很少跟他们来往。在南园读书了，但是不怎么吭声，同学们很少跟他们在一起。但易咏梅觉得这个人有点趣味，主动跟他接近，方才知道，他家也在南园旁边的小街上。去他家玩，认识了他父母，后来在文化馆那里参加学习班，他父母还是老师，看到咏梅喜欢演唱，教她粤曲的一些技艺，包括念白、表情、身段、动作、服饰，一点一点地教。易咏梅很感兴趣，上手快。两个老师也很高兴，觉得好像找到了一个知音，或者找到一个希望。也把自己儿子叫过来，教导他，说："你看人家多热爱，多认真地学。你那半桶水，学着学着就放下丢掉了。以后，看你还有什么本领。"

这些年他不去演戏，也不做身段教练了，喜欢上养鱼养鸟，整天和那群鸟儿、鱼儿在一块儿，喂它们吃食，张罗笼子、鱼缸的事情，整天不说一句话，把阳台弄得像个鱼儿、鸟儿的世界。

2

回想这些事情，虽然不大愉快，但理顺了一下，会慢慢舒坦起来。也觉得，这样过日子，自有一番清静与乐趣。

没想到，自己还真的无法与世隔绝。当侄女易新航来到，聊了没多久，又遇着了让她不得不参与的事情。

"什么风把你吹来，这么一大早，少有的。"易咏梅说。和这个侄女非常熟络，也很有亲切感，见到了立马高兴，满脸带笑。

"确实少有，明摆的事实。你知道，我不喜欢这地方，老气横秋。我喜欢新鲜的东西，追赶新潮。"易新航说。其实，大家都知道，她衣着打扮从不讲究，没有一件名牌，也不穿金戴银。她的魅力，表现在自己的天生丽质与内涵修养。

对此，姑姑易咏梅说过，易新航是水城的一张靓丽而不俗的名片。

每次见到易新航，她都有这样的感觉，也都忘不了要提醒和训导这个可爱又让她担心的侄女。

"各人的感受不一样，各人的喜好不一样，很正常的，如此而已，不必那么绝对。"易咏梅说。

“那是的，你看如今这情况，不仅要回来，而且要经常回来。”易新航说。

“什么事情，具有如此巨大的驱动力?”易咏梅说。

“说是艺术，其实是生存。过来编写一个关于南园题材的粤剧。”易新航说。

“项目不错，其实里面的空间挺大的，可以做的事情很多。这个作品主题导向清晰，题材内容也可以放进大量本地元素，所谓的特色鲜明，能发挥到淋漓尽致的地步。”易咏梅说。

“你的参与必不可少。”易新航说。

“这不是大问题。”易咏梅说。

“咱们合作也是个机缘，这么多年你一步一步将我带着行走。在这条路子上，尽管坑坑洼洼的地方少不了，但我总有一种自信，一种无形的力量，你，还有我妈妈，有你们的目光，有你们的拉扯。”易新航说。

“这是明摆的，是应该的。也是你的福气，但是你要争气。”易咏梅眼也不抬，冷冷地说。

“那你嫌我拼搏不够吗?我知道，你是嫌我不结婚，不生孩子而已。”易新航把脑袋转到另一边去。

易咏梅哼一声，又笑了，说：“我现在不想又来给你一番教训，只是提醒而已。记住，提醒是不会消失的，因为有必要。”

“毕竟是我的姑姑，我的老师姑姑，我的姑姑老师。”易新航哼一声，说。

“还有，谁给费用?”易咏梅说。

“当然是政府。”易新航说。

“我问你，这个项目应该不是谢雨竹给的，是吧?他现在其实是赋闲失势了，没有这样的资源。陈铸杰给的吧，他有什么要求，有什么条件呢?听说他这段时间对南园很上心。”易咏梅说。

"当然。这瞒不过你。陈铸杰那也是一种交易。别的，我不知道，也不多想。不会发生什么的。你放心，我只做好的事情，不会做亏本生意。"易新航说。

易咏梅哈哈一笑，说："你说的本是什么？"

易新航说："你知道的，我有自己的本，我们都有自己的本。"

易咏梅说："我当然知道，不过还是忍不住要提个醒。再说，时间紧迫，那准备如何搞呀。"

"来这看看，在找人合计合计。陈那里有一些要求，提出将本地的非物质文化遗产放进去，一个一个地在舞台上展示推广。"易新航说。

"主意倒不错，可以这样做。也有这个必要。"易咏梅说。

"想得挺美的。拉开舞台大幕，看到香云纱、锣鼓柜、人龙舞、龙舟说唱，还有观音开库、关公出巡、龙舟点睛……应有尽有，够精彩的吧。"易新航说。

"那也不能如同做广告那样，直接介绍产品与品牌呀。毕竟，你要搞一个戏，那是艺术作品，要有故事、主题、人物，音乐、旋律和唱腔也要树立起来，让观众认可。"易咏梅说。

"那个当然，我会处理好的。再说，人龙舞那里，我想过了，把陈的父亲形象弄出来。我小时候很有印象。他爸爸五大三粗，肩上扛着人，还健步如飞，大气不喘。要是陈给钱多，那让这个形象出彩；要是给钱不爽快，那要处理为滑稽喜剧效果，让观众笑笑。"易新航说。

"你喜欢来这样的鬼点子。看周星驰多了，满脑子无厘头。"易咏梅说。

"那不搞无厘头了。现在有空，来到南园，调查采风，体验生活，寻找灵感。"易新航说。

“也是一个大而空的题目。创作这东西，有时候很玄。与所谓的理论并不是一回事，道理归道理，实际上处理起来，需要动脑子，而且每个人的方法套路都不同。做粤剧也一样如此。”易咏梅说：“老剧目千锤百炼，已是炉火纯青。如要推出成熟的新作，需真下功夫。”

“不想太多。我这一不做二不休，立马行动。经费一到，功夫也真到。”易新航说：“相信我的东西也可以拿得出手。”

易新航，咏梅哥哥易亮之女。近年来，已是这一带屈指可数的粤剧新星。她不喜欢南园。但如今，却要投入很多精力，参加创作演出《南园九大篇》。

易咏梅看看她，笑笑说：“困难是有的，但是办法你也不少。”

易新航说：“那当然，我们还缺少办法吗？你看我妈妈他们，唱南园的粤曲唱到了串联路上，唱到了天安门广场，后来唱到了粤北山区，唱到全县最偏远的山区莲塘尾村。所以，我们去香港演出也毫不奇怪。”

南园青年粤剧团，曾经非常活跃，红极一时。改革开放初期，那个时候宽松自由，要做的新鲜事，想得到的放胆去做，很多都是可以的，那个时候也没有太多的消费方式出现，粤剧这传统的方式，还有很大的空间。青年粤剧团成立，后来进行了改革，接着政府决定脱钩，不给原来的财政支持，让剧团在市场中自由发展。也过了一些舒坦如意的日子，但是再往后还是遇到困难，主要是经费方面的短缺。这团长有人当不下去，撒手走了，也没有谁来抢位子。后来要推举，大家都说找个年轻的吧，很多人提议易新航。但她并不想干，不想操心，只想搞专业，被大家追得没办法，只好直说：“我是唱歌演戏的，空闲只顾自己去玩，或者一个人待着，不想挑这副担子。整天跟这个打交道，跟那个打交道，特别是伸手向别人要钱，真不想干。”但后来人们说，正因为这个事没人愿意干，所以你必须干。易新航听罢，愣住了，想了一会儿，说：“那这样我只好接受了，我可以干那些别人不愿意干的事。要是大家都争着来干，我就不参与了，坚决不干。”

她组织了去香港演出的活动，这个是利用她妈妈伍媛的关系，跟香港的在社区的、在企业的乡亲取得了联系，认识了在南园出生、与钟寒木有亲戚关系的肥叔，得到关照，找到在那边演出的机会。但是去那里演出，须要走正规审批流程，要办很复杂的手续。易新航他们想了个打擦边球的办法，以因私旅游名义，分散到香港，然后参加社区、企业的联欢活动，作为一种联欢性活动来做这场表演的节目。反正都是演古装戏、地方戏，不是现实题材，没有什么政治元素。这样的一个社会文艺团队，也不是很有影响。

3

易新航明白，姑姑易咏梅一直把她这个侄女放在心上，对她是认可的。而且对于她的故事，甚至心事等等，都了如指掌。

易新航对此也很享受，一见到易咏梅，总免不了诉说一番，把自己的事情和盘托出。比如，最近说到易新航带队到香港演出粤剧，夜里住在附近街巷的廉价旅馆，几个人挤在狭窄的房间睡地铺。有的人发牢骚，说：“来到这个美丽繁华的大都市，我们又是登台亮相的，怎么这样安排？说出去让人家笑话。”易新航冷冷一笑，说：“那就不要说出去，自己知道就好。其实你们也可以不这样，到星级酒家，一人住一个单间也可以，但把钱花在那里了，到自己手上的酬金要减少。蛋糕就那么大，分配的方式不同罢了。各位自由选择吧。”这么一说，都没意见了。来这里演出，收到的报酬，其实都是分给大家的，睡觉的条件安排好点，得到的现金补贴便相应减少。如此比较一下，还是拿到港币更爽一些。在香港的演出地点是弥敦大道附近的一个普通戏院。从内地过来演出，其实是以各自旅行名义，分散行动，悄悄地过来，按照民间的安排，做商业性质的服务。易新航和她所带领的粤剧演艺团队，是认真和卖力气的，节目好看。现场的观众也很支持，掌声、笑声，该有的还是有的。

演出结束，也安排了上台送祝贺的鲜花。提供演出经费的香港负责人肥叔，是当会长的，还有几个副会长及其夫人，等等，很多是以前从珠三角过去的，是粤曲的发烧友。他们过来祝贺，看着易新航，一个个都不停地说话，什么演得好演得好，粤曲是我们的宝贝，我们不会忘记的，会继续支持你们。你易新航也真是个好看的美女，在香港，身价会增加百倍，等等。易新航谦虚地聆听，时而微微一笑，轻声说：“谢谢。有你们赏脸，已经很满足了。但没有年轻人，没有新人。因为各有所爱，但也希望有年轻人支持与参与。”

会长肥叔伸出手，握着易新航的手，把她拉到一边，说：“我们都是南园人，我几十年前来到这里。很长一段时间，不敢回去。后来可以回去了，心里又感到舒服。如今年纪大了，不大爱动。你们多来吧，看看南园的人，听听南园的戏曲。你还年轻，很有前途。喜欢粤剧，坚持下去，很不容易。”易新航说：“那是不可缺少的。”会长肥叔说：“那好，像你这样的年轻人，在香港真的很少，会有市场的。到社区中心去，我们再作交流。”易新航拍拍手，说：“太好了，机会难得，我们多交流，看看你们有什么意见和需求，同时，也希望与香港青年交流。”

这样一来二往，与香港的老南园人的互动越来越多。很多时候，这些互动很快讲给了易咏梅听，也少不了她的参与。

这些年，易新航很少来南园。小时候在这住过，后来离开这地方，尽管喜欢唱戏，学的也是粤剧粤曲，但是对于环境，她更喜欢别样的风格。学校毕业之后，在工作单位附近住宅楼租房。后来积存工资，准备好首期，供一套两房一厅的小单元房。楼盘里面，二三十层高的楼房，地下停车库有两层。花园里，笔直的跑道，弧形游泳池，会所里面有乒乓球桌、读书阅览室。走出小区，在小区的群楼里，商铺密布，有茶室，有咖啡室，有面包店。她喜欢去那里喝点咖啡，和朋友聊天，消磨一些时间。现在没想到却要重点关注南园，这个古建筑成为一个重头戏，而这东西首先是业务的，也是经济的，必须投入很多时间，包括注意力、情绪，所以这天易新航就专门来找了姑姑易咏梅。她的姑姑是她粤剧的老师，基本功非常扎实，人品更好，厚道善良，这些都是易新航非常喜欢、非常迷恋的。

还有一个原因，到了姑姑这里，她会再一次感受到父亲的存在，抚摸心头的伤痛，很多年时间的潮水，冲刷了心头的悲痛，心里也慢慢地平静开阔。但是父亲毕竟是无法抹去的一个存在，有时回想起来，自己不知不觉地沉浸在遐想当中，猛醒过来，发现父亲不在了，又感到一种失落，为了弥补这种失落，她经常看看照片。另外一个抚慰心灵的习惯就是到姑姑那里去，跟姑姑谈自己的心事，由此感受到一种父亲所特有的那种温情和无形的力量。

父亲易亮，在她心目中一直都没有离开，不仅因为他是长辈，是偶像，还因为忘不了他的声音、温暖、力度、呼吸以及心跳，那些元素似乎是自己的身体一样。父亲满满正能量，阳光大气，热情爽朗。他知道，那时家庭处境很不好，但父亲懂事，孝敬父母，在学校尊敬老师，和同学友好相处。做家务照看妹妹，自己的事情也做得非常好。他非常勤奋，学习认真，功课优秀。粤曲方面，他的唱功不错。最痴心、最喜欢的是美术，希望做粤曲舞美，用图案色彩服务节目。在粤北山区插队落户的时候，由于有这个专长，收获母亲伍媛的好感，后来两个人恋爱结婚。因为他们都有文艺特长，被县里的文艺宣传队招进去了。在这种氛围下，在粤北山城小河边靠着山坡脚边的文化馆的平房宿舍，易新航诞生了。“文化大革命”结束，形势变化，知青可以返城。县里的文艺宣传队也解散了，那些能歌善舞的、长得很好的，吹拉弹唱有一定专长的，都分别安插在县里的各个部门，他们走的时候还吃了一次饭，喝到半夜大家都抱头痛哭，虽然以前也抱怨这个宣传队没啥意思，清水衙门，被别人看不起，做那些说说唱唱的事情，实在没有前途，但是到单位解散的那一天，大家的感情忽然像泉水一样冒出来，真挚而充沛，伤心不已，留下难忘的时刻。当时，陷入这种情感的易亮，一时间不知所措，还是伍媛提醒他：“我们抓住机会，想办法早点回到南园去吧。”

4

这次两人在一起，说到竞选理事会会长这件事情，易咏梅免不了将自己的心思敞开来，说：“既然当不了会长，我也不参加南园粤剧团理事会了。人家显然排斥我，那么也不为难他们。我干脆退彻底一点，成全他们。”

易新航哈哈一笑，说：“那玩意，算什么事情呀。不早和你说过了吗，像你这样的名角，压根儿没必要与那些人掺和在一起。”

易咏梅说：“我热心的是粤剧，还有观众。当然不是那些人。”

易新航说：“不提这些了。说别的，我妈过几天从加拿大回来。还说要搞个小活动，把南园的几个同学招呼过来，聚一聚。”

易咏梅说：“他们那一代，几十年风风雨雨，留下奇特而辛酸的故事。”

易新航摇摇头，不以为然，说：“每一代人都有不同的风采、不同的足迹。谁没有故事呀。”

易咏梅说：“你说的也是。但他们的故事有意思，认真倾听吧。”

“你又提及过去，讲到南园。说实话，生活地点的选择，我不喜欢香港，也不喜欢加拿大，所以我不会离开。也不喜欢南园，不喜欢粤剧，其实只喜欢待在这儿，喜欢唱歌。学习粤剧，花那么多功夫，不唱也浪费了，再说唱别的我也不行，所谓走红了，那是因为老师教我教得好，学习成果体现了出来，当然还有别的一些偶然因素。走红也需要运气，某个人在某个地方，某个时期等等，都是偶然的。”易新航说。

易咏梅看了看她，冷笑一声，说：“又来说这些，你看你，有什么东西会让你喜欢，好像什么都没有。”

在小食店，姑侄两人细说了一下这个剧作项目的安排，都觉得不错，特别是结合了南园。以前也提过这个题材，但条件不具备。现在作为一个任务下达了，有了基本的保障。易咏梅说经费上还存在缺口，目前安排了六七成的费用，当然也很好了，但剩余费用也要考虑好，以免到买单的时候才注意，导致手忙脚乱的被动。

易新航连连点头说：“还是你这个老行尊有经验。”易咏梅说：“这方面的事，准备越早越有条件解决。所谓兵马未动，粮草先行。看菜吃饭，在制作项目中也都是这个道理。”

易新航笑笑说：“知道我们的九大簋可以先期与一些饭店对接，在剧中展现他们的餐饮店的品牌要素，那里也可以争取一些经费支持。”

易咏梅说：“还有做厨具的家电企业，展示非遗文化的文化部门，这些也要纳入你们的视野。”

易新航开心地笑笑，说：“你的主意真好。”

易咏梅说：“这些东西虽然是一些基础性的元素，但毕竟是剧外的事情。真正关乎作品的有剧本唱腔、表演舞美、找导演、选演员一大堆事务。”

易新航赶紧说：“这些我都有准备了，我那里那个团队还与广州等周边城市的同行进行互相协助，资源是有所准备的，当然要上水平、有质量、出新意，还得下很多功夫。”

易咏梅说：“你那里的情况，我多少知道一点，可以放心，但是目前最要紧的是找谢雨竹。他负责南园文化的东西，我们这剧中的内容，需要请他策划和把关。”

易新航说：“我也是这么想的。”

5

谢雨竹那好说话，有事情也会没问题。那天易咏梅致电给谢雨竹，他正在开车。长话短说，很干脆地回答：“只要有可能，会帮忙的。”

这是事实。离开钟寒木的家，谢雨竹一边驾驶一边想，写书的事沟通得很好。钟先生也有这个想法，明确下来了，他还慷慨地提供了那么多的资料，也有期待。现在只是看谁来执笔，谁来具体推进，其实这个事还没有定下来，把女老师温灶花提出来，也是临时的一个办法，之前也找过别人。

现在还有一个新的内容，钟寒木提供那么多材料，很有价值，不要流失。由可靠的作者来管理，更加放心。所以，还是要跟温灶花沟通，把这个事情做好。

找人，经常留意这事。前几天中午，介绍了一个三十多岁的笔手茅作家，看看可否引进到与易咏梅的合作中。茅在南园小街巷士多店长大，他家是汕头农村的，当年为躲避计划生育的限制，也因为看中珠三角地区的发展潜力，拖家带口，住在了南园附近，谋生发展。茅大学毕业，上进心强，通过考试，进入政府部门当聘员。他多年坚持写作，发表不少作品，加入了省作家协会，兼任本地作协副主席，大家叫他为茅作家。他也希望，终结父母那经营士多店的人生，有所成就。他对谢雨竹非常尊敬，热情诚恳。这次带来一个稿子，交给谢雨竹，请他指点，之后还紧紧地跟在后头，看看有什么别的要求或者吩咐。

当电梯开门，他跟着进入，按下谢雨竹要去的楼层。“你到哪去呀？”谢雨竹问。“我不是上去，陪您上去，我再下来。”茅说。这个细节，谢雨竹记住了。第二天午饭后的散步，在办公楼侧边的花园里，再次遇到他。他在用手机通话，只听他说道：“买书两套，一套给孩子，一套给妈妈。妈妈要学好，辅导孩子。”放下手机，看到谢雨竹，有点不好意思，又是很高兴。

谢雨竹说：“买什么书呀。”他说：“孩子参加补习班。”

谢雨竹看着他，问：“你经济情况如何？”他笑笑说：“每个月收入四千多，孩子上学需要三千多，其他花费四千多，八千左右。”谢雨竹说：“那缺口如何补足呀？”他说：“写稿，帮企业搞策划。”谢雨竹看过他的文章。他是本地报纸活跃的新闻评论作者。

茅说：“新闻评论，一篇千字文，稿费一二百，还要拖几个月才发，效益不好。一些单位，做电视宣传片，电视台的文稿写作不过关，就委托我写，三两千字，可以挣得二三千的稿费。但他们热衷于请专家教授，其实大都是招摇过市，出来谋利的，毫无意义。面对简单的事实、明摆的事实不说，常识不说，视而不见，兜兜转转，左包装右包装，讲了一大堆，写了一大堆，有用的东西没多少。这样的名人大家，弄出大量垃圾，用以包装自己的名片，包装自己的身份。当然写作也真的不容易，比如有个网络作家，码了十几年字，因为最近磨伤了，一气之下想不再码字，要去刷盘子。这些年来，他们也常常讨论如果网文混不下去了要改行做什么，总结下来，适合干的除了进厂打螺丝钉就是当保洁阿姨，没想到这人还真的行动了，真笑死我。我们都赌她干不了两天，她也没有辜负我们的期待，才干一天就回来了。厨师长为了感谢她那一天的辛苦，给她奖励了两根腊肠，也算是收获满满啊！”

听了这些，谢雨竹也笑了，又说：“你写唱词不？”他回答：“没写过。”谢雨竹说：“有费用的。”茅高兴起来，说：“那么好！可以一试。”谢雨竹说：“这就对了。”茅说：“写什么呀？”谢雨竹说：“粤曲的。”茅摇头，说：“我这个汕头人还真不行。粤曲歌词用的是粤语，我平常写文章是使用普通话。”谢雨竹说：“什么都是在学习中提高的。”茅点点头，说：“那好吧，我努力。”谢雨竹说：“是要这样的。不是你选择社会，而是社会在选择你。不仅对于你是这样，对我也如此。我们都没有资格充当大爷，只有夹紧尾巴当孙子，努力工作。这样坚持，咬牙熬日子，才有前途可言。”茅说：“太感动了，像您如此成就，也与我这样交心，受益匪浅，一定努力。”谢雨竹说：“真的，平时我不这样说话，只因看到你是写作人，目前的压力也大，还真为你操心了。”

第四章

1

终于散会，可以放松，从 A 座楼七层 1 号会议室出来，碎步快走，悄悄地舒口气。

这个例行的联席会议，诸多议程，一项一项通过，完成程序，花费时间不少。此次所讨论与决定的事情，大部分与自己的分工无关，坐在那里，基本上不用说话，免不了开点小差，思考别的东西，这是可以的，但需做好笔记，不能够随意离开。而且，该举手的举手，该点头的点头，甚至该笑笑的也不宜板着脸，不管别人有没有留意，上级领导笑了，自己也最好咧咧嘴巴，附和一下。不为什么，只是不能让别人感到自己心不在焉。

会中，他悄悄地翻开别的材料，那是南园的事情，刚刚接手的项目。

许书记与他谈过话，说："经过专题调研，几次讨论，班子已经形成共识，南园片区传统建筑活化，之前基础不错，属于城市升级、发展文化、改善民生的范围，具有综合性内容，包括城市基建、公共管理、公共文化和城市品牌。一个地方，当产业发展到一定的水平，需要继续前进的时候，总是离不开这一招：搞城市建设，提升文化内涵及其影响力。所以，这项工程，甚为关键。”

听罢很受鼓舞，一股热血涌上心头，陈铸杰不由挺起胸膛，当即朗声表态：“不负重托，全力推进，会迅速到位，抓好落实。”既要尊重前人，基本延续，但也有新想法，努力创新。原来的那些材料他看过，谢雨竹负责的社科报告，看得出来是下了功夫的，具有战略性的理论高度，立论醒目，内容全面翔实。对此，他觉得，自己也要有所作为，否则，至少面子上过不去。结合以往积累的经验，于是在心里明确，实的事情要做实，如工程；细的事务要做细，如民生和环境保护；虚的东西要大胆创新，如文化内涵的打造与宣传。全面铺开，互相配合，形成叠加裂变的效应……这样理顺了思路，踏实起来，坐在会议室里的他，嘴角露出了笑意。

这半天会议，坐着不挪动，也挺累的。离开会场行走，用手拍拍略微麻木的双腿，进入电梯，在里头站立一会儿，头脑还有点迷糊。不知不觉，到达目标楼层，电梯门打开，才意识到要走出去。是在第一层，经过门口旁边的值班室，服务员喊住了他。那个中年妇女，在这里工作好几年了，虽然一时叫不上姓名，但也是熟悉的，感到亲切。她表情温和亲切，热情朴实。他也知道，这类人员来自本地农村，家里经济困难，需要照顾，被安排进政府来打工，提供就业机会。这不是特例，而是本地的一个用人制度：政府的服务采购与帮扶贫困群众结合起来。来干活的这些中年妇女，长相平常，文化水平不高；对她们要求也不高，无非是讲究卫生，手脚麻利，懂得基本礼仪，需要执行保密要求。

“陈领导，等一等。”她喊道，手里还拎着一盒快餐，步子匆匆地小跑到他面前，说：“这是你的午饭。”陈铸杰知道，那是后勤部门的安排，每个与会者一份，开会已经过了食堂用餐时间。

在办公室里，陈铸杰吃过简单的午餐。在侧旁的卫生间洗漱一下，又进入另一间窄小的、只放得下一张单人床的房间，躺下身子，眼睛闭合，迷迷糊糊入睡，休息了个把小时。下午没有会议，按照日程，他要去两个部门协调一些事情，再去一个企业，看看安全生产制度的落实。每个环节都需要依照安排的时间进行，否则无法全部完成。实际上，总会有些事情要拖延一下。其中一个是南园的工程项目，听取汇报，再仔细了解，商议一会儿，将需要他拍板确定事情的落实下来。所以过了下班时间，才结束工作。又回到自己的办公室，打开电脑，看看文件，把摆放在办公桌面上的材料阅读处理了一会儿。这时候，办公楼安静许多了，人们大都下班离开，暮色降临。

门外响起轻轻的脚步声，抬头一看，还是那个服务员，她站在门外，把一个手提纸袋递给陈铸杰，轻声说："你的东西。"

陈铸杰抬头一看，说："那不是给你的吗？一点茶叶。朋友送的，我也喝不了那么多，你看我的办公室已经放了不少了，大家分享一些吧。"

说罢，把那袋子推回去。

服务员没接，说："你看看里面。"

陈铸杰拿来打开看，里面是一盒茶叶，把茶叶拿起，底下还有一个鼓鼓囊囊的牛皮纸信封，他明白了。

昨天来了几个客人，谈论某个基建项目。他们企业在政府购买的项目中，经过公平竞争，已经中了标，进入施工阶段了。说是请他出面，协调一些事情。其实也不复杂，那属于职责范围内的事。他满口答应下来，回话说，这样的事情，电话里说说即可，他可以处理好的，用不着专程来一趟。既然来了，讲清楚后，赶紧回去。不需闲谈，大家都忙，各自得做自己的事。听罢，几个客人立马站起来，笑着离开。

这东西是他们留下的。陈铸杰迅速将信封取了出来，拉开抽屉把信放进去。一抬头服务员不见了，估计也没走远，喊一声，她回来了。陈铸杰说：“朋友出了点差错，现在就是一包茶叶，普通的茶叶，你拿去。”服务员看了他一眼，有点感动地诶一声。接过纸袋子，连连点头说：“谢谢领导，谢谢领导。”

这种钱款的处理，已经有习惯性的办法，不是第一次，方法也照旧。这是一种人情，更是职位的福利。无法推脱，其实也不想拒绝。但知道是违规，很有风险，所以必须谨慎，同时需要有一定的分寸。欲望、恐惧、无奈，说不清楚的感觉交织在一起。得过且过，随波逐流，接受堕落，他这样想。自己留下一千零用，一千给妻子，余下三千，支付给在东北的李丽。李丽一事如今看来是一声叹息的事情，心里头颇为后悔。当初，在南园粤剧团认识了来自广西的李丽。不到三十的李丽，已经结过婚，没生孩子，显露着少妇特有的姿色与韵味，颇有吸引力。家庭不和，老公有家暴行为，导致离婚。李丽日子不好过，盼望着贵人出现。偶然加必然，那段时间因为老想接触易新航，以及常去粤剧团的陈铸杰，便与李丽认识了。出于同情，或许还有一些微妙的心理动机，送给她一些钱。后来，还是贪恋红颜，一时冲动，发生出轨行为。似乎也为着讲义气，显露男子汉气概。但毫不例外地导致一地鸡毛。李丽回到广西，做边境生意，亏了本，不服气，又与别人合作，跑去东北，继续做边境贸易生意，还是亏本。难以为继了，伸手向陈要。那数额不大不小，但确实是工资难以填补的黑洞。于是，陈铸杰摊上了大麻烦。因为此事，受到牵制，变成了另一个人似的。

不能总这样，得找时间，互相谅解，找到双方接受的最大公约数，看看是否可以收场。

一番思虑，消除了头脑的紧张后，匆匆收拾，拿着随身携带的皮包离开。电梯直落负一层地下车库，陈铸杰到那里开车出去。离开政府大院，行驶一段路程，到达郊外一处树木种植园里头的私房菜，参加一个饭局。一半是商量工作，一半是应酬，兴趣不大，会会面，说说话，表个态，很快吃好，给了主人面子。举起酒杯，轻轻相碰，说："你们慢慢吃，我有事情先走。"便起身离开。走到外面，这时候路灯亮起来了，夜幕已经降临。在五光十色的街道上又行驶了一段路程，然后，他没有按照往常的习惯，往自己的家里去。而是转入了一个街口，朝着南园方向行驶，目的地在那附近。

经过南园南边的二手货一条街。原来是杂旧街，后来变成模具产业街，聚集几十家小微模具企业。周边居民嫌其噪音过大，多次提出意见，但没有结果。后来，一家作坊有个三岁小女孩，趁着工作的父母没注意，冲出门口，到外面玩耍。不料发生悲惨的交通事故，被一辆运货的车辆撞倒碾压，一条腿废了，经过紧急抢救，保住性命，但终身残疾，飞来横祸，惨不忍睹，让人唏嘘。一时间舆论纷纷，形成压力。政府很快表态，决定迁移模具企业，转到产业园区去。这样，后来这里改成了家具家电二手货交易聚集地。

找个地方把车停下，步行一会儿。那一段是狭窄的街道，原来的旧路走向受以前河流的影响，很多都是这样弯弯曲曲。

回家途中，习惯经过的道路，新的市场、物价最便宜的摆卖小街、不足百米长的理发小巷，营业的理发店有十家八家。

巷道两头，一个在西，一个在东，楼下都有老人在门口摆摊，修理自行车，摆了一地的自行车零部件、扳手、铁钳、螺丝刀等工具。老郭师傅，满头白发，没一根黑的；老程师傅，脑袋光秃秃，一毛不剩。他们都很有故事，老郭有个不同一般的早逝的女儿，老程的人生经历匪夷所思，非常奇葩。他们跟陈的父亲是同一辈，而且以前还是同在南园电机厂。退休之后，现在住的地方都比较简陋，杂乱肮脏。出来干活，不是没有饭吃，主要是手脚闲不住，半生劳动惯了，也是为了挣点钱，可以让生活更加滋润。还有一个心理：通过挣钱来证明自己的生存意义；只要还能收入一点钱，哪怕一点点，都可以证明，自己还有用处，还有活在这世上的一点理由。

陈铸杰知道他们，也想过，其实这是一种生存的安全需要。经历过艰苦生活磨炼的底层民众，有着共同的人生故事与哲学。

每当路过看到这些，他不由暗自感叹，同在一个时代，同处一个社会，人的命运不一样。与自己的前辈相比较，自然不必多说；在同代人当中，自己显然是出类拔萃的，生活很是不错，对此，需要知足惜福。也明白，那是因为自己读书用功，考上大学，又遇到机会，学而优则仕。想想他的父辈，因为有他这样的儿子，因而过得还可以，如果没有这个条件，也可能会在这样的年纪还在街头修理自行车，每天把手弄得沾满油迹，大抵这样度过风烛残年。

2

回到了父亲家，虽是老旧狭窄的房屋，但收拾得整齐干净，一走进来，立即感到亲切与温馨。

“你回来了。”上门来搞卫生和做护理的阿姨轻声地打招呼。

她五十多岁，从乡下老家过来的，跑到这城里找工作，自我介绍说与陈家有点亲戚关系。这样的人，做了官的陈铸杰是要关照的，也算是互相帮忙。她在南园老宅这里，照看老陈师傅。每月得到的一些工资，自己留一点儿，寄回家里一点儿。

“他睡了吗？”陈铸杰问。

“还没有呢。”

“现在可是到了他该睡觉的时间。”

“前几天你给我打电话，不是说要过来吗？我告诉了陈师傅。估计你是没空，一直不见。但陈师傅倒是记住了，天天念叨。每天晚上都是推迟两三个小时才可以睡着。”阿姨说。

陈铸杰不再吭声。他本来想按着以前的习惯，定时过来看看的。但还是这南园活化改造的事情，没能抽出时间，也是脑袋里乱了套，竟然给忘记了。

他放轻脚步，走进父亲的起居间。父亲躺在床上，他走过去靠近床沿，握着父亲的手。迷迷糊糊的老人，这个时候才知道自己的儿子回来了，睁大眼睛，高兴地看着他，嘴巴张开，咿咿呀呀地，发出模糊不清的声音，使用这只有儿子才听得明白的奇特的语音来说话。前些年，他忽然中风，半身瘫痪，言语不再清楚。

陈铸杰认真听了，还不停点头。他知道，父亲又在结合自己的弯弯曲曲的人生轨迹，教导他做人的道理。其实，有些东西，他脑瓜是清楚的。

每次见面都是一样的话，那意思是：你回来了，你回来就好。

陈铸杰俯身问：“你怎么样，这几天吃得怎么样？睡得怎么样？感觉还好吧？”

“还好还好。”他说：“你的女儿怎么样啦？她在学校怎么样了？还爱玩吧，学习功课好不好啊？功课要抓紧了，我看电视说现在竞争压力很大，学校的功课要求很严格，成绩不好进不了好的学校，将来上不了好的大学，出来找不到好的工作，那很麻烦了，所以要把功课整好。”

“还有你啊，我也不放心。”说这些话语的时候，他两眼紧紧看着陈铸杰，压低声音说：“电视上也看到现在对官员要求也很严格啊，处理了很多人了，进了监狱，名也没有了，利也没有了，家也破了，很糟糕的。特别要小心啊。这方面我也知道一些，过去不是也这样的吗？”

陈铸杰伸手扶着父亲的胳膊，微微一笑说：“爸你别劳神，不要想得太多吧，现在跟过去不一样，你那个时候是搞运动，我跟你也不一样，我不仅读过大学，还当过大学教师呢。”

父亲继续说：“当然有不一样的时候，有不一样的地方，但是这个不要触犯什么，做人是一辈子的事情，要本分要老实，宁可少收获一些东西，平平安安就好，这也是我的一个结论和教训。现在说给你听，可不要大意。还有，我差点忘了一件重要的事情，听说，南园要有大动作，我也是在电视上看到。在这个地方的中心区域，我们家几代人都没能够进入的，只可以在旁边看热闹，羡慕人家。没想到，到了我这一代，却扯上许多关系，糊里糊涂过了一些时间，云里雾里，不知道怎么回事。南园学校思艺校长和伍媛女士的事情，我没处理好。不是我心地不好，对于这点，我问过自己一万次，回答都这样。我没有坏心肠。那是当时的政策，是上头的意见。只是我的水平不高，没办法保持平衡，结果不堪回首，特别是思艺校长。”

这些话，陈铸杰听过无数遍了，怕他又要说个不停。呜噜呜噜的口齿不清的声音，有点烦人。

陈铸杰对父亲说：“不要怕官。你的弱点是在官场上缺乏自信，当然与我们贫寒的家族的底色分不开。祖祖辈辈都是苦力劳动者，都是为官僚服务，受到官僚的压迫。因为你们不了解官僚，没有进入官场。当年你当那个工宣队长，十足一个跑腿。”

说罢，也不理父亲有没有听清楚，转身拉开木柜的抽屉，拿出一个指甲钳，坐在床沿边上，顺手把父亲的两只脚拉过来，抱在自己的怀里，说：“爸爸，修剪脚指甲。”

父亲的脚指甲已经长了，难看的样子。以往都是他来剪的，这段时间回家间隔过于久了。

剪完脚指甲后，去了浴室，拿了个毛巾，沾了点热水，俯下身子给父亲的脚部擦了擦，弄干净后，说："你继续睡吧。"他小心搀扶着父亲的身躯，让他慢慢在床上躺好，盖上被子，才轻轻地移动脚步，带上门离去。

陈铸杰家，如果也有传承的话，可谓是打铁工匠的传世之家。陈家在南园旁边的小街巷，祖上一直贫穷，生活在底层。早先也是从农村出来的，老家那里，有一年暴雨极为罕见地持续多日，河堤承受不了，薄弱地段决口，闹了水灾，大水涌进村子，冲掉一切，家里几乎一无所有，被迫离乡背井。父亲带上一把使用得光溜溜的铁锤，走到了水城，在南园附近街面的铁铺干力气活。新中国成立之后，社会地位变了，翻身成为主人，生活稳定，家里日子开始滋润起来。后来，遇到运动，父亲带着工人的身份，踏实吃苦，也敢于说话，腾地红火起来。于是，上级决定他当工宣队长，进入南园学校，成为领导，按照要求，负责政治，主导教育革命和主体管理。也是权重一时，成为南园学校那时候的头面人物。有时候，他感到飘飘忽忽，仿佛置身于云里雾里，觉得自己是个大老粗，怎么也位居此处，不可思议。果然，改革开放以后，形势大变，工宣队处境尴尬，不久被请了出去，走得灰溜溜的。他那时才留意到，他以前虽然权力不小，但是身份还是工人，那时候叫作以工代干，大家都不在乎，他本人更不在乎，都是为工作为革命嘛，都一样的。如今，似乎讲究现实了，什么身份对应什么待遇，重返工厂，地位一落千丈。心里有气，回到家里，愤愤不平，确实没能忍住，还开口骂过娘，但很快也明白了事理。转过神思，叮嘱儿子铸杰、铸根，要好好读书，顺应时代，这才没错。又说，红宝书那一套，诵读起来，朗朗上口，确实好听好看，但好像世态变化，如今不再风光，更没有那么中用。

3

正要离开，手机响了起来，弟弟陈铸根打来的。他听说哥哥回到了家里，说要回来，叫哥哥稍微等一等，见面说说事情。

弟弟说得上是陈家主业的真正传人。他在南园电机企业工作过，后出来开公司做铁器。原来做生铁锅，现在还有其他铁器产品，小微企业规模，日子还算过得去。他身体健壮，整天要跑路出力，快活简单。

那只有等他回来了，陈铸杰坐下，低头看手机，不再言语。

大门咿呀一声响，伴随着噔噔噔的脚步声，弟弟进来了。他身材壮实，满面红光，喜气洋洋，带着笑意，嘴巴张开，露出洁白整齐的牙齿。手里拿着橘黄色的小册子，递到陈铸杰面前，说："哥，你看看，我现在做的产品。这个刀具注入了文化的内容，不仅仅是切菜的刀、家用的刀、厨房用的刀，而且是一个文化符号。你看看这个小册子，我找了好几个有艺术水平的人来设计，修改了好几次。里面有介绍，讲了几个故事，展示了形象，推介了品牌，还有销售模式。"

陈铸杰拿过了那个崭新的本子，翻阅开来，一页一页地看。然后，略带微笑，一边点头一边说："还真不错，有点文化味道，小册子几十页，版面设计、内容摄影、印制样式都很讲究，本身也是一个艺术品，跟我们那个祖祖辈辈打铁人的形象风格，大不一样了。当然还有提升空间，比如可以考虑，跟干演出、影视的合作，把这刀具植入作品，这其实也是当下的文创。"

弟弟说："是啊，我们特别注重文创。别以为我是大老粗，不懂这个，其实不然，虽然我读书不多，但对知识很尊重，现在还坚持看书。最近也有新想法，接触一些文化人。有人来采访我，说是编辑出版历史文化丛书，谢主编要求，把咱们那个老工艺，那个生铁制作的铁锅，还有我们南园附近那铁铺的历史都要写进书里，说是里头有文化。”

陈铸杰笑笑，说：“你学了不少，长进明显。以后还要多向谢雨竹主编请教，他是专家，对人也很热情。你说那些思路，当然正确，历史就是文化沉淀的东西。经过时间的洗礼还能够存在，那是有价值宝贝。没文化能行吗？现在这道理谁都懂。我们做的这些项目，正是把传统结合起来，把特色呈现出来，等于涂抹了文化色彩。消费者不仅在使用这类产品，也在体验一种文化。这样一来，有关产品便增值了。”

“哥，你真厉害，佩服。每次听你说话，都得到很多启发，学到很多东西。不愧当过大学老师，读书多，有思想，理论一套一套的。我虽然不是完全懂，但也觉得心里头给拨亮了。”陈铸根说。

“什么厉害。说不等于做，理论不等于实践。做这类项目，要投入，要花很多精力，要影响合伙人，但关键是能不能赚钱。你做宣传，政府不仅没有意见而且高兴，但这些都是表面的东西，做一个生意，实际上要看能不能赚钱。”陈铸杰说。

“是的是的，其实很多人，包括做设计的、合伙的，他们都看你面子，因此我也得到了很多支持。这么一个东西，慢慢来吧，做总比不做好，挣点小钱还是有把握的。”陈铸根说。

“我们是祖传打铁世家，曾经这一个行业很厉害的，比如做铁锅，那个历史比较久远了，在明清时期，我们这打造出品的生铁锅风行全国，在广州十三行出口，国外名气非常大，号称广锅。都是收集生铁在煤炭火炉里烧成铁水，倒进沙子模具里，再把粗糙的半成品烧红烧透之后夹到铁台上敲打。叮当叮当，小榔头带着大铁锤，师傅带着小徒弟，一个引带一个出力，那种情形早已成为历史的经典定格。”陈铸杰说。

“哥，你说得真好。”弟弟看着陈铸杰，过了一会儿，又说：“我来跟你见面，还有一事要说。那冼堂洪最近老在找我，请我吃饭喝茶，后来叫我和他合伙做房地产，主要是做南园的活化改造项目。”

陈铸杰冷冷一笑，说：“他有这个想法不奇怪，找到你其实也不奇怪。一来，这个项目政府很重视，投入很大，所产生的效益也是非常可观、非常长远的。二来，为什么把你这个本来没有什么业务关系的人拉进去做房地产呢？因为你是我弟弟。”

弟弟点头说：“是的。我不糊涂，也想到了。”

陈铸杰说：“谁都想得到，一眼看得出来。”

弟弟有点紧张，说：“可要小心，那很有风险啊。”

陈铸杰摇摇头，笑笑说：“没什么风险。你做你的，他做他的，我做我的。我有我的尺度，难道他能够左右我吗？”

弟弟看着他，想了想，说：“你说我答应不答应他呢。”

“这事你做主吧，没什么问题。答应下来也没什么大事，拓展一下自己的思路嘛。你也不能太老实，总是打铁，做一些铁器什么的。有机会，做点别的行业，学习锻炼，在学习中提高，拓展自己的事业，也不是什么坏事，人生不就是一个学习的过程吗？”

弟弟点点头，说：“哥，听了你的话，我心里踏实了。”

4

结束与弟弟的一席谈话，回到家，已是深夜时分。家住楼房，走出电梯，在门边木板凳坐着，脱下皮鞋，换上拖鞋，轻轻开门进去，屋子里面安静无声，灯光暗淡。妻子细心，怕他看不见，也因为睡觉休息，需要关掉一些灯，不能太亮。

他没有吭声，走进书房，独自待着，泡了一杯热烫的绿茶，慢慢品味。台灯高亮，书架上有很多书，抽了一本来看，翻了一遍，换一本又翻了一遍。书架的书是他的专业，他自己所写的几部著作也摆在这。他在这里找到了自己的喜好，找到过去，也找到了自信，他是这样成长起来的。

在书房的书架前，陈铸杰静静地伫立，看着书架。几个书架靠墙并排摆放，里面放满了书，营造了房间的格调，也体现出房间主人的修养与爱好。这读书的地方，是一处景观，也是某种象征。他突然笑了，有几本旧书放在书柜最突出的位置。

这些旧书分别放在两头，它们没有聚合在一起，陈铸杰自己知道，心里暗笑一下。其实这是自己一个心态，一部分文科的，另一部分是理工科的，不同的内容，方向不一样，反映不同阶段的兴趣与选择。陈铸杰拿出一本物理的高考复习资料，里面留下了他的笔迹，红色和蓝色的圆珠笔、铅笔、钢笔等等的笔画，都有。这本书使用的时间不短，所以留下了各种各样的字迹和符号。

参加高考，他开始选择理工科，在高一结束进入高二的时候，确定了这个方向，不是由他自己选择，是父亲的要求，而且是严肃的、严厉的、不依不饶的要求，所以他只能做出这样的选择，开始向理工科进军。

复习一段时间，感觉不太好。那个深夜，陈铸杰躺在床上翻来覆去睡不着。因为前些天，父亲跟他说了，他很难接受，觉得理工科对他来说缺乏吸引力。

父亲知道，他拿过一条木凳子坐在陈铸杰的床边，隔着蚊帐来跟他讲自己的经历，将经验告诉他：

“只有理工科这种在任何地方、任何时候都有用的、吃香的东西，才是一个实实在在的选择。你爸爸我的经历你都是知道的，后来为什么这么惨，这么出洋相，受那么多委屈，还不是因为偏离了过去的道路，丢了老祖宗流传下来的手艺，吃饭的老本。我们本来是务实的，应该老老实实当好一个工匠。后来去搞政治，不是我所想的，是上头的要求。上了这个轨道，身不由己。人在江湖，只能这样，所以做了那些事。后来人家揭发我、批判我。我们陈家的翻身当然离不开国家，要感谢新中国，感谢共产党，但是我们也有自己一条根，那就是务实做实业，做工匠。都说，学好数理化，走遍天下也不怕。文科却不一样，翻来覆去不知所云，是非界定不清，你有这样的本事吗？我们陈家没有这个头脑，那个领域我们不熟悉，容易吃亏。”

父亲说着说着，眼珠子凸起来，眉毛拧成一团，声音沙哑了，唾沫星子隔着蚊帐都喷来，飞溅到他的胳膊上、大腿上。透过蚊帐，看到父亲用手拍着蚊子，还坚持坐在那。顿时，明白了父亲的用心良苦。

他在床上坐起来，撩开蚊帐，说：“爸爸，你去睡觉吧，没事了，我照你说的去做，不管怎么样我都去做。理工科原来我没有准备，你知道我喜欢文科，从小喜欢读小说，喜欢文艺。现在听你的，尊重我们祖上的传统。”

但是，陈铸杰参加高考，连考两年都没上。其实，每次他都认真努力，但就是不成功。物理、化学上不去，数学成绩一般。这时候，辅导的老师着急了，他爸爸也没办法。老师到他家里去跟他爸爸说：“这孩子可能真的不要去考理科了，转个方向考文科，他平时说话、写文章都过得去，应该可以的。”结果第四年转了，真的不错，他的潜能发挥出来了。

老师的预言没错，他原来的愿望也没错，不恰当压制他的是父亲的那个说法。考到重点大学的经济管理系，是一个折中办法，也跟他爸爸进行了沟通。

在学校，老师对陈铸杰说："文科、理科也不是不对，理工科是比较实在的，文科也有实在的和不那么实在的东西，像中文、哲学这些呢，这一种工具啊，写东西，一种思维，你要去当干部。中文，难道你会当作家吗？搞艺术创作吗？爱好的人很多，做一种修炼，文学作品看一看，陶冶心灵是对的，但是要把文学作为一种职业，把作家作为一种职业。你看有几个作家成名，社会提供了多少个当作家的就业机会呢？这是明摆的，很多作家很优秀的，但他们过得很清贫。你不要这样走这条路啊，我们有更好的道路走。务实一点，在文科当中选择比较务实的东西，比如企业管理、经济管理，那既是文科，又可直接跟企业接触。"

陈铸杰开始不同意，他说："我喜欢摄影，喜欢文学，喜欢戏剧，一接触这些东西，我整个人的灵魂都活了。"老师笑笑，拍拍他的肩膀说："不矛盾的，那些作为爱好吧，很多军事家、科学家，他们在文艺方面的造诣都很厉害，这个不影响他们的专业，反而由于他们专业的成功，为自己提供更好的物质条件，于是在这方面的欣赏、钻研和自己个性的发挥，都有了很好的物质保障。"

这一考，成为全市文科状元，进入了重点大学，给家里增添了很多光彩。父亲专门摆了一桌酒席，请了老师，请了几个街坊，在宴席上父亲喝了好几杯酒，满脸通红，非常高兴。也忘不了对他嘱咐，说："还是要务实。我们陈家的特点是务实，做实实在在的东西。那些管理什么学问，是大学的事情，其实你到了一个企业，主要靠经验。上大学，拿个文凭，以后找一份好工作，少了磕磕碰碰、瞎摸折腾，也不会永远在底层，难以翻身出头。"

陈铸杰在大学还是慢慢地适应了环境，理解了老师的话，也理解了父亲的心情，后面，处理得很好，功课虽是平常普通，但有创意，做作业搞调查有出色表现，引起老师关注。自己的爱好也没有放弃，参加了学校的文学社、美术社，画画、摄影，还写诗歌、小说、散文，当了学生会副主席。后来在老师引导下，本科毕业之后，应届考上研究生。跟老师做课题，搞调研，发表一些东西，崭露头角。拿到学位毕业之后，留校当教师。本来想搞学问，授课育人，著书立说。但到基层和企业调研，掌握了许多现实材料，又有理论提升，开会发言，媒体访谈，发表文章，总是很有亮点。于是得到有关方面重视，没几年又受到重用，在学校办公室当副主任。这时候他是青年教师、青年学者，同时也具有管理的才能。后来组织上有部署，安排一些有专业水平的人才，充实到地方去，推进经济发展。尤其是经济活跃地区，发展很快，但是管理人才跟不上，不能适应工业的高速发展和对外开放要求。于是，陈铸杰离开高校，到市办公室当副主任，协助管理经济，出谋划策，抓重点项目，跟进重点企业，工作非常投入。他年轻，有专长，能跑能吃苦，各方面条件不错，后来就到一个地方当了分管领导。

他喜爱文艺，是在南园受到的感染。小时候看易咏梅唱戏曲，有板有眼。他喜欢那优美歌声，喜欢她的形象气质，也带来了自卑感。在南园，陈家是第三世界。有钱的，像大院的主人钟寒木他们家，是第一世界，有些专长的，搞文艺的，像易家是第二世界。做打铁工匠，修修补补，写墨字、卖春联等，那是第三世界。他不想进第一世界，他们被批斗，家财被没收，但是觉得有一技之长，特别是有文艺方面的特长，这种生活还是很有滋味的。

陈铸杰带着这样的渊源，和易新航套近乎，但遭遇了失败。

由此还走上另一条路子，改变了生活的内容与节奏。始料未及，其实开始也是玩玩，打发一下时光，但另外一个问题出现，于是心慌意乱，不知所措，觉得失去了魂，不知道被什么东西左右。还有谢雨竹的那个丛书的编写出版，是可以做的。当然南园改造是大工程，丛书出版只是其中的小部分。他要分管很多事情，所以他感到责任非常，压力巨大。有时候明明知道，有些不可能走的多事之路，但是没办法管好自己，也就脚踏西瓜皮，滑到哪里算哪里，及时行乐。父亲讲的那些为人处事的道理他都懂，但做起来不那么容易，有时候很苦闷。青年时，追求易新航不成，心里头也蒙上一层阴影。易咏梅向易新航说过往事：陈铸杰父亲在学校当工宣队长，批评过易咏梅，不让她唱粤剧，要求她学习样板戏，扮《红灯记》李铁梅一角，唱："听奶奶，讲革命英勇悲壮……"

这样的情绪，在易新航那里扎下了根，潜移默化地发挥了作用。

曾经，他留意到易新航失恋，又打听到有老板想趁机捧场，她没接受。陈铸杰正感到兴奋，看看如何靠近，尝试了一下，但并非易事，颇为失望。观察细腻的他，发现易新航真的对他没有感觉，而且竟然喜欢职级不如自己的谢雨竹。对此，陈铸杰大为失落，心里酸溜溜的，很不舒服。

也因为如此复杂繁多的原因，后来在终身大事上，几乎当作一个工作项目来完成。好在自己有不少有利条件，如职业、职位，所在区域与工资收入因素等外在的东西。经过热心朋友的张罗，在企业的职员里，找到一个过来谋生的西南女子，身材高挑，皮肤白净，性格温柔，文静细心，不仅弥补他身材的不足，还把家庭生活安排得温馨舒适。对此，他是知道的，也心存感激，但是，毕竟灵魂里头，还活跃着另一种东西。

正在想着，妻子走了过来，静静地坐在旁边，把他的那杯茶水换了一杯热的，也不怎么说话，待在这，等待他的吩咐。她在水城政府控股企业做业务管理员，平时烦琐的事情也不少，没时间去了解丈夫的工作，但对他一直很信任。

不说话插嘴，也不多问，她知道丈夫的工作很复杂，涉及权力、金钱、人事方面的东西，过去两夫妻商量好，对他的事情尽量少问。她懂这点，一心把家庭事务负责好，把丈夫的生活照顾好。

过一会儿，她问："你怎么了？觉得你有点神不附体，千万不要太大的压力，你爸也常跟我这样说。前几天和女儿去看他，他也一再嘱咐。老人家脑子里边，第一个关心的是他的孙女，第二个是你。他把自己给忘了，所以你要保重，这是老人家的希望。"

5

谢雨竹松口气了。找温灶花参与的事情，最后还是达成一致，功夫不负有心人。

南园见面，一番交谈，彼此都亮了牌。虽然温灶花没答应写南园这本书，但是谢雨竹并不放弃。接触之后，对温更有好感。人与人的交流，不仅为某一具体事务，还重视整体感觉，那是朋友情缘或者说近亲关系的表征。谢雨竹觉得，在文笔思想，特别是在协作意识方面，她还是很合适的人选。出版这套历史文化丛书，工作量不小，需要有人一起来做。

找了个合适时机，他给温灶花打电话，说："我还是直白地说那个意思，你也知道的。来参加丛书的工作吧，接触一下，你先当编辑助理，帮我处理一些具体事务，比如联系作者，看看稿子，了解一下文字或者事实方面的情况，或者帮助作者解决一些采写资料方面的问题。还有，以后跟出版社的对接，跟印刷厂的对接，宣传推广发行等，具体要做的事情很多。以后找机会，我再安排你进编委会。”

果然，电话那头，温灶花认真地接听，停顿一会儿，然后爽朗地表态，答应了下来，说：“没问题，我的选择不是什么大事，也不能再拒绝你，让你这么费心，我还真的很自责。其实，对于我来说首先还是学习，听你讲了那么多的东西，我都很感兴趣。比如我以前想过，一个题材或者一个理念怎么样变成一本书，怎么样在社会上进行发行、推广和宣传。一条龙的这些工作，很有文化味道。我自己也很愿意去了解和熟悉。在这个过程当中可以认识很多高人，什么作家啦、学者啦、编辑啦，还有平面设计师、文化创意大咖啦，等等，他们都很有才学，值得我学习。接触他们，对我来说受益匪浅。”

谢雨竹说：“客气话不说了。感到你对文化对写作还是有感觉的，你能把自己的精神世界跟这个事情结合起来，境界不一样，有这种干劲，我觉得对于出版物的质量，多少可以保证一些吧。”

温灶花说：“你以前是写作老师，后来也一直没离开笔杆子，你说的当然不是随便的话，你对我也不会要奉承什么，所以这些话以前都没有听说过，但你说了，我也感到有点亲切。谢谢鼓励，我将努力。”

谢雨竹说：“写作是我的一个重要的生命实践，为此付出了很多的时间和精力，也有一些成果，有一些心得体会。关于这方面的专题，我出版过几本关于当今写作问题的书，你到网上去看，我的微信、微博都有。这里我想跟你再强调的是，每写一个作品，都要摒弃一切顾虑，抛开过去所写的积累与成绩，抛开这一切，从空白着眼，全力以赴地追求新的空间，攀登新的高地，这样你就可以一步一步挺进，使作品保持一种新的动能和活力。”

“说得真好，记下来了，深刻领悟之，努力实践之。其实现在我再忙再累，每天也要保持半个小时以上的写作，好记性不如烂笔头。在书写中观察，在书写中思考，在书写中提高。”温灶花说。

“说得好，做得更好。”谢雨竹说：“这回轮到我来这样回应你了。”

谢雨竹感到这样的交流，使大家心灵的共鸣会更多，大家认同的目标也更加一致，所以很多事情就很喜欢跟她说说，电话保持热线联系。接下来，还与温灶花一起去跟进事情。那次，处理完稿子，有时间可以闲聊。谢雨竹说：“你的嗓音条件很好，听起来舒服。”温灶花笑笑说：“不客气地说，还真的不止一次听到这样的夸奖，因为家乡是山歌之村，我们从小爱唱。”

曲调有采茶戏的韵味，从她哼唱出来的兴国山歌，别有一番韵味。端坐着，轻轻唱着那首明显倾向化的主题歌曲《十送红军》。

但歌曲的魅力突破了功利的局限。一段情意绵绵的曲调展现出来。听着听着，谢雨竹想到了粤北、赣南的山山水水，青翠的树木竹林。

“你为什么叫这个名字，有点儿土气。”谢雨竹说。

“逃不过你的眼睛。”温兆花说。

“不是吗？灶，传统的烹饪饮食设施。应该不是你父亲起的，他是小学校长，你说过的。”

“你记得。”

“记得的，关于你的都记得。所以也才提出这个问题。”

“谢谢了。没错，那是爷爷给我起的名字。”

“那我没猜错。这名字寄托了家族的希望。灶火，家庭生活。家族延续的一个基本条件和常用之象征。你是你家族的优秀女子，也是一朵鲜花。”

“希望而已。但也真的是我父母的心愿。”

“我没说错，也深信之。”

“我父亲是爷爷寄予厚望的儿子。我父亲原来是回乡知青，在家里务农，我哥没有条件接受正规教育，后来父亲当了乡村小学的民办教师，父母生下我，又把希望放到了我身上。”

谢雨竹说：“你不会让他们失望。”

接着，要温灶花把工作做细，比如去联系茅作家，帮他提高一下。谢雨竹对那人是关注的，抓紧时间为他看了稿子。感到有点凌乱，要提醒茅作家，将一个对象有条理地进行整理研究，继而表达出来，需要花费不少工夫，几乎没有什么捷径，努力与收获有着一定的关系。有的稿子的基础不行，但又提供了一些有用的材料，谢雨竹在本子上抄写下来，都发给了温灶花。

还有一些传说、民俗，等等。比如南园建筑，坐北朝南，这意味着背靠北方，不忘过去。先祖从中原移民过来。身份是士族，或者至少是有教化、文明程度尚高的阶层。这，与南方的原住民，那些在水面河流上，乘着木船小舟，漂移不定的疍家们，不是一个族群。同那些在山山岭岭出没的山里人，也不一样。虽然，在以后的岁月，有些自傲，有些排斥他者的这些心理意识，不会轻易直接表白，但在骨子里，在潜在的形态中，坚定不移地保留着。有人说，南园大瘩地底下，有一只神龟托着。这应该是疍家的理念。

这些东西有点文化味道，可以打捞和梳理一下。

6

第一进大院，曾经是读书场所。民国前是私塾，后来西学引入，成为教育的主要内容。南园钟寒木住所在这背后，闹中取静，设置了画室兼会客室。

这天下午，灯光没有全部打开，显得有点暗淡，更加安静。里面坐着钟寒木与谢雨竹、温灶花。他们在一起商谈，话题明确而集中：温灶花写的南园那本书有些问题，需要讨论和商量。

前几天，谢雨竹拿到这本书稿之后，一头埋下去通读了一遍，心情如同过山车，或上或下，开始是欣喜，觉得温灶花是才女，到底是用心的，能够在这样的时间内把一本书稿拿出来，真不容易。文笔不错，条理可以，史料充实，这些基本要求都没问题。但是让他忐忑不安、甚至头皮发麻的是有些内容。心里没有准备或者说有种预感，知道温灶花是会有自己的见解的，锋芒毕现。

那时已是晚上十一二点钟，谢雨竹想了想，还是给温灶花拨打了电话。说："你这样写，也不好说不对。咱们都是文化人，对你这个立场我可以接受，但是必须面对现实，毕竟是政府工程。"

温灶花打断了他，说："具体的意见，您直说吧，可能我也知道，但我还是希望你直说。"谢雨竹说："当然我必须跟你先讲道理或者说先提醒你一下，注意我的工作身份和所处的环境。"温灶花说："这些没问题，道理我懂，你的处境我也能理解，这有什么难的，我们还是直奔主题，您直说。"

谢雨竹说："别的小问题我都不在乎了，或者说作品润色的时候，再调整好。两个问题，一是用了不小的篇幅说，水上疍家的生产方式生活方式，是南园的前世。此话说得对，而这还是必须的，以前写南园，没有提这个问题，我之所以强调，是说从历史上看，从客观的角度来看，这也没有问题，也是一种真实，而且你是找了很多材料来进行了佐证，确立了客观存在的这种真实性。”温灶花说：“既然你这样说，还有什么问题呢?”谢雨竹说：“问题就是那个结论，跟现在的主人有对立了，你的观点是后来的文明，从珠玑巷下来的代表着中原文化的那种文明，他们采取高压的手段，摧毁了原住民的生活，里头有强盗逻辑，有暴力行为，也有血腥的历史债务。”温灶花说：“对，我完全认同你的这个阅读的感受。你知道我所表达的就是这个意思。”谢雨竹说：“那你的观点就是后来的温文尔雅，温良恭俭让，耕读传家，重视文化，重德重才，这些修养都离不开一个可恶有罪的源头，对吧?”温灶花说：“难道不是吗?”谢雨竹想了想，说：“好吧，那我们讲第二个问题。你写了周县长，用了不少的篇幅，写民国初期这个本地行政主官。”

温灶花说：“相关史料来源，你留意到了吧，每一个材料每一个细节都有出处，照片不少，还有实物作为佐证。”谢雨竹说：“这点我放心，相信，也佩服。只是……”

温灶花在电话里头叹了一口气，说：“对不起啊，让你的心理负担这么沉重。”谢雨竹呵呵一笑，说：“没什么的，都习惯了，不说不行，职务要求有这种敏锐性，但我也不是十分痛快。这样吧，我有个想法，咱们到钟寒木老师那里去，当面把这些事情跟他说一说，听听他的意见，或许会有更好的想法。”温灶花说好。

第二天谢雨竹早早地打了电话，钟寒木听说是温灶花要来谈南园，很感兴趣，满口答应。

谢雨竹和温灶花到达南园，钟寒木已经站在门前迎接了，谢雨竹赶紧走上去，伸手跟他紧紧相握，说：“怎么能够这样劳您大驾呀？”钟寒木朗声说：“贵客来临，喜上心头，按捺不住。我也想出来一下，看看这天空、这树木，呼吸新鲜空气，真的感觉非常高兴，心旷神怡。”

温灶花走到钟寒木面前停下，微微鞠躬，说：“钟老师您好，很感谢您，给我们机会，让我们来向您请教。”钟寒木跟她握了握手，说道：“我认识你了，领教过领教过，一个年轻的才女啊。”

走进室内，三人落座，阿玲将刚刚沏好的茶给每人端上，谢雨竹喝了一口，说：“我们今天来这儿，想向钟老师说一说南园这本书，向钟老师请教。小温，你先介绍一下吧。”温灶花点点头，正要说话，钟寒木却说：“不急不急，喝茶吧，我们随便聊聊，什么汇报不汇报，我不是官场人物。写书出版，你们都会的，都是行家里手，我倒是个门外汉。”

“您的艺术成就和人生经历都很值得敬佩，两者是不能分离的，艺术成就是人生奋斗的结果，人生是艺术成就的载体。”温灶花说。

钟寒木哈哈一笑说：“我知道你是老师，说话总是文绉绉，有条有理。”

温灶花说：“我也不会乱说，谢主任是知道的，我的话都是从心里说出来，经过自己的思考的，从自己所见所闻所思得出来的，结果就是这个样子。”

谢雨竹说：“钟老师的文稿，温灶花接手之后，阅读得十分认真。”

钟寒木说：“我知道，小温老师不会马马虎虎做事，一看这个人我就有这个信心，接触之后更有这个信心，我那文稿我自己是知道的，一堆乱草罢了。”

温灶花说："有机会参加整理你的文稿，这个工作是我的荣幸。过程当中，学了很多东西，是你的一生在文字方面的反映和结晶。"

谢雨竹说："我有同感，是认识你的一扇窗口，认识你的心灵、你的人生故事的一把钥匙。"

钟寒木静静地坐着，脸上没有表情，不知是听还是没有听。等温灶花说完，他说："那个东西交给你，你来处理吧。你在做，我的心就放下来了。"

温灶花说："您放心吧，您大作确实值得我们珍惜。它的作用，会得到越来越多人的认同。"

谢雨竹也想说什么，钟寒木倒没让他开口，对温灶花说："你不是还有对疍家人的研究吗？我听谢雨竹说，你觉得这个南园的最早的主人还不是什么财主啊，什么状元呢，什么官员呢。而是要增加一个部分，那是疍家人在这里的生存。"

温灶花说："是的，这点谢老师也跟我说了，要今天向您讲一讲我的一些观点，谢老师还有一些顾虑，但是我的想法还是很直白的。"

"那就是过去的大部分史料，大部分被引用的资料，都没有提到这一点。其实，北方移民，包括秦始皇大军，来这里的第一次开发，南越王的治理，还有后来从南雄珠玑巷沿江而下的北方士族，他们有着文化与财富的优越的标签，他们代表着后来历史的方向，其实后来南园也好，这一带地方也好，主导它发展的也是这些从北方而来的外来力量。那些在水上生活、在水上度过人生的那些疍家们，他们在南园这一带地方生存开发的历史最早，条件最艰苦。作为社会发展的落后者，被后来的外来文明者打败和驱赶，是历史的必然，是优胜劣汰的必然。但是按照理性的历史，全面真实的历史，从这样的角度来看问题，应该坚守我们所推崇的人道主义观点，客观地去表现这一段历史，不要忽略他们的付出、他们的牺牲、他们的悲剧。理性科学的文明应该体现这点责任。对自己过去的失误、过去的暴行，甚至是罪恶，不能刻意地去回避，不能抹去。我想把这点写出来，在这一次修编专著中显示出来，可能是第一次。我觉得心里坦然很多，对这片土地曾经的血与泪，应该说是一个交代。”

听罢，钟寒木连连点头说：“厉害，后生可畏，口齿伶俐，谈锋甚健，滔滔不绝。回到大陆，发现新一代真是厉害。”

温灶花脸刷地红了，连忙摇摇头说：“您这样夸奖，我有点不好意思了。看到您很随和，我才敢这样说话的。”

钟寒木朗声一笑说：“没啥没啥啊，肯定知道我也是一个无厘头、老顽童，喜欢开玩笑，无论我是恭维，无论我是挖苦，无论我是怒骂，你都不要当一回事，我就是这个样子来消磨时间。”

他喝了一口茶又说：“其实我这个人没有太多的心机，不会动脑子想问题，从小到大、从年轻到现在都这样，老长不大，开起玩笑没个谱，当然心里一些东西自己可能也是看得清楚吧，心中还是有个谱的，所以温灶花老师说的那个，我觉得还是过去，我们没有想到这是不妥当的，如今你花了那么多的心思、那么多的时间，整理了资料，那真是太可贵了。”

“我们没什么，非常乐意。但担心累着了您。”温灶花赶紧说。

“在人世间在天地中，我们不要做有愧于心的事情，俯仰都能交代，这是我们做人的宗旨，所以我觉得你在书中其实是立了一个碑石，对于过去这块土地来源的前世，其中的是非功过牺牲，做了一个客观的评价，尤其是对疍家人的贡献，他们的功劳，他们的牺牲，都做了一个很充分的说明，这是很应该的。你们来这不是要征求我的意见吗？应该说，写作是你们的自由，我无权干涉，但听了温灶花老师的介绍，我很认同，没意见。就这么定了吧。等出书之后，我们还要找个什么地方，搞个什么仪式，比如那个立个碑，表达我们对翟家先辈的尊敬。”钟寒木说。

“那太好了。”谢雨竹说，双手啪地拍响了。

温灶花也很高兴，看着钟寒木，又接着话头来说：“还有现代的思艺校长，她在这里的工作，她对南园的保护，在‘文革’的时候，在这里挨了批判，最后在这里结束了自己的生命，这些内容我觉得都不是可以忽略的，不像一阵风，来无影去无踪，而是在南园里沉淀下来，体现人们对这个地方的一种深情。”

钟寒木听到这，说：“这个我知道，已经刻在我心里，从来没忘记过，只是没想到，要在这本书中写出来。这个我可不管了，你有你的感受，我有我的感受，我的感受埋在我心里，我永远都不会忘记，我会把这些东西带到另外一个世界，至于你们怎么写，你们自己决定吧。我还要说的是，你们写出来了，这部分我是不看的，我不看。”

听到这，谢雨竹和温灶花都愣了一下，有点愕然。这时候，钟寒木站起来说：“那就这样吧，对你们那个事情，我说完了，意见交流完了。阿玲送客。”

谢雨竹和温灶花一听，赶紧起身离开。出了门，温灶花朝谢雨竹吐了吐舌头，做了个鬼脸，说：“老爷子要发脾气了。”谢雨竹说：“他的伤心处，这个可以理解。”温灶花说：“他答应就好，我们心里踏实了。”

7

接受钟寒木的手稿资料，他们两个去做事，拜访钟寒木，有些具体的事情需要请教和沟通。

经常熬夜，特别是温灶花，白天要上课，只有晚上才有空，搞到凌晨三点钟、四点钟。每天保持密切的沟通，微信上、电话上就材料的内容，进行沟通，过程中谢雨竹也觉得不好意思，很真诚地说："我把你拉下水了，不好意思，美女，现在像你们这样的女子真是不多啊。"

"我不是美女，我只是个知识女性。当老师，熬夜也习惯了。"温灶花倒没有什么抱怨。

谢雨竹说："钟寒木很重要，没有他的支持，南园丛书的出版会有影响。"温灶花说："我觉得要抓紧跟他沟通一下，说明我们的想法，接下来我们还要互动，沟通很多事情。他会介意吗？我倒不怕辛苦，但，毕竟他是个老人。"

谢雨竹说："他这方面的兴致还是很高，对你印象也很好。当然我们先跟他挑明，看他的意见怎么样。"

温灶花说："那就好，这个过程肯定也是麻烦的，但是我想也是愉快的，现在我就觉得进入了他那个材料的空间当中，感觉到认识了一个人。他的经历，他的故事，还有他的一些情感，还是挺有意思的，何况他还是个画家，经历那么丰富，去了那么多国家，人生精彩。"

于是，谢雨竹抓紧和钟寒木联系上，果然很顺利，对方都是在热情的期待当中。他们赶紧去了，一见如故。坐下来，喝了几口茶。温灶花介绍了他们工作的进展情况，包括资料分类、纲目编写与目录编写，等等，井井有条。钟寒木看了一下递交过来的资料，说："你的书写有不错的功底，青年女子写得这么有力度、有锋芒，如今少见。也看得出来，你内向深沉，有自己的想法。"

这些话，让温灶花脸涨红起来，她从座位上站立起来，谢了一声，接着又说："您的那些稿子我拜读了，越看越有兴趣。特别喜欢您说的南园和三个女子。恕我直言，您是直白的、坦诚的，能把自己内心深处的东西，都说出来。您还记得骂那个保姆，比您大几岁，却教会了您人生的第一次。还有，您的太太，做介绍人的您太太的姐姐。这三个人物，他们的故事，还有你本人的情怀，给我的印象都非常深刻。那个前清秀才，您的启蒙老师，也很有特点，让我看到一种文化的积淀，还有那些画家群体，丰富多彩。接触一本书，是学习的过程。”

钟寒木笑笑说：“你把我平凡的人生说成了有滋有味的故事。”

温灶花撇撇嘴，说：“您不平凡，有很多故事，又连带着南园的故事。比如说，南园曾经是个私塾，后来周县长把他改造为平民学校。在抗日战争时期，那里收容了很多孩子，在战火中失去了父母、离开了家庭的那些受苦受难、没人照顾的孩子，在这里学习，后来学校又把他们护送到了粤北山区。真感人，这个线索我会跟进了解，不会忘记。”

8

故事越说越多。听温灶花这么一说，谢雨竹想了想，汽车开着开着，后来改变主意，转了个方向，没有去原来定的地方。再行驶一会儿，不久到了温灶花所在的学校，又约上，在附近茶餐厅见面。在那里，把情况跟她细说，材料也交给了她。两个人还现场把资料看了一遍。接着商量，看看这材料应该怎么分类，怎么突出它的脉络，突出它的主题，文字加工要注意什么，图片的编辑要注意什么，都一一明确下来。当然还有很重要的问题是时间，印刷厂那边，如何及时准确处理清样，保证校对工作的效率，也要细心对接好。这些，谢雨竹都说得很清楚，然后分了工。温灶花主要搞文稿，谢雨竹协调印刷厂，设计指导，还有整体把关。

这么研究，说说话，不知不觉，过了几小时，过了吃饭时间。温灶花对谢雨竹说："难得你来这，我请你吧。"谢雨竹摇摇头说："不吃饭了，现在不是吃饭的时候，我们还是抓紧一点，我待会要去印刷厂。已经发微信跟那个老板约好，他们现在也下班了，但还是要过去跟他当面说一说。你也不要浪费太多时间，抓紧看稿子吧。熬夜没办法逃脱的。美女，这会让你的容颜受到一定的压力。"温灶花说："没事，不是头一回了，写作的女人都这样。写作没美女，美女不写作。当然有些才女，天生丽质的才女例外。但我不是这例外。"

说罢，两人分开，各自走了。谢雨竹去印刷厂，再花个把钟头进行具体对接，然后还是回到车上，已经晚上九点多钟了，他想钟寒木应该还在等着他的话，抓紧在车上跟他通了电话。果然钟寒木和平时不一样，没去打麻将。电话一来，他立马接上。显然是在等这个电话。于是，谢雨竹放心了。两人再次确定，把这个书做好，在寿宴那天拿出来作为一个文化礼品赠送给宾客。谢雨竹还说："我们两个编辑全力以赴，但您也辛苦，您也要配合，我们还会经常去找您，具体沟通，才能够把一些内容弄清楚。有些文字的处理及图片的处理也要得到您的确认，所以您也得忙起来。您要保重啊。"钟寒木听了，呵呵一笑说："没问题，你过来吧，带上那位美女老师，我听你这么一说也很高兴，难得她也对我这老人的东西也有兴趣。而且今晚做开，连饭都顾不上吃。到了宴会上，一定要多喝几杯。"

9

陈铸杰的办公室特别整洁，他习惯按照现代管理学 6S 的理念要求，整理自己的环境，由此调整自己的行为与心境。说不清楚的缘由，感到紧张和压抑，不是病，却很不舒服，后来激发了性幻想，以此麻木自己，至少是在精神上。有时候，也为此自责，觉得心里头隐藏如此见不得人的东西，与自己的身份和地位很不相称，但也找不到根治的办法。下班进入电梯，电梯里一个女子，不像公务员，大概是过来联系工作的比如文艺界的人士。两人待在里面，他偷偷地打量了一眼，又暗暗心动。想到了自己远方的秘密女友。而这里头的她衣着气质都算是高雅迷人的，身上总是散发着淡淡的香水味。椭圆形的下巴，皮肤细腻白嫩，腮帮肉乎乎，饱满结实。鼻子挺直，两翼丰厚。即使在冷天，穿得厚实，但也可以感到她丰满浑圆的乳房。他回想到自己以前的某次经历，那种抚摸亲热，感觉甜蜜，忘记其他，不由深深埋藏在记忆里头。再想到，前几天到工地现场查看，站立在路旁。看见一个年轻女子推着自行车经过斑马线。这女子身着黑白相间的无袖上衣，搭配了一条比较经典的破洞牛仔短裤，肩膀上挂着一个蓝色的小包包，与牛仔裤的天蓝色相匹配，常见的三色穿搭法。性感曲线的身材，配合着行走的节奏，婀娜多姿。这个一忽儿的街景，却吸引了他的目光。在这样的环境中，只有这女子，只有这可以带来性的幻想，给他一些慰藉与满足。京都一个剧组过来拍摄，制作专题片。为了配合，他到一线电视台去过一次。回来后，在酒席上喝多几杯，头脑发热，夸夸其谈，与朋友说，那些在电视上漂亮的著名主持人，现场看去，并不怎么好看。卸了妆，走到大街上，与普通人没什么不同。只有一个年轻女子，走路的时候，屁股翘翘的，一双乳峰一颠一颠，生动活泼，魅力四射，一下子把陈铸杰的眼睛抓住了。有点开小差，几乎忘记自己到那地方是要干什么的。

对于这些，少不了自责过后，又想，反正目前具备这样的资源和条件，不使用则是白白浪费，以后青春不再，后悔也没有用了。适当放开一点，在这几辈子都没有遇到的美好时代，享受人生，可能只有这样，才使得自己像是一个人，一个保持生命活力与激情的人。不过，一个明显的事实是，长期忙碌的工作，使头脑不清醒不冷静，偶尔会出现失态的问题。这一点，自己也意识到了，暗自羞愧，提醒自己，表面上的修养与礼仪一定要注意，切不可大意。那天，他去医院做了肠子的检查，过后几天，不见结果，打电话给医生。医生说："没那么快，你急什么。"只好作罢。过两天，又打了电话。医生还是这样说，他不高兴了，说："你们这是什么效率！"医生也不客气，说："你们就这样，平时安康，不把我们当回事，一到有病，急得像什么事似的，一刻也不放过。"对此，陈铸杰得到的一个体会，不要只想着自己，别人有别人的难处，大家都不容易。

这段时间，南园活化改造的整体项目推进顺利。陈铸杰全程投入，大胆展开，这方面有经验，对这个地块熟悉。他是在这里成长，在这里生活的，对这个地方非常熟悉，而且曾经负责过一些基建项目。可行性论证之后，接着是整体的概念性规划、工程建设的招投标，陈铸杰更加忙碌，压力也更加大，他感觉到整个社会有无数的目光盯着他，背后常常感到很多锋芒的瞄准，这也都是通常所见的现象。一个大项目，在关键的时候会遇到这个情况，但陈铸杰还是淡定自如，从容不迫。表面上依然是脸带笑容，轻松愉快，笑呵呵的，打打哈哈，但是心里头一清二楚，各种关系把握得很有分寸的，知道整个格局的情况怎么样，路径应该怎么走。

但是，与南园粤剧团李丽那件事，别人不知道，在他心里是存在的，影响着他，左右着他，抽取着他的资源。这个黑洞远在东北边境城市，搞贸易落下债务。

需要研究，如何解决资金问题。对比市民群众，自己的日子过得很不错，优越满足。但是，对比那些拥有巨大财富资源的暴发户，心里却又十分不平衡。这样，处在矛盾与担心中，不知道什么时候，悬挂在头顶上方的那把利剑会劈砍下来。

日子还是依旧，工作也在继续。这天，陈铸杰结束这一个点的调研，和送车的当地工作人员又讲了一段话。无非是把自己的见解发挥一下。滔滔不绝的言辞，还是花费了一些时间。他几乎最后一个上车，当然办公室主任是到位的，无论怎样，他都紧跟在身后。

这时，一眼看见，靠窗坐着的几个人，都是一个姿势，就是低头看着自己的手机。他微笑一下，止住脚步，拿起手机，对着面前，咔嚓地拍了下来。一会儿，车辆开动的时候，车上的人就开始叫嚷起来。因为，领导的微博上，发送了他刚刚拍下的照片。主题是，手机阅读的魅力。

陈铸杰开设微博，坚持发送信息，已经成为品牌，一个官员的品牌。所以，他与媒体的关系是密切的。前几天，参加社区迎春活动，在现场，本地媒体的一个记者热情地走过来打招呼，说："领导，什么时候有空，我找几个媒体人请您吃饭。"陈铸杰说："不要客气了，以后再说吧。这段时间应酬过多，天天晚上都在外面吃，只想清静一下。"那记者说："我们吃清淡一点，只想见见您，聊聊微博写作。过些日子我再联系您。"

第二天的报纸，看到了记者的报道，里面写道：陈指出，这次活动将写春联与送春联结合起来，配套服务，传播文化，得到群众的满意和欢迎。

10

陈铸杰也有很高兴的事情，还是和钟寒木见了一面。开始，他先去联系，钟寒木没答应，看得出来，没有见面的兴趣。

推脱了几次，要么说自己要画画，要么说已经有人预约了，要么说身体有点不适。

陈铸杰也明白了钟寒木这句话的弦外之音，他想了一下，后来还是找谢雨竹，叫他安排一下，还是要跟钟寒木见面聊聊。

听了陈铸杰的意思，谢雨竹说："是的，你们其实要见一面。聊一聊不仅有趣，而且更有必要。因为你是这项目的负责人。你是代表政府跟他沟通的。"

陈铸杰说："是的，我也是这样想，所以就很想拜访他。"

谢雨竹说："这个事交给我，我来联系，他其实也很好说话，只是有些东西可能不大熟悉，也有些性格的差异等方面原因。"

谢雨竹找钟寒木，也直截了当地说："陈铸杰是南园长大的，你们应该有一些话题，但主要是工作，现在南园文物文化工作，他代表政府负责，所以有些事有些意见，跟他沟通可能才有用。"

钟寒木说："我明白，同意。尽快安排吧。最好你也参加，温灶花也来吧，我跟谁都是聊。"

他们的这个意见当然是个很好的意见，各方面都是很高兴的，于是很快安排了陈铸杰跟钟寒木的见面。

陈铸杰去钟寒木家拜访了他，看到他的画室了解了一下他的创作情况，寒暄了一番，然后就把他接上车到外面去吃饭，陈铸杰也非常重视吃饭的地点，精心选了一个地方。

饭桌上是愉快，也和睦，大家说该说的话，吃过之后也聊了一下，然后再散席告别。

陈铸杰不仅接钟寒木过来吃饭，而且还专程派车送他回南园。

谢雨竹心还是比较细的，他没有上那个车，而是自己开着车跟在后面，等陈铸杰把钟寒木放下，送进了屋里，再看到陈铸杰离开，谢雨竹才把车停好，下车走过去，敲了南园大门。

阿玲把门打开了，谢雨竹说：“还有点时间，也不是很晚，我来看一看钟先生。”

阿珍传了话后，很快回来，把谢雨竹带了进去。

钟寒木坐在画室会客茶几前，在那里闭目养神。

见了谢雨竹，微微一笑，说：“请坐，你自己喝茶吧。”

谢雨竹说：“我来看看你，别太累了。”

钟寒木说：“是啊，也有点累，有些吃饭聊天很愉快，有些吃饭聊天就很累。”

看来今天晚上不是很累，但是有点累。

谢雨竹说：“陈铸杰还是很想请你吃这顿饭的，很想跟你见个面表达一下他的心意。”

钟寒木说：“我知道，我领了，他也是认真的，也是做了很多准备，人家的一番好意，我怎么能随便泼一盆冷水呢？但是那种感觉啊，就没有我和你们在一起那么轻松，那么愉快，那么有意思。”

“我是乏味的，温灶花有点意思。”谢雨竹说。

这么一说，两个男人哈哈地笑了起来。

第五章

1

那里冰天雪地，这里芭蕉热风。天各一方，相距万里。无可奈何，也不知道为何。

但是，想到南园，似乎又找到了一个保持关联的节点。

并不少见、其实也是习以为常的当今一种全球化新空间关系，可以此为典型案例吧。妈妈伍媛在加拿大温哥华，女儿易新航在中国珠三角，所隔遥远，却似乎没有距离，天天保持密切联系，当然主要是通过手机微信。

对于这些，伍媛或多或少产生感慨。小时候在南园，没想到会去粤北，在农村劳动，没想到会去香港，再到加拿大。如今飞机往来，大跨度穿梭，其实也是普通人家的生活。早些年到了香港居住，在南园的易新航与妈妈联系，开始只能写信，遇到紧急事情，最快办法是跑到附近邮电局拍电报。改革开放后发生变化了，珠三角地区可以打跨境长途电话，沟通便捷许多，但起初拨打到香港去的通话，还不那么容易，并非所有的电话都开通这功能，此外话费也比较贵，所以说话都简短匆忙。后来这方面的障碍又逐渐减少或者没有了，打电话也多，可以把一肚子的话全都倒出来，说得充分细致，花很长时间，像是煲电话粥。虽然只是语音通讯。这样密切沟通，每天双方做什么、想什么，彼此都非常清楚。

现在依靠手机，花费便宜，还有各种群，语音、图片、视频等，看都看不过来，时间浪费了，眼睛累了。可以及时地全面地知道南园这里的情况，好像没有离开似的。近日，南园系列改造与活化项目，钟寒木的寿宴安排，还有易新航所接受的关于南园题材的粤剧创作任务，等等事情，她都一清二楚。当然，这些也都是她感兴趣的。说到南园，那个自己说得没完没了的话题，如同打开一个取之不尽的话匣子。在那边，她几乎是同步思考，也说了一大堆话，不仅与女儿对话，也跟身旁的一些人详细叙说，兴趣盎然地给予了不少赞许和宣传。

最近还特别与易新航提起，叫她办理一个事情，分别联系当年南园学校初中毕业，到粤北山区参加上山下乡，在农村插队的那几个同学，找个时机大家见个面，说说话，吃点喝点。在这个年纪，该抓紧安排这样的活动，虽然并不容易，但是大家心里头都是希望的。易新航听罢，说："你那些同学，这几十年经常听你念叨，但相约聚会，还是头一回听说。"伍媛说："是呀，我也是这样想的，时不我待，再不安排，有的人说不定什么时候忽然不在，永远见不着了。"易新航点点头，说："那你把名单给我。"伍媛想都不想，立即一一报来。特别强调的人包括，刘文勇，还在粤北山区的；鲁小南，在南园小街做古典文化铜器。

见女儿那种无拘无束、浑身带刺的性格，伍媛有时会无奈叹息。心里有奇怪想法，一直在琢磨，但不敢与女儿说。想的是女儿这种性格并不奇怪，可能是先天生成的。因为怀上她的那个事情并不是在温暖的环境，而是在无遮无挡的大自然，在山坡地的草丛里，天上有月亮星星，微风徐徐吹来。或许在现代，对于这一幕很多人看来是浪漫的时刻，富有诗情画意，但实际上那时候，她和他一样，都只感到苦涩与无奈。因为作为知青，他们在村里没有单人房间，住集体宿舍，伍媛和郭丽英还有别的女知青在一间光线不足、散发着潮湿霉气的土房。男知青易亮、刘文勇、鲁小南等人住宿的条件则更糟。私人生活只有偷偷地安排到外面，村头堆放干稻草的小土房，溪流旁边的青草坡地，是大家心照不宣的约会地点。在紧张与担心中，体验人生最宝贵的时刻。后来两人到了县文艺宣传队，那时易新航已经三岁多了，两口子住的也只是一间平房，里面只能安放一张木板床和一张写字桌，晚上哄小女儿睡着了，两夫妇才可以过那种生活。也不敢在床上进行，担心床的摇动会闹醒女儿，让小孩难堪，对其成长不利。所以经常是女儿睡着了，灯关掉了，黑暗中他们两个在床边的那张有靠背的木椅子上进行活动。木椅子在两个充满青春活力的躯体激烈张力中，咿呀咿呀地发出响声，差点没散了架子。白天一眼可以看出，那物件已经很不结实了，若不小心碰到，会哗啦一声倒下。

一叶风筝，那更为敏感的线索与大地的相应关系。而对于如同风筝一般格调的人，关注故地，常常地保持这样的心态，而这只有自己才做得到。对此，伍媛忽然明白，岁月流逝，少不了让人麻木，当然这也是一种成熟的表现。感觉与存在，心灵与现实，已经出现巨大的变异性对应，甚至颠覆性对应。

这些年，每年至少回来一次，看看走走，见见朋友，吃吃饭聊聊天。前些日子，见南园有动静，坐不住了，临时调整时间，坐航班提前回来。伍媛在加拿大这么多年，没干别的什么事，也干不了。她是演戏的，一直喜欢粤剧。

在青春岁月，串联到北京，历时一个多月，前所未有地完成人生一次身体与精神的洗礼。回来没多久，走进另一股浪潮，从南园学校初中毕业，接着参加上山下乡，到粤北山村当知青，进入山山岭岭。在农村，这个当时称之为可以锻炼红心大有可为的广阔天地，开始了新的日子，与莲塘尾村子的农民“三同”，住进农民家里，同吃同住同劳动。每天开工挣工分，一板一眼地干农活，到了年底计算工分，并参与领取几十元另加稻谷、番薯等物品的全年劳动分红。后来有摆脱艰苦农村现实的机会，到了县城，进入县有线广播站当播音员，坐在县委大院里的广播站播音室工作，早中晚一天三次播出。有线广播从县城到山村，覆盖面很广，那音质清丽，穿透力很强的语音，让全县都熟悉了，增添了身份的价值。不久，易亮调入进县文艺宣传队，伍媛经常过去找他，想方设法找领导说情，也到了宣传队，参加演出宣传。落实政策回到南园，在南园机电厂当上合同工，之后去香港定居。一直都坚守了一点，那是没忘记戏曲演唱。

前段时间，易新航带着南园粤剧团的节目班子成员，乘船去了香港，在那叫中港城的码头上岸入关，到附近繁华热闹的弥敦道演出，这事情她也知道。许多现场的视频和照片，都发给了她。饶有兴趣地看了，不少观众如肥叔等，还是老朋友。易新航去香港是她牵的线，演出前，和易新航交流过，搞些什么节目，注意什么细节，诸如此类，交代了一番。在弥敦道，伍媛跟社区和商会的一些乡亲朋友很熟悉，并有联系。

商会年终聚会，吉日良辰的贺喜，专程过去为他们演出。多年的坚持，又因为南园的缘故，积累了一些人脉关系。很珍重这资源，不忘记介绍给女儿，包括钟寒木的胞弟。女儿对接上了，也把粤曲节目带到那边。去了温哥华，别的没有机会做，或者也做不了，还是演唱粤曲。温哥华那里，华人多，广府人多，生活一起，有这个需要。当然跟香港没法比，跟国内更没法比。各个方面，国内目前的状况，都让人振奋。但在什么样的地步就要说什么样的话，不管如何，总不能老是闲着，得找活来干，找些收入。否则，还真不能生活下去。于是，发起成立粤剧院，那种事情，在那里是非常细小的，也没有什么人在意。办理一下简单的手续，请上几个熟人，安排一个饭局，招牌便树立起来。名堂虽大，其实差不多只是一个人，自任为院长，弄个招牌，再找到一个年龄与自己差不多、闲居在家的阿姨一块做。那阿姨负责接电话，处理具体事务，她来表演。演员不够的话，也在华人圈联系上几个有这方面爱好的，共同完成演出。他们平时在一块，与香港私伙局一样，聚在一块来唱一唱，练一练，搞些节目。也通过易新航，把一些照片在国内朋友那里进行了传播。国内这边看的都是表面东西，惊讶地说，外国也有粤剧！看看我们的传统文化多有吸引力。于是官方媒体赶紧附和，做了一些宣传，把声势搞得很大。其实冷暖她亲历自知。有时候很多节目从联系到舞台，到灯光舞美，到节目，包括演出，差不多都是她一个人。这样的院长，这样的明星，这样的演出，都是非常沉重的劳务安排。

2

从加拿大飞回中国，那航线飞越太平洋，进入中国大陆上空，到达上海，在机场停留个把钟头，再飞往广州。快到目的地，经过粤北空中。飞机降低高度，平稳航行。这时候，心里却不平静了，忽然出现莫名冲动，头脑靠近打开了面板的机身窗口，目光努力地俯视下面的大地。

进入眼帘的那些地方，青翠的群山连绵不已，细长的河道弯曲延伸，看得见一些城市、小镇和村庄。在高空中当然无法具体辨认，但是，熟悉、亲切、伤感，这样的感觉一下子涌上了心头。

一段青春岁月，留住此地。早已消逝，但是临近这片土地，依然心潮起伏，难以平静，很特别的感觉。伍媛以为，自己不算是感情外露的，只是，生命的那一段，确实积淀了很多的牵挂。

几十年前，小伍媛是南园五金厂的职工子弟，那时候，有个国企与粤北山区县结对，职工子弟中学毕业后，把那里作为上山下乡的落脚地。利用这机会，几个同学去那里当知青，同在一个生产队。但后来，人生结果却大不一样。

记得，曾思艺校长，形象端庄，气质雅致，很有内涵修养，特别是关照过自己。此外心里一直记着的一个人：同学郭丽英，这个与自己关系甚多的好朋友，不愧为南园的好学生，成为学习的好榜样，牺牲了年轻的生命。那时候，她是学习毛主席著作的积极分子，到山村小学教唱现代京剧样板戏，去的路上，为赶时间，不顾一切往前。大雨滂沱，山洪暴发，冲垮了她正在行走的独木桥，不幸落水，英勇牺牲。被县里追认为烈士，开展了学习宣传。

男生鲁小南，本来一直暗恋郭丽英，也曾想靠近。但郭丽英心思都在劳动与集体活动那里，并没有这样的想法。鲁小南只好把心思放进肚子里头，耐心地等待。后来，永远没有机会了。在烦闷中，与农村“三同户”的姑娘好上。女的意外怀孕，自己慌乱了。开始很不好意思，从衣柜翻出宽大的衣服来穿着，后来则掩饰不住，心里惊恐，不知所措，无法处理问题，一念之差，哭着跑到村边小溪水潭，扑通一声跳下去。身子已经重了，水性不好，精神更是崩溃，不幸淹死，一命呜呼。女方家里非常悲伤，也非常愤怒。女子的父亲和哥哥，或紧握砍柴刀，或抓着锄头，噔噔噔，脚步踏得地皮直打战，两人怒气冲冲，来到知青住房，当父亲的咚咚地用紧握的大拳头，捶打木门，要闯进去。身强力壮的哥哥，根本等不及，抬起脚，猛地一蹬，那劲头不是一般的大，轰地一声响，两寸厚的木门倒塌了。两人一股风似的冲进去，愤怒的眼珠子快瞪出来了，要狠狠揍小鲁，但扑了个空。鲁小南那时非常害怕，脑瓜飞快在转，思考怎么办，知道不能吃眼前亏。赶紧收拾几件衣服，一溜烟跑到县城，乘汽车到市里，又坐上火车，用一天半的时间跑回了珠三角，整天在南园屋里躲着，不敢见人。事情当然很严重，告到法院，结果并不意外，鲁小南被判入狱。

后来，广州下来的知青陆续回城去了。只有刘文勇同学真的扎根农村，娶农民女儿为妻，生儿育女。他这个老实人，不喜热闹。但也没让他当农民，招工指标落到他头上，进入粤北那亚洲最大的铅锌矿，在井下当电工。

易亮，他和伍媛一起进入县文艺宣传队，搞美工。易亮先去了香港，好不容易站稳脚跟，赶紧带她过去。他一直没停止打拼，不幸积劳成疾，患上肝癌，终于不治，英年早逝。1997 年之前，她听信社会上的风言风语，经常半夜睡不着，结果跟随别人，亦步亦趋，移民去了加拿大。

近年忘不了的是，那度过青春的粤北，苦难与欢欣留在那，思念也留在那。

想起来，同郭丽英的走近交往是串联开始的。那个时候大家都争着去北京串联，戴上红袖章，打着红旗，敲锣打鼓，张贴标语，呼喊口号，非常热闹。到北京去，全国各地的大中学校的红卫兵汇集到那儿，在天安门广场接受伟大领袖检验。南园初中部也有一些同学去了，其中有易亮。他很活跃，是个好学生，写大字报文字，抄抄写写，演讲唱歌，领带口号等，都非常出色，他第一批参加红卫兵，顺利地去了串联。

但伍媛开始没有去，因为家庭成分的牵连。她妈妈是唱粤剧的，这本没问题，但她爸爸是资本家。其实妈妈是爸爸的小老婆，在那个家庭里的地位并不高。小时候，伍媛也没有从有钱爸爸那里得到多少照顾。是妈妈把她拉扯大，但在家庭成分那里，却有资本家这么一个背景。所以参加不了红卫兵，没有资格串联，不许上北京去见伟大领袖。那天，伍媛回到家里，一进门，也不理睬笑容可掬地前来迎候的妈妈，径直小跑到自己床边，一头扑到枕头上，呜呜地哭起来。妈妈慌了，三步两步赶过来，坐在她身边，用手抚摸着她的脑袋，问："为什么呀？小媛媛。"伍媛不抬头，不回话，只是不停地哭泣，肩膀一抖一抖，很是伤心。再过一会儿，她抬起满是泪痕的脸，冲着妈妈说："你为什么要嫁给资本家？我的妈妈为什么是资本家的老婆！"

伍媛妈妈听了，脸皮一沉，一下子愣住，深深地吸了一口气，站起来，对着伍媛大声说："你问得好！这个事情我想了十多年，问了自己不止一万次。为什么要嫁给资本家，一个年过半百的像是我爸那样老的资本家，我一个黄花闺女，托付自己嫁给他，而且做个小老婆！我愿意吗？我糊涂吗？我傻了吗？这些我都想过，因为贫穷！我是乡下人，家里父母弟弟妹妹，你的外公外婆舅舅小姨，吃不饱穿不暖，住的茅草房，天上下雨，屋里全湿；北风一起，屋内呼呼作响。家里省吃俭用送我去学粤剧，都巴望着我跳上龙门，帮扶家里一把。这样我只好跳龙门了，尽管更像是跳进火坑。但是毕竟住进了南园。如果我的家境有易家一半的好，都不至于这样作践自己。你看易家小子，那个易亮不也带上红卫兵袖章吗，易咏梅也神气十足，像春天的花儿，实际上没有一点儿委屈。哪怕像老郭师傅，如果我不是唱戏的，凭手艺吃饭，也不至于如此。老郭是正宗的工人阶级，他女儿郭丽英同你一个班，啥问题都没有。这些，我都知道，看得清清楚楚，难道我不希望吗？"

能演戏的母亲情感充沛、气势汹汹的一番话，把屋内振得嗡嗡作响。伍媛听罢，收声不哭，走到床边，掀起被子，蒙头躺平，躲在被窝里头，半晌不发一言。

第二天，她找郭丽英，说了自己的事情。郭丽英说，她开始也有这样的烦恼，但现在好办了。她父母都是南园小街五金厂的工人，但经济条件不好。到北京串联，坐汽车也好，火车也好，都免费，吃住也免费，但没有一点钱，那也去不成。北方天气冷，那个时候已经是十月，去北京要带上小棉袄。

郭丽英没有这种过冬的衣服。十块八块零用钱家也拿不出来。她弟妹多，弟弟妹妹整天张着嘴巴喊吃喊喝，还说吃不饱，哪好意思让父母给自己买一件厚点的这种冬装呢。郭丽英默不作声，回到家里，一直没说这个事。后来爸爸妈妈知道这情况，问她说："南园学校不少红卫兵准备去北京，怎么没有你？"低头不语的郭丽英抬头来，两眼泪汪汪，好久才说话。父母听了情况，也沉默起来，唉声叹气，没有什么办法。但是第二天下午，爸爸下班回来，一进门，还没顾得上喝口水，叫上妈妈和她，围着吃饭的木板小圆桌，三个人坐在一起，商量事情。爸爸说："见到了曾校长，她很关心，说要去，这个是重大的政治运动，是红卫兵的伟大理想。曾校长说得好，我们再穷也不能不懂这些。我们无产阶级，是我们国家的领导阶级，能不响应号召吗？一定要走在前列，借钱想办法，也得去。要不，被南园的工人师傅批评。"于是，这里借点，那里借点，凑够八块钱，路上备用。曾校长又找了一个晚上，专门为此事过来家访，带来一件旧棉衣，说她自己不穿了，放着没用，送给郭丽英，那些面布和棉絮还很不错，可以使用，凑合一下解决问题。对此，一家人顿时都又高兴又感动。妈妈连夜赶裁工，把曾校长的旧棉衣拆开，给郭丽英量好身材的尺寸，修改缝补，做好一件半新旧小棉袄。等了半夜的郭丽英，在灯光下试穿起来，全家都在看。材料好，裁缝手艺也好，小棉袄非常合适，穿在身上顺顺当当，精神抖擞。爸爸咧开嘴巴，开心笑起来，说："这像回事了，到北京接受毛主席检阅，我们全家光荣。感谢曾校长。"

伍媛听过这些，对郭丽英说："还是工人家庭好，再大困难也可以解决。"郭丽英说："解决问题是靠自己想办法的。"两人又合计了一会儿，这时候，听了郭丽英的主意，伍媛撒腿跑回家里，把想法告诉妈妈。妈妈也二话不说，拉着女儿的手，两人小跑到南园学校，先是去找平时很关心伍媛的班主任薛萍萍老师，见不到，再找到曾校长。曾校长看到了她们，说："别急，擦把汗水。"待伍媛母女俩气喘平顺了，曾校长才说话。"伍媛的这个申请，我没意见。"又解释说，"我已经靠边站，暂时离开领导班子，没有表决权。另外，我也告诉你们，你们找不到班主任薛老师，因为她也离开了现在的岗位，安排到南园电机厂学习班学习，改造思想。"听到这话，伍媛妈妈愣住，低声说："这为什么？你是很好的校长，薛老师是很好的老师呀。"曾校长说："这个现在也不说，以后有机会再说。"她带着伍媛和她妈妈，一起去找工宣队长陈师傅。陈师傅到上面开会了，怕耽误，接着找学校的其他领导。鼓励伍媛妈妈，不要害怕，实话实说，大胆讲自己的情况，讲和资本家丈夫那种特别的关系，说明并没有从他那得到什么，更没有参与他剥削劳动人民的罪恶行为。经过曾校长的帮助，在这反复诉说恳求当中，学校领导心软同情了，或者嫌烦了，终于同意去和陈师傅再次请示，出具学校意见，同意家庭成分不好的南园学校学生伍媛也参加红卫兵的串联，到北京去接受检阅。

于是，在接下来那一批次的队伍，也是最后一批安排的北上串联。伍媛和郭丽英终于挤上出发的车辆。出发有点混乱，因为收尾的事情，高潮已经过去，领导的关注力不在这方面，所以服务配套也没有以前认真，以前是热烈欢送的。坐上解放牌大卡车，是组织部门要工厂派出的一辆车。从南园出发到广州火车站，把参加串联的红卫兵学生带去。工厂停产闹革命，结果没办法派车，也不通知，主办单位不知道，到了时间车没来，再等也没来，联系人着急起来，于是再联系再安排，临时安排另外一个工厂派车，车还没洗，有点脏，司机要加班也有点恼火，所以绷着脸不大高兴。经过两个来小时路上的颠簸，才到达目的地。在广州火车站门口前面小广场，领队人做了一个整合，队伍才整齐起来，大家认真严肃。这时候，伍媛和郭丽英才松下了一口气，其实出发前几天他们两个都在一块，商量着怎么办，要做什么准备，他们很细心，说很不容易参加的活动，而且这不是个人的活动，是代表的南园学校的，所以两个人缝了一条横幅，贴上几个金黄色大字：南园学校红卫兵。惊喜的是，在火车站广场集合，发现还有两个男同学也是南园学校的，不同一个班，一个是刘文勇，一个是鲁小南，这次很自然地走在一起了。

伍媛问："怎么回事啊？你们也是最后一批。"刘文勇说没钱，家里穷，一开始父母不想给那些钱，后来经不住儿子老在"蘑菇"，才答应了他。鲁小南倒不是没有钱，父亲当干部的，可以给，但跟同学打架，受到老师处分，父母不让去。

好歹走在了一起，伍媛和郭丽英都很高兴。郭丽英说："那好，我们四个都是南园学校的，代表南园去北京串联，宣传毛泽东思想，接受伟大领袖检阅，一定要为南园争气，一定要做优秀的红卫兵和好学生。"坐火车北上出省，对于这几个学生来说是头一回，都很兴奋。车厢里也充满了热烈的气氛，不停地唱流行的革命歌曲，其中一些是经过革命化改编的南园粤曲，高亢激昂，热情舒展。大家也非常友好，喝水，吃东西都是互相关心，你让我我让你。伍媛感到兴奋，但是渐渐地也有自卑的感觉，因为大家的手臂上都佩戴红袖章，都是红卫兵。而她没有，像这样的人只有她。

忐忑不安，带着矛盾的心情，坐上京广线火车，轰隆轰隆，听着火车发出的声音，看着窗外的山河大地，城市乡村，过了长江，过了黄河，经过辽阔的祖国大地，终于缓缓进入终点站，到达了日夜梦想的伟大首都，红色时代的中心。立刻，整个车厢沸腾起来，一路歌声不停的青少年，更加激动兴奋。在北京，忙碌地过了两三天。准备进入那个期待已久的时刻，在第二天要去天安门广场参加超大型的主题集会，进入红宝书汇聚而成的红海洋，那是一个历史时刻，伟大领袖要检阅来自全国各地的红卫兵革命小将。

在兴奋与期待中，没想到一件不大不小的事情让伍媛遭受了一次打击，心里蒙上阴影。

那个下午，他们集中在小学的教室里，天气寒冷，窗户关紧，来自各地的红卫兵学生坐得满满的。

本来安排由解放军来进行操练的训练，讲解有关注意事项，还有进行思想动员，也跟过去不一样，可能接近尾声，高潮跌落的时候，各方面条件不如以前了，所以来指导的不是解放军，而是该学校红卫兵的一个负责人。

那没有那么精彩了，但是大家也都认真地去参加。在教室里集合的人是来自广东和西北甘肃那边的，凭着口音听得出来大概内容。

不是标准教室，而是较小的那种，里头人又多，坐得很拥挤，好不容易大家安顿下来，等了好一会儿，来了一个穿着军装、没有戴帽徽、领章，倒是佩戴红袖章的三十多岁男人。他一脸严肃地走进来，给大家上课，严肃认真，声音洪亮。那段话伍媛还记得。他说来北京串联是毛主席的号召，党中央的部署，是“文化大革命”的重要行动，红卫兵革命闯将一定要牢记，要意识到肩上的伟大使命，不要忘记全国人民的希望，要满怀豪情地投入“文化大革命”的洪流当中。还说，天气变冷了，检阅已经接近尾声，明天这最后一次，也是一个伟大的历史时刻，大家能够参与这样一个时刻，见证这样一个时刻，是无上光荣的。

伍媛低着脑袋，听课做笔记。虽然拥挤，但还是全神贯注。忽然一股奇异的臭味飘来，那是个没办法、不闻不问的小事。小范围引起一些小小的反应。有人摇摇头。伍媛捏着鼻子，站起身子，赶紧走了出去，换换空气，好一会儿才回来。但这个小小的细节不要紧，却引起麻烦事。还没到自己的座位那里，老师讲完了，大家立马站起来，准备走动，位置弄乱了。伍媛的书包一时找不到。大家都离开教室，还是没有看到书包。郭丽英陪着她一起仔细寻找。各个位置角落细看一遍，都没有看见，焦急起来了。书包里的十五块钱，如果丢了，有点麻烦。还有那个特别开具的介绍信，那好像是一个护身符，也是特别的文件，里头介绍了她的家庭背景情况，尽量不外传，因为容易误解。这些伍媛都很担心。郭丽英安慰她，说：“慢慢找吧，我们大家都是来串联的，都是好学生，大都是红卫兵，是毛主席的忠诚战士，不会有什么事的。”伍媛摇摇头，说：“不一定，天南地北什么人都有。”时间也晚了，只得离开现场，回到住宿处，伍媛闷闷不乐。忽然领队过来了，说：“伍媛你出来，有人找你。”伍媛走出宿舍，在床上坐着的郭丽英也赶忙下了地，也跟着她走出来。原来那个书包找到了。一个老师模样的人送来。两人很高兴，连声说谢谢，回到宿舍，坐在床铺上，打开一看，不见了两样东西，十五块钱不见了，介绍信也没了。“这可咋办呀。”伍媛说，哭腔又来了。郭丽英皱起眉头，想了想，说：“既然这样，也算了吧。有问题有困难，也不是那么可怕。我们是一个集体。南园学校只要有人，总有办法。”说罢，她跑了出去，没多久，刘文勇、鲁小南被叫来。在门外的一棵叶子已经落光了的树下，郭丽英把事情说了一遍。两个男生听罢，都毫不犹豫，拍拍胸口说："没问题的，有我们在。大家一同来，一同回去。"郭丽英听后，高兴地说："这样，不仅仅我可以帮一点，还有你们呢。"伍媛脸上，终于绽开了笑容。

可是，第二天上午，有老师来找伍媛。没想到，变得那么复杂，又生出了一些问题。

问了问，基本上了解了情况。东西不知道谁捡到，同学轮转送到老师那里，老师也没什么，及时联系失主。但是又有人来揭发，说介绍信里头发现，咱们队伍里有一个资本家的女儿，对于这样的事情，红卫兵不能够含糊，于是提出，这样的人不能参加明天的检验。

伍媛一听，脑袋低下来，眼泪啪嗒啪嗒掉到地上，说："你们怎么能这样说我，我的事情已经跟你们讲过，我不是什么资本家的人，我也是和同学们一样，接受党的教育，热爱党，热爱社会主义。"

在一旁的郭丽英也帮她，说："我们好不容易千里迢迢坐汽车和火车几天几夜跑到北京，不就是想接受检阅、见见伟大领袖吗？我们想表达一下自己的耿耿忠心，怎么能这样剥夺这位同学的权利。"

领队老师看了看她俩，说："我们也没办法，这是很严肃的政治活动，政审非常严格，对谁都一样，不能马马虎虎。"

郭丽英着急了，赶紧说："那怎么办呢？这不行啊，对伍媛同学太不公平了，这样会给她满腔的热情泼一盆冷水，让她太失望了。咱们一定得想想办法呀。"

领队老师想了想，说："这样吧，我也被你们感动了，我能理解，很不愿意这种情况会发生。我马上去请示领导，看看怎样安排好。”

军代表是个厚道人，做到了公正善良。为伍嫒的事，他真的花了一些心思，第二天匆匆跑过来，找了伍嫒，也把郭丽英叫上，对她们说：“这个事，我专门请示上级领导，他们都很关心，特别进行了研究。这样吧，政治原则我们一定要坚守，不能模糊，这个问题非常严肃。第二也要看个人实际情况，重在表现，我们培养和造就千百万无产阶级革命事业的接班人，保证我们的红色江山千秋万代永不变色，需要重视质量，也要依靠群众，相信群众。处理意见：明天伍嫒同学可以参加天安门广场的检阅，但是，参加的编队要做一个调整，不要在前列的位置上，也就是不要和你们的这个基本队伍在一起，而是在广场边上的其他群众的那个方阵。”

郭丽英一听，还想说什么，伍嫒拉拉她的手，说：“别再来了，这样我可以接受的。”

在广场上期待，在欢呼和歌曲声中的时候，看到前面的热闹，站在边缘位置上的伍嫒，还是有些失落感。这时候忽然胳膊被拉了一下，转头一看，咧开嘴巴笑起来，原来是郭丽英。

她一把拉住伍嫒，赶紧要走。伍嫒说：“要干吗呀？你拉我去哪里呀？郭丽英不理她，只是说：“你跟我来，到广场中心去，快点，快到时间了，伟大领袖要来了。”

伍嫒摇摇头，说：“不行啊，不是已经调整了我的位置吗？”郭丽英看着前面，说：“没事的。我和专门带领我们那个队伍的解放军同志待在一起度过几个小时，我不停地与他说话，也讲了很多我们的情况，于是我和他熟悉了。他很相信我，说好了这样办的。而且，我看今天活动与我们的想象似乎有点不同，管得也不是特别的严。这样，我再给你戴上一个红袖章，大家还不是一样了吗？我们从里到外都是一样的。”

一时间，伍媛高兴得不知说什么，跟着郭丽英，两人手拉手，一块走进了靠前的一个队伍方阵。广场上人山人海，密密麻麻的人头，一眼看不见边。欢呼声、口号声，震耳欲聋，让人热血沸腾。一下子，伍媛心里的阴影扫掉了，心中的冰块融化掉了，她和郭丽英都在放声高歌，自己感到似乎跟红色的海洋融成一片，成为一朵热烈欢快的浪花。南园，只是小小的一块，这里才是广阔天地。

然后呢，这一天的检阅并没有看到伟大领袖，其他领导人出席了。因为这是第九次，后来有新闻报道，大家都知道了，伟大领袖的检阅最后一次是第八次，没有第九次。所以这也就是为什么郭丽英能够把伍媛带到那个前面的方阵上的原因。

但，也都是热烈的、壮观的。在天安门广场西南角，夜晚，人群齐唱当时红遍大江南北的歌曲《各族人民心中的红太阳》，载歌载舞，各族青年、红卫兵，热烈，奔放，激情，希望……

真的不想离开，都在天安门广场，白天游行，晚上唱歌跳舞，认识天南海北的红卫兵。走出了南园，才知道还有这样的世界。

结束了这个终生难忘的日子之后，第二天四位同学利用自由活动的时间，专程到天安门广场照了一张合影。

伍媛口袋空空如也，身上没有钱，她要花费的钱，是郭丽英和两个男同学给垫付的。

串联回来后，没多久，南园学校的高音喇叭没那么刺耳了，建筑物外墙面的标语大字报少了，显然，在一定程度上停止了运动，恢复了某些秩序，又要回到教室里听老师讲课。在这个时候，大部分同学的心都已经散了，课堂也比较乱。老师台上讲，下面话语不断，教室里一片嗡嗡声，没有作业，不用考试。这样过了一个学期，过得自由散漫。而这四个到了北京串联，也在天安门广场照了一张合影的同学来往更多了，玩得挺开心。

不久遇到第二波事情，知识青年到农村去。他们响应号召，去了粤北。

到那去是有指标的，而这些指标本来不是南园学校的。附近广州国有企业重型机械厂，他们上山下乡联系的对口点，是广东小三线的粤北山区。要安排他们的子女到那去当知青，然后有理由招工回到本企业当正式工人。这是很多人羡慕的一种就业机会。

人员已经安排好，但是差不多出发的时候，出了一些变动。毕竟是大企业的人，毕竟是在广州大城市生活的，他们对粤北山区比较担心。有些干部有办法，自己的子女，有的报名参军了，有的找到医生开具证明说身体不好，还有的是说，父母身体不好需要子女在身边。为了完成这个上级下达的具有政治意义的任务，他们派人专程来商量，提出由南园学校的毕业生替代他们的子弟学生。对于南园学校学生，倒是很好的机会，因为以后可以利用这条通道，招工回城，进入大型国企。结果争着报名申请，名额还不够。

高年级同学，包括易亮等参加了。还有四个指标，也有不少家长在争取。鲁小南说，他爸是这方面的负责人，同几个同学说了一遍，把想法商量好后，他跟爸爸说："这些指标给我们四个要好的同学吧。"他爸爸想了想，说："你把他们叫来，我考察一下。"鲁小南立即把郭丽英、伍媛、刘文勇三人叫了过来。

没有思想准备，你看我我看你，不知道说什么。小鲁爸爸说："粤北是广东三线建设地区，山高路远偏僻贫穷，跟咱们这三角洲平原不一样，跟大城市更不一样，生活很艰苦，你们要做好这个准备。"

郭丽英站出来，说："我们是南园学校的红卫兵，不怕艰苦。串联过了，我们到北京去参加过天安门广场的检阅，在城楼大门的毛主席画像前方照相，唱我们南园学校的革命歌曲，宣誓表决心。我们不会给南园学校丢脸的。”其他三人，也都说自己的想法与郭丽英所说是一样的。鲁小南爸爸看了看他们，点了点头。见过这一面，事情确定下来了。

沿着铁路北上，绿皮车几个小时的车程，在韶关站下车。排好队伍，整整齐齐地走出站门。面前是小广场，只见红旗招展，锣鼓喧天，一大群人参加了这热烈的欢迎仪式。

县里的汽车开到站门前。在粤北下乡到了粤赣湘三省交界的一个名叫莲塘尾的偏僻农村。

但是天有不测风云，现实无法预料。这四人去了也只有伍媛一个人顺利回来，回到南园。郭丽英牺牲了，生命的轨迹定格在那里，创造了一个英雄典型。鲁小南出了事，坐牢几年。刘文勇同学留了下来，在粤北山区成家立业，衍生后人。

伍媛参加县文艺宣传队演出，在那当演员，最有荣耀感。演出非常受欢迎，人山人海，一双双眼睛都在渴望着，看着舞台，看表演，听演唱。但那些内容都是宣传的东西，如演唱语录歌。回到南园，参加了当地的粤剧团，作为一个职业演出，开始也很受欢迎。后来文化生活丰富了，竞争压力比较大。去到香港，各方面可以由自己安排，但是受众面很小，没有太多的市场。生存商业化，苛刻要求。到了温哥华，那只是一个存在。靠大家互相养活，互相服务，所以更忘不了南园这里。

3

回到南园。每年都有这样的安排，祖国毕竟是祖国，故乡毕竟是故乡。况且，这里才是她的艺术生命的最大空间。这次，也恰好应钟寒木的邀请，参加他的生日宴会，演唱粤曲。

但她更加上心的事情，是召集老同学聚会。

最近，微信上联系了，有过一些沟通。伍媛说："我们几个的聚会，见一次少一次，机会难得。地点非南园莫属。曾经，我们从南园出发，进行大串联，到了北京天安门，参加了声势浩大的检阅，看到了红海洋。也曾离开南园，上山下乡，到粤北山区插队落户。后来，各自谋生，东奔西走。但南园始终是联系我们的一个节点。现在，南园要搞一些大的动作，有工程方面的社区改造，有商业内容的安排、文化内容的安排，另外也要出版一些著作，还要建一个博物馆，其中涉及咱们南园学校的第一批知青。我们提供一些照片吧，还有郭丽英，找到地方来怀念她了。要不想起来，觉得她挺可怜的，孤孤单单一座坟墓，留在大山脚下。远离亲人，如今，记得她的人越来越少。"

刘文勇说："我们是南园的什么人呀，无法说清楚，有点复杂。在南园学校，红卫兵串联，破四旧，破坏了南园的孔子坐像。继续长征，从外地步行回南园。从造反者、破坏者，到代表者，再到时代落伍者。稀里糊涂，不被人们所留意。"

当年，郭丽英那个事迹，刘文勇含着热泪，在煤油灯光下熬了一个通宵，写出几千字的长篇通讯《来自南园的山村女儿》，此稿发出去，编辑看后，连连叫好，又报给上级，立即得到回复，上级领导也给予高度评价，于是很快安排在县广播站播出。那个春天的雨夜，冷冷的，湿漉漉的，没有谁愿意待在外头。刘文勇站在莲塘尾生产队文化室、也就是旧祠堂的门口边，守在四方形木盒子有线广播喇叭下面，专心收听，呆呆地入了神，脸色凝重。从头到尾，细听完毕。只字未改，全文采用。听着听着，眼泪哗哗流淌，和飘来的雨水交汇一起，脸上一片湿漉漉……

刘文勇通过招工到了矿山，还是保留写东西的爱好。工作时，打开电闸，巡查好电路，便可以待在井下的电工值班室，坚持收听电台。后来自己也喜欢写作散文稿子，投给电台播出。不到三十岁，头发脱落，秃顶了。

矿上中学，一个女学生患上白血病。班上同学发起捐款。那女孩是矿井工人的女儿，听话温顺，喜欢唱歌和朗诵诗歌。但她终于走了。刘文勇写了一篇散文，叙说青春与生命的可爱，描述同学的善良之情。工作的时候，电台播出了，在深深的矿井下面，坐在狭窄黑暗的巷道里头，收听了这个节目，作为作者，重温自己的作品，回想了许多细节，触动了内心，禁不住也泪流满面。

文章一经发表，在当地引起轰动，好评如潮。人们记住了一个故事，一份感情，也记住了作者，他笔名叫南园文。以后，在粤北文坛也都非常活跃，经常发表东西，创作不断。

4

“广府文化，再寻找，再认识，再定位，再出发。科学辩证地处理传统与现代的关系。不是从地契房产这类金钱味道的角度，不是从投资这类商业行为的角度，而是回归历史，回归更有利于延续文化地标内涵的路径，南园的修复，本质上，与一般的工程不一样，它不是一个土木工程、钢筋水泥，装潢修饰等，那些现成的技术工艺，是足以应付得来的。但我们面对的是一个历史符号，是一个文化的沉淀，所以，需要将此作为文化，而非别的。当然，工程的支持，资本的支持，也都是必要的。”谢雨竹说。

陈铸杰点头，表示认同，又说：“产权的归属，投资的回报，更多侧重于经济运行法则。但南园项目，实质上是传统文化的保护与延展，需要注入文化思维。我们对于传统，应该采取什么态度呢？这个老问题并不新鲜，最近，我还是做了一点思考，或者可以这么来表述，就是，一要继承，拿过来，学习之，熟悉之。二要弘扬，就是传播之，推广之，成为品牌，让大家知晓，让世界知道。三要务实，要用以往的优秀精神文化成果在今日生长开花，发挥实际作用，解决一些问题。事实上，这是大有可为的，也是必须作为的一个领域。最后一个观点，就是创新。推陈出新，有所发展，有所推进，形成新的成果。”

谢雨竹想到的是，那个一叠小开本的旧书，放在书架的一角，很少翻看。尽管搬家几次，几次整理书架上的书，一些图书被替换了，或放到别的地方，不受关注，但这个宝贝一直得到重视，安静地待在主人特别留出的位置。

不仅是出版印刷的时间久远，而且还是有来头的。其中的故事，如今更能引起主人谢雨竹的兴趣。因为它的经历与南园有关。在20世纪30年代，谢雨竹从未见过的爷爷，从粤北山区县的农村，跑到珠三角谋生。引荐他的是亲戚的一封信，那个亲戚说，这南园开金铺的老板钟先生，也是自家亲戚，是从珠玑巷南下而来的先民之后，通过族谱的开局，也在宗族祭祖的活动中，两人认识了，认同了同祖同宗的关系。于是，以此为据，把谢雨竹的爷爷推介过去。谢雨竹爷爷家，原本的境况很不错的，在当地乡村里头，颇为凸显，家产厚实，有几十亩水田，几口鱼塘，历经几代人建造的大围子客家风格民居，还未进到村里，老远便可以看到其雄壮的风采。也是全村最庞大的建筑，多少年来，沉默而有力地宣示着谢家的实力，显耀着一种历史和文化的底蕴。谢雨竹爷爷在优渥的环境中出生。他接受了优秀的私塾教育。家庭里祖传的文化氛围，还有他个人的天资与努力，诸多条件让他形成了与一般乡下人不同的素质能力。他爱读书，背下不少四书五经，会算数，可以熟练处理账务。尤其出色的是，他那一手书法，在周围几个乡村当中，都是不多见的，凭着这些，从贫穷落后封闭的地方，来到南园，进入钟家金铺的账房。

在陈铸杰这里，倒是另一个关系触动着他。那天，冼堂洪来了电话，本来，陈铸杰对此一点也不觉得意外，而且他还没开口，陈铸杰就知道他会说什么。冼堂洪说："请你吃个饭，我们聊一聊。"陈铸杰说："很忙啊，你要聊，你就联系办公室安排，到我这来见个面，公事公办。"冼堂洪说："吃个饭吧，你总得吃饭，吃饭的时间有吗?"陈铸杰说："还真不巧，吃饭的时间都被别人占了，都被公务占了。我们很少在家吃饭，其实很想在家吃饭，在家吃饭更舒服也更有利于健康，但也都不容易做到。"冼堂洪说："也难为你们了，当个领导真辛苦，要保重身体呀。这样吧，没时间安排吃饭，那我们喝个茶吧，清茶一杯，开门见山简单说几句，没什么好非议的，你也不要太在意。"那头陈铸杰呵呵一笑说："当然无须在意这个，不要说跟你这个南园朋友，即使与别的什么人，我们都要打交道，反正我们是为社会服务，为群众服务的，与服务的对象见面，偶尔吃个饭，什么可以做，什么不可以做，也是光明正大的，没事。"他答应了。

晚上他们喝茶，找了一个外表简朴，但是室内干净、安静的茶室。房间就两个人，清茶两杯，还放了一包烟。冼堂洪抽烟，他拿来了一条高档软装香烟，抽出一支烟，递给陈铸杰。陈铸杰接过了，说："我平时不抽烟，但偶尔也抽。太累的时候，解个困。"冼堂洪说："那就好，我可以在这里抽烟。"热茶飘香，烟雾缭绕。抽起烟，喝着茶，闲谈几句后，他开口说："领导，我想跟你说的这个事，你肯定也猜到了。"

陈铸杰说："你说说看。"

冼堂洪说："南园改造这个工程可否交给本地的企业，可否由我来承接。"

陈铸杰说："一切工程都得按照招投标流程来，不能说交给谁，不是由我来拍板。"

冼堂洪说："道理大家都懂，但是你是领导，你是分管，有你的支持和没有你的支持大不一样。我希望你能支持本地企业，支持我们，我一定不会让你们失望，不会让全市失望，也不会让你本人失望。"

陈铸杰说："来接工程的机构都这样说，都这样表态。但现实问题是，只有一个项目，竞争者众多。"

冼堂洪说："我知道这很不容易，所以我要开门见山跟你说这个事儿。听说深圳有个机构，上面还是有来头的，他们很看重这个项目。"

陈铸杰说："是的，深圳机构做这类项目有很丰富的经验，比较大气，理念开放，目光超前，格局宏大，工程质量也有保障，口碑也非常好。他们很强势。"

冼堂洪说："第一，他们已经做了很多比这大得多的项目，跟我们不同，这次，他们大抵顺手为之，我们可是全力以赴。第二，这个项目跟别的项目不一样，别的项目很多对标一些好的案例，西欧的风格、通用的现代典型，等等，但这是历史文物的修复，又是我们本地的文化遗产，本地企业具有外地企业所不可具有的优势。"

陈铸杰点点头说："这一点我接受，但是人家搞文化，也会联系我们本地的文化人来做文章，握好地域文化的特色。"

冼堂洪说："有些东西，外面的考虑，临时介入的考虑，和我们不一样。从小到大在这个地方，祖祖辈辈在这个地方，我们的认知，我们的体验是不一样的，还有掌握本地核心资源，本地文化的核心资源。"

陈铸杰听了哈哈一笑，说："那具体说说看吧。"

冼堂洪说：“我们的历史文化丛书，我全部收集了，我们祠堂的那些图片和传统的故事，我们也能够讲得出来。”

陈铸杰说：“人家公司也可以参考图书馆、档案馆的资料，哪里没有啊。谁快谁慢而已，慢的也可后来居上。”

冼堂洪说：“当然，不过，我们得到了钟寒木先生的支持，他那南园的图，可是镇山之宝。”

陈铸杰说：“给了吗?”冼堂洪说：“他说准备给。”陈铸杰说：“准备给不等于已经给，到了手你再说吧。”说罢，站起身，借口时间不早要离席。

5

钟寒木这次对他的寿宴越来越有兴趣，因为南园还是他自己，似乎都处于一个新的节点。氛围也很好，关心的人、参加的人都很多，超出了他的预料。除了陈铸杰是官方的，冼堂洪是企业界的，还有南园丛书方面的谢雨竹他们。另外，远在云南布依族的那个小学，一些老师带着小学生过来，专程为钟爷爷祝寿。

于是，他和谢雨竹联系上，很客气地请他过来，有点不好意思地说了一个事。当然是先喝茶先聊天，再开口说来。这个也是他考虑很久的，想在寿宴上发放一本书，介绍他的书画，还有他以前写的一些文字，作为一个礼物。费用解决了，有企业家愿意赞助，因为很多书画作品都在企业家手里，或卖或送的。这本书也是企业家藏品的展示，都可以得到好处。企业家积极性也很高，很希望这一礼物作为寿宴的一个亮点。只是，时间比较紧迫，是否来得及编辑出版，这个真不好说。只得请求谢雨竹这边。

谢雨竹听了，说：“这个事情太好了。老人这个心愿，大家都会很高兴，很期待的。问题确实是时间太紧迫。”

谢雨竹做过编辑出版工作的。他知道一堆零碎材料，现在还有图画、文字，还要彩印，要编辑好，要保证质量。它的设计，包括文字、内容、印刷用纸这方面都不能随便，不是一般的工作使用的手册，而是礼品，对时间的要求会更多一些。可是，能拒绝吗？谢雨竹想了一下，立马爽快地答应了下来：“好吧，我想办法。”钟寒木说：“不是想办法，现在要决定行还是不行？如果现在定不了，回去之后你们给我答复，今天必须决定，离那个寿宴没有多少天了。”

“这样吧，我现在答应你。办法我回去再具体想一想，再把方案告诉你。”

谢雨竹说罢，喝了一口茶，起身要走。钟寒木也不留他，赶紧把一堆资料取来，放在他面前，说：“这个材料就是我要编的东西，拿回去赶紧看一看。”

那一尺多厚的资料，有照片，有文字。文稿是以前发表过的，有些在东南亚的华文的报刊上发表的，不少是繁体字，还有一些是手稿，或者断断续续的片段。

谢雨竹看了一下，说：“好丰富啊。”钟寒木说：“一堆乱草。”谢雨竹说：“不，那是珍贵东西，我们一定学习，一定把这事情做好。”转身就走。

开车回去的途中，谢雨竹放不下这个心，他知道分分秒秒都要抓紧。在车上打了个电话，跟温灶花说话，他觉得还是只有她来具体做才合适。他们俩一块儿，这个编辑力量的搭配是最强的。电话那头，温灶花听了一会儿，还没等谢雨竹讲完，也很爽快地答应下来，说：“这个我有兴趣，哪怕天天晚上熬夜，我也去做。时间上是很紧，但是我们两个配合来做，效果一定好。再说，要是我们都做不到，那就没有人能做得到。做好这个事，对钟寒木老先生是一个回应，也是一个祝福。还给大家带来惊喜，有意义，我会全力以赴的。”

6

那天，还是他们两人，一起编校书稿，忙了一段，歇息一会儿的时候，谢雨竹喝口茶，说：“很久没有这样的机会与兴致了，为着咱们的南园题材著作，我来说说文学写作吧。找一个角度，扯远一些。当下一千多万的写作人，仅仅全国作协、各地各行业作协，三十多万会员。深圳的写作人，职业的和业余的，人数超过十万之众。在一个与写作有关的手机媒介上，一个作者免费赠送自己出版的著作，不到两小时，送出了两千多本。北京，这方面的人数与故事更多。每年出版著作四十多万种，其中长篇小说数千种。我们消耗出版纸张最多，出版著作的种类最多。但国际影响，离我们的预期还有很大差距，并不理想。在国际书展上，常常是冷冷清清的。为此，前几年，上级部门要求压缩一半的出版数量。影视，每年出品电影 600 多部、电视剧 300 多部。电影，发展很快，这几年因为疫情，票房大为减少，但几百亿的票房成绩，也达到了世界第一。在内容上，国产作品，也已经成为主流。这是概况。具体说到写小说，主要是写人物，写故事，写具体细节画面，而不是理论分析和材料介绍。语言力求有味道，个性是品牌，是王牌。娓娓道来，引人入胜，基本可以成功了。语言即叙事，即写作主体，关键是谁在写。其实，不在乎写什么，决定性问题，是写作者主体内在的涵养与气场，写什么都可以，如何写都可以。再加上思想的深度，发人深省，启迪心灵。南园丛书的要求，也大致是这样的。”

温灶花点点头，说："我就差没有做笔记了。听这样的讲话，简直是一种心灵的享受，一般人不理解的。因为作为学生的我，不仅在接受一些知识，也在实践和在探索中。于苦恼处，恰逢甘露滋润，何其怡然。我读过你以前的文章，说写作应有一种气，文以气为主，古人曹丕之论是也。你说的是一种情绪。记得你引用了一个案例，上海的王安忆，著名女作家茹志鹃的女儿，那时候是年轻的女作家，她的作品写出了自己的个性。有个评论家说，王安忆写出了自己的情绪天空，当然她是通过作品人物来体现的。那么，到底这个气是什么呢？应该是文气。对此，我琢磨了许久，如今觉得，可以简而言之，那应该是理性、良知、理想。这样的东西述诸于笔端，在行文中处处显现，无处不在，又不露痕迹。比如我正在写的老县长这个长篇，几乎将我拥有的所有积累，都放了进去，有条理、有节奏、有方向感地放进去。历史与当下的结合，本地气息，烟火味道，经济社会，人文民俗，温暖情怀，甚至都市潮流，时尚新鲜等等，都有的。"

"正确的理解，结合了你自己的写作的感悟。"谢雨竹说。

"听你这么说，我更有底气了。"温灶花说。

谢雨竹说："写东西，我觉得，谁都可以做的，当然，是否可以产生杰作，因人而异。其实是一种表达，有人用行为表达，做出很出色的事情，有人用口头表达，左右逢源，滔滔不绝。而使用文字来表达的，官样文章的滴水不漏，老练纯熟的官场八股，也很不容易，需要特地修炼。也有的是学术语言，有的是新闻语言，各有特色，各有千秋。比如小说，那是文学语言，说自己的故事，谁不会呢？坚持写下去，将故事说明白了，让人能接受，有所启发，有所感动，作品由此而成。如此而已，说简单也简单。"

温灶花说："那你继续呀，别浪费了你的文采。"

谢雨竹摇摇头，说：“现在，我和以前不同了。以前的文字，基本上是学术语言加文学语言，写了一些年后，拿出了一些东西。进入官场，忙于公文，习惯了那种语言和思维，于是，学术也罢，文学也罢，只得期待以后再关注，目前不得不放置一边。”

第六章

1

似乎可以说，吉人自有天相。离别多年的游子归来，不忘故土恩德，不忘乡亲邻里，热衷回报。对于如此好意，老天爷也特别关照：这天风和日丽，气候宜人。吉象显现，大喜日子，在南园，钟寒木这盛大热烈的寿宴活动顺利开展。

寂静了一个夜晚的古老南园，其前院一早有了动静，开始了热闹。作为执行方的广告公司有关人员，穿着印有他们公司图文标识的工作服，精神抖擞，阵容整齐，准时到达现场，各就各位，布置环境或者处理一个个细节问题。

看到了吉祥如意的顶级菜肴九大篮。跨过大门走进院子，这个醒目的招牌，迎接着来客。今晚要亮相的古老美食品牌，也是广告公司现场布置宣传的重点。

院子里面的小阁楼，那近代以来从西方引进、后来成为广府特色的多彩玻璃的窗户，透出一丝光亮，出现细微的动静。

住在里头的钟寒木，也早早醒来，走出寝室。晚上并没有睡好，翻来覆去，木板床吱吱作响，不时看看窗外。天还没有亮，眼睛又合不上了。这些年，每年一次的这个主题活动已经熟悉，但这次还是感到有点不同。心里清楚，毕竟岁月不饶人，一年不如一年。虽然吉祥如意，心旷神怡，这些都是自己要求和认同的，但还是难以安眠。

好在天时地利人和，寿宴办得热闹非凡，成功出彩。这一天，祝寿吃饭，拍卖捐赠做善事，这几个内容都安排了，效果也都很好。

参加的人们都非常开心，招呼问候，笑声不断，喜气洋洋。几十张酒桌的场面，宏大热闹，交头接耳，说话取笑，请吃劝酒，卷起了一阵阵声浪，高潮迭起。大家心里明白，办寿宴只是钟寒木的一个由头，他不是为自己，其实想提供一个机会，让大家聚一聚，吃饭喝酒，高兴快乐一下。他的这个心愿，增加了人们对他的敬重，他的诙谐幽默也使大家觉得很放松，不需讲究太多繁文缛节，全身心享受欢乐的聚会。

时值阳春三月，花开得鲜艳，姹紫嫣红，水清汪汪，立可照人。水池里色彩鲜艳的鲤鱼儿，不停游动，悠然欢畅。地面打扫过了，干净整洁，要坐要躺，完全不用担心。南园前庭平整干净的青石地板上，摆列的酒席，也都井井有条。前方舞台搭了个棚顶，表演了一拨又一拨的节目，质量档次也不错，可以一看。钟寒木创作的一幅巨幅国画作为背景，鲜艳盛开的牡丹，技艺与气势非同一般，一下子吸引住观众目光。在宴会入口处，出版的新书摆放得整整齐齐，钟寒木的作品集，需要者自取，还可请作者签名。

酒席的味道不错，因为找了经验丰富的新桃村酒厂来办。这一带的酒厂主要做乡村宴会，用新鲜的农家菜。他们可以全都承包下来，包括厨师等工作人员，也包括桌子、凳子、碗筷，还有原材料，都是本地的特色菜，是家乡的风味。比如蒸鱼，每张桌子一份，都一般大小的鱼，一样的新鲜，一样的温热，一样的味道。没有过硬功夫，是做不到的。凭着一把锅铲，到各地承办大型户外宴会，烹饪队以吨位为计算单位购买冬菇。

下午时分，钟寒木站立在门口，打起精神，满面春风，热情地迎客。

南园街坊朋友，很多前来参加，包括那个在旧街上一东一西修理自行车的，八十多岁的白头发老郭师傅和没头发的老头老程先生。陈铸杰爸爸也邀请过了，但他躺在床上不方便出门。对此，钟寒木特别交代说，给他打包一份带去，包括生日蛋糕，也要切一份，送到他家里。

老郭师傅非常高兴，乐呵呵合不拢嘴，喝了一杯酒，满脸通红，说："这么大场面的大餐，不用花钱，没有钟大画家，我们哪有这样的福气。"

"那是的。"老程连连点头，说。

"你得用龙舟说唱表示一下吧。"郭师傅说。

"少不了的，待会你看看。"老程说着，举起带在身边的一个粗布袋子，扬了扬，又说："逢场作戏，习以为常，更有故事精彩，兴致正浓。不好意思，这是我们龙舟说唱人的行话，用具随身带，都在这了。"

"先说说九大簋，让大家吃得开心。"有人嚷了一句，几个人又附和起来。

老程躲不过，取出乐器，清清嗓子，即兴表演。

粤菜九大簋，
久远且丰盛。
古祭圆形器，
九件放菜食。
盛行珠三角，
夸耀筵席高。

唱过后，紧接着的是带有韵味腔调的念白。

每席有九品：乳猪拼盘，发菜扒鸭，豉汁蟠龙鳝，豉油鸡，白灼大虾，酥炸生蚝，香芋扣肉，果仁鸡丁，清蒸鱼，时菜炒杂：西兰花、西芹、荷兰豆，还有瑶柱粟米羹：吃完了八道肉油菜，来一碗口味清淡，香滑可口的粟米羹，营养美味，清喉润嗓……九大簋好，顶级丰盛，极高礼遇，主人待客，其意甚诚……

大家听罢，纷纷鼓掌致意。

酒菜的香味，似乎已经飘来。

2

夜幕下沉，宴会开始。在主持人热烈而夸张的推介引带中，钟寒木不紧不慢，稳步走上台，满脸笑容，先是给大家说了几句开场白，也都是些礼仪人情世故的东西，欢迎感谢，希望大家吃好喝好之类，显得很随和。然后，接过阿玲递上的茶水，喝一口，清清嗓子，言归正传，流利清晰地开始演说。

他说道：

“今年生日，筵开数十席，对八十七岁的我，非常喜悦。政府送来贺信，一介布衣，有此荣幸，感铭于心底，十分感激，发自真情。在南园所设家宴，是我的提议，而功劳在于收藏家协会，他们是主持，乡亲企业家冼堂洪先生则是承办者，操劳甚多。滴水之恩，不敢忘记。更为可喜的是，诸位盛情，拨冗出席，贺客满园。云南布依族小学师生组团，翻山越岭，远道而来，不辞劳苦。文联名家歌手助庆，老年大学真情表演，摄影协会，摄得欢宴，上镜发布，真是喜气洋洋，人生乐事。

“刚刚有乡亲问，看你如此健旺，还在出版著作，怎样养生的？著作是以前写的，这次也得到谢雨竹、温灶花两位老师的大力帮助，才赶到这时候助兴。其实，这把年龄，还是乐观而知天命。我们中国人，有自己的主张，孔子说仁者寿，说明修炼德性，养浩然之气，方可长寿。

“环境生活的影响难以忽略，十分重要。之前，我移居美加，终身受中华文化熏陶的我对这些国家的文化确实没有感觉。思来想去，下定决心，回到自己的故乡。再到南园，数间旧屋，池边明月，竹榻清风，正可悠然永寿，荣与辱、得与失、名与利，一切皆成空。吾妻在医学昌明的西方大国，身患癌症，终究不治，命赴黄泉，舍我而去。千里孤坟谁与共？我心牵挂，不得安宁。只有在南园小姐楼题名：思华。以此标榜，做个铭记罢！

“有生余年，并不太长，我将继续为中华文化而努力，为儿童少年上学而出力，为慈善事业而积德。大马的华校，澳洲的养老院，澳门的劳工子弟学校，故乡的南园书院，四川灾难救济，以及本地的启聪学校，慈善会及珠玑古巷慈善会，已逾千万捐赠。我不是生意人，而是热爱中华文化的艺术工作者，一杆毛笔画来，可救济老病伤残的人士，心灵十分安慰。前几天在写画时，接到消息：大马沙巴州从前筹设的山区中华学校，数百名本地土籍人员报名学中文。泱泱大国的传统文化吸引当地人们认同，参与学习，值得我们骄傲！

“多谢祖国改革开放，我得以在故乡安居。弘扬祖国文化，是我锲而不舍的抱负，客居国外数十年，游遍天下，欧洲、美洲、澳大利亚及东南亚，都有我的屐痕，搞教学、办画展、开讲座，把中华文化推广于世界。

“研究科技，我们要向西方学习，但哲理思想应坚守东方人的德性。一些人，认为西洋美术比东方美术有价值，一幅毕加索、马蒂斯的画作，价钱以千万美元计，而齐白石、徐悲鸿、张大千的国画比不上西画。他们不知道，中国艺术是人品的表现，是学养的结成，气运生动为上，画面寓意一个浩然正气的中华民族人。岭南画系宗师便提倡艺术人格论，在技巧上，我领会不多，还需努力；人格精神上，我更应该继承，克己践行。在国外开办画展百余次，世界名城游遍，归来亦是两袖清风，所得所筹，捐助教育及慈善机构。

“澳门回归后，我曾为澳门劳工子弟学校捐助数百万元，前月我在澳门免费的医院检查身体时，传达处报上我的名，一群做看护工作的姑娘聚集到我身前，感谢我扶助她们在劳动技能学校的学杂费，才会有她们的今日。听了，我心里十分安慰。南园学校，是我童年的学校。南雄珠玑古巷，是我们祖先自中原到岭南的驿站，我关注；这里一所启智学校，我去了；至于四川地震赈灾，凭己力捐助。最为难忘的是，认识花飞飞老师，她带我到了西南的少数民族布依族所在地，在中学设立专门班，扶助了数十名名品学兼优的少数民族学生。月前我应邀到那所中学。占地200亩的校园，广场屏幕上写着：欢迎钟爷爷莅临。多么亲切！数十个学生聚首一堂，座谈会交流像一家人，有些学生，激动地抱着我哭，老师也在擦眼泪，我一生最怕孩子哭。在校旁种了一株榕树，希望增多容许。我当再扶助当地五十名家庭贫穷学生，入校读书。

“今天晨曦，一早起来，执笔抹墨，为的是多画几幅画，卖些钱还我一个本分中国人的心愿。

“这次南园的文化工程，我积极响应，我这新出版的小书，是南园丛书的一部。南园是大家的，我们都是南园之子……”

掌声，欢呼声，哗啦啦地响了一阵，大家听完了，也高兴了。接着举杯祝酒，然后是表演与吃喝同步进行，喜气洋洋，热闹非凡。见一见这位寿星公，开心聚会，吃吃喝喝，这个吸引力才是实质性。

3

钟家兄弟同辈的，同父异母的，同祖父的，这次回来，聚首一堂，甚为少有，特别高兴，免不了一番寒暄，惊喜感慨。这场景也让人侧目，毕竟经历沧桑，大波大折，也各有精彩，家大业大。同父异母，同一祖父，其中的关系，一一细说，也别有故事，复杂的大家族，亲属的辈分与年纪错位交织，显得非常奇葩。对此，钟寒木思考多年终于明白，其父在被绑架、花费重金赎身之后，心理深受打击，生意上不再拼命，百无聊赖。忽而发现，日寇入侵，民不聊生，城里来了大批逃难者；这些苦难而可怜的人需要活下去，一块金条，可以让一个外地过来的女子许配给他，于是匪夷所思地连续娶了几个小老婆，有的年纪还小于儿子钟寒木，不久，又生了一批子女。他似乎将积累财富的劲头，用来繁衍后代。另外，在钟寒木学艺方面，舍得花钱，寄予希望。

这样的后人，不容易排列顺序，落座才可以安排。之后，钟寒木特地把冼堂洪叫过来，对着在座的老兄老弟等介绍："这位是冼老板。"此言一出，毕恭毕敬站在一旁的冼堂洪连忙摆手，说："不敢当不敢当，哪是什么老板？叫我小冼、阿洪或者洪仔是最好的。"

钟寒木不管他的谦虚，说："你们不知道，其实他是我们的邻居，也住在南园这一片区。"冼堂洪一听，连连点头，满脸堆笑，说："是的，是的，很荣幸能与各位前辈为邻居，久闻大名，羡慕已久，今日能遇见，真是说不出的高兴。”

钟寒木又说：“还有要特别介绍的是，今晚，这现场安排都由这位冼生大力相助。”冼堂洪一听，连连摆手，说：“客气了，是应该的。再说，主要是钟老先生一片热诚，感动大家，众望所归。这热闹的场面说明这是南园的节日，也是文化的节日。”

“好的，你忙你的吧，让这几位认识一下你，今天晚上大家都很高兴的，我一定要向他们讲讲你。辛苦了，你去忙吧。”钟寒木说。

冼堂洪听罢，心领神会，微微点头示意，转身离开。

送走了冼堂洪，钟寒木坐回原来的席位，然后和大家吃喝，说了一会儿话，钟寒木看了看大家，拿起一杯酒站起身子，说：“各位兄弟！这里有比我大的，我叫哥，比我小的我叫弟，都姓钟，我们的先辈同一，但是我们各有各的母亲。除了同姓之外，我们还有个共同点，小时候都在南园长大，在那度过了童年，少年，然后到外地，四处漂泊，各自谋生，大家都努力，也还算过得去，自己能养活自己，说好听一点，还略有成就。比如我这哥，他是国内一流的专家，当过大学校长，我都叫他钟校长，在国内的光学领域是一流的科学家。”

钟寒木旁边那位白发苍苍的老者，连忙摆摆手，说：“不说这些，现在要把注意力放在后来者身上。”钟寒木说：“钟校长大哥，你说几句吧。”钟校长看看他，点点头，转而面向这桌的人，说：“咱们搞科学的不善于说话，也不喜欢说话，我们用科学的成果来说明自己劳动过了，说明自己对自然规律的认识，有一些贡献，对一些技术的推动，能够发挥自己的作用，仅此而已。每个人都有他的专长，我们的专长在这个方面。读了一些书，做了一些实验，做了一些探讨，也讲学授课，培养了一些人，我在这个领域做了一辈子。如今，要培养好接班人。没有后之来者，是一大遗憾。”

钟寒木笑笑说：“老兄毕竟是老兄，有才，有贡献，有涵养，也很有见识。这些都是我们家族的好传统，要不，我们哪有这么多的弟兄。”

“老肥弟，我要说你呢。”他转身过来，又对另外一个大家都叫肥叔的人说。肥叔头发掉了不少，身材肥胖，看起来年龄比钟寒木小一点儿。

那肥叔听到，笑呵呵地回应，说：“我在吃喝，也讲点吃喝。没有什么学问。”

他父亲是钟寒木叔叔，抗战时期参加国军，后来部队接收东北。塔山突围失败被俘虏，响应号召，进入解放门，参加解放军。自北而南，一直打到海南岛。原本准备复员，到回珠三角。不料朝鲜战事又起，于是参加抗美援朝，打过三八线。不幸战场失利，被俘虏了，转到济州岛。国民党军派人过来，认出了他，百般努力进行策反，在他背上刺了反共文字。没有选择了，只得到了南美。老年回澳门居住，很是思念南园，但又不敢回来。这些往事也都是儿子肥叔平常的谈资。

喝了酒的缘故，肥叔满面红光，神采飞扬。刚才，手里拿着钟寒木的新书，翻开书页，向旁边的人，结合着讲过无数次的父亲经历，一直不停地点评，聊天说笑。一会儿说到南园粤剧团，伍媛、易新航母女，先后带队，到香港给乡亲演出的往事，一会儿寻味水城，说到钟寒木在新书中提到以前在南园吃过的咕噜肉，介绍说：“我是自由主义者，没有远大志向，只求及格六十分，过好自己。在吃喝方面，可以补充一下。咕噜肉是以面粉和糖等食材，再以肉粒沾上粉浆，用油炸成芙蓉状，上桌前浇汁而成，酸酸甜甜的，很合口味。所用的肉是五花肉，热炸时，内里的肉化成了油。于是油越炸越多。花生油混猪油，炒菜特香。老油滋养的砂锅，足见年代感。禾秆草烧，才有独到的香味。”

也说到另一个内容：爆米花。说：“年底，不少人家用大锅，将沙炒烫，爆米花。师傅二人，为街坊爆米花。拿米、糖，工钱少，出品快。有的无钱，以米代之。师傅混口饭而已。将米放进炮筒内，烧烘，突然“轰”的一声，爆米花就飞出。师傅熔糖，倒入木格内，压平，切作方块，小孩马上可以吃。这爆米花与糖浮米，洋溢着甜蜜与芳香的节日气息。”

后来一阵安静，关于新书的话题说得差不多了。肥叔说：“那研讨到此告一段落，我们谈点别的，一笑一乐，轻松活泼，如风花雪月，饮食男女，尤其是美女。有兴趣认识老哥，不能不了解老兄的真实生活，特别是关乎真实情感的生活。寿星公，你是画家，搞艺术的，这辈子应该是留下不少风流故事吧。你的新书提到一些，但我们还想多听听。”

肥叔说罢，举起酒杯与钟寒木碰了一碰，自己先喝了一口，那张肥阔的脸，立刻又涨起一阵红颜，眼睛睁得大大的，直勾勾地看着钟寒木。

见话题转到自己这里，钟寒木想了想，呵呵一笑，说：

“这个也不奇怪，唐伯虎的风流故事至今依然是影视艺术创作的热点，毕加索、齐白石、张大千，他们的风流韵事也是常常提及的话题，造型艺术绕不过女人。”

“那你呢。”肥叔又说，他对此很感兴趣，似乎穷追不舍。

钟寒木说：“感谢上天，感谢父母，这方面我得到关照，非常受宠。如今，生命中的女人，近年来我经常回味。我写南园，留在我心中难以忘却的是几个女人。思华，大家都知道，这里自然不必说。讲讲另外几个你们不知道的。”

肥叔一听，连忙用纸巾擦了擦嘴巴说：“想听想听，你刚才在台上说的那些话，都是客套的东西，书里的内容也还是含蓄了点。咱们自家的兄弟在一起，要说点带劲的。寒木兄是艺术家，本来很有条件，风花雪月浪漫潇洒，但很少听到你这方面的故事。”

钟寒木说：“见着你们真是高兴。以前这样的感觉不多，如今经历人世沧桑，岁数大了，想法不同了。咱们老爹在那个年代，又是做生意的，他那人生方式，养育了我们这一大群同父异母的兄弟姐妹。以前大家大多跟着自己母亲，各自生活，在一起的日子很少。中华人民共和国成立之后更是不方便来往，不仅不熟悉，有的在外面见着了一下子还认不出来。我们这样的一个大家族，究其原因，当然少不了金钱作为基础，但还有重要的一点，那就是传承。尤其是在战争动乱时，世态惨烈，变幻莫测，为着保种继承，人是必须的要素。一个国家，一个民族尚且如此，一个家庭，一个家族，同样亦步亦趋。这是不是我们中国人的文化呢？”

肥叔说：“你说文化，我以为还不如说本能更为直接。中国人、中华民族的本能。”

哈哈哈哈。大家笑过之后，那个老兄说：“钟家喜欢研讨，气氛甚好，但我只对科学感兴趣，你们的文化理论我也只是听听，笑笑，仅此而已。”

这时候，钟寒木又有滋有味地说了起来。

首先说了阿珍。阿珍是家乡土地庙公的女儿，十岁便被卖到钟家做养女，所谓养女即婢女。记得入他家的第一个晚上，她在工人房里哭个不停，吵着要回家，不吃不睡，有声无泪地哭了一个晚上。当年钟寒木只有五六岁，觉得她十分可怜，偷偷地送些饭菜给她。直到她不哭了，碟里的饭菜也吃了些。后来知道，原来她是家里买来服侍自己的妹仔。过了几天，钟寒木要到幼稚园上学了，每天骑在她的背上，抓住她的两条辫子，扯着上学去。遇到有大班的同学欺负他，她便挺身而出，用木屐书包作武器，直至作恶的人鸟兽散，才背起他唱着歌儿回家。她常藏着鲜甜的荔枝待钟寒木回家给他饱尝。钟寒木在她的背上长大，直到读小学一二年级，才牵着她的手，自己步行上学。遇到雨天，街上有一个又一个的大积水滩，她怕钟寒木滑倒，还要抱起他跨过去。

一直是阿珍帮钟寒木洗澡冲凉。后来，她说："你长大了，自己冲身沐浴吧！"已经读小学高年级的钟寒木，裸着身体，跳来跳去，要她给自己抹背。就这样，日子一天一天过去。

最令人意想不到也最令人痛心的事发生了。阿珍一天天长大，身体逐渐丰满起来。那一天，她蜷伏在钟寒木书房的椅子上哭个不停，问她也不答。突然，她从书房爬上露台高处，反关着铁栏杆。小小的钟寒木忽然意识到她要爬上骑楼自杀，喊她回栏前，冲过去，紧紧拉着她的手，不料她一挣扎，身子哗啦掉落，接着地面一声巨响。楼下街坊众人，惊慌叫道："有人坠楼！"阿珍死了。

后来才知道，她与钟家的店员小伙子发生了关系，怀孕了，无良小子却跑路了。可怜的阿珍一时想不通，竟走向绝路。

前年钟寒木自海外归来，回到家乡，土地庙已踪迹难寻，阿珍却仍在心里！

钟寒木说的第二个女子是翠玉。她是同班同学、天真无邪的初恋情人。一群同学常常在一起打球、溜冰、游泳、跳舞，纯纯的爱意萌发在他俩心底。钟寒木十五岁就已举办个人画展，售画所得，能够在省城购得一间房子。就在一个晚上，在省城他自己购买的房子里，班上同学聚餐宴会。曲终人散了，只留下他和翠玉两个人说说笑话。突然一声警报，是日本人飞机来轰炸了！全城戒严，成了一个黑暗的世界。一同睡在房间里，丁字形地睡了一个晚上……后来，她结婚了，随丈夫移民到外国去。此后数十年，当再相聚于羊城时，她坐着轮椅，已是一个头发花白的老人。钟寒木和她相对无言，手牵着手。如果当年不是丁字形地睡了一个晚上，钟寒木的人生、命运应该改写成另一页：有缘无分的阿玉！

在马来西亚，他还认识一个女子，是粤北客家人，名阿秀。说起来阿秀的身世也可怜，她的父亲在槟城蛇庙前开生果店，阿秀的母亲病逝了，父亲续弦的妻子又生下几个弟弟。为了生计，阿秀便到一所万字票的投注站工作。无良的店东，乘机玷污了她，她有了身孕，事后被店东太太赶了出门，又不容许回家。好在一所庵堂的尼姑收养了她，生下了儿子。这时，听说沙巴正在开发，找工作容易，她便把孩子寄养在亲戚家里，来到东马来西亚的首府沙巴州工作。那时钟寒木有几层楼出租，她找到思华，便成为租客，同时协助一些管理楼宇杂务。她十分勤劳，节省下的钱，汇回家里养小孩。晨曦伴钟寒木夫妇登山运动，黄昏伴他们到海边游泳，像一朵解语的花，遇着纯纯的爱。

一天，她求钟寒木夫妇一件事，她父亲病重了，想见她一面，希望钟寒木夫妇认她的儿子为亲人，这是客家人的习俗。钟寒木夫妇没有犹豫，一口答应。匆匆登上航机，从沙巴到槟城，带着她的儿子到她的父亲病床前。老人家有气无力，但笑得真实，用福建话道谢，要钟寒木夫妇好好地照顾他的女儿和外孙。

像演戏、像做好事，钟寒木摸摸阿秀儿子的头。孩子也哭了，大声喊钟寒木“阿爸”。他不是姓钟的，但后来结婚，还请钟寒木夫妇做主婚人，思华捧茶上座。戏剧人生，好一场折子大戏，十分热闹。

“思艺、思华，是我生命中最重要的女子，这里也不必说了。”说罢，钟寒木又说：“近日认识的两人，不仅给了我帮助，而且她们身上呈现出来的风采，也让我耳目一新，觉得时代总是在演变和前进，而我们正在告别的过程中，需把未来让给这些人。我今年已八十多岁了，女人对我而言是休止符，一些朋友要我再婚，心领了。虽然清代随园老人袁子才说过，男人八十无女同眠，半夜起来，脚冷如雪！只有他知我，但又奈何。”

4

演出节目不少，唱歌、舞蹈、曲艺等。第一个登台的是伍媛，她的粤曲演唱，字正腔圆，功底深厚。虽是老节目，新鲜感不多，但作为开场，还是恰到好处。喝得微醺的老程，在别人的推搡中上了台。演出前发生一个小插曲，他端着酒杯，从别处走回来的时候，忽然说：“我不演了。”坐在一旁，特地为老程这个节目服务的广告公司小伙子，立刻紧张起来，说：“那咋整呀，节目都预告了。”老程用手捂着肚子，说：“我肚子疼。”旁人一看，他气色也不好，脸是苍白的。“为什么呢？刚刚还好好的。”大家说。小伙子赶紧取来风油精，说：“涂抹点风油精，管用的。求求您再坚持一下。”

看到这，老程一把拨开小伙，舒了口气，看着大家，说：“那，我还是去吧。为大家，为钟先生，不是为那个肥胖的家伙。”

上了舞台，总算顺利。他一手提小钹，一手捏着小木槌，叮叮咚咚敲了一轮，然后有板有眼地说一段，吟一段，唱一段。都是大白话，无非是介绍南园历史，表扬了钟寒木的才艺与做善事的功德。

其实也不大要紧。闹哄哄的现场，那说唱很难听得仔细，只感到是将特色的传统文化展现了出来。

南园老年大学一群学员，盛装出现，载歌载舞，虽然是业余，年纪也大了，不是很有观赏性，但也表达了真诚的祝愿，增添了气氛。

几个文艺节目之后，重点引带出来了：拍卖钟寒木的几幅字画。

主持人宣布，这些都是钟教授捐出来的，拍卖所得的款项全部属于本地慈善会。说得风趣幽默，拍卖活动高潮迭起，举牌竞价，引起现场的阵阵呼喊，更加热闹，最终的结果也是钟寒木的作品拍卖出去，价格理想。冼堂洪是一个显眼的追捧者，慷慨拍下一幅字和一幅画，花了不少钱，也让大家把目光投到了他身上。当然钟寒木也很高兴，他走上舞台，亲手把作品交给冼堂洪，合影拍照，说几句话，对冼堂洪慷慨支持他的宴会，认捐他的作品，表示衷心的感谢。

5

谢雨竹和温灶花等丛书的几个作者，坐在稍偏的那一桌。本来钟寒木是安排谢雨竹坐在主桌的。钟寒木说："好歹你都是负责丛书的，做个代表。"谢雨竹摆摆手，说："还是算了吧，我现在不想抛头露面，而且我和你见面的机会很多，把这个机会留给远道而来的或者重要人物吧。再者，我也想趁这个机会和几个作者聊聊，其实是借你这个宴席，召开作者座谈会，交流南园丛书写作中的问题，对我，这也是处理业务。"

见谢雨竹这么说，钟寒木只好笑笑，说："那好吧，随你便，随你便。"

温灶花静静地坐着，没怎么说话，上了菜，吃菜吃饭，不紧不慢，很快吃好，放下碗筷，再也不动接着端上来的菜。喝点茶水，将目光投向舞台，看着上面的热闹，不时微笑。当看到冼堂洪走上台，满面红光扯着嗓子讲，为什么要购买这幅画，为什么要做慈善的时候，温灶花把脸转到另一边，不再看了。

冼堂洪要是大声说话，扯开嗓子，脖子就会有个部位一抽一抽的，这是他的一个特征。这个细节其实也没有什么，一般人不会过于留意。但会引起温灶花一些不大愉快的联想。

那次她赶回家乡，参加的是文学活动。当然有点头脑发热，但并不经常，而是偶然的，也实现自己多年的梦想，并不为过。那时，有两个获得过茅盾文学奖的著名作家举办讲座，并要为作者“把脉”。温灶花熟悉他们的作品，遇到可以直接交流的机会，又有文友同行，兴奋地参加了，轮流开车，行驶十多个小时，凌晨四点多到达。在父母家里洗漱更衣，一大早，到达当地的中学，及时到达讲座会场。很是顺利，与两位作家都接触了，现场购买他们的著作，请他们签上大名，还做了交流，请教问题，留下微信，拍照留念。后来，在场的当地电视记者注意了她，还邀请她接受采访，谈了参加讲座的体会收获，介绍自己文学写作的心得。晚上，当地电视新闻播出，父母都看到，也十分开心。对于文学梦想而言，这些都是愉快的。但第二天赶回自己家里，开门进去，心里凉了半截，屋内凌乱，晾了几天的衣服，还挂在衣架上，阳台的植物没有浇水，都快枯死了。电饭煲里头，半锅米饭发出浓烈的馊味。

又一次放学后，她骑着自行车从学校回家，半路上遇到突发的事情，一起悲惨的交通事故，一个小学的女学生骑自行车从学校返回家在途中，不幸被一辆汽车撞到碾压，当场身亡。这孩子不是她所在那个学校的，也不认识，但是那小姑娘就像春天的树苗、鲜花，突然终结生命。无论是作为年轻的女人还是作为教师，温灶花心里都非常的悲痛。在家里，如同往常那样，做好饭菜，端在餐桌上，自己坐在旁边，怎么也吃不下饭。她的丈夫冼堂洪吃了。他说："吃吧，肚子饿了。也是没办法的事了，你一回来就讲了这个悲惨的故事，我也很难过，但是有什么办法呢，还是吃饭吧。"她的先生也为这个悲惨的故事难过这一点是真的，温灶花心里也很感激。他吃得下饭，而温灶花自己却没这样的胃口。坐了一会儿，忽然说："这么好的女孩，她不应该消失，她的生命还应该留在这个世界上，我真想让她投胎到我身上来。"冼堂洪却把筷子往桌上一拍，把碗一放，咣当一声响。对着温灶花，板着脸说："你在这胡说八道，别把我家的风水搞砸了。"温灶花说："什么风水不风水，人家是命，年轻的生命，我这样想，也会这样说。"冼堂洪说："你这是把鬼招到我家来。"那声音大得惊人，脖子上那条筋一抽一抽的，这特别难看的模样还从来没出现过。

所以冼堂洪在拍卖时候的这种表情立刻引起了温灶花的不愉快，她把脸转到另外一边。

大家鼓掌，有人说，成功拍卖的人，收入不错，又推崇文化，尊重艺术。

温灶花哼了一声，心里头说："我倒不这样认为，我觉得他们更多的或者说离不开的是一种经济行为，是一种经济思维，履行一定的社会责任，为自己的经营发展，为自己的发财创造更多的机会和空间。且他们的趣味也好，认知也好，修养也好，都停留在比较直观的层面，他们会对文学、社会论述的价值有更加深入的认识吗？这些显然是没有的。"又想到了这些年自己写作品，都是从心里流出去的，反映自己真实的心灵、自己脉搏的跳动，每一句话都带着体温。作品写出来了，有谁共鸣？有谁真正能够理解到其中的心声意境？出版社需要自筹经费，出版之后发行推销还得自己去张罗，感觉就是现实，包括那些一心一意想着发财致富的，自称是务实的企业家，对一个文学的心灵是毫不在乎的。有过失望，也有过抱怨，但后来还是走自己的路。觉得，自己的价值正是朝着自己认定的方向努力前进。作者对自己作品的价值要有信心，不要迎合，也不要依赖那种带有商品味道的评价标准。

想到这儿，温灶花把脸转向了舞台，脸上的表情放松了，露出微笑，她觉得自己还是要以坦然心态面对环境，面对现实，只要内心清醒，内心坚定，自己的行动，能够按照自己的心愿去把握，那也坦然了。

她又想，其实自己也有偏好，对于读书，对于思考，还有写作。她经常很具体地把对写作的爱好表现出来，比如对纸和字的热爱，看了一张白纸，有一种冲动，要在那里写下一行一行的字，谋篇布局，把纸填满，成为作品。随着年龄和阅历的增长，这种癖好越来越明显，自己也觉得有点莫名其妙，但也都能接受，这就是自己吧，和别的老师不一样。有些人完成教学任务，让学生考个分数，自己关心每年每月的收入，怎样安排生活，买房子，教育子女，旅游休闲，衣食住行乐。温灶花不仅仅用功备课，批改作业，而且也喜欢钻研一些事，不是为挣钱，而是寄托了整个精神追求，在做事业。

主位上的钟寒木，依然脸带笑容，但是温灶花知道他，心里头并不是那么无所谓的，他其实有自己的心思，有自己的故事，这些日子在关注南园，在接触钟寒木的时候，感觉到这位老人的目的是很明确的。这次回来叶落归根，把一些保存了半辈子的书画作品带回来，安放好，还有时间抓紧创作。其心愿也是寄托，是一个人在岁月的末尾的一种努力和依赖。

6

“各位好，我叫花飞飞。这个名字很美丽吧。美丽是我的梦想，也是我的本色。我来自祖国美丽的大西南，我们那座城市叫春城。诗人这样赞美说，春城何处不飞花。我的名字正是这样起的，来头真的不小。今天很高兴参加钟教授的寿宴，首先祝他福如东海，寿比南山，身体健康，长命百岁。

“钟教授不仅是个杰出的书画家，还是一个品德高尚的大好人！这些年，他一直关心和资助在山区的布依族小学生，赠送画作，赠送文具，帮扶困难学生交学费，联系企业赞助学校建设。做了很多的好事实事，给我们带来很多福利，大家都很感动。这次，钟教授又特地安排了费用，邀请我们来这里参观学习。这里，我们布依族的小学生卖真心实意地为钟爷爷献上祝寿的歌舞节目……一闪一闪亮晶晶，满天都是小星星，挂在天上放光明，好像许多小眼睛……”

在舞台上演说的这个女人，四十岁，外表形象与精神状态很好。颇具品位与内涵，在舞台上说话，口齿流利，大方自信，满脸笑容。

钟寒木的生日晚宴，一个亮点是布依族的小学生。男男女女十几个孩子，几位女教师，花飞飞是领队人。

在另一个角落的一桌人，很少离席去敬酒，也没什么人过来劝酒和说话，显得安静。伍媛和南园学校的老同学，坐在这里。

刘文勇说：“我本不想回南园，这次不是伍媛你的招呼，我也不回，待在粤北山区，待在那个山沟沟那里，一辈子不出来，最终埋在山地里，成为粤北山水的一点一滴。过去是因为头发掉了，脑袋光秃秃的，不好意思回家乡，后来慢慢就习惯了。”

“我享受那里的东西，享受那里的环境，我的根已经转移到那儿去了。南园话题，留给我的儿子。我的过去，曾经的灵魂，通过我传给他的生命，在那里得到发扬了。”

“那你呢？”伍媛对鲁小南说。他一直在低头吃东西，喝酒，不怎么说话，这和男人过去念书的时候完全相反，几十年这样过来了，经过了那段人生的挫折之后，变成了另外一个人。

鲁小南放下筷子，说：“你说我吗？我不是整天在南园吗？只是你们不知道我的存在而已。我天天待在小作坊里，全身的力气都用来打铜，把铜的原材料，打成各种各样的器物，有古典的东西，有现代的东西，有实用的东西，有文化的东西。不管什么东西，我都实实在在用铁锤一点一点来敲打，只打铜。只要南园还在，我的命还在，只要我还有力气，一直打下去。最近打了三个头像，了却了多年心事，其中一个是郭丽英，她是我们南园学校的同学，长留在粤北山村，做个头像纪念。她是我是过去的女神。头像放在我的店铺，每天打铜，一抬头就看到。”

伍媛说：“不管怎么样，岁月就这样。我们的青春，我们的生命也这样度过了，当然说起来有些伤感，事实上也都是理想主义者。郭丽英牺牲了生命，老刘的头发没了，你还定居在山区，小南，你每天打铜叮叮当当，不想出门不与人接触，心里头却有一个世界。”

刘文勇呵呵一笑说：“我很务实的，也在做电商，叫儿子做活动，我在山里张罗，拉起一条纽带，通过网络通过线下的配合，比如我们的山货冬笋，土饲料养大的猪，就供应到水城这个地方来，让农民有比较理想的收入，我做这个事，不算是悲观主义吧，不算是不务实吧。”

鲁小南说：“那我打铜跟铁匠还不一样啊，打铜是个文化，是个古老的艺术，用如今的话说，叫非物质文化遗产。一切手工打造的铜器，它不仅是铜的分量，还有文化的分量。要是出名了，那我也像钟寒木先生那样，成为艺术家。”

伍媛说：“我们南园学校的学生，几个串联去过天安门的，上山下乡当过知青的，还是有不一样的味道。”

“那是因为我们有曾思艺校长。”鲁小南说。

“为她干杯!”刘文勇同意这个观点，干脆举起酒杯。

7

冼堂洪站在钟寒木身后，一只手轻轻地扶着他的腰背，另一只手高举起来，微微摇摆，满脸带笑，面向来客，点头致意，不停招呼。他穿着一身平常很少亮相的西服，整齐笔挺，贵气而精干。之前去了美发店，特意修理了头脸，容光焕发，精神抖擞，格外引人注目。一眼看去，在这场面活动中，他该是个体面人物、重要角色。而这样的神态或者说这样的印象，也正是冼堂洪的目的，他要让人们知道，他为钟寒木作出了支持与贡献，也得到信任。这可表明，今后，他是钟寒木项目的主要参与者。

为此，冼堂洪是下了决心，也下了资本的。

钟寒木少不了说话，继续讲话：“感谢各位左邻右舍，感谢街坊朋友，以前我们交流不多，我们对大家关心不够，关起门来过日子，只顾自己。有时候，‘朱门酒肉臭，路有冻死骨’那句古诗，其实就是批判我们的，至少是批判了我们的冷漠，批判了我们的不仁。可惜我以前愚昧无知，后来才清醒。现在要正式向各位道歉，所以也请各位过来表达一下我们的一点心意。南园是大家的，现在是政府的，实际上是公众的。”

“郭师傅您吃好啊，来我敬你一杯，你不要起身，我这是作为一个晚辈，向您表达敬意。”冼堂洪说。

郭师傅是郭丽英父亲。他们几个前辈，包括陈铸杰父亲，冼堂洪父亲等，都是南园电器厂的职工。以前趣味相投，挺要好的。1958 年的拆庙建楼。老冼认同，老陈和老郭不同意，造成第一次矛盾，于是冼进了电器厂班子。“文化大革命”破四旧，冼靠边站，没有了发言权，这个时候老陈同意，结果老陈进入工宣队，管理南园学校。老郭坚决不同意，觉得南园这些东西是宝贵的，即使以前是地主老爷家的，但是做出这些东西的都是工匠，跟工人师傅一样。劳动成果这么漂亮，拆了真不应该。他站在思艺校长这边说话。郭师傅受到了批评，他的车间主任职务被免掉了，成了一个普通工人。到了 20 世纪 90 年代转制，郭师傅没有进入决策层，所得利益远不如老冼。

“文化大革命”结束，老陈靠边站。改革开放，企业转制，老冼得了第一桶金，他带上儿子冼堂洪，发展了自己的家业。老冼操劳过度，喝酒应酬，经营费心，应对职工的投诉等等，忙得不可开交，不慎摔倒，引发心脏病，不幸去世。老陈也是闷闷不乐，因为工宣队带来的麻烦，看不开，终于中风躺在床上。

老郭失去了宝贵女儿，儿子是个技工，日子还过得去。他自己不想离开南园，还住老旧房子，在小巷口修理自行车，挣几个茶水费。

几个老工友在南园活了一辈子，时代的风云中，各自选择不一，导致命运也不同，差异的根本原因在于性格，在于各自的价值判断。

今晚的宴会，看到老郭师傅，冼堂洪不免走神了一会儿。

这段时间，南园是他关注和思考的头号问题。掌握一门技术搞工业，做产品，面向市场，迅速实现扩张，这一波实现了机电厂转为家电企业。在产品短缺的20世纪80年代，获利理想。得到第一桶金，迈开第一步。成为老板，手头可以支配的资源多了，可以做的事多了，自信心也增强了。

作为企业的经营者，如果和产权、资本脱钩，那不是做市场的模式。资本体制改革给了一个机会，他爸爸抓住了，又把这个利益转到了他这里，于是他又上了第二个台阶。

20世纪80年代，珠三角一带吸引了大量的外地人过来，民工、大学毕业生，各种职业的趋之若鹜，东西南北中发财到广东、到沿海的这地方。农村里工厂多，村村冒烟处处点火，村级工业园区四处开花，大量的人集聚过来。要吃要住，农民空出来的房子，不论窄小的、破旧的，只要空着，租出去都非常容易。

这个时候他没再做产品，做起了房地产。

如今又进了第三步，想搞文化，很多无形的东西，有时是虚的，又有时是无限的，更有魅力和发展的可能。

南园这个地标，是历史文化沉淀的标志。搞文化的人，是有身份、有内涵的角色。作为企业家，他形成了这种判断。当然，作为中年男人，他还有一种切身的感受，即轻歌曼舞的文艺界方便接触许多美女，而这有时候是金钱所不能替代的，或者说金钱的目的也是为了这个。那么，直接切入不更加好吗？

当然，这样的心理，有谁会注意到呢？

此时，宴会依旧热闹，洋溢着菜香、酒香……

第七章

1

宴席再热闹也要结束。活动时长需注意控制，恰到好处，没有必要拖延拉长。近年来，这在南园、在水城都已经成了习惯，不浪费时间；对钟寒木来说，这也很有必要，身体明显不如以前，精力有限。这段时间，为张罗这个活动，又是创作又是联系，亲自撰写邀请函，书写可以当作书法作品的信封，一天接一天地忙，没有停歇过。

这个年纪，也确实很不容易。

南园院子的露天酒席，人声鼎沸，热烈欢快，色彩缤纷，交流随意，传统乡村的特色，非常明显。不知不觉几个小时过去。寿宴这样子，十分契合喜欢热闹的钟寒木心愿。他清楚，做寿只是名堂而已，更为重要的，是大家开心相聚，露露脸面，会见朋友，享享口福。请他给新书签名的，排起长队，他一个个应答。能够达到这样的效果，心满意足。

而且，这次活动基本上不欠别人什么，靠的还是自己。他非常注意这点，海外漂泊大半生，觉得谁都不容易，要坚守独立性，不过多麻烦别人。为此，用了半个多月时间，创作几幅八尺大幅画作，写了几十幅书法作品。在现场，还即席挥毫，留下墨宝，以这些东西筹集宴会支出。

曲终人散。客人们走得七七八八，场面冷清下来。这时候，阿玲走过来，轻轻扶着钟寒木，慢慢离开现场，走到他住的那个地方。一楼画室兼会客厅，没有客人，格外清静。钟寒木坐下来，喝一口清茶。

然后，忽然他想起什么，招呼了阿玲，说："我那个画作，保管好了吧。"阿玲说："没有问题呀，在保险柜里头。"钟寒木说："真的吗？"阿玲说："真的，不会有错。"钟寒木点点头，说："绝对不要出错。"似乎自言自语地，又说："我们这次回来，不正是为这作品吗？其实，今天热闹的活动，还有一个主人，那就是这幅画。别人大都不知道，我心里不会忘记。当然，冼堂洪也知道，他的目的也很清楚。还有一些人，也需要他们知道。这个事情，也得抓紧。我得再去看看保险柜。"

但正要起身去楼上，忽然听到脚步声，那是一种细微轻快的声音。抬头看，眼前一亮，衣着华丽的一个女士，活脱脱地站在门口。

这个插曲让钟寒木暂时把开启保险柜的事情放在一边，而在一段交谈之后，不由地进入另一条轨道，掀起感情的浪潮。

"钟老师您好，辛苦您了。"甜美圆润的声音，令人格外的悦耳和亲切，那是花飞飞。她一到来，整个房间光亮了许多，不仅衣着艳丽，而且满面光彩。

"哦，美丽的花老师，你好。真是名副其实啊，你带出了满山遍野的小山花，而你自己正是一朵灿烂的鲜花。"钟寒木乐呵呵地说，也不失幽默。

"钟老师真会开玩笑，喜欢开玩笑，没有一点架子。说你是大师是名人，但是我觉得你很好交往，非常有意思。你随意率性，对人诚恳。"花飞飞两眼看着他，真诚地说。

钟寒木大手一挥，说：“那有什么，做人不要太复杂，不要太累，简单点好。要不，哪有时间和精力来写字画画。”

“是的，钟老师说得好，我真的感觉到老师人品特别好，可敬、可亲、可爱。”花飞飞说。

“孩子们呢，他们都吃得怎么样？住得怎么样？这么远的路程累吗？今天晚上他们表演都非常认真啊，唱的歌很好听啊，不要让孩子们累了，他们年纪还很小。”

“都安排好了，您放心吧，他们说很感谢钟爷爷让他们出门远行。都是第一次外出，走了那么远，来到繁华的珠三角城市，非常漂亮的地方。”

“那好，让他们多开开眼界，如果时间可以安排的话，带他们多看看，增长见识。当然要特别注意安全，还要辛苦你，把他们平平安安带出来，也要平平安安带回去啊。这个事我再一次拜托你了。”钟寒木说。

“嗯。”花飞飞回应了一声，没再说什么，但是坐在那，看上去并没有要走的意思。

钟寒木喝了一口茶，说：“时间不早了，回去休息吧，你也要保重身体。要带学生，负责那么多事情的来来回回、吃住安全，操心的事很多。”

“但是，我还有也很重要的事情想操心。”花飞飞说了这么一句，低下了头。

钟寒木看了她一眼说：“这么重要的事情，那明天找个时间，咱们聊一聊吧。”

“现在聊不行吗？”花飞飞说，看着钟寒木。

“这么晚，我要休息了，没有熬夜聊天的习惯。”钟寒木平静地说。

花飞飞沉默一会儿，叹了口气，站起身来说：“那您晚安，明天我联系您，再见。”说罢，转身离去，留下一缕芬芳。

钟寒木看着她的身影，微微一笑。他心想，这是个故事，也是一个不大不小的问题，需要重视，要果断，细心处理好。不能有私心，但一定要尊重，捧出真情实意。

花飞飞回到住处，应该是半宿没睡着。

2

另一头，谢雨竹行动悄然，不惊动别人，已经提前离开。宴席时，打来的电话不少，因为丛书事情。

其实那方面情况，基本上按部就班，进展顺利。登了征稿启事，在网络等媒体发布，广而告之，特别提示：不限地域，谁来写都行的。等于张贴了英雄榜，颇有吸引力。要求明确，必须符合这套书的编辑宗旨。

而这些，用谢雨竹的话来说，也很简单：本地历史文化题材，社科专著，对历史文化进行整理研究。书籍正式出版，每本著作单独书号，给作者一笔稿费，几万元是有的。

这个简明清晰的安排，很快有了反响，想参与的人不少。不过，谢雨竹也听到，也有人嗤之以鼻，开玩笑说，那么点钱，不要说写了，你叫我抄写，我都没兴趣。有钱的老板也说，如此辛苦，如此钱，这生意很难做。什么人都有。有些人独自去写书，所有的费用自己承担，包括出版费，也没什么稿费。这类书不大可能成为畅销书。对此，谢雨竹倒是说：“人们的观点，不是没有道理，而是有道理，说明了一些真实情况和问题。但是，我们也只能这样。”

很快收到咨询信息，还有文稿。谢雨竹十分细心，尽可能及时回复。

接着，谢雨竹还是抓紧时间，电话联系，也见了一些作者。有几次与温灶花一起去。那些发来的资料，有个人简介或者写作的一些想法、一些大纲，甚至还有一些写出来的部分章节。各类情况都有，但是见面之后总觉得不理想。比如热情高涨的程老先生，他一生喜爱读书，文笔不错，对南园非常熟悉。但是他的文笔风格有点特别，半文不白，经常出现调侃的语言，按照龙舟说唱的口吻，介绍一些建筑、风物、民俗等这样的内容。这样的写法有浓郁的民间曲艺的味儿，罗列的现象或者趣闻，很多也是传说，未必确凿，需要修改。还有一两个女青年作者，喜欢文艺，还做着作家梦，但写出来的那种小女子散文，轻轻飘飘，淡雅别致，抒情的主体意识很强，那种离愁别绪的个人感慨，不可能将南园这个建筑存在的历史感、沧桑感、变迁积淀这些厚重的内容表达出来，不符合要求。

面对这样的情况，一天天过去，而时间并不宽裕。谢雨竹有点着急，前些天，他约上温灶花，去省城跑一趟，专门拜见一位名家李教授，动员他来执笔。那位名家出身书香门第，其父是著名的学者，书画功底非常深厚，南园留下了他的几处题词。

李教授多次来过南园，出过不少书，包括散文，获了大奖，有着家传的笔墨才华。

谢雨竹想，要是能请到这位名家来亲自写南园，一个好的题材，一个著名的作者，两者相得益彰，其影响力一定会非常大。

开车进省城，导航指引，到了李教授的住处。他热情认真，在家里等候，同时在练笔。住房不宽大，也不新，是单位以前分配的，但是装点得很有文气、典雅，客厅茶几旁，摆放长方形的大画桌，还有电视机。

他说，前段时间，写文章之前量血压，动笔一小时后再测，发现体内血压上升，由此感到惊恐，不敢再写。画画、写字之前也测，一个小时后，再测的血压没有变化，于是选择书画，文章则少写了。南园是个古园林，广府文化的一个代表，里面很多内涵，我们发掘出很多历史，仿佛一瓶老酒，可美滋滋地品尝。

但提出来请他写，他却摇头了。他问："你们写一本这样的书给多少稿费呢?"谢雨竹如实说了。他一听，冷笑起来，说："你们那里经济发达，财大气粗，富得流油，怎么写一本书才给这么一点点?"没等谢雨竹回答，他又说："这样吧，不是我跟你讲钱，我现在的写作任务很重，我这个年龄，也不想写太多东西了。老实地讲，你们这点稿费我提几个字就差不多了，我还会为钱来写一本书吗？我是想介绍一位年轻的作者，给他一个锻炼的机会，给他一个学习的机会，也给他一个出版著作的机会，但是我要问清楚你们的报酬。"

都是产业，即使是精神劳动，也要有价值回报。谢雨竹想。这是直白的，也是对的。应当明白这个道理，保持对于文化的必要尊重。但，无论如何，请李教授参与写作，也一定要落实。

所以，宴会的吃喝与氛围，谢雨竹都没怎么在意。

3

钟寒木的预感没有错，第二天上午，果然又见着她。

花飞飞再度登门，其意思双方都心知肚明，都有所准备的。开门见山，不多客套，很快切入主题。

她所说的那个很重要事情，在两人面前摊开来了。

这天上午，空气清新，阳光明媚。会客厅窗户打开，窗外鲜花盛开，几只蜜蜂愉快飞舞，偶尔还可以听到细微的吟唱声。

室内安静。这是一次坦诚的对话或者说交流。只有花飞飞做得到，也或者说，只有花飞飞遇到钟寒木这样的人才做得到。对此，两人应该有共识。

钟寒木面带微笑，从容淡定，一如平常的诙谐幽默，作为经历丰富的长者，表现出了适度的姿态。也很认真，真诚地对待面前这个同样真诚的女子。对于一些关键的底线，直白清晰，观点态度十分鲜明，不容置疑。

花飞飞确实十分诚恳，捧出一颗滚烫的心。那个意思，其实在前一天的晚上，花飞飞已经表达了。所以，也不多做解说，只是表达自己的认真与真实。

而钟寒木的态度，也没有隐瞒，将自己的心底都亮了出来。

花飞飞的表达坦率大胆，她说很敬佩钟寒木，不在乎他的年纪，也不是谋求他的名和利，而是发自内心的冲动，也是经过了反复思考。她想过来和他一起生活，在生活和精神上给他照顾，像是他的太太，但是不谋求什么名分。

钟寒木表达了自己真诚的感谢和对她的勇敢的敬佩，但也很有礼貌地并且简洁而明确地表达，说："我这个年龄，我的习惯，已经无法接受这么一份厚重的礼物，或者说这么有感情色彩的安排。尽管在很多人看来这是一种福分，即使在我自己这里，从某个角度，从生命的一种需要、身体的一种需要来说，也不能说没有一种欲望，一种想接纳的欲望，但是由于我一贯坚守的原则，不希望在高龄时候改变。改变规则，需要付出太多的代价，没有心理准备。所以，只能谢谢啦。"

这种又出格又坦率的表达，其内涵还是丰富和奇特的。花飞飞不仅讲了自己的身世和当下的生活状态，而且还说出自己与南园的不为人知的一段缘由。

她单身，其中的原因，导致很多人都认为是，但是他与男人有关，这一点倒是少见了。前者是因为他这样说，做生意赚了点钱，要么追逐肉体的欢乐最最新鲜，在外面这个生活行为不够检点，跟别的沾染沾惹人嫌女色，而且对文化不重视，没有这方面的修养了，这使得花飞飞对他失去了兴趣。后者倒是一个奇特的惊异他的外祖父抗战期间，因为这水城沦陷了，他沿着西江溯流而上，到了西南，参加了国民政府的抗日武装部队，为美援华抗日的飞虎队飞机做后勤服务。后来认识了一个彝族少女，两人同居，生下女儿，那是花飞飞的妈妈。所以有这么一段关系，他的妈妈对他说，他爸爸的老家是在哪里的？是从哪里出来的？也希望他有机会回去看一看，寻找外祖父的足迹，因为外祖父和花飞飞外婆相好之后，没过多久参加战斗，在炮火中牺牲。

“这么说，你这位少数民族美女，不仅是民族烈士之后代，而且跟我们珠江三角洲的广府人家还有着血缘关系呀。”钟寒木说。

“我想是的，你看我认识你之后才第一次到这地方来，我已经 40 多了，但是一来到了这里，不仅是这里的建筑，还有这里的水，这里的空气，这里的饮食，我都感受到了一种从未有过的亲切。虽然第一次接触，也觉得像久别重逢一样的亲切和熟悉，有一种我也说不出来的奇特的感觉。我想这就是血缘的因素、基因的缘故吧。”花飞飞说。

“你的感受真是神奇。南园欢迎你，我这里欢迎你，你随时可以来，虽然我的态度、原则也明确告诉了你，这些也不会改变，因此你不必耗费心思了。但同时，还是真心希望，你回来要像回到自己家里一样，你来我这里吃住，我都会安排。你也不必介意，也不必客气。这些话以前也给你说过，再一次表个态吧。”钟寒木说。

“谢谢，其实我也想到你会这样说的，非常感谢你对我的厚爱。这么说吧，我这次来也想告诉你，不管你怎么样回应，我今后的一种安排，这次回去之后，会尽快办个手续，把代课工作给辞去，到南园这边来。总可以帮帮你的忙吧。能有个地方落脚，有口饭吃就行了，别的不用你操心了，我会安排的。”花飞飞说罢，向钟寒木鞠了个躬，然后挺直身子，头也不回地走出了门外。

在钟寒木面前留下的，又是一股淡淡的清香。

女人的清香，画作的清香，都一样迷人。钟寒木呆呆地站立了一会儿，不由得像个孩子似的笑了起来。

4

温灶花在南园一侧的书屋卡座位置上等候谢雨竹。刚落座，见到餐桌上一张空白的 A4 纸，眼睛一亮，脸上绽出微笑。茶水端上来，她没有在意，对侍应生说，请取一支笔过来。拿到笔后，低头伏案，沙沙沙，在白纸上书写起来。谢雨竹什么时候到来，已经不大在乎了。这样的书写，对于她，有一种特别的吸引力。好像是好饮者之于酒，喜烟者之于烟，书法痴迷者之于文房四宝，所产生的念头或者欲望，是要兴致勃勃地不停地书写文字，让一行行的文字布满空白。

书写，是她多年的习惯，也是一个寄托。不知为什么，在白纸上写文字，可以放松自己，使得精神自由而强大。

谢雨竹来了，悄悄地走到旁边，见温灶花已经写了大半张的纸，密密麻麻的字迹，啧啧称赞，说：“不愧是个作家。为人性僻耽佳句，语不惊人死不休。下笔千言，倚马可待。这些古人写作的经典语言，触景生情，立马涌现出来，送给你吧，眼下，是再合适不过的了。”

“文绉绉的你，也真有趣。看在你是老师的份上，姑且听之，姑且受之。我领情了，照单收入。也得感谢这古园林，亲临其境，它的文化暗示油然生起，挥之不去。”温灶花说罢，也呵呵笑起来。

关于南园的写作话题，电话里少不了沟通，见了面，很自然地延续着。

温灶花说：“南园是一个历史的积淀，里面的东西我们尽量挖掘出来进行整理，这也是认识其本来面目的必要，很多材料给我们启发，也给我们心灵带来很多震撼。这种感受不断积累，不断丰富，建立在我们对这个古建筑的认识基础之上。我现在也是初步感受，因为还没有完全地认识这个古建筑。刚才说，在这里的企业的转制问题，那是南园近几十年的重要事情。往前，还有许多遗漏的东西，比如南园学校，我现在感兴趣的有两个人物，一个是创始人，民国时期的周县长；另一个是钟教授太太的姐姐思艺校长。前者，周县长结束了南园的古老书院体制，引进了西方的现代教育体制，在新文化运动的时代浪潮中，开创新的阶段。另外，在炮火连天的抗日战争时期，还把这作为收养与培育儿童的地方，提供保护，并且千方百计把孩子护送到粤北山区，在那里给他们以安全保障。在山区里，不仅要想方设法吃饱肚子，还对他们进行教育，让他们懂得国难，懂得爱国，懂得立志学习成才。由此，培养了一批优秀的人才。”

谢雨竹说：“你的文学梦又来了，搞着搞着，还是像个作家。”

温灶花想了想，点点头说：“也能够接受你的看法，或许我真的就是这个样子。我说过的，这是我的本能与本色。”

谢雨竹说：“我不嘲笑你，也不是批评你，觉得这样也挺好，有目标，有特色。你坚持了，坚守了，最终成就自己，到时候回过头一看，会高兴的。”

温灶花说："谢谢，但愿如此。"

她端起杯子喝了一口水，又说："我们中文系一个年级百多号人，还在坚持文学写作的很少，当上了作家的更少，这如何看？是不是可以这样说，这个专业出身的看到了太多文学的高峰，觉得此生难以企及，干脆放弃。或者看清了文学的虚无，那个负面本质，因此不屑于涉及。于是，那些大专学历的、中专毕业的、技工学校毕业的，或者大学其他专业毕业的，不知深浅，不顾一切往前冲，都热切地做起作家梦。前赴后继，一大批被淘汰，但依然不懈追求。经历无情的选择，最后非文学专业毕业生占据了大部分作家的份额，这是一个颇有意思的话题。我本人应该是中文专业的少数派，不在乎实际成效的。因此也不管未来会如何，不理会自己在这条路上可以走多远。坚持下去，作为一种自得其乐的生存方式吧。"

谢雨竹说："最近，我忽然发现了自己不成功的原因，很大程度受制于思维习惯。比如，侧重于播种和期待，实际上是时间意识差。而这样必然地浪费了自己的时间，浪费了自己的生命。相反地，人家陈铸杰，他的思维方式是救火思维、锦标赛思维，注重务实，行动迅速，雷厉风行，以结果论导向和价值。"

"不错。但说归说，如今的你依然是坐而论道，发现了也没有意义，等于没发现。"温灶花冷冷地说。

"还是你目光远大。我不仅无话可说，也无能为力，可能只有缴械投降。"谢雨竹说。

"那么，不再唠叨。我们静静地待一会儿，喝茶听雨。不也很好吗？这样的状态，是实在的享受，实不相瞒，比你的思考好，比你的演说好。"

温灶花说着，一边低头看手机。

谢雨竹笑笑，也不再说什么。给她和自己的杯子倒了点茶水。

窗外，天下着雨。温润的雨，从辽阔无垠的天宇那里，从容自在地、不紧不慢地下着，树枝树叶间，传出沙沙的响声。滴答滴答，有时候听到这个声音满是花朵落地，化作春泥。

闲谈几句，开了个头。接着，转入正式主题。

温灶花说到收集南园题材的材料，是到档案馆、图书馆去收集的，花费不少工夫。从学校去到那两个地方，开车四十多分钟，并非容易。苦和累她都不在乎，只是自己感兴趣的，与谢雨竹的要求有出入。不是介绍本园的特色与优点，不是那个命题作文，而是自选题目。对于前者，她似乎有一种本能，那是自主选择与某种抗拒。

整理一段历史，关于机械厂的，产权改革，股份制，私有化。原来的老工人，失去了身份，厂里的资产，都与他们无关。企业更换了主人，原来是属于集体所有，变为个人所有。冼的父亲，刚好时任厂长，于是转头成为最大的股东。老厂长、老工人都觉得不公平，也曾上书上访，联系了记者。记者过来了，表示同情，写出报道，但报道无法见报，改为发内参，也没有用处。找了律师，同样结果。改革照旧推进。冼父还是大股东。当时的舆论一边倒，都称之为改革。后来，发展更快，更为纷繁复杂。快三十年过去，利益调整结束。但这段历史，在一些人心中，始终没有放下。温灶花同情之。不是否定历史。历史有时候是以社会最大的惯性前进，主流决定一切。但是，在接受这样的历史辩证法的同时，也需要关注社会中、生活中、生命中，那些真实存在的不可承受之重的东西。那就是良心，历史与人文的良心。都知道，那不是文雅与浪漫的文化，而是严酷的历史，似乎看不见什么效益与功利。只是，作为一个写作者，进入了这方领域，对此不可不认真，不可刻意绕过去。

“很抱歉，我总是另类。大家悲观时，我乐观；别人欢天喜地，我则泼去一盆冷水，总之不讨人喜欢。”温灶花说。

“不要紧的，无须过于自责。”谢雨竹说，“这样吧，有些问题无法一下辩论清楚，我们慢慢思考。你还年轻，可以从长计议。我倒是想给你列出一份清单。”

“那好，不管如何，读书我喜爱，慢慢看，坚持看。”温灶花说。

谢雨竹说：“你听着，这些书单要记好：《三国演义》《水浒传》《西游记》《红楼梦》《诗经》《楚辞》，屈原诗作、乐府《汉赋》、建安七子、唐诗、宋词、元杂剧、三侠五义、龚自珍等的清诗、近代小说、现代文学，鲁迅、胡适之、郭沫若、茅盾、巴金、徐志摩、郁达夫、张爱玲、赵树理、丁玲、肖红……”

温灶花听到这，连忙摆摆手，说：“这么长的单子，记不住了，也无须记，不就是我们中文系主要课程的内容吗？中国古代文学、近代文学、现代当代文学的重要作家作品，还有你没有说到的外国文学呢。”

谢雨竹说：“哈哈，我是糊涂了。有时候，否定自己，解决问题，不知不觉回到老路上，回到原点上。”

温灶花说：“我可能明白了，这不是一个道理，而是你的一种心态。”

谢雨竹说：“那我再说吧。写故事，也不神秘，无非注意几个问题，主题，你要表达什么思想理念；题材，你是写什么东西的；人物，那是一个主要的元素；故事，人物活动的内容；细节，故事展开的一个个环节；场景，画面感的东西。而最终，归根到底是语言。文学写作，最根本是这个。大语言，是整个表达形态，小语言，那是每句话，及其流动、气象和韵味。每个成熟的作家，都有其语言，以此，与世界发生关系。”

温灶花说：“是的。不神秘，但也不容易做好。”她兴趣不大，有点应付。

谢雨竹不理会，继续说：“蓦然回首，发现，我的语言失去了灵性与激情。因而文学写作走到了尽头。官场的应用性写作以及相应的生活，毫不例外地导致了这个结局。所以，我真的要提醒，你那写作，抓紧时间，挂图作战。写作一个长篇是巨大的工程，需要深刻理解，认真对待。否则对不起这个形式，对不起历史上许多作家的经验，也对不起自己的精神与体力的付出。不仅在作品中描绘了一个丰富的世界，过程中，还是性格的展示与改造，重塑人生观。所以，要利用好这个巨大的精神活动的机会与空间。立体的人，动态的人，活生生的人，有特点的人。还想到了当代诗歌，一些诗句这几天常在脑海里浮现，常常听到铿锵的朗诵。‘请举起森林一般的手，制止！’‘中国的汽车，呼唤着高速公路。’‘告诉你吧世界，我不相信。’‘真理像阳光，谁也不能垄断……’尽快地、及时地、充分地，扑到一个平台，也就是一张白纸或者电脑荧屏，写出句子，以至于还未成为句子的更小的零部件——词语。陈列布展的内容，是作者的情思、灵魂。”

温灶花不说什么，只是点点头。因为这是自己的老师。她感到，他有一种无形的驱动力，使得不能不这样。她看过一部长篇小说，作品写的那个中年知识分子也是这情况，那是一种焦虑的表达。

5

夜已深，只有老城区某个部分，才可以呈现出来那种越来越少有的万籁俱寂情形，容易沉浸于怀旧，带来回忆的感受。特意关闭一些电灯，让屋内幽暗。站立窗前，眨眨眼睛，伸长脖子，远望前方，不久后，似乎感到，脑瓜里头嗡嗡作响，神经在运行，若有所思，努力想点什么。以前不这样的，年轻时血气方刚，性情活泼，爱说好动，除非执笔画画，否则静不下来，聚会、运动、旅行，少不了这些活动。但如今更喜欢独处，待在屋子里不外出，可以半天不说一句话，像个思想者或者幽灵。回到南园，这些日子，钟寒木这个状态已经是经常性的了。

当然也保留一些专业的习惯，比如观察，那是积累的方法和经验。这时候，沿着朝向南方的视线，努力观看着什么。偏右一点，可到达澳门，偏左一点，则是到香港。地图上很清楚地标明，两个城市分别位于珠江最大出海口的东西两边。在心里，这样的区位布局一直惦记，记得牢牢的。这一带，也是自己的一段历史，曾留下生命的痕迹。

下午，温灶花来采访，简单交谈，掌握了她要问的事情。经此触动，很自然把心里头的有关记忆提拉出来。为此，他兴致来了，不同寻常地打开话匣子，嘴巴不停，说了半天。

当时，两人坐好后，钟寒木从桌面上拿起几张纸看了看，对温灶花说："你前几天发来的这些资料，阿玲打印出来，我也看过。你做事认真，做了不少思考，提了很多问题。但是，我没有可能一个一个来回答。"

温灶花一听，有点着急，正要说什么。

钟寒木摆摆手，挡住了她，说："你不急，听我慢慢道来。应该说，得知政府做南园这个项目，心里为之一振，感触良多。很多共鸣，也有不少是启发，由此产生了新的想法，加深了对南园的认识，也加深了对自我的认识，感到自己内心好像还有一种激情，还有一个电流，觉得自己还年轻，那是因为所处的南园。心是尊重南园，让这个地方有价值的东西延续下去。我要说，我更加同意这个看法：南园不是谁家的私有财产，事实上，这地方是有历史留下的无数脚印，早已成为共同建设、共同享受的地标，哪怕只是留下一块青砖、一棵榕树、一个石墩，甚至一个名字，南园也都要延续。有了这个存在，会有许多的灵魂找到自己的依附和归属，也正是这样，南园便可以继续生存下去，像是有生命的东西。漂泊，绵长的岁月，天涯海角的地方。仿佛一片叶子在漫游。”

温灶花抬起头来，停下了笔，把记录的大半页纸递给钟寒木看，又笑眯眯地看着他，说：“钟老师，你怎么一下子改变了说话的风格，我觉得好像不是你说话一样，变得这么高大上，这么一本正经、这么文艺范的。”

钟寒木眨眨眼睛，说：“难道我说的不对吗？难道我这样说不妥吗？”

“不是，很对。只是我觉得有点不够自然，因而觉得有点幽默。”温灶花说。

“那就来点幽默吧。”谢雨竹呵呵一笑说，面对这种场合，很多人会不知不觉地改变画风。

“就是就是，你们太强大了，氛围太强大了，导向力太强大了。我这个老头，在海外生活了大半辈子，回来之后，连说话口吻都向这里看齐啊，你们把握这一点就行。”钟寒木说。

“插曲到此结束，请继续。钟教授，您时间宝贵，我们来听您说话不容易。”温灶花说。

钟寒木笑笑，喝了口茶，又继续说了：

“有时我也想，或者说就像风筝与线，我就是一只风筝，在天空中飘荡，但总有根绳子牵着我，让我无论飞到多高多远，都能感到这种力的存在，一种拉扯的力量、牵挂的力量，这种力量像一条线，这条线是南园，我的故乡，我的文化背景。”

6

“……我在南园出生，在那度过了童年，少年时乘着机动的大船，经过大小河流，顺水逆流，到广州求学，后来父亲又在南园摆酒设宴，搞了个隆重仪式，给我请了一位著名的美术大师，亲自教我画画。学美术有成就了，二十来岁的时候，在广州举办了画展，得到的润笔费不少，我买了个小房子，给自己成家立业用。但是后来时代的变迁，离开了广州。去追求艺术，回到南园待一段时间，又到了澳门去，曾经想办农场，一边用农场来养活自己，一边做中西文化结合的美术。一场意外的大火烧掉了我的农场，也烧掉了我的美梦。在澳门，我有果农场、茅寮，招聘了十多个农业工人，有点儿模样了。但天有不测风云，后来一次酣畅淋漓的熊熊烈火，把这里的房屋物资付之一炬。大火改变了生活，改写了命运。于是到了香港，狭窄的公租屋的尴尬。画展室内，与来自大马的教育官员一起交谈，再次决定人生道路，不由分说打点好行李，退还了公屋，大包小包，几个箱子，皮革的、木板的、藤条的放在一起，小小一堆里头，除了衣物等生活物品，还有随身的书籍、书画作品以及文房四宝，和太太思华，带着长女、二儿子，远行它处。打了辆的士，人与物品，好不容易挤进去。

“回想起来这场没有预料到的大火，是意料之外的还是必然的，也都无法说清楚，后来跨海过渡，到了香港。在那里度过一段时间，居住在非常窘迫的公屋，在小学当教师。那些日子确实非常艰难。

“到了马来西亚，至少在那里住可以伸展一下拳脚，用不着在这个一侧的空间，艰难的生存，可以亲近大自然，在那里也有华人社会，也是在华人社会中传播华人的文化。

“这样流浪，这样生活，这样家庭的成长，而我自己在画画方面也在坚持，也在提升，也在发展，后来继续搞，在马来西亚搞，回香港搞，回澳门搞，也到了澳洲，到了欧洲，到了美国，在华人社会搞画展。

“因为画画，因为这个中国画的艺术使我有了一个专长，有了一个精神寄托，更重要的是，更实际的是，可以通过这个专长谋得职业，获得报酬，养家糊口，可以在外面流浪，在流浪的生活当中生存下来，得以过得比较滋润一些。

“与内地一直没有完全中断联系，小孩小时候在这念书，因为在外面带，他们不方便，也怕他们在外面没有学好中国的文化，后来小孩还遇到了‘文化大革命’，还上山下乡，到了海南岛建设兵团去种橡胶树，去割胶。

“改革开放之后，政策宽松了，我们的自由度提高了，我那个时候想回内地的心情更强烈，所以也回来过好几次内地。

“祖国内地旅游观光进行美术创作的活动，比如交接同行的朋友到外面去写生，在祖国进行创作，把我的画作进行展览，把一些画作赠送给朋友，甚至得到朋友的认购，也得到了一些报酬。”

钟寒木说。

听到这，温灶花停下笔，打断钟寒木，说：“主线和框架我已经掌握了，也看了相关的材料，基本上熟悉情况。当然，经过你亲口一说，我觉得更有把握更可靠，接下来我想听您讲讲故事，一些细节人物的故事，给你留下深刻印象的人物故事，哪怕是一个片段、一个场面、一个物件，这些是我最想知道的，而且这更能够写得具体真实，更能体现故事的质感。”

“不就是喝茶聊天嘛，咋不早说呢？我还是喜欢唠叨的。”钟寒木说。

“一边采访一边写作文，那就发生了变形，沟通出现了困难，好在我们还是沟通越来越好，那就继续吧，应该说这样的沟通会使我们的采访更加有质量。”谢雨竹说。

钟寒木说：“我懂了，要是讲故事，这样吧，我把我的经历从先前到如今，给你说一说，有些东西我记得比较细，有些记得不那么准确了，但是不管怎么样，这些事情都是装在心里头的，一大包，沉甸甸的。现在通过自己的嘴巴把它说出来，说实在的，这些事情一直窝在肚子里头，也不大好受，好像有待于消化的东西。有时我想说，可没人听，有时候不知道为什么，一点也不想说，谁问起来也不想张嘴。但现在回到南园，落叶归根，于是想要抓紧说出来。如果不说，可能会烂在心里，以后随着遗体一块火化。

“我满肚子南园的故事，这里给我留下的印象太深了，其实回想起来都是一个个的故事，很多的事情，还有一些人物、一些场面，你所说的一个个物件我这里都有，有的我还用笔记下了一些文字，都可以交给你。现在，你听好，做笔记，我一个个来说。”

“你的心意我懂，那太好了，符合我们写书的想法。”温灶花连连点头，开心地说。

这几天，与钟寒木接触了几次，采访了一些材料。听故事，饶有兴趣。每次，简单寒暄几句，很快切入主题。钟寒木总是拿起茶杯，浅浅喝一口，一副长谈的样子。

于是，温灶花打开又大又厚的笔记本，埋着头，笔尖飞速移动。一边记录，一边联想，一些故事便在脑海里生成了。

7

广州是钟寒木读书的地方。其父自乡间来，在一所金店做学徒，父亲的勤奋忠诚，深得东主的认可，从学徒转为店员。父亲的记忆力很好，凡在店里买过金饰的客户，第二次光临，便可以道出客户的姓氏，人缘好，生意蒸蒸日上。因缘分，认识钟寒木母亲，结婚后，齐心协力，赚到第一桶金，在珠江旁边，找到一间店铺，买下来开金铺。再利用银行贷款，重新建造一座四层洋楼。

父亲的书法很好，同时读了许多古书，尤爱家乡水城，在床边案前，经常摆放史记批阅和乡族志谱，谆谆教导我不要忘本。在广州开设多间酒家，金铺也多了三间。父亲一时跻身为商界名人，成为一位儒商。

日本侵略者来了，回到水城读书。南园书院是旧制，从四书五经读起。在寒冬，买来一条大鱼，放在锅里，滚几滚，从鱼头吃起，放些姜汁、葱油，直是人间至味也。

前日，又到了澳门，过了大桥，住在国际星级酒店，驱车到益隆爆竹厂怀旧，一片断墙破瓦残旧的机器，用手拈拈它，不见多年的朋友。

不懂广东话的湘籍太太，相栖澳门的氹仔独岛里。当时没有大桥，只有早晚的轮船自氹到澳，氹仔有环岛公共汽车。钟寒木开了一个名为红棉农场的农庄，场内种果、养禽，过着田园的生活。隔壁便是益隆爆竹厂，员工数百名，工人们常来农庄玩乐。钟寒木的长子模样肥胖可爱，工厂的女工十分喜欢他，叫他肥球。当时的澳门生产爆竹、神香、火柴，三大工业为华南的制作区，从小型的渔村，发展成如今的国际旅游城市。

氹仔公共汽车的总站便设在农庄红棉农场的门前，一群司机放些茶具喝茶，一棵大的榕树下，正好适合工友们午睡，大热天时，让他们在庄内休息，汽车用的汽油桶也放在树下。一日，工友们的烟蒂抛在汽油桶旁，瞬间便起火，熊熊的大火中整个农场不见了，他抱着儿子肥球，太太拿回些贵重物品，古玩字画幸得工厂工友们拯救，空空的农庄，鸽子飞了，鸡场毁了，果树、菜园遭了殃，这是命运，不然他不会移居南洋，数十年做南洋伯。

在温灶花看来，南园的一景一物，一事一人，都有着诗意或者哲理的内涵。她写史料，写散文，都没有忘记聚焦这些。

也是雨天。她到旁边的咖啡馆，待了半天。一杯咖啡，一个笔记本电脑，不紧不慢地，喝点写点。写下的文字，其实很零碎，一个故事、一个知识点，一个观点，甚至一句话、一个词语，如此而已。在电脑里头，围绕着南园，编织着文字，不知不觉，渐渐地，南园活了起来。它不是古老沉睡的，而是生动活跃的，血脉在流淌，灵魂在游走，有歌要唱，有话要说，那里的一景一物一色一彩，那里的飞鸟游鱼，蛇龟蛙螺鸣虫，还有鲜花小草，等等，都是这样的。

温灶花知道，这样的感觉，是写出来的，作者的笔触到了，注入了情思，所言状的对象，会变成鲜活的、有生命力的东西。在她脑海里，一个人文的南园，逐渐浮现出来。她这样写作，与另一个课题组并不相同，女教授邹青青他们，在写南园的建筑，他们用无人机拍摄了大量照片，希望将南园的外形准确地反映出来，体现一种科学的视角。

第八章

1

接到财务报来资料，粗粗一看，果然如此！

冼堂洪眼睛一下子瞪大了，南园电机企业上个月一百多万产值，减去供应链成本、劳动力成本、税费与水电，剩余320元。

“这样下去，做个锤子！”他一拍桌子，愤愤地说。此时早过了下班时间，公司里只他一人。他不想离开，呆坐着，吸烟。

傍晚了才锁门出去。一边走路一边思考，平静而沉默。这样的表情与习惯是近几年形成的，也许是年岁的问题，也许是现实的问题，也许二者都有。

他想，自己在南园后街做企业，刚刚开始的时候，可能是由于当时的环境，遍地黄金，俯首可拾。但近年来，总是遇到国际市场环境、疫情等这样那样的事情，年年难过年年过，紧张得喘不过气来。其实总体而言，也在提升进步。但是，已经没有什么便宜的东西可以轻松得到，这也是公认的事实。同行碰头，大都心知肚明，异口同声，一脸苦相。看来制造业，或者说，他那个在南园的企业，这些年开始让他皱眉头是正常的，大家都一样啊。当然他不是搞研究的经济学家，感受更多是直接体验。比如某时刻，忽然发现与吸烟有关的细节，从而得到启示：多年喜好吸烟的冼堂洪，每天少不了一包烟。前段时间更改了口味，不爱国内流行的中华、红塔山之类品牌，如同之前放弃了 555 和万宝路这些国外品牌的香烟一样，又一次改变吸烟爱好，转为吸烟草。他弄到粤北红土产烟地的一些烟草，买了个厚实原木的大烟斗，每次吸烟，撮点烟丝，填进烟斗那个坑眼。烟草少了香味，更多苦涩味，但他乐意接受这样的刺激。烟墩街口，卖烟草的六十多岁阿婆，是他熟悉的供应商。

时间太晚了，阿婆已经离开。但他还是习惯地去那个摊位看看。确实不见人，那个由载货小三轮和帆布遮阳伞组成的小风景不在了。于是转身步行，走到南园长街，要买盒火柴，想的是不仅点火，也用火柴棍来剔烟斗的烟灰。但去了几家小商店、士多店，都没有火柴卖。生火的火柴差不多被淘汰。只好顺手买了打火机，一只一元。

买下这个小东西，有点感慨，由此也联系到自己多年从事的制造业，生发了一些想法。几十年过去，这价格没有变化。塑料外壳，火石，点火的齿轮，还有液化石油气，这么多的零件组合成，居然定下这样的价格。只有中国做得到，美国做不到，其他小国似乎也做不到，可以说得上一个经济奇迹。在参加学习论坛的闲谈中，他请教过那位到处开展收费演讲的经济学家，对方回答很自信且不屑一顾，他所说的那道理也很容易理解，无非是，中国市场庞大，劳动力成本低，还作为香烟销售的附属品，等等，也没有说透彻。他发现，这专家还有其他高高在上的大咖，并没有谁到过打火机的生产厂家，不知道实际运作的情况。由此，还想到制造业，体验到了其中的艰难。于是，更加坚定自己的决定，公司现有制造业务放一放，顺其自然，以能活着为底线，腾出资金和精力，在文化产业方面搞一搞。

之所以这个状态，还有一个原因，在钟寒木寿宴上认识肥叔，很是投缘，一直紧密联系，接触多了。又知道，肥叔与杜生以前有过生意合作。南园附近一侧的洋楼，是肥叔他家的，其祖上当年下到南洋，几个兄弟创立一个品牌，做烟草生意，辉煌一时，发过大财。到肥叔这代，依赖落实侨务政策，在洋楼那还给了一套住房。但他继承了家族的一些商务，引进海外资源，做风扇，效益不错，发达起来。后来一家人定居香港，接着家庭发生变故，与老婆离婚。此后，私人生活一直保持自由个性的风格。

这些事情，让冼堂洪心思活跃起来。现在，一头靠着南园，一头靠着江边的电机企业，从打铁、铸铁、造锅，到后来的马达装配、电机制造，又因为城市的发展升级，实业空心化，走向不定。近年想搞房地产，但用地的性质有所限制，还只能停留在空想中。留下的一片旧厂房，有的出租，有的不时搞点唱歌跳舞派对等文化活动。

这天，里面空地上摆了几桌酒席。菜肴是普通食料，大多是自己种植、养殖的，鸡、鸭、鹅、鱼、虾、蔬菜，等等，而白酒、红酒是自己经销的。冼堂洪的生日，也意思一下，以此招待来客。但他这个主人却不待在现场，在宴席开始前，他自己打了一碗饭，坐在一个角落里，几块肉、一点蔬菜将就着，匆匆扒了几口，放下碗筷，一溜烟躲到旁边办公室，在长条沙发上伸直两条腿躺平，两只胳膊枕在脑袋下，闭眼休息。这段时间，身体不是很好，容易困乏，不喜好酒席上的应酬，需要休息。但毕竟有应酬的任务，偶尔也走出来，脸带笑容与来客打招呼，叫大家吃喝，但他不坐下来，露个脸又回去。

在酒席上，向大家介绍：这个是老公安了，这个是老校长，这个是退休的宣传部副部长……去年生日在家里院子里摆了十多桌，今年河边地租的官司还在打着，人心不定，所以方式场面更为简单。

“冼总您好！很高兴认识您，您是尊重文化、懂得文化的企业家。向您学习，希望有机会多交流。我作为智库首席研究员，申请参加您担任会长的水城民营企业发展商会的活动，参与学习交流，也努力发挥作用，利用社科文化资源，服务企业。社科很重要，您要多多关心呀。”那老部长，一个头发花白、戴眼镜的六十多岁胖子，站起来敬酒，说。

冼堂洪看他一眼，呵呵一笑说：“部长，您满肚子理论和学问，我们不然，没有那么多文绉绉的东西。我们可以告诉你，本村有十多个几亿、十几亿身家的人，有的公司还上市了，那些年纪与我差不多的老板没有一个念完初中。我们讲究务实，接触到一个事情，不会犹豫不决，主张先进入，做开了，遇到什么问题再想办法解决。村里上百家企业，十多家最大的，其老板都是本村农民出身，念书没超过七年，清一色的初中文化。人们不相信书本，不相信什么理论，只相信实干。”

冼堂洪说毕，与老部长碰了酒杯，意思一下。老部长显然想再表达一下自己的看法。但冼堂洪不让他说，转身面向其他的来客。

此时面对的是一位是租用南园厂房的台商，这人带上了20多岁的儿子。对着他们，冼堂洪脸上绽开了笑容，特别热情。他心里关切，租期快到了，是否续租，对方还没有最后确定，所以不能松懈，这也是一笔不错的收入。劝酒过后，冼堂洪又对台商说：“恭喜你，很有福分。儿子长得好，一表人才，又懂礼貌，有良好的家教。刚念完大学就跟着父亲打理企业，真懂事。有女朋友没？该有了，我来介绍一个，条件很好，在我参加投资的电影南园美食剧组里有一个女孩也是大学毕业，父母都是知识分子，从小有教养，在片子里也是一个重要角色，模样气质还真没说的，喜欢不？有兴趣我来做红娘，安排见面。”

台商欠起身子，连连点头，说：“祖国大陆地大物博，优秀人才自然众多。冼总不仅有眼光，懂得文化，更有一副好心肠，不管有缘无缘，首先要表达谢意。”

冼堂洪说：“我所说的是真的，我那电影还在摄制，以后要靠观众捧场，但其中也可以做些好事，所以我有了这份心。”

今晚来的都是熟悉的客人，只有杜生没有来，两人也是老朋友，以往他都在场，这次他说确实遇到要紧的事情，下午抽空来打了个照面，算是表达了心意，转身离开，忙去了。

在南园电机厂，冼堂洪也算得上资深者。当年，他中学毕业参加高考，试题答得很糟糕，自然没成功。父亲很希望他读书上进，父亲在南园电器厂当副厂长，经常讲：“咱们这样的人家，一直在底层干苦力，因为没有读书，就没有文化，过去是条件限制，现在不同了，你和别人家孩子一样，都在南园学校上的小学中学，争取再上台阶，上个大学大专什么的，改变咱家人的命运。”但冼堂洪这只耳朵听罢，那只耳朵出去了，没有将这话留在心里。其实老冼也不懂读书，不会教育，每次都是板着脸以训话的口气，让他一直有抵触的情绪，所以平时的学习成绩并不好。到了高考应试，第一天下午的数学科目，几道重分题目卡住了，坐在座位上，面对试题，一点思绪都没有。为考试，妈妈特地让他戴上手表，时间滴答滴答，一秒一秒流逝，好不容易等到可以交卷离场。冼堂洪将试卷翻盖好，匆匆走出试室。

时间还早，他心中也胆怯，不敢立马回家，慢慢悠悠骑着自行车。在河岸边的树丛里，发现一只鸟儿挂在树枝上，翅膀飞不动，艰难地挣扎着。他立刻精神抖擞，翻身下车，小跑过去。原来是只猫头鹰，显然因为遇到问题，受了伤，飞不起来。见这情况，冼堂洪喜出望外，脱下衬衫，将猫头鹰包住，捕获到手。回到家里，兴致勃勃地在屋子里查找，取出一只鸟笼，将猫头鹰关了进去，又到厨房里头找一些鲜肉切碎给鸟喂食，他想，要用这只鸟来对付家里晚上活动猖獗的老鼠。忙碌完这事，累得满头大汗，顾不上吃晚饭。妈妈着急过来催促说："你还在玩这些东西，饭也不吃，待会你爸回来非生气不可。"冼堂洪贴着鸟笼看鸟，头也不回，说："我这个猫头鹰今晚可要大显神通了。"妈妈还要说什么，突然冼堂洪尖叫一声，原来他用手去摸猫头鹰，那鸟愤怒了，猛地一次出击，锋利坚硬的爪子将冼堂洪的胳膊抓出了血。

于是又一阵忙乱，妈妈翻箱倒柜，给儿子涂抹了消毒碘酒，用白纱布包扎好伤口。正在这时，在厂里忙碌的老冼开门进来，见屋里的乱象，问了问。对冼堂洪考试的情况很不满意，扯起嗓子大声骂了起来。冼堂洪也很抗拒，饭也不吃，低着脑袋，一手护着受伤的手，把门打开，跑了出去。在河边待着，快到半夜才被一直在寻找他的妈妈见到，好歹回了家。吃饭洗澡，搞好卫生，在床上躺下已是下半夜。第二天起不来，妈妈急了，用力摇醒冼堂洪，他眼睛还闭着，嘴上说："帮我请个假，我还要睡。"妈妈又急又气，说："今天什么日子，晚点你进不了考场！"半拉半推让冼堂洪出门，骑自行车赶路，他到了学校，把车一放连锁都来不及，气喘吁吁跑进考场，差点不准通过。

物理科目又是让他摇头，看旁边人都聚精会神答题，他无聊中又犯了困，趴在桌面上睡着，呼呼的鼻鼾声引起考场的小骚动。监考老师过来用戒尺敲敲他的桌面，他才清醒过来。当然未能考好，高考也便这样落榜。

爸爸妈妈都要他补习。他也去了，应付地过了几个月。后来南园电器厂晚上加班招募临时工。在南园一带，很多人想来干，挣点小钱。人多活少，本企业子弟优先。冼堂洪报名了，一来躲避学习，二来可以挣钱花。干了几个晚上感觉还不错，那种工活倒也不太累，一个班两小时左右，下班后，企业食堂还有价钱便宜的夜宵，吃的是陈村米粉。或许是食堂出品好，或许是劳动后肚子里饿了，或许两者兼而有之，吃得特别香，甚至于每天下午在教室里补习，心不在焉了，期待着晚上到厂里干活，然后用小勺子把小饭盆敲打得铛铛响，排队等着吃花生油炒陈村米粉。

在那个时候，认识了杜生，那人仿佛是他的人生导师，改变了他的命运。两人似乎一见如故，杜年长五六岁，已经进入厂里工作了，他在夜宵的队伍中见到了冼，知道他是副厂长的儿子，特别热情。两人在职工食堂餐桌上边吃边聊，吃完饭又聊，一直到食堂员工拉灯关门，他们才离开。

冼堂洪从杜那听到了许多新鲜东西，一时间觉得脑洞大开，觉得他说的正是自己想要的。原来杜在厂车间里当了几年学徒工后，半年前到了供销科室，跟着做采购和推销，经常外出，去了很多地方，见多识广，仿佛免费旅游。吃香喝辣，也不少有。这么好的差事，让冼堂洪心里痒痒的。由于冼的背景，杜也主动给他出主意，说其实厂里也需要人，如今全国各地都在加快发展，他们的电机产品也真的很有市场，忙不过来。这不，他父亲每天下班后还待在厂里，晚上才能离开，也要招募临时工。这么一番交谈，让冼堂洪下决心在家里软磨硬泡，最后父母只得答应，让他进厂当学徒，同时也不放弃读书，业余在电大学习，以后好歹拿个大专文凭。厂里招人，他报名应试，顺利进入了车间，也干了近一年学徒。在杜的带领和配合下，加上父亲的关系，也到了经销科去跑市场业务。

还真没想到歪打正着。电大文凭，最后还是没有拿到，但在本地党校参加了学习，经过三年的业余上课考试，写毕业论文答辩，跟着别人，有参考资料，有人帮忙收集论文资料、修改论文，也拿了大专文凭，只不过这不是国民教育的东西，在党政部门任职有用，但在专业领域、社会机构和事业单位则未被承认。为此父母也曾骂过他，特别是父亲骂得更厉害，但此时他已经将兴趣转移到了企业的经营管理上。所以文凭的事情也像一阵风，过了算了。但是文化这个美妙而神秘的东西，还在他心里发酵，让他痴迷，不敢忘记，不肯放弃，所以当初靠近温灶花，跟她结婚，也受着这一因素的影响。

这时候，整个外部形势已经发生巨大变化，现实状况始料未及，摸着石头过河，一步一步走到全新的境界。南园电机厂原来是地方集体企业，产权改制后，股权转为个人与社会。而冼的父亲运气好，或者像杜生所说的，冼家风水好，祖坟冒烟了。企业原来的一把手在改革前因为遭到举报，查出使用公款请亲戚到饭店吃喝、上夜班时与厨房女工在仓库角落乱搞男女关系，被撤销职务，开除党籍，下放到车间。上级决定，老冼为第一责任人。

在改制中老冼顺从听话，也头脑灵活，能够在上下左右、里里外外当中灵活协调，顺利将事情办好，完成上级交办的任务，推进了股份制改革，而自己也与厂里的干部职工一样，名下认了一些股份。之后，又有专家咨询，银行策划，上级推动，几年下来，一方面忙着生产经营偿还债务，开拓市场，另一方面继续按企业发展的规律，优化股权结构。经过几个回合，老冼名下占有了相当一部分的股份，成为股东中可以影响拍板的角色。这地方很多企业冒出来了，很多做大了，也有不少转了、变了、停了、破产了，规模企业，工业产品，各种厂房，外来打工人，自行车，摩托车，货车，小车，出租屋，南腔北调，粤菜，客家菜，潮菜，湘菜，川菜，东北菜，新疆菜，兰州拉面，港式茶餐厅，东南亚风味菜……一下子，十年八年间，这些概念及其现象，改变了包括南园在内的水城空间。

准备高考复读，当学徒工、推销员、企业管理者，这样的身份该是一种外来的力量，才可以在这么短的时间里完成的，当然结婚，离婚，再结婚生儿育女，个人生活、家庭生活，这是个人性格价值理念，生活情趣的事情，也是缘分的事情。

近一年来，特别留意与投入的事情是文化，正如关注一次打火机的生产经营，仅仅是对于做实业，特别是做产品的一种思考与忧虑，而这也是与杜生谈得最多的话题。

其实几十年来，杜生都是一个若即若离的朋友，需要的时候，他总会出现，而且还会从他那里学到不少有用的东西。杜生的脑袋是灵活的，嘴巴也厉害。早在1993年伟人100周年诞辰纪念，那年上半年他到华东出差，夜里没事，要消磨时间，在街上报摊上买了几份报纸，躺在床上读报。于是注意到两件事，一是全国性的热点，大众对于伟人的怀念，已成为年度最大的热潮；二是上海有个手表厂推出了一款纪念伟人的手表。他心里一动，第二天改变行程，直奔那个手表厂，利用自己企业的信誉背书，在厂里订了一批纪念手表，紧接着联系自己手头掌握的与南园电器厂合作的客户，推销这款手表。因为这产品的应景性，也因为有一定的背景和业务关系，迅速确认了一批货品。与此同时，他又在全国几家报纸上刊登促销广告，与手表厂沟通好，签订合同，把这批货款打进手表厂，账户列为专项费用。手表厂是国有企业，那个时候风气是纯正的，没有什么问题。结果生意非常火爆，他凭个人的策划与协调，满足了当时的社会心理，净赚几十万元，发了一笔可观之财。以后几年还有人在做这种产品，跟随着热潮，但市场兴趣已经大为退化，只能反衬出杜的传奇。但倒回来，他所在的南园电机厂，有人投诉他，说他利用了企业，这个收益应该是企业的，杜只能提取业务费和奖金，而不是独占全部。意见反映到厂里，主管人也准备这样处理。老杜听到后，心里立马着急，赶紧从银行账户里支出5000元，跑到一把手家里说情，单独与他对话，把用旧报纸包裹好的钱送给了他。一把手也就偃旗息鼓，问题不了了之。后来一把手出事了，受到处理。但这个事情没有凭证，一把手也不说，杜没有被审查。股改的时候，他已经是供销科科长，他用所分得股份换取了南园厂在附近的一个做锻造的旧厂房，后来，离开南园电机厂，在旧厂房里开办广告公司，接着合伙做房地产开发。那些年大量外来人涌入，房地产生意兴隆，效益可观，再后来广告公司专做文化，对旧厂房进行一番修整，搞乡村民居博物馆。这些事情，冼堂洪多次听他吹嘘或者说分享。

平时他们聚餐喝茶，品红酒，打高尔夫，少不了交流，而这些年制造业与文化产业的对比，是他们之间的热门话题。杜生说："做制造业的变成了老实人，辛苦劳累，收入又少，人工地租贵了，产品多了，在竞争中大打价格战，利润更少。"冼对此认同，说："都知道这是个事实。"杜又说："我再问你，那个进入了世界几百强的上市了的家电龙头企业，为什么老板这些年投入重金建设了一个传统风格的园林，一个高水平的养老机构，一个超级现代化的医院？"

冼堂洪想了想，说："媒体上都在称赞他，说他致富之后不忘传统，不忘回报社会，热心慈善公益事业。现在听你这一说，看来也许他还有别的考虑。"杜说："肯定有，而且不是小打小闹，是大的战略布局。""你说说，我倒想听听。"冼堂洪说。杜呵呵一笑，得意扬扬地说："明眼人，咱们做企业的人都不难看出，只是大家都闷声发财，各顾各的，不想招惹别人。"

冼堂洪冷冷一笑，说："咱们闲聊，仅仅是交流而已，无话不说。我啥时给你带来过麻烦。"

"那当然的。我还不相信你吗？直白说，我觉得他这些年的几个项目除了回报社会，为故乡做慈善事业之外，还是产业的超前埋伏，做古园林院子里面有三个重点：一是粤剧表演的舞台。二是特色非遗展区。三是粤菜美食园。那不都是文旅产业的核心内容吗？他做养老，跟上了中国的一个趋势，即老龄化趋势加快。第三个项目也是他投入最多的项目，做一个在大湾区超一流的医院，通过这个平台聚集优秀人才和先进的技术设备。原来的制造业已经在品牌、技术和资本方面，积累了一流的竞争基础，近年又增加了新的亮点，如数字化、智能化，走在了前头，今后他的医院可以作为一个生命科学与智能产业的落脚平台，进军最前沿的科学技术产业。”杜生一口气说了这一大堆话。

冼堂洪说：“这个判断分析有道理，但问题是明白人不少，参与的门槛太高限制了，大部分人走了进去，其风险困难也都不难想象。而这是不以人的意志为转移的，是实实在在的东西，怎么办？唯有目光、勇气，还有实力与毅力，才可以最后到达成功的一岸。”

杜生说：“你太有才了，胜过很多大学生，我们实践出来的，我们有体会，你这一补充道理更全面了，最后是以落地论英雄，以成败论英雄。”

冼堂洪拍拍杜生的肩膀，微微一笑说：“你说这个是真理，因为你是交了学费的。”杜生苦笑一下，说：“谁都得交学费，如果学到的是真东西，你也不例外选择。”杜生说的当然编了故事进去，但也不是随口而来，比如在最近转给冼堂洪的一个网络电影项目，内容是关于南园美食的。那时候，杜生找到冼堂洪，说：“我实在忙不过来，转手给你。我前期的投入送给你了，也顺便免了我上次欠你的那笔款子。等于看我的面子给我帮个忙。”

这个项目，冼堂洪接了过来。他知道杜生大胆激进，看好的项目会迅速介入，遇到困难和问题再逐步解决，这是杜的理念，也是有道理的，因为没有介入，没有到达现场，站立在场外，其实是无法预料到真实存在的问题，而这样做风险少不了。这次他放弃南园的电影项目，因为之前参加了一个香港电影人声称影响更大、效益更好的娱乐类型电影的制作项目，但参与投入之后，事情并不顺利。事到如今，只有压缩战线。而另外一个项目，则是被他押中了南园下游河边堤围内的地带，本地政府限定做文旅的内容，他参加竞标拿了下来。但是很多人不敢参与，以为市场不确定，杜生接手之后先是建设了广府传统风味的小院子，外观有文艺味，但做的是餐饮，经营本地菜。另外一座旧的水文站小楼则在外墙搞些涂鸦，展现电影与时尚的内容，外面树立一个世界电影展馆的牌子，文旅项目慢慢做，应付本地检查。临江的餐饮，风景独特，人气爆棚，生意很好，赚到了钱。

说到做实业的辛苦，冼堂洪心里还有一处伤痛，因为爱他而经常骂他训他的父亲，前几年突然走了。父亲曾是幸运的，与老陈、老郭相比，最后意外地在股权改革中，如同买中彩票似的，获得了以前做梦都想不到的股份，也就是财富，从此冼家告别了世世代代处于苦力人家的命运。当年大家在一起，一起在厂里当工人干体力活、干手工活、干技术活，在车间里头上班卖力气出汗，即使后来进入了厂的管理层面，也都是以工代干，领到手的是工人标准的工资。

即便像当时的一把手，从上级部门派来的也是个集体所有制的干部，靠工资生活，忽然间拥有了股份，老陈、老郭在开始时也分到了股份。但后来经过专家的指导，经过银行的参与支持，也得到了主管上级的同意，出台一个个方案，又不断调整，最后集中股份。老冼作为厂里的头头，在调整中占据了主动。最后他的股份得到了快速增长，别的工人还是那个样子，甚至在他以前的那些厂领导，因为早些年退休了，也都没有这样的运气。这是时代的福分。

但命中守不住运气。股改之前他是老实干活的，要不也上不了管理层的位置。改革中特别忙碌与辛苦，股改后手中掌握了这么多的资源，更是不敢松口气。为了如何保护财产，如何增加，如何创新，如何发展，对于这些，整个精力投了进去。七八十岁的人了，每天夜里十点以后才离开企业，第二天一早，五点不到，起床出门，又回到企业去。无论春夏秋冬，不管刮风下雨，只要企业还在开工，每天坚持做的第一件事情是在天即将明亮还未全亮的时分进行检查，将厂里夜间点亮的照明电灯一一关掉，以节约用电。那次天气不好，他的身体状态也不太好，去关二楼墙角一盏电灯的时候，一不留神被一根钢筋绊倒，身体打个踉跄，往一边摔去，不料从二层高处掉到了地面，重伤不治，仅几天工夫，撒手人寰。去世前向冼堂洪交代说，要照顾好你妈妈，企业发展要有人，要不怎么能传下去。父亲所说的几件事，决定了冼堂洪的选择，关于传人的嘱托，也成为他与温灶花离异的一个动因。

而如今，首先要保护企业，发展企业，但不一定是制造业。参照杜生的一些经验。选择文化，利用南园项目，也来参与分享。一个着眼点是地缘问题，南园企业那块土地，是否可以转变使用性质，由工业用地转为文化产业用地、也就是转成为商业用地，摇身一变，价值飙升，资产增值。所以，也正如杜所说，看问题不仅要看表面的东西，而且要全面看问题，看到更多的东西。“失之东隅，收之桑榆”这句古语，在今天的经营发展中，也同样适用的。所以，什么文化展览馆、粤剧表演，甚至网络电影是否可以赚钱，仅仅是问题的一个方面，在很多情况下，自己能够玩得转的那些东西，即使能够赚钱也不是可观的生意，但可以作为一个门槛，由此进入文化产业领域。而利用这方面的路径，往往又能够做到很多事情。杜说过，有的企业家投资影视业，也不是对文艺感兴趣，而是对美女感兴趣，由此进入美女如云的演艺界，享受风流快活。从这个角度来说，自然属于高消费，但有一些有钱又喜好附庸风雅的老板，舍得花费，着迷于这个。

2

选题与作者确定之后，接下来是更为具体的跟进。书籍写作，涉及内容非常多，要求也没有底，要细心，精益求精。组织作者写书这事，铺开之后感受到，有时候还真不好弄，条件不很成熟，经验不够丰富，水平能力有限的作者，写出的东西达不到要求，要一点一点地解说，慢慢引导，有时候需要逐字逐句指出问题，才可以提高水平，保证书稿的质量。还有的名家名人，水平能力不错，但脾气大，也不那么好弄的。

最近李教授来事了，他打电话给谢雨竹，开头还一番大道理，说："毛主席都说过，文章是客观事物的反映，所以我们要弄懂所写的对象，需要充分调查。"

谢雨竹说："是啊，当然是这个道理，你们到南园去呗，采访调查我们会安排好的，找温灶花，吃住问题她跟进。"

李教授说："南园已经很熟悉了。还没承接这个写作任务前，已经去过了不知多少次。"

"那有什么要求，有什么需要我们配合的，请您直说。"谢雨竹说。

李教授说："我开门见山了，想到苏州那边看一看，比较一下苏州园林跟咱们这广府园林有什么不同。有比较才有鉴别，特色是在比较中显示出来的。”

谢雨竹一听愣了，说：“道理真没错，但经费问题有点麻烦，我还不知道怎么处理。”

李教授说：“不都是为了写好这个书稿嘛。”

谢雨竹说：“咱们这个采购项目，经费已经包干了，没有另外安排经费。”

李教授说：“这个我知道，但还是以质量为主吧。这题材重要，我们也有心思把它写好，但得具备条件。再说你们那还缺这钱吗？我觉得，问题是有些人不大重视文化。你看南园系列项目，硬件开支多大？软件又有多少？我们的写作难道是照抄照搬的吗？要动脑筋，要有创新创意。有人以为不需要成本，所以老把钱压得这么低，这是不合理的。”

谢雨竹说：“这个我懂。身在其中，对此我也能理解，但是事实毕竟是事实。这样吧，我协调一下。”

见这个样子，谢雨竹只得打电话给陈铸杰说了。

陈铸杰说：“李教授是知名人士，要想方设法满足他。”

谢雨竹说：“这点我都想到了，也觉得应该这样，只是费用的问题……”

陈铸杰还是非常地爽朗，说：“费用问题我来解决，别的事我做不了，专业我不懂，那些靠你了。但是后勤的事情，花钱的事情，我来操办。”

谢雨竹说：“那还真的谢谢你，正为这事发愁。”

陈铸杰说：“该花的还得花，我们搞这文化项目，已经花了一大笔钱。还在乎这么一点点吗？如果因为这么一点钱，影响了项目质量，那太不应该。”

谢雨竹接受了，还赞他一句：“这方面的头脑还是你行，我认了。”

3

一个惊梦。摆脱梦境，是被老婆推醒的。发现自己满头大汗，湿漉漉的一片。心脏怦怦怦直跳，慌得很。呆呆地坐了起来，下半身插在被窝，不知道该躺平还是下床，半晌没回过神来。只听到老婆在一旁说："你怎么了，大喊大叫的，像是与魔鬼打架，可怕极了，那把我吓得。"老婆说罢，又翻身下床，噔噔噔走去洗手间，拿来毛巾，说："擦把汗吧。"陈铸杰没动手，还坐在那里，眼睛发直。老婆弯腰靠近，轻轻地给他擦了擦，额头、脸颊、脖子，一一过了个遍。说："都是汗。看你这段时间，有点反常，心神不定，今晚上又这样，身体不是有病吧？"

陈铸杰没回应她，在枕头旁摸出手表，看了看。时间是半夜。

前几天晚上，经过南园，前庭院子中央生长的一棵古树，叶子虽是稀疏，但剩下的一点点，依然青翠。平常的夜晚，常有唱歌跳舞的，多是中老年人，且以妇女为主。当然这里的气氛更为文明一些。声音有所控制，注意不影响周边。一眼看去，好像人们在交头接耳，议论什么。

当时，忽然想起一个事情，心里不踏实了。

可能，这是惊梦的现实来源。

那个问题客观存在，一直没有排除，陈铸杰常常担忧。

他呆呆地坐着。在一旁的老婆着急了，问："是不是有什么事呀？"

陈铸杰看了她一眼，苦笑一下，说："直说吧，是有一些事，无法了断，现在也该跟你说一说了。"

老婆赶紧问："那是什么事？"

陈铸杰说："身体有点不舒服，但主要是心里有病。"

对于那模糊不清的话语，老婆也不大在意，亲亲他的脸，又啃着他的肩膀，说："你也别想那么多，只求身体没事，保重身体，那其实什么都不要紧。往长远看，咱们得拿得起放得下。"

陈铸杰长叹一声，说："还是自己的老婆好，这个事现在我要赶紧处理好。"

他起身下了床，坐在写字桌前，打开台灯，拉开抽屉，看了一些文件资料。

抓紧做了一下安排，似乎在部署某个重要项目或者处理某类突发事件，当夜和老婆商量好，第二天两人到了公证处。去之前预约好，不用排队，在一个不引人注意的房间，办理法律手续，将他们夫妇的房产等不动产全部变更到妻子和已经成年的女儿名下。

4

正如易咏梅所知道的，战胜她的那个张生，背后有人，那是冼堂洪。而冼得到了陈铸杰的支持，至少是默许。冼有商业目的，他不会做一些没有实际利益的事情。他已经着手进入文化市场，进入文化产业。思路颇有研究，实行综合推进的办法。比如，需要建立人格名望，提升影响力。由此更为便捷、更有效果地谋取在这个领域中的资源。他知道，文化产业，在很大程度上需要与政府有深度地合作，而与政府打交道，大有文章可做。有公开的，有不公开的，有不公开之后才实行公开的。像是一门无法直接说明白的艺术。他不仅有这方面的天赋，更有阅历、胆识和经验。而且，他本人非常自信，对此抱有很大信心。全力以赴，积极投入。有时候，他会做点公益，做点善事。但心里头非常清醒。只有商业利益，才是他的目的和保障。没有后面这个因素，前面那些行为则不会发生。他有物质基础，长袖善舞，如意地调动很多资源，采用很多办法。于是，当他将目光锁定那个会长时，他的一系列手段便显得很有章法。

南园戏曲协会本来是一个公共平台，曾经无人关注，因为艺术本身无利可图。但后来事情发生变化，人们明白，这个地方，也可以为一定的个人目的或者商业目的服务。前提是，必须可以操控。那么，会长必须是对自己言听计从的心腹人物。易咏梅和他认识很久了，互相熟悉。明摆的是，易咏梅不会去做那些戏曲艺术以外的事情，尤其是为着私利而欺骗和损害公众的事情。在易咏梅那里，这种事情无法通行。所以，这个才艺出众、颇有影响的行家，必定成为一个绊脚石。

最有效的办法是自上而下，由上头的力量作出决定。这回冼堂洪看中陈铸杰。除了吃喝娱乐、礼物红包，冼堂洪还与张生密谋，采用美人计。他们找了那个曾经的粤剧小旦。那艺人，就是从广西过来的李丽……

谢雨竹接到冼堂洪电话，一个吃饭的约请。时间上可以安排，谢雨竹爽快答应下来。地点在南园后街小饭店房间。只他俩。一见面，谢雨竹便心中有数，这个安排只是为了说事。果然，冼堂洪只说一件事，他希望资助历史文化丛书中南园一书的写作出版。谢雨竹说："这是基础性的文化工程，没有实际利益可图，政府已经全额安排了经费。当然，社会资助也是好事，可以使用他们所提供的资源，将出版传播做得更好一些。但需要明确的是，资助者不可以利用这个项目为自己谋取商业利益。"

冼堂洪听罢，也爽朗地说："这个道理我懂的。"

得到冼堂洪的资助，谢雨竹很是兴奋。很快，给温灶花打了电话，开口就说：“南园这个项目，得到社会重视，有企业家想要参与合作。他们的支持，对于写作有好处。”温灶花听了，当然也高兴。谢雨竹说：“找个时间，我们与那个企业家见面，介绍一下这个项目。”温灶花说：“那是必须的。人家那样热心，提供真金白银，我们应当尊重，做好解说沟通。”谢雨竹说：“那个企业老板可能你也认识。”温灶花问：“是谁?”谢雨竹说了名字。电话那头，温灶花不作声了，停了一会儿，她才说话，说：“我不和他见面。他资助不资助，与我无关。我的写作也不接受他的意见。如果有所冲突，或者你们取消他的资助，或者中断与我的写作合同。”谢雨竹一愣，没想到会有这个反应。再问清楚，温灶花也不隐瞒，冼堂洪是她没有好感的男人。他是她的前夫，她女儿的父亲。

第九章

1

又是一次充实的、让双方都得到满足的对话。夜里，适宜思考书写的时候，温灶花习惯性地沏上一杯茶，打开电脑，在台灯下，一边回忆，一边思考，记录下来。在大学读书和当教师所养成的习惯，一直保持着。

那情形记得清清楚楚：

“做专业的东西与通常的公共管理大不一样，现在负责南园丛书这个项目，我的体会是一种回归感，像是重返在大学里头的讲课或做研究，与学问、学科挂上了钩。这工作，免不了沉闷寂寞、劳神费脑，但也有意思，苦中有乐，苦中作乐。比如，去钟寒木先生那里聊聊，既是工作，也是文化与精神的享受。”谢雨竹说。

“那当然。我之所以参加进来，也想到了这个福利。”温灶花说。

“但是，形而上的兴奋灶不可避免地点燃，南园是一簇火花。由此，我免不了离开务实的立场，甚至离开理性的局限，思绪飞扬，向着抽象空间，无拘无束，自由翱翔。所谓的纯理论、无厘头理论、垃圾理论，也都同样不可避免。”谢雨竹说。

“有如此夸张、如此搞笑吗?”温灶花说。

“过去，我是大学教师，要做学问；又是痴迷文学的青年，爱写朦胧诗。每一次新奇的文学思潮，都是我追逐的对象。这以前跟你说过的。回想起来，有这样的文化底色与背景，如今若不如此，倒会奇怪。其实这也是一种文化，丰富的、生动的因而也是真实的文化。我们做南园项目，本质上不正是在做文化吗?所以，需要正视文化的真实特色与规律。”谢雨竹说。

“那我拭目以待，非常愉悦地作为一个可以获得与众不同的新鲜感的旁观者。”温灶花说。

“不，因为你与我合作此项目，所以，需要更多的接受与落实。这也是我与你打招呼的目的。”谢雨竹说。

“这话怎么说?”温灶花说。

“我们倒回来，再谈南园题材，不论是对于项目内涵的理解，还是对于出版或者工艺工程的许多外在呈现形式，我的理解、我的评价、我的要求，等等这些，在很大程度上，不是行政事务的思维，不是位置工作任务，而是刚才所说的另一种思维。南园题材项目的运作，也启动了我对于社科、文化、写作的兴奋灶的点燃。所以也是回归，回归年轻，回归专业，回归梦想。”谢雨竹说。

温灶花点点头。

谢雨竹停下了，看着温灶花，说：“该你说说了。”

温灶花笑笑，说：“我理解。但我却有另一些想法。其实，我们现在所涉及的那些理论学问，已经变得非常简单，像给中学生讲作文课，无非是说写什么。那是题材问题。为什么要写?说的是主题、目的、意义、价值。如何写?这包括角度构思结构，一些基本元素。一个作品在很大程度上反映了作者在一定时期的思想精神状态，写什么并非十分重要，如何写才是实质性的东西，因此也可以说，作品，尤其是长篇作品，是作者的阶段性心灵史，尽量地在作品中展现这样的元素，这样的存在，增加主体性，应该是作品的精髓和要义。”

谢雨竹说：“作品是作家心灵的投影，一个长篇作品是作家的心灵史，某个领域的历史，注入了作家丰富的心理活动和认知。作家以此交付给读者，交付给社会，交付给时代，交付给历史。也正是这样，在精神的长河中溅起浪花，在文化大厦中贡献砖瓦。南园的写作如果不是为了功利性的文化工程，而是使之成为精神文化的一种构建的话，应该明确这样的原则，至少应知道，有一个目标在前方发出呼唤。南园在珠江之畔，珠江离不开南岭。南岭之水北江，北江自北而南，作为一个流派，汇入珠江。流至三角洲，与南海之咸味的海水相交，最后到达河流的出海口，注入广阔浩瀚的南海。当代中国作家那里，故乡作为独特的地理生活文化标志，同时也具有某种超拔意义，成为某种象征隐喻。应不丢传统，又体现出现代性、创新性和发展性。作家要成为灯塔思想家，作为时代情感的代言人。在我这里，还忘不了粤北南岭、北江之源头、珠玑巷移民之故土，所以也是南园人脉历史的一个源头，其与南园所相对应的是另一系列的风格迥异的图像。比如那些物象，什么山坑田、松树岭、杉树坡、莲塘尾、枫树湾、竹林、榕树下、樟树林、水车湾、茅草屋、泥砖屋、茅顶房、青砖黑瓦屋，等等。”

温灶花认真严肃，并没说些开玩笑的话语，她心里清楚，把这个谈话记录下来，又是一番思想探讨。

温灶花也感到，如有机会，谢雨竹喜好这样安排。研究工作，解决问题，又有文化内涵，气氛轻松，怡然自得。

当时，驾车在路上，两人这么说着，轻松愉快而又妙趣横生，都觉得很有意思。

这段谈话，到此结束。不知不觉，到了目的地：钟寒木的住处附近。

时在下午。

2

走进附近安静干净的小巷，忽然听到，不远处传来声音：熟稔的方言有滋有味，加上简单清脆的小皮鼓和小竹板。那是龙舟说唱，也叫数门口。

那老程，一身古装布衣，光头锃亮，腰板挺直，神采奕奕，这会模样像艺人，多年来他都有这个爱好，当然也是业余的。

以前的那些龙舟说唱人逢年过节，挨家挨户，立于门前，敲打木鱼，叮叮咚咚，绽开笑容，张开嘴巴，净说好话，得到几个小钱或者一些点心食物。在过去，这与要饭的乞讨差不太远。

老程当然没有这么寒酸和卑恭。结合着他的为人处世格调，这种民间才艺显得特别的飘逸与锋利。

"程老师好。"两人与他打了招呼。

老程点点头，站在那，轻轻地敲打一下小锣鼓，算是回应。

"钟老师应该还在午休，有点时间，我们在这听听，也聊聊老程吧。"谢雨竹说。

两人在小巷口道路边上干净的石墩上坐下。此时此地，听听这个有不少故事的人哼唱，还别有滋味。

老程嘴巴咿咿呀呀，伴着鼓声，又说又唱。做完一个节目，抹抹额头汗水，意犹未尽，对着面前的两个听者，说："与古井的老乌龟交流，我对它说唱。它有灵性，是个神龟，听懂人言。听着听着，它的脑袋会伸出来，眼睛潮湿。明白我的龙舟说唱，因为这是它以前主人的发明。在这样的声音当中，它慢慢长大，长久地存活下来。现在，我是其唯一的朋友；这些日子，见我老了，也悄悄地给我讲一些事情。它的话语，也只有我才听得到。它说，南园这地，过去的血债冤仇，需要摆平。要不，这地底下的葫芦，有时候会摆动一下，造成水灾。再前，钟寒木的老爸，被强盗劫走，差点没命，也是这个因果。他挣钱太多，大家都吃不饱肚子，他却富得流油，不出事才怪呢。1975 年，附近河面，两艘水泥板材的客船相撞，有一只侧身翻了。船长的脑袋被怨鬼抓住，做出错误判决，把舱门锁住，不让里面的人逃生。结果，淹死一百多号人，尸体打捞上来，在南园门口，摆开一大片，惨不忍睹。南街老杨，原来做中医蛇医者，其祖上是广西十万大山里头的。他的祖传秘方，专治毒蛇咬伤。效果非凡，声誉广传。在‘文革’时，红卫兵抄了他的家，药方与其他古书一起，在点燃的熊熊烈火中灰飞烟灭。后来，无法行医。一是资料全无，二来蛇被人类消灭得七七八八，极少遇到这类事故。他中年丧妻，其儿在澳门赌博，欠下巨款，未能偿还，遭到放贷的大耳窿追杀，相信是被砍死了。失踪多年，未得其迹。和他生活的女儿后来出嫁，留下老杨一人独居。百无聊赖，只好炒南乳花生米，晚上在南园门口卖。为什么会摊上这样的命运？他很清楚，也偷偷对我说过，是因为红卫兵烧掉了祖传东西，其中有一张镇压蛇灵的神符，结果失去保护。无数的蛇灵，找到南园底下的那只神龟，龟蛇有亲，神龟为蛇们报仇，惩罚了老杨。因果报应，只得接受，来世重生，方得如意。”

说罢，也不管别人什么意见，叮叮咚咚，一边敲击小锣鼓，嘴里又是咿咿呀呀，倒不知说什么，昂头离开。

待他远去，温灶花向谢雨竹说了起来。以前也知道他，但只是这次，在南园的项目中，了解了他许多故事。

20 世纪 60 年代考入大学，学阿拉伯语。入学记住那幅醒目的标语：欢迎未来的外交官。半途遇到“文化大革命”，因为站错队伍，家庭出身问题又被揭发，遭到批斗，毕业证也拿不到手，离开大学后，借钱买上火车票，逃难似的到了新疆。不习惯大西北的生活，他天天思念南园，思念粤菜、粤曲。记录粤菜谱，写满了几个笔记本。弄了一小块羊皮，自己做了个小锣鼓，自己玩着龙舟说唱。后来，有机会离开新疆，又不敢直接回到南园，心里还是害怕。悄悄地去到粤北，在一所师范学校当外语教师。1978 年冬天的那次逃港潮，也曾是南园学校同学的妻子，闹着要过去，程老师不干。两人大吵起来，矛盾还是无法解决，两人办了离婚。前妻一人跑到香港，不久后听说，在那里找到肥叔，与他同居了。原来肥叔与老婆离异多年，一直单身，个人生活随意浪漫。一年多过后，前妻从香港回到粤北，穿着打扮不同以往，十分洋气。又送礼找人，顺利办理手续，将儿子接去香港了。留在粤北当老师的老程，还是单身生活，心里悲伤。又过了一些时间，一个他教过的学生，从农村考来、之前当过民办教师的，不想毕业后回到山村去，主动接触程老师。两人好上，结婚了，顺利产下一女孩。但有段时间，程老师脾气特别不好，闹出很多笑话。在学校食堂吃饭，从来不排队。打饭的人排成队，他径自走到窗口，将自己的饭碗递进去，大声叫喊，要几两饭，要什么菜。有人嘀咕，提出意见。他毫无愧色地反驳，学校食堂不分老师、学生是不对的，他这个当老师的，不能与学生一起排队。老师需要应有的尊重。讲课板书时，背对着满教室的学生，屁股一翘，砰地放出响屁。坐在前排的女学生低头捂鼻子，不敢吭声。有胆大的男生不客气地说，老师真有劲！程老师转过身，对同学说，老师心里有气，憋不住了。于是，哄堂大笑。在那里度过十几年后，才回到自己的家乡水城。办理了提前退休，干点零活，玩龙舟说唱，弄出一些节目，还有点意思。在南园这里，有点知名度，总算是个人物。

温灶花述说的这些，谢雨竹一边听一边笑，说：“难为你了，奇葩的细节也收集到了。”

温灶花撇撇嘴说：“这个活生生的有个性的人，没有这些怪东西，支撑不了他。”

3

这时候，木门吱呀一声响，阿玲出来了，刚招呼了一下，钟寒木也走出来了。大家见了面，又是高兴地说了一番话。

进入屋内，谢雨竹和温灶花先是介绍了一下他那南园书稿出版的进度，让他也清楚，放心满意。完毕，开始闲谈喝茶，在书画室，品味钟寒木创作的书画，听他讲故事。话题也是东拉西扯，信马由缰，无拘无束，轻松愉快。

说着，谢雨竹似乎又有点得意了，不由又来任意发挥。说：“我们的南园项目，带动了相应的文化，比如，本地一个退休作者沉浸于写作，刚刚完成一部长篇小说，请我给他修改。这个书稿，他写了几十年，退休后的这几年有空，不去旅游不参加应酬，赶紧努力，埋头笔耕，终于脱稿完工。稿子近30万字，故事是叙述广府人重新修建祖宗祠堂的。说起来，这作者和我有点相同，人生最好的年华陷入文山会海，免不了被带有八股文味道的公文和日常事务耗费了，也曾经写了不少虚话、套话、假话、空话、废话。离开职场，再写小说，回归自我，找到挺好的感觉。我建议他到南园来体验和挖掘，那样，无论是灵感还是素材，一定会有惊喜的收获。他说他的下一部长篇就以此为题材。还有个电影《南园美食》，出品人说投了三百多万，收回了一百多万元，亏了钱，但完成了他的多年心愿。他想继续以南园为题材拍电影，请我当个顾问，估计他也会不太乐观。他想筹款六百万元去做，问题的关键是这笔款项。有了这个资源，自己几年内的生活都获得保障，大可以放心。至于可否盈利，其实并不要紧。当然他也会努力按照目标要求去推进。但风险不在自己这里，投资过来的人，他们已经将风险承担起来了。可能他们还不知道，他们相信募集资金时所描绘的未来。”

“那太好了。他们是我的同志，当然也是老师。找时间我们认识一下，交流南园题材的写作。”温灶花说。

谢雨竹点点头。

停了一会儿，温灶花似乎想起什么，又问：“那个拍电影的是谁？”

谢雨竹朝她笑笑，说：“几个人，但那位冼生也在其中。”

温灶花冷笑一声，说：“我收回刚才的话。这个事情，与我无关。你继续说。”

谢雨竹看她一眼，说：“山水有相逢。有些东西，姑且放宽心，放大眼量。”

“我的事情与老师您没有关系。”温灶花说。

“当然，这里意思由你自己去理解与选择，我还是继续我们的话题。”谢雨竹说，“南园丛书的质量，我还是要再说一些话。以前我搞写作，熬了一些年，也有一些成绩，但是苦不堪言，后来发现写字效益好过写作，于是转为练书法，之后又发现，好字不如烂画，又转为习画。再后来，发现有些做官的签个名便可以收大钱，我脑瓜子一轰，立马崩溃了。于是自己打败自己，放弃了进取心。这些年应付琐事，工作甚忙。某一天忽然有机会，休息了半日，上面没有任务，也没有电话，身心放松。好不容易轻松一下，却同时心里又沉重起来，像有了犯罪的感觉。这次出版丛书，我想到写作者的问题，觉得这些写作主体的水平状态非常重要。问题的关键不是写什么，而是如何写。我这样想，也常与南园丛书作者这样说。最近，还特别留意这方面的阅读，又一次体会到，无论写什么，作者的情绪与笔下内容，其实无法完全隔离。事实上，不管写的东西是什么，都免不了出现作者与作品相互交融的情形。确实是那句话，写作是心灵的展示。所以，在做书的时候，我总是莫名其妙地关注主体，比如，我与南园这个题材，对于我的触动，与我的性格，与曾经在这地方待过的祖父，到底有什么样的关系。这些微妙的东西会如何影响我。”

温灶花听罢，赶紧把话接过来，说：“你又来了。多年教师的习惯，演讲欲无法守住。也不看什么场合，什么时间。钟先生可是中国古典文化的大师，也是我们的前辈。”

谢雨竹连忙立起身子，拱手鞠躬，满脸笑容，对着钟寒木，连声说：“不好意思，不好意思，有感而发，总是走不出文学文化，也许是本人落寞心态的流露。失礼失礼。”

钟寒木端坐着，微笑面对谢雨竹，似看非看，似听非听，待谢雨竹将话都说完，只说：“言由心生，想说什么就说什么，你所说的，有的我听进去了，有的没有听到，都不要紧的。说说而已，听听而已。反正我们这一行，写字作画，是要用笔的。喝茶。”

“对对对。”谢雨竹和温灶花异口同声，并向钟寒木竖起大拇指。于是，大家又哈哈地笑了起来。稍停后，钟寒木说：“不要中断呀，继续说吧。其实说得很好。你们不用管我爱听不爱听。其实我爱听不爱听，那又如何呢？”

温灶花站起来，意思一下礼貌，又坐回去，说：“恭敬不如从命，我也来抖一抖吧。南园丛书这个项目，我是编辑，也是作者，所以，交代自己的想法，那是工作需要，属于此项目的内容。本人爱好文学，多年坚持，在当下也算不容易的事情。但我自己感觉还可以。文学也是我精神寄托，是我的某种财富。以文学的眼光打量这个世界，然后又以文学来讲述自己发现的故事。文学的力量，包括语言、人物、故事，情怀等。由此所形成的精神张力。我写长篇作品，和我妈妈打毛衣，其功夫、原理，是一样的。小时候，妈妈为我编织一件毛衣，那些情景，一直记忆在我心中。写一个长篇，像是掉进一个泥潭。整日，都在里头摸爬滚打。弄得满身泥巴浆水，无法摆脱，无法洗净，带着一股特别的味道，度过每一天。有时候微不足道，甚至可以视作垃圾，有时候，却有着深沉和巨大的影响。我的写作是我与上帝的对话。没有读者，没有功利，只有理性与良知。小说作品里头的人物，每天都与作者的我，同呼吸，共命运，紧密地生活在一起。我们在做无拘无束的深度交流，谈论社会、人生、命运。当然，也有兴趣和情感的表露。作为一个写作者，在这样的相处中，我可以找到精神寄托与幸福满足。”

“那是你的写作理念。”谢雨竹说。

“不是，准确说，是我的写作动机，或者说是写作理想。”温灶花说。

“好大的气魄。”谢雨竹说。

“也只有在老师面前，才敢如此放肆，如有问题，如出洋相，也都可以寻根溯源，最终由老师来承担责任。”

“当了一天你的老师，得累及一辈子的风险。这不是一个简单的事情。”

“活该你好为人师。”

“但是，我写文字，好像不是这样。不说谁好谁不好。各有特色，差异明显，摆在一起比较，还是有点儿意思。”钟寒木说。

不觉间，天色已晚。

灯火渐起，暮色多彩，生活在悄悄地切换节奏，可爱迷人。

后来，温灶花才知道，钟寒木看着她与谢雨竹，外表平静，心里却有点悲凉，因为他忽然想起一个很久以前的往事。

南园的夜晚，风清月朗，秋天时节，三个人坐在前庭的石台座位上。

思艺说：“我来给你们贺喜，美满般配的一对，在经历战争苦难的时代，生长出这样的鲜花实属不易，也是一种福气吧。”

钟寒木说：“忘不了，有这么好的姐姐。”

思华说：“我倒没什么特别的感觉，人世间百花齐放，各有其芬芳与美丽，无所谓长短优劣。”

思艺一笑，说：“一直感到你是个行动家，没想到你还像哲人，婚姻带给你的智慧吧。”

思华一听赶紧接过话茬，说：“不错，为了这婚姻我做出了牺牲，我失去了自己的一些追求和理想。”

钟寒木撇撇嘴说：“那还不知是福是祸。”

思华说：“面对社会，面对大众，面对时代，应考虑什么是责任，什么是勇敢，而不能自私自利，只顾自己。”

钟寒木苦笑一下，说：“你又来了。”

思华不肯退让，说：“一见到你这祖上传留下来的老旧建筑，少不了一肚子窝火。”

“说一段往事吧。”钟寒木说，“那次谷老师带着我作锦水图，思艺姐也在场，都看到那个细节。我父亲本来也答应落笔着墨，做个纪念，没想拿起笔又放下。谷老师毕竟是高手，说，这是点睛之笔，不轻易落下。可见主人家对于作品的重视。我赶紧凑过去，搀扶着他，说父亲大人连日操劳，暂且休息。以后再说吧。夜里，我到父亲房间问候，父亲说，既然是重要的一笔，我不作了，交给你。这南园，这未来都是你们的。第二天，我请了思艺姐，我们一起把这个任务完成了。因为，我也已经感到，南园不仅不是我父亲的，也不是钟家的，是大家的。”

思艺点点头，说：“也可以这样来讲吧。故事要反映现实，配合时代。现实与时代，才是不可抗拒的历史伟力。”

思华撇撇嘴，说：“这么说，我们姐妹真的与南园捆绑在一起了。”

这些，他想说出来，但口开了一半，又不知道如何叙说。

于是作罢，但又想还是另找时间，与温灶花慢慢细说，南园那部书的写作，这个材料最好写出来，让更多的人知道的。

4

“钟教授帮我改一改，我的小女儿的画。”阿玲说。她拿了一叠大约 16 开的纸片，一张一张展开在钟寒木面前，纸上画满了各种图画，形象多样，涂涂抹抹的颜色，丰富鲜艳。

钟寒木笑眯眯地看了一会儿，转过头来对她说：“这是用油画棒画的，真漂亮，不错不错。”又问，“是你的小女儿画的吗？”

阿玲说：“是的，她真的爱好这个。放学回来，做完作业，铺开白纸，头也不抬，画个不停。还老要我买颜料，买彩笔，买图画本子。花了不少钱。不过，看她爱画，即使花钱，心里头也都高兴。”

钟寒木说：“厉害，真是很有天分，一定好好培养啊。”

阿玲说：“承蒙您夸奖她，哪有这么好呀，我们乡下人的小孩，有这个兴趣，培养一下吧，但是真的不敢说厉害。”

钟寒木说：“我说是就是。这么小的孩子爱画画，对构图、颜色、笔画，很有感觉，特别有灵性，不仅对于画画的理解，尤其是对于生活、对于情绪的理解都优秀。难得的好孩子，一定让她好好成长。”

说着，钟寒木随手拿了一张，问：“这张画很有特色，画的是啥呀？”

阿玲说：“问过了，女儿说，画的是彩色的蚊子，说蚊子晚上吸血，让她身上长了很多泡泡，又肿又痒，要画出来，再次看见，一巴掌拍死它们。”

钟寒木听罢，一愣，说：“你们住在哪？居住条件怎么样？晚上很多蚊子是吗？”

“谢谢钟教授，您还这么细心。我们遇到贵人了。”阿玲连连点头。

钟寒木摆摆手，止住了阿玲，说：“但是我却不主张她花太多时间画画。”

“为什么？”阿玲有点愕然。

钟寒木说：“还是先学写字，先把功课学好。比如语文、数学，还有体育、音乐，到了中学只要加强数理化，那是自然科学。当今世界，科技力量实在强大，不学这方面的东西容易掉队，学好了，找个好职业是不错的选择。”

“我还经常给孩子说，钟教授您小时候画画神童的故事，鼓励孩子以您为榜样。”

钟寒木摇摇头，说：“我这个例子放到以后再做研究吧，其实你们更多看到我光鲜的一面，其他的有所不知，你们可否知道，我少年时候学画求师耗费了我父亲多少银两。你们可否知道，我少年时按照老师要求专心画画耽误了科技实业的学习，对于以后的人生造成了多少欠缺或者损失。你们又可会相信，私塾教学对青少年带来了多少阴影，对人格的发展带来多少损伤。其实在人生旅途中，我心里头一直有个疙瘩，总是为自己没有搞科技从事实业而内疚和遗憾。别人不知道或者简直就不相信，我这个可以说得上是艺术家的人，为什么还会以为艺术是空洞的，因为在我们那个年代，科技救国、实业救国是一个时代的声音，是整整一代人几代人的梦想。所以到了后来我便有一个习惯，凡是向我讨教美术技艺的青少年，我都劝他们一定要坚定不移地将数理化学好，不当空头艺术家，其实这也是南园的一个传统，务实不尚虚华，我们这里头的铸铁、建筑，还有医药，都是实实在在的东西。”

阿玲站在一旁，两眼直勾勾地看着说话的钟寒木，不住点头，似懂非懂，末了，向这位长者微微一躬，说：“谢谢钟教授！我会跟女儿好好说一说。”说到这，她又不好意思地笑了一下，说道：“说啥呢？你看我这笨脑瓜，觉得您的话十分中听，但却记不住，我一张嘴也倒不出什么东西来。”

钟寒木朝她挥挥手，说：“你记什么呀？不用记，不用说。这老生常谈，我经常说天天讲。你跟你女儿说，画画是好事，以后有空来找我，我会做辅导的，但是功课不要落下，另外身体要好，还要学会做人，这些道理谁都明白的，让她好好学习，好好地去做吧。”

阿玲听罢，挺高兴的，一拍巴掌说：“这回我真懂了，好的呀，照办！”

5

这边热闹，另一边，南园后街的小茶楼，也有一个聚会，伍媛和那些同学，一起到粤北山区插队当知青的同学。

伍媛打扮朴素、利落，虽然外表并不光鲜，也不太显眼，却平添了几分青春气息。她知道，见面寒暄，说话唱歌，吃饭喝酒，合影照相，微信联系……每一个环节都经过了，也都免不了曲终人散、人走茶凉。曾经从南园出发，为了南园的目标，回到南园集合，以南园为背景，再做一次检阅。此南园犹在，人却易老，有的已经过早辞世，有的消失隐藏，不知所踪。

正在想着，只见鲁小南提着一个鼓囊囊的帆布袋子，对大家说："今晚喝什么，有红酒，有白酒，有洋酒，我都带来了。"

"随便吧。"大家应答说。

"那就喝洋酒，带劲的。"

把酒拿出来，半瓶子的。

"昨天喝过。高兴，和兄弟喝。"鲁小南说。

在席上，开始了酒的话语。他说得特别多。说与谁谁喝酒，都是兄弟，一个月要喝几次几次。不是本地的官场，还有外地的、上级的，一大串的职务和名字。

刘文勇说："我们人口众多，是一个巨大的家庭，由此构成自己的特色文化，比如，依赖和敬畏整体权力。日子过好了，就要感激上方，感激时代。而不是感谢自己，出发点是整体，而不是个体。这一点，与欧美的自由主义社会风气相比，有着明显的不同。"

伍媛看了看大家，说："你读书多，让我刮目相看。但离我们太遥远的东西，说不完，别扯了吧。"

刘文勇笑笑说："我们的具体故事，一说起来又感到失落，那是少了她。"

顿时，仿佛一勺冷水倒进沸水之中，平静了下来。

鲁小南叹了一口气，说："郭丽英，我们又挂念你了，南园同学，南园知青。"

"往事历历在目。但也无可奈何。平日忙着生活琐事，忘记许多东西。如今，我们回到南园，相聚一起，她又来到我们中间了。"伍媛说。

那时候郭丽英的事情，大家都记得。莲塘尾生产队队长请她担任教学点的兼课教师，她到村里在山神庙教唱京剧样板戏，学唱《智取威虎山》的唱段：我们是工农子弟兵。那时的村民大都没有上过学，不懂普通话，听不懂，更不会说。但这是上面布置下来的政治任务，说是提高群众思想觉悟的好方式。生产队队长找到了郭丽英，知道她是南园学校的优秀学生，来到农村也非常积极，这任务非靠她不可。郭丽英也不推辞，接了过来。夜里，乡亲们虽然哼哼呀呀跟着，唱了半天也学不会，但，是都说这姑娘不错，很喜欢她。

最后一次，是在傍晚。赶着去讲课，那天乌云沉重，大雨滂沱，哗哗作响，下得凶猛，郭丽英虽然穿上了草蓑衣，那厚重的东西，并不能遮挡大雨，披在身上越来越是负担。全身差不多湿透，雨从身上不停流下。洪水如同猛兽，从山里冲出来，小木桥哗啦一声垮了，郭丽英掉进滚滚洪流……

村民、老师、学生，哭声一片。在十多里远的下游水沟边，将遗体找到，拆开床板做材料，连夜打好一副棺材，收敛好，全村男女老少，跟在匆匆赶来送行的郭丽英父母和弟弟的身后，排列队伍，把灵柩安葬在山神庙前的苦楝树后面。

鲁小南说："最近打成的那三座铜像，都是纪念南园学校的，一座是周县长，一座是思艺校长，一座是郭丽英，打算也都送给南园，希望收藏纪念。"

说罢，大家无语，席间一时沉默。

"你们还记得这首歌吗？其实这首普通的歌，并不是很好听，但在心中，却一直未能够忘记，也忘不了。一旦想起，一旦唱将起来，立马想到那个年代。"伍媛打破了这尴尬，说道。又亮开嗓子，清唱起来。歌声悠扬，不乏专业的魅力。听着听着，几个人还拍手掌，打起了拍子。看来大家都记得的，那首当时流行的主流色彩浓郁的歌曲，在那时候，无人不会不知晓。

刘文勇后来也跟着唱，一边唱，一边击掌，很是投入的样子。唱着唱着，有点发呆，不时抽出手来，用粗糙的手背悄悄抹去眼眶涌出的泪水。

6

在父亲家里，陈铸杰从来不谈论工作，也很少说挣钱做生意的话题。回到家来，多是静坐喝茶，或闲聊家常。交付给父亲一些现金。旧的家居需要维修，所花费用，也大都由他承担。

他那弟弟，每天开车几十一百公里，到各个工地检查，处理事务。这样的忙忙碌碌，坚持了十多年，也挣了一些钱，买了几套住房。他是个体户，避开了计划生育政策，养育了三个孩子。他也颇好独立，不爱与政府部门打交道，不旅游，只去过一次澳门，未去过香港，更没有出过国。坚持不去医院看病，身体不舒服时，自己去药店买药服用。从不进行体检，也不买任何保险。

兄弟之间，见面不多，话语也不多。偶尔一起闲聊，也都大多回忆在南园的儿童时光。只是最近，因为南园的修复建设项目，这天，陈铸杰回到家里，给父亲收拾房间。忙完之后，还未洗手，弟弟回了来。两人相见，陈铸杰感到，弟弟与以往有点不同，似乎需要他答应什么。他聊起了生意上的事情，说最近冼堂洪给他介绍了几宗不大不小的生意，效益还不错的。正觉得奇怪，因为，虽然是熟人，但以前从未有过生意上的往来，两人不在一个档次上，冼堂洪没兴趣搭理他。这次，工程结项后，倒是冼堂洪十分热情，不仅没有示意索要好处，反倒请他吃饭。席中，提出一个要求，希望与其兄长吃个饭。弟弟正是为此事，当面与陈铸杰说的。

“不就吃个饭吗，小事一桩，马上安排，恰好今晚我有空。你告诉冼堂洪，我请他一聚。不到外面，就在政府招待处，吃工作餐。”陈铸杰说。

“哥哥，我感到冼堂洪另有目的。包括这段时间为我介绍的几个工程项目，那不会无缘无故，不会仅仅因为我这人。”陈铸根说。

陈铸杰呵呵一笑，说：“没事。”

陈铸根不放心，说：“哥，别让他影响了你。我能否赚那些钱并不重要，你的位置重要，你是我们陈家祖祖辈辈的骄傲。”

“你也会这样说话？”

“在南园，大家都这样说。”

“那好，我接受这个荣誉。但谁能影响我，他冼某有那么大的能耐吗？什么事情，什么动机目的，到了我这里，都可以应付，所以，不可能出现什么问题。”陈铸杰说。

见兄长这么个态度，陈铸根放心了，一转身，电话回复了冼堂洪。

讲话时，他心里有点疑虑，担心冼不高兴。但是，他不知道，冼堂洪那头，却是喜形于色，得意扬扬。

7

“龙书记好！请您安排，村志的电子版发给我。希望以村志入手，系统了解南园的周边及基础，今后利用南园社科资源，配合您的工作，为你们社区的治理做出应有贡献。”

这个南园附近的书记，在做社区治理认识的，组织香港来客的讲座，到新加坡学习，考察香港的社区管理，研究现代性，这社区书记都积极加入。

还有程老师，这个老作者。社区群体事件，他站出来，每天热衷于龙舟说唱。还专心研究粤菜美食，写出不少文稿，这次，他把多年写下的厚厚书稿投给了南园丛书。

谢雨竹在做具体的文字工作。

烦琐费神，头发又掉了许多，不由苦笑。

陈铸杰倒洒脱得多。那天，他也参加了一个会议，发了言。

“如何打造这个节目，我也在思考。还是要说，演出这东西，其基础，其依赖，在于剧本。大家都知道，剧本剧本，一剧之本。确实如此。所以，首先要多花心思，将剧本写好。”陈铸杰说。

他的声音不紧不慢，沉稳有力，一字一句，说得清楚、流利，而且自信，从容不迫。心里头，他颇为得意。自己一个学习工科、管理的，谈起文艺，也头头是道。让那些行家，什么导演、编剧、名角演员、作曲美工，在他面前，连连点头，认真记笔记，真诚地把他的意见作为需要执行落实的指南。

都是因为权力。一点也不奇怪，他的这个效果，或者说这个影响，并不是偶然的，都一样。实际上，他是节目的出品人，是出资方代表。由于他的决定所带来的投入，才有在这帮专业人员面前淋漓尽致地发挥的机会。对此，大家其实都清楚，不言而喻，也自觉接受。

8

花飞飞单身，颇有点故事。原来的丈夫身体很好，生性好动，开朗活跃，不爱读书，在家里待不住，经常在外面玩，喜欢喝酒，半夜三更才回家。社会复杂，什么人都有，什么事情都会发生，后来出轨，有了外遇。事情被花飞飞发现，她忍受不了，提出离婚。事情已经好几年了，从那以后，单身的她进入另一种生活状态。这段时间花飞飞的追求者也不少，有时候让她难以安静。而她心里倒也很明白，这些男人，一部分是贪图她的美丽，想享受她的身体。有一些也表明要结婚，以后同心过日子，但是不论如何，花飞飞不知为何，都没有感觉。所以，她下决心摆脱一下，选择去了布依小学，将时间放在带学生学习艺术。

这次，也是因为自己的真实感受与心思，不顾一切，对钟寒木做了那一番表白。说出来，一身轻松，放下了心里头的一个沉甸甸的东西。

钟寒木也讲得很清楚，很明白的，没有答应，但是花飞飞还是没有完全放弃自己的想法，保持联系。带学生回到云南没多久，花飞飞果然又来了电话，讲了另外一个事情。杜生跟她联系，宣称他自己是飞虎队队员的侄儿，他的伯父家里原来是南园的，存有族谱、旧照片和旧的房产证，他愿意捐献出来，同时也提出一个要求，就是南园改造后，他希望能分得一套房子。

花飞飞把情况在电话里跟钟寒木说了。钟寒木说："这事情，我也不知道该怎么说，当然飞虎队是勇敢的、值得尊敬的。南园出了个飞虎队队员，那是很光荣的事情，应该对他也表示敬意，对他的后人也要热情接待。那些旧的材料，我从文化的角度可以断定其价值，要是捐献出来，那真要太感谢了，为我们认识南园、纪念南园提供很好的支持。但是，说到房产的问题，那是政府事情，里头的政策和做法，我不清楚。既然他提出来，我了解一下再回复你吧。"

钟寒木做事是认真的，不仅对花飞飞，也是对南园的后人。对于花飞飞，尽管他没有接受她那感情，但是那身体散发出来的女人味，钟寒木作为一个画家还是有很强烈感受的，所以，花飞飞所提出的事情，他会格外看重，很快跟谢雨竹联系上，说了这个事情。

谢雨竹想了想，说："我的意见跟你一样，其实我跟你也差不多，可能我对政府的运作比你了解要多，但是说到这个房产，权限也不在我这里，这样吧，我向分管领导陈铸杰那儿反映一下，看看他的意见怎么样。"

谢雨竹说的是一些空洞的没有实质内容的话，然后他还兴致不减又说了一番大道理，说："南园聚集了各种各样的人，对于南园，他的态度，他的价值观，他所得到的，他所没有得到的，还有他所失去的，这些都是南园和他的缘分，也都留下了历史的背影，留下了时代的色泽。"

钟寒木听了，呵呵一笑说："你们这里，不少朋友理论思维强，能言善辩，从你身上我又可以领教了很多。"又说："我不如你了，在这方面真不如。我只知道写字画画，说话呢，讲自己的经历，自己看到的东西，自己心里头怎么想的就怎么说，没有那么多以小见大、长篇大论、滔滔不绝的东西。"

第十章

1

果然，花飞飞不会轻易放弃，没几天，她又来到水城，第一时间致电钟寒木，说：“请你吃个饭。”那头钟寒木笑笑，说：“为什么呀？”花飞飞说：“不为什么，仅仅为吃饭，难道不可以吃饭吗？”

钟寒木说：“哪会这样呢，当然可以。只因为我年龄大了，不喜应酬。再说也不想让你破费。要吃饭，你到我这来，不就图见个面说说话吗？你明天中午过来，我们一起吃，叫阿玲加点菜即可。”

花飞飞听罢，稍停一下，没再说什么，礼貌地结束通话。

第二天中午吃饭时分，她准时过来了，手上拎着一袋水果。整个人细心做了一番打扮，发饰、面容、衣着都格外醒目，神采奕奕，魅力四射，光彩照人，洋溢着少妇特有的风姿外貌和内涵。

钟寒木看见，眼睛一亮，站起身子，向前走几步，靠近这女子，上下左右，打量一番，忍不住竖起大拇指，啧啧称叹，还自嘲地说：“我改不了欣赏美女的习惯，谁叫我是个画画的，关注形象，而且还很有女人缘。”

花飞飞嘟嘟嘴巴，鼻腔里哼一声，说：“光欣赏有什么用？”

钟寒木哈哈大笑，转身回坐到椅子上，又端起放在茶几上杯子，喝口茶。想了想，看着花飞飞，说：“咱们无所不谈，真心相对。一份难得的缘分，经常让我感动。已经把话都说到了这个地步，没有什么顾忌了。那么，我再跟你说一段事情，可能是个秘密，但也是大家很关心的事。”

花飞飞眨眨眼睛看看他，说：“你对我这么诚恳，我也好感动啊。”

钟寒木说：“你不是很关心这个事吗？我可以这样说吧。”

花飞飞说：“当然可以。我是听说过，但真不是为此而来，因为那事情传得沸沸扬扬，都说跟财富有关。不想让你认为我有这样的心思。真的不是为财宝，我没有富贵命，也不贪图大富大贵，只希望活得舒坦自在。如今吸引我的是你，你的才华，你的性格，是跟你在一起时所感受到的温暖与愉悦。”

钟寒木听了，连忙摆摆手，说：“好的，我听懂了，也不会不相信。”

他又呷了口茶，润润嗓子，说：“还是干脆把这个事情说出来吧。我和我的恩师，也就是那位前清秀才，两人在南园合作的作品，描绘了我们德胜河畔的秀丽风光，可当作本地的一个标志性形象。当时有很多人围观见证，在现场的我父亲，也很高兴，看重这幅画。他连连称赞，特地当众加盖自己的印章，还破例签了名字，留下墨宝。于是这画作成了我们的传家之宝，我和太太对此都不离不弃。作品跟着我漂泊半生，澳门、香港、马来西亚、澳大利亚、美国和加拿大等世界各地都去过。和这个画相处的时间越长，越是感到里面的内容信息丰富，有时候甚至听到了我的师傅在说话，我的父亲在说话。那些话，后来我听懂了，意思便是这个传家之宝要回国，要回到我们的故乡，要在这里找到其安身立命之处。所以我这样的年纪，要抓紧找好一个传人。交给谁呢？我的子女不能承接，他们都在国外，也不打算回来。不仅因为这个，更为重要的是，他们没有这方面的心思，一个甘于平淡，不想作为。一个好动，好接受外国的新潮东西，也静不下来。”

花飞飞看着钟寒木，两眼一动不动，听得出神。

“那么，交给你吧，花飞飞女士。”钟寒木话锋一转，说。

花飞飞愣住，睁大眼睛，看着钟寒木说：“真的吗？”

钟寒木也看着她，微笑着说：“你说呢？”

花飞飞冷冷一笑，摇摇头，说：“我刚才不是已经说了吗？我看中的是你，不是这个画，不管这个作品有多么大的价值，多么大的分量，我都没办法承受，当然如果你需要的话，我可以参加保护与传承的行列。”

钟寒木说：“你说的是真的吗？”

“真的。”花飞飞说。

“你不改变，你不后悔？”钟寒木说。

花飞飞点点头，说：“不改变不后悔。”

钟寒木一仰头，哈哈哈，朗声大笑，说：“我知道你会这样说的。我故意考考你的，我没看错人。你说得对。你不要介入这个事情，这里只有吃苦，没有利益，我不坑你。再说你的性格，你的心地，也跟这事没有关系。我在这里交付的不是什么利益，而是一种责任，其实是一个苦差事。”

花飞飞说：“我不要这个东西，不是怕苦，只是我确实不懂，不想坏了事情。但对此我还是很关心的。”

“关心就好，其实越多人关心越好，我正在想听听别人的意见呢。”钟寒木说。

“那您到底想怎么安排呢？”花飞飞说。

钟寒木轻轻地叹口气，脑袋转向别处，看着树上一朵朵盛开的不同颜色的花，说："我心里是有那么一点想法，但是还在琢磨。"

花飞飞说："我知道这个人吗？认识这个人吗？"

钟寒木说："你应该不知道，但是你一接触到这个人，我想你会在很短的时间内，也会像我一样做出这么一种判断。"停顿一下，又对花飞飞说："此话题说完了，谈谈别的。记得你好像说过你要学习画画，咱们聊聊艺术，你的生活不要缺少艺术。"

"是的，我喜欢艺术，第一次认识您就是在画展上。我爱美术，但不喜欢学油画，那个油料的气味不好接受，也容易弄脏手，弄脏衣服，而且很难洗干净。您的中国画真好，那是书法的延伸，还有文房四宝，红木的书桌椅子，再配之以清茶美酒，如同回到了古人的生活，心向神往。"花飞飞说。

钟寒木说："你的这番说话，当然也并不是什么问题，有这样的感受很正常，因为也有明摆着的事实根据。但是，对于一个要研习国画的人，可能要矫正一下，必须明白，无论什么样的技艺，都有其特点，有美妙出奇的一面，也有艰难枯涩的一面，不存在谁优谁劣的问题，不存在谁易谁难的问题。选择其中一种，纯属个人爱好与缘分，投入进去，会发现，其迷人魅力与施展空间，都一样地没有止境。如果只见到美好一面，不见其艰难，难以走远。"

花飞飞说："我明白了，您的意思，我们不能以自己的喜好来确定艺术种类的优劣。"

钟寒木点点头，说："不仅是艺术种类没有优劣之分，即便是不同的风格，也都是各自精彩，不可简单排列秩序。说到画画书法，如同触摸到自己身体。这些东西，已经成为自己生命的一个部分。但我从不会因为自己的向往与喜爱，任意抬高夸张，也不会因为自己不熟悉不接触别的艺术种类，就看低其价值。"

“您说得真好。其实，在艺术面前，我是很渺小的。”花飞飞说。

“能说出此言，说明你很有灵性。不仅你，我也这样，永远是艺术的一个小学生。”钟寒木说。

2

整理钟寒木故事，仿佛穿越时光隧道，走进某个时代，见识了不少细节。

其父喜欢书画，收藏了不少名家翰墨，钟寒木从小便在书画堆里浸淫。清末的秀才谷南萍是他的启蒙老师。当年谷老师已是高龄老人，十分喜欢钟寒木，这个小学生很聪敏，书法效仿老师。有时候，题字及书简小字，便交由其代笔。记得由他鼓励推介，约同江霞公太史，在广州文献馆给年龄不满二十的钟寒木举办书画个人展，当然也少不了父亲的支持。展览润金所得，自置产业于珠江桥畔。前些年得到乡亲领导关注，已按照侨房处理归还。钟父在穗城畔溪酒家举行拜师宴，让儿子拜谷老师为师，邀请的书画名家甚多。跟老师学画，先学翠竹红棉。画红棉数十年，后来重绘英雄大树，才得其神态。

在澳门的小岛，一个英国人，担心新的形势，低价出售自己的农场。钟寒木遇到了，忽然有了雄心壮志，想创造基业，买了下来，连带搭建新家。在农场种菜养鸡，写生画画，想着以后再搞点美术培训。

没想到一场大火断送了这一切。那火从附近的小食店发生的，海边刮来劲风，风助火势，一下子烧到了农场，那是一堆的蔬菜，棚架的竹竿木杆材料早已干枯，熊熊烈火，烧得飞快，燃烧的东西在火焰中啪啪作响，还不断有火星弹跳出来。

接着火线到了他们居住的棚屋，钟寒木呼唤着思华，只见她一手抱着年幼儿子，一手抱着一卷书画作品，脚步踉跄，跑了出来，到了外头远处，方才止步，还一脸惊恐。怀中的儿子哇哇地哭个不停。钟寒木也赶紧拿走了一些书籍和贵重的物品，再转身，眼前的房屋已经变成熊熊燃烧的火球，热浪灼人，不能靠近。这个样子，原来的计划落空，他们思考了几天几夜，也就放弃了，选择了去香港。坐船横渡出海，钟寒木还回首看了看澳门的小岛，又想到南园最早的修建者或者是疍家人，或者是秦朝的南下开拓者，或者是宋以后的珠玑移民，他们的起步只会更简陋，更艰难，也必定遇到更多的类似于这样的灾难。

南园的梦想，没有在澳门岛上延续。某种东西，只得将记忆放在心里，以后带在路上，不时打开来看看，也算是一种致敬和传承。庆幸的是那个锦水图，保存完好，跟随他继续存在于世。在香港，经历的居住环境是最糟糕的。因为内战，巨大的人流从大陆涌进港区内，急剧膨胀的人口造成了居住的极度紧张。当了中学教师的钟寒木，他家所在的公屋，非常窄小，属于自家的空间，只有一间小房。没有窗户，光线不足，白天也黑乎乎的，需要打开电灯。摆一张木板床，一家三口睡在上面，一张小圆桌吃饭，用罢读书写字，厨房、卫生间是共用的，日常生活不仅不方便，而且非常尴尬。思华每天洗澡，一定要等钟寒木回来，要他在浴室门口站岗，因为浴室外墙有一方小小的玻璃窗口，好色的男人可以从那偷窥女人。靠自己的男人站岗防卫的方式，已成为香港那些为数众多的市民生活的日常性手段和话题。在那样的条件下，生存方式如同动物，和南园的高雅舒适无法相比。

到了马来西亚，住在东马，家居空间比香港大了N倍，冲出了城市狭窄的空间，享受了解放自由的惬意。但那里杂草丛生，潮湿荒凉，基础建设非常落后。

生活在当地风格的吊脚竹楼，夜里夫妻俩在床上的动静，让整个住房都跟着摇动，并且发出吱吱呀呀的声音，让他俩又好气又好笑。

钟寒木坚持作画写字，楼上不够稳固，把书画室搬到了地面的小杂物间，将杂物移到一边，腾出位置摆上书桌。在闷热的小屋子里，光着上身不到半个小时，汗水在身上直淌，划出一道道河流。

这时候，钟寒木想到南园的麻石板铺就的稳当坚固的地面，青砖高墙的空间，感觉到，只有这样的空间才可以和中国的书画创作相搭配，那是一种物质工艺与文化艺术的与生俱来的关联。

后来到了澳洲、新西兰，到了美国、加拿大，生活水平居住条件好多了，但依然找不到这样的内在对应。更加相信所带着的一直陪伴他的，或者说作为第二生命的中国书画作品。

回到出发的地方南园，是应有的结局。艺术作品，充满回忆和情感，如同自己生下的子女。

…………

要贴近真实，找到灵魂。温灶花在笔记中写道。

3

“岭南画派，自有其不同的特色。你相信吗，一杆毛笔写出一个小城堡。先讲史生。”

近日在整理材料、继续接受采访时，钟寒木宕开原来的话题，特地给温灶花讲了一些画家的故事。

史生，是钟寒木晚辈，南园的弟子，在南园学校上过学，在南园建筑里写生、习画。高考恢复后顺利考上广州的美术学院。

成绩优异，毕业即留校当助教，跟着名师继续研习，同时在附近那个巨型的电影制片厂做美工，既是挣钱也是学习。后来自费到法国留学，攻读美术，学成毕业，留了下来。倒也顺利，工作生活，成家立业。学过油画、雕塑，却依然回归到中国画。一支毛笔创造了中国风格的作品，开辟在欧洲的发展之路。前些年，用画画挣到的钱，在荷兰的一个小城镇买下一座小古堡，展示自己的美术创作和中国名家作品。

钟寒木说："故事毕竟是故事，不一定全都真实，但是基本还是可靠的。这个南园的后生，他曾经拜访过我，我们两个人交谈甚欢，我很为他欣慰。由此可以看到，中国画在当今世界有着独特且旺盛的生命力。"

而这么一支笔又将钟寒木勾了回来，近年来回到大陆，因为画笔。说起来回到自己的祖国，在一段时期里，还不是很容易的事情，到了马来西亚，第二个女儿、第三个儿子出生后，生活有所不便，只得将大儿子送回了南园，让小孩一周末一起生活，那时，通过澳门以探亲的理由办妥了有关手续方可回来。一别又是多年，儿子在南园学校上小学，中学毕业后，上山下乡到雷州半岛农垦建设兵团务农。这一段岁月，钟寒木都未能回来，儿子也不可以出去，分开多年。

钟寒木再一次回来是因为母亲的去世。那时，从橡胶林里回来的儿子，守在他祖母的灵柩旁，等候着自己的父亲。在马来西亚的钟寒木接到儿子从雷州第一时间给他发来的电报，万分悲痛，心急如焚，立即启程，乘飞机到香港，又抓紧坐轮船到达澳门。由于曾经在澳门办过农场，有居住经历以及相关的身份资格的缘故，那地方保留着可以通往大陆的路径，这样回来，幸好赶到了母亲葬礼的最后环节，好过赶不回来，多少也算尽了孝心。相对于这样的艰难，改革开放后落实了全部政策，回故乡之路顺畅多了，而之后他的旅途基本上结合着中国书画的活动。钟寒木外向热情，在香港、广州、深圳，多次和岭南画派的资深美术家、书法家接触，喝茶、饮酒、交流畅谈，切磋笔法技艺，结伴外出写生。走向了国内的名山大川、古迹圣地，泰山、黄山、太行山、黄河、长城、长江、庐山等地，都是在写生活动中领略，或者深入体会。那几年，思华在加拿大与儿子一起，任由他一人回到祖国，进行他的艺术创作与交流。对于钟寒木来说，这些时刻是生命中最为舒畅，最为充实，也最有成效的时光。

《五岳独尊图》《迎客松》《万里长城》《三峡神女峰》《长江图》《黄河图》，大幅、超特大幅，一棵树大小如真，一幅画像一面墙，一连串宏大的作品于这个时段问世。

创作中国字画，需要结合一定的客观环境。此言不假，钟寒木想，以前去谷老师住处，尽管他是清贫的，那年代烽火不停，他流浪漂泊，处境艰难，但一走进其居，特别的文气，那是古老文化泽被、熏陶出来的，一张木板案桌，没上漆面，但结实厚重。一方粗糙的砚台及墨块，几支竹竿发黄的毛笔，几卷黄白宣纸，案桌旁边的木凳上、橱柜上叠放着线装书，几个有点土气的花瓶口插放着已经完成了的书法绘画作品，一只花猫在角落打盹，茶几上放置着普通的茶壶茶杯。谷老师喜欢香味，点燃细细的沉香枝，室内散发着淡雅宁神的香烟。一走进这样的地方，便会想到我们的方块字及其艺术书法。

正如西方人对于油画的颜色线条乃至画布的质感、颜料的气味一样，感知与接受，离不开一定的历史背景，离不开相应的故土空间，而当离开故地外出旅居时，作为书画艺术家，有着特别的敏感。在马来西亚华人社会也有这样的共识，人们保存了方言如粤语、客家话、闽南话，坚持这传统习俗。在家里摆设神台，祭拜自己的祖宗，热衷传统习惯，像春节燃放爆竹烟花，端午包粽子，中秋打月饼，冬至敬祖宗等等。

钟寒木在当地从事华人教育，当教师，后来当上中学校长，也在学生中传播和推动这样的坚守。族谱、家谱、祖宗神祀的牌匾，这些带出去的华人文化符号，是钟寒木特别关注的，有机会都要表达自己的态度。自然，文化的底蕴，或者说母体不是也不可能是在海外，所以故国的联系也是他不会忘记的。老陈，这位同乡同学就是这样的联系。

那年回家奔丧，办完事情，他特地到广州找老陈。那见面确实不容易，几经打听，问了不少人才知道，老陈已不在美术学院，到了另外一个地方才知道如何去找到他。

这朋友以前接触不多，但是彼此有印象。钟寒木相信是可以联系的，到了他现在的工作单位文化馆。在办公室问人，坐着看报纸的一个穿军干装、剪短发的中年女干部，抬起头，对钟寒木说："你要是公干找他，得带上单位介绍信。"见他这样，钟寒木满脸堆笑，说："不是公干，只是想见个面。"那女干部问："现在上班时间，你们什么关系？"钟寒木说："是老同学，也是同乡。"女干部打量他一眼，说："你们这年纪，同学也是旧社会的。"钟寒木点点头说："那是那是，不过进入新社会了，我们都是好人。"女干部说："谁都说自己是好人，你找的老同学也要做好人，但目前还在改造中。"

钟寒木愣了愣，说："我们见一下，简单说几句话，可以吗？很久没见了。"女干部想了想说："这样吧，我们单位也不会不近人情的，你要注意纪律，现在是上班时间，况且老陈还在改造中，他是努力的。你不要给他带来不良影响。"钟寒木说："我会的。"女干部把他带出当街大门，手臂一挥，说："朝这个方向五六百米，老陈在那做宣传栏。"

钟寒木连连点头，真诚谢过，便大步流星，赶紧走去，出了一身汗，才到达那里。远远看到了老陈，走进一看，也是愣了一下，那样子与以前大不相同，年纪的增长是一方面，另外这次改造也让他整个人变了，更像体力劳动者，他穿着灰蓝色的劳动服，头戴发黄的旧草帽，一手提着装有颜料的小铁桶，一手握着尺余长的大号刷笔，在临街旧楼房的外立墙面，画着主流宣传的图文。

烈日下劳作的他，满头大汗，身上沾了不少颜料。老陈与他已经多年未见。

钟寒木热情地打招呼，老陈一愣，眨眨眼睛，问："你是？"

"同乡同学，在南园谷老师教我们国画。"钟寒木说。他四周看看见没有什么动静，从挎包里掏出一件东西，打开包裹的报纸，将一张旧照片展示于老陈面前，说道："看这当年的合影。我们在南园吃了谢师宴，老师与我们几个弟子合作的《锦峰图》。"钟寒木刚说完，老陈慌忙向他摆摆手，压低嗓子，说："不说了不说了，现在这样子。"钟寒木赶紧用报纸将照片原样包好装进挎包，然后也压低声音，说："不必多虑，我们都是好人。这次因家有事，从马来西亚回来。这些年一直在惦记着谷老师，放不下国画，所以特地来看看你。"

老陈说："可如今还真不是时候，以后再看，等等吧。"钟寒木说："我知道会等到那一天的。听说你一直在美院任教，为什么到文化馆来了？"老陈警惕地看了一下四周，见没有别人，才说："来锻炼改造，运动中受到批判，也与谷老师有关，说我们师从封建时代的秀才，出道不正，宣传陈腐没落的东西，后来到粤北山区干校劳动，待了一年多。如今宣传工作非常重要，需要美术工作者，说我改造得不错，所以回来了。但又先到街道文化馆报到，参加这户外宣传栏的美术工作。这不，太阳再猛也得赶时间完成，这可是重要的政治任务。"钟寒木说："明白了，见你一面，说上几句话，我心满意足了，你多保重。老乡同学，我们都是南园人。”老陈说：“谢谢你，但今后千万别说这些事，尤其是南园的事，谷老师的事，那个画的事，等等，都别说。”

“后会有期。”钟寒木说着，伸出了手。老陈犹豫一下，又赶忙在衣裤上将手擦了几下，紧紧地与钟寒木握别。

之后，钟寒木一直没忘记老陈，十多年后局势已经大有变化，又回到南园的时候，依然将与老陈会见作为一项重要的安排。而那时候，钟寒木已经通过各种媒体和渠道，了解到老陈早已大翻身，已经是著名的岭南画派代表性大师，美院教授博导，创作成果丰富，发表了许多关于岭南画派及中国画的观点，很受热捧，生活状态非常不错。联系了见面，当然不会是在街头。而是去到美院附近他专门的工作室兼会客地。进去见他需预约同意，把关人是他的公子，也是搞美术的年轻人。老陈是热情真诚的，还没等儿子说完问讯来客的话，步履匆匆地从里面走了出来，一边走一边呵呵笑，早早伸出双手。这次见面让钟寒木颇为惊讶。其实对于这位同学的艺术才华与风格已有印象，而且近年来的影响或者说风光也不时有所闻，没有料到的是国内对于国画艺术的需求如此之大，给艺术家的评价待遇如此之高，他的画中墨迹以尺来计价，供不应求非常抢手，甚至典礼论坛开业等活动请他到场亮个相，也价格不菲。见面时，参观其工作室的环境布置，以及展示他创作的照片画册，等等，钟寒木对此印象深刻。

这几十年间的祖国，给艺术家带来前所未有的福利，老陈是其中一个分享者。而外在的东西，又必然会冲击艺术的真谛与本质，实际上老陈的艺术步伐已经止步。天下没有免费的午餐，艺术付出了代价，当然也可以说那是他进行艺术推广、普及应有的付出。旅欧的青年画家史生，原来是他的学生，也是他的入室弟子，他出面申请让这学生毕业后留校任教，开始，他当助教，也重点画水乡画作，多次去南园学校收集整理了谷老师的不少资料，当时小有成就进步很大，被同行认为是岭南画派的优秀传人。后来，史到了国外留学，毕业后留在那搞中西艺术结合的创作，并从事艺术的交流与交易。于是也有丰厚的回报。

前些年老陈因病去世，钟寒木再到广州，特地去了他那工作室，见到了老陈儿子小陈。那人还是那副忙碌兴奋的模样，对父辈友人，以礼相待，茶饮叙谈，介绍了自己当下的事情。他也是学画的，水平不高，而且也没有将心思放在这方面，他专注的是父亲的作品及品牌的经营，如作品的展览、转让、培训，等等。又表达了对史生的指责，说他忘恩负义，侵占父亲的版权。说史生在欧洲的展览，用到了陈教授的作品，未经授权也未告知，私自转让了，谎称做善事义举，进行中西文化交流。他刻意吹嘘的一杆画笔买下一座古堡的故事，其实那建筑是废旧的东西，在当地并不值钱。这样吹嘘只为个人宣传。

陈公子一边说，钟寒木一边喝茶，并不点头应答，也不插话，因为不知道虚实深浅。但心里感到，一潭清水，在当今已经被搅得有些浑浊了。接下来，陈公子说：“父亲生前提过您的《锦水图》，他十分敬重，经常说起来赞叹不已，所以我也有一个想法，不知您意见如何。南园的作品记录了南园画派的重要活动，一定要传承好。我有这样的责任，这里也有条件。如蒙您同意，可否放在我父亲工作室展览和珍藏，以供瞻仰学习。版权不变永远归您，我们仅仅保管和展出。”对此，钟寒木摇摇头，说：“此事未有想过，这次不谈吧。”离开后，钟寒木还想，以后也不谈，因为以后自已，时日无多，放在那不在意，可能是永久地安放了，而对于陈公子他们那个样子，自己心中肯定不放心。

前些年，钟寒木并没有去参加他们那些活动，感到与谷老师要求格格不入，而他还是怀念与欣赏谷老师的品位。包括他狭小画室的书香气味。也正是这样，他有时间就去各名山大川安静写生，查阅文史资料，然后创作，当时以为在海外漂泊对于祖国的体验需要补回重要一课，之前在马来西亚也创作了许多中国历史题材的画作，如愚公移山、女娲补天、精卫填海，但有一种缺憾，觉得历史文化的背景氛围总是缺乏质感与张力。经过这几年的体验，多少有了收获，可以自我安慰了。

故土变化的速度与精彩，都始料未及。钟寒木感受颇深，当年回家奔丧，那是20世纪70年代。从澳门到南园，空间距离一百多公里，但汽车转运，遇河过渡，曲里拐弯，停停走走，不仅不可以直达，还得中途过夜，两个白天加一个夜晚才可到达目的地。而如今，高速公路、高铁地铁、快艇等多种选择，仅需个把小时行程。田野建起厂房，小村小镇变成城区，崛起大量的现代建筑。作为中国画要表现的对象，以往漫长的安静常态与自然节奏，这些年被大动作、大幅度、大变量的更新。如何抓紧时间深入体验，做好写生，是画家必须面对的任务。钟寒木的游历与写生，心里带着这样的理念，包括南园其中的建筑细节与格调氛围，都是因为要保留，所以需及时体验与记录。年轻时，这里的一切都熟视无睹，但告别以后，思念之，表达之，才会深刻地感到保护的意义。为此政府推出了许多的工程，另外如同对于祠堂、庙宇的尊重一样，民间社会商家企业也非常热情地参与投入，承担起责任。但是其核心其灵魂并不是工程技术所能够解决的，也就是说，文化核心的东西，都是金钱投资以外的东西。中国书画是传统的重要载体，在巨大变化的现实中，其面临的挑战与任务都格外突出。这些观点他与史生交流过，对方是接受的。原来准备与老陈交流，无奈他已驾鹤西去，无法对话，而其公子看来又另有兴趣，同样无法对话。

这段时间因为这个南园丛书，温灶花过来进行编写，利用这个机会自己花了一番心思，整理了一些想法。相对而言，史生是实践派，埋头于一支笔所描绘的内容，老陈公子卷入了文化的商业运作，谢雨竹往往停留在口头上，说过则罢。

温灶花可以在这方面深谈。她有独特的亮点，不是因为学识与阅历的丰富深厚，而是发自良知，并且有立即付诸实践的勇气。由此，形成了很有意思的共鸣，如同一潭沉静的湖水，在风的吹动中，与岸边礁石碰撞，溅出雪白的浪花，展现新的活力。

4

说到画画，又扯到花飞飞。钟寒木说，那也是从画开始的回忆。

那时候在三峡写生创作，又与当地美术家交流所创作的关于长江题材的作品，在大都市重庆搞了个联合画展。花飞飞是众多的观众之一，在展览场地，她找到了钟寒木，说她非常喜欢美术，他的画作她看了，对其艺术内涵不太懂，不可能做出评价。特别说到，她关注的是作者的简介。

“你是水城南园那里的人？”花飞飞兴奋地说，双眼放光，这样的神采使得本来漂亮的她更加出色，引人注目。

“又如何？山城距离水城那里很远。当然山水也相依，一个山，一个水。”钟寒木说。

“我从云南来，那离开南园更远，但这却正是我来认识你的原因，我也是南园人。”花飞飞说。

当场，她讲了与南园有关系的祖辈往事。意外与传奇，让年纪相差一倍、从不相识的两个人格外兴奋。钟寒木请花飞飞吃饭，安排简单而亲切的聚餐。面临嘉陵江边的小酒馆，风景不错。钟寒木特地关照花飞飞口味，好让她高兴，选了麻辣火锅，点了很有当地特色的鸭血。

相谈甚欢，接下来还有了精彩的后续，于是有了钟寒木帮扶布依族小学生的事情，又有了花飞飞带那些孩子们到南园参观旅行、为钟爷爷祝寿等活动。原来花飞飞从云南到重庆是为了参加一个面向西南少数民族音乐教师的培训。她现在是云南偏远区县一所山村小学的特聘教师，前两年自己申请过去的，她毕业于省城师范大学的艺术专业，之前一直在市重点中学任教。听了这些，钟寒木说："你的这个选择一定有什么考虑或者原因吧？"

花飞飞低下头说："当然你也看得出来并不是很大众的选择，确实事出有因，但也不想说了，好在也有一个艺术的想法，那是因为布依族，我妈妈是布依族，所以对他们的文化尤其是表演艺术，兴趣很浓厚。干脆沉浸下去，离开原来的环境，搞点民族风格的艺术吧。找点寄托，让心灵安静下来，但不承想到了布依族小学，发现孩子们读书的困难，甚至失学问题都挺严重的，搞艺术对于学校的实际情况来说，相去甚远，这次到山城参加培训，心中还为此而牵挂。"说罢，花飞飞长长叹息。

钟寒木说："带我去看。"

他真的想去也真的去成了。从重庆到云南山区的布依族小学，途中一宿，汽车行程加起来也有 20 多个小时，一部分路是盘山公路。那是一片红土山地，疲劳中带着激情与期待，西南少数民族风情，亲眼所见，加深印象，丰富见识，也为国画创作增添了题材。到达那地方，走进布依小学，去到孩子们中间。又经历另外一种场景，在天真、淳朴、热烈、同情中，相识相知。钟寒木是老爷爷，是艺术家，又当过中小学教师和校长，与孩子们的沟通融合，不仅专业，还带着特有的魅力。能歌善舞的花飞飞，也具备极强的亲和力，由于她的介绍，钟寒木与布依族的小学生非常融洽。一个个情感的热浪掀起来，少不了孩子们的欢呼与热闹，少不了大人的动情。此行，钟寒木送上自己的几幅画作与书法，也给小学生们带来一批文具。最后，钟寒木表态，一定会尽自己所能，为学校办学提供支持，特别是要为孩子的失学问题做点事情。

离开那地方，还未回到南园，钟寒木先到广州，找到陈公子，说："上次你提到《锦水图》，后来我再做考虑，这图还是留在南园，无论是你父亲，还是更上一辈的谷老师都会是这个心愿。但是我回来也带来了不少书画作品，都跟随我们大半辈子了，这样的东西当然不能说没有价值，我可转给你。"陈公子说："奇了怪了，钟老师也想到做生意。"钟寒木说："是的，我需要钱。"陈公子开怀大笑，说："说到变现，经营艺术作品，你找我就对了。如今经济环境不太好，也有难度，但对于您是例外，我会想办法。"钟寒木说："问题是要快。"陈公子说："这个我倒是难以立即答复您。您知道，艺术作品的交易需要眼缘，很多时候可遇不可求。"钟寒木说："这样吧，我将自己写作的东西也拿出来，你可以压低这些作品的价钱。另外，还可以接受专门的定制，我为你们赶制。"陈公子听了，说："还没见您如此为钱的事发愁。"钟寒木说："正是。为这要紧的事情。"陈公子赶紧张罗，毕竟在这个领域有基础，加上钟寒木拿出来的作品都是实力派的东西，市场认可度高，也真的很快有了一些交易。同时，钟寒木也联系了史生，借他那里的途径变现了一点画作。刚开始，史生还有点犹豫，说："犯得着吗？您这把年纪了，帮扶困难，意思一下已经很不错了，用不着费那么多心血。"钟寒木说："别说那些。你也意思一点吧，有人还说你的一支笔买下一个城堡是虚假的，这回你可以证明自己了。"史生说："我没说假话，我在欧洲的劳动及其收获，那可是真实的事情，我没必要做假。"钟寒木说："花飞飞是咱们南园的后人。看在我的分上，看在南园的分上，我才找到你。"见钟寒木这样说，史生没法推脱，答应下来，多少筹集了一些经费。钟寒木将这笔钱转给了布依小学所在的教育部门，设立捐赠专项，帮助解决布依族小学生失学问题。

5

这边，疑团浓重的乌云来到陈铸杰头上。

南园真的发生了群体性事件。在夜晚，第一时间传到陈铸杰那里，他还在工作状态当中。办公室里，围在长条形的会议桌旁，对着墙壁上挂着的荧屏所展示的设计图和各种表格，人们在讨论。从下午到下班、黄昏再到晚上。窗外从一片光亮到沉沉昏暗，再到一片黑暗。会议室里面倒是灯火通明，只是空气有点浑浊，令人有不太舒服的感觉。即使不允许吸烟，但那么多人说话，不停地喝水喝茶，也难免会这样。

正和几个专家组成的一个团队一起，研究一座大桥涵洞建设施工所带来的问题，如技术水平，环评结论，对周边群众利益的影响，以及相关的拆迁补偿，等等。一项市政工程涉及的问题非常多，负责人需要各方面的判断力，可行性的判断力，资金投入的判断力，以及群众接受的程度。既要做科学的工作、工程的工作，也要做社会的工作、群众的工作。千头万绪，要使出浑身解数应对。

忙得不可开交，忘记了下班时间，忘记了吃饭喝水，忘记了上洗手间。憋着尿屎屁的人，在那聚首研究。

没想到在这个时候另外一把火又点着了，当陈铸杰一知道这个情况，皱了一下眉头，很快又恢复了平静的表情。他向大家摆摆手，说："各位继续研究，稍后，等我回来，再拍板吧。反正今天这个晚上一定要把这个事情弄得水落石出，一定要有一个结论。你们待会各自吃个饭，盒饭已经准备好了的。”

然后站起来，头也不回地走了，直奔现场。

南园这一晚，状元堂主殿前面的平地，灯火明亮，如同白昼。举行着集会，声音也特别大。

在这里居住的人们，参与了这些。标语和宣传资料，在南园的前、中、后三个区域，四处可见。周边的墙面，张贴了宣传标语。诉求是因为南园活化工程，涉及土地等不动产权益的纷争。

不平静的夜晚。街道办事处迅速应答，派来的代表，是和颜悦色、善于调解的社区龙书记。在现场，他耐心倾听，不时插话，也解释着什么。但效果显然不如意。聚集的人们知道，他不可能真正解决问题，他是来表明政府的关心，了解群众的意见。

陈铸杰到南园看了情况。他带上一个随从，没有张扬、悄悄地在角落站立，隐藏在夜色里头。待了一个多小时，发言者的每个内容，都认真听了。脸色不好看，没有表情，也不说话。

心里面焦虑不安，非常后悔。

老狐狸，见利忘义的家伙，不良商人！他暗暗骂道。

问题终于爆发。当年的担心，如今很可能变成为现实。

说起来，此项目是陈铸杰负责的，开发商来自香港，是熟人。在南园长大的，后来去香港探亲，留在那，搞到身份成为香港居民。多年前回来大陆做这个行当，挣到了钱的。多次与他打交道。做房地产项目，挣钱的数额，对于拿工资的公职人员，那是一个海量。从巨大的数字当中，提取一点点，进行分享，实属沧海一粟，九牛一毛。但对于受益人而言，却不是一般的事情。谁都明白，在当下，其中的风险显而易见，不言而喻。陈铸杰没有拒绝所得到的好处，也处理好了风险问题。所以，在职经久，并没有什么问题发生。只有南园那个项目，触及了红线。那事情虽是很久前发生，但记得清清楚楚。在私人会所吃晚饭，会所在城郊的农庄，车开到里面的院子停下，小小的房间，干净整洁安宁，一点也不豪华，不惹人注目。厨师将酒菜端上来，转身离开，顺手将门关严。里面，仅两人。他说："我们吃饭喝酒，放松一下。您那么忙，也要保重身体，劳逸结合。"陈铸杰点点头，微微一笑。他接着说："这儿安静。我们也可以说说心里话。"其实双方都心知肚明，开始不谈。抽烟，吃菜，喝酒。过了一会儿，几杯酒下肚，饭菜也差不多了，都脸庞红红的，血气奔涌上来。老板想说什么，还未张嘴。陈铸杰看到，摇摇手，止住他，说："不忙说这个。"老板赶紧点头，说："听领导的，听领导的。"陈铸杰抽烟，他赶紧地把烟递上，点好火。陈铸杰抽了几口，不紧不慢，说："这些年，城市发展飞快，房地产行情不错，你老兄的生意当然也不错。"他说："那是的，那是的，托领导您的福。"陈铸杰摇摇头，说："不是托我的福。我哪有什么能耐。父亲是个打铁的，劳动人民家庭出身。也只是念了个大学，拿了个文凭，在基层混。其实也是一个打工者，和你们当老板的不可以相提并论。"他说："哪里哪里，领导很谦虚。为社会发展做了很大贡献，有口皆碑。"陈铸杰不理会他，继续说："你们做生意发财，是托政府的福，托时代的福。没有这时代的大发展，不会有这么好的发财机会。"说了这些，接下来，那个对于他们很重要的交易，很简单快捷地办理好了。

在现场，陈铸杰看到了本社区书记老龙，让跟随自己的工作人员，在众人不知不觉的情形下，叫老龙来到自己的身边。"什么情况？"他问。老龙用手背擦擦额角的汗水，一五一十地作了汇报。末了还讲一句，说："弄清了一点，这是历史问题。以前静悄悄躺着，现在南园的改造碰到了，问题爆发，把很多事情给牵连了出来。所以有些事情还一时不能直接解决。”老龙说。

陈铸杰听罢，沉默不语。老龙还想说什么，陈铸杰摆了摆手，说：“不必说了，我明白，你尽一切努力控制好局面。记住，不要让群体性事件愈演愈烈，要尽快熄灭这把火。”老龙说：“好的，明白，我立刻去办。”转身小跑离开了。

陈铸杰还站在那里，目光注视着前面不远的地方，人声鼎沸，群情激愤。群众自发地站起来，高声表达自己的理由，向政府提出的要求和质问。

一会儿听到老龙讲话，他的语调平和舒展，但声音的穿透力很强，他说：“大家反映情况是可以的，我们会认真地听，全面地听，了解意见后，一定实事求是，依法办事，重视群众利益，会迅速给大家答复，请放心，也希望大家在晚上的时候，不要太过激动，回家休息好。”

这种官方的态度，有人相信，不再说什么，也有人不相信，继续高喊，说：“龙书记说得滴水不漏，我们不是不相信你，但真实情况怎么样？如果你们真的说得到做得到，那今天这个问题就不会发生！”

这话刚说完，又有一个老汉颤巍巍地站起身子，那是老程，他仿佛使出全身的力气，用龙舟说唱那训练出来的带有磁性的声音，说：“南园到现在一两百年的历史，历朝历代有谁敢动这个古街道。新社会以来也不用说，但没想到居然有人在这里打主意，谋取私利，把几百年的公共地方占为己有，把咱们给出卖了，我们还蒙在鼓里。现在要搞文物活化修建，才把这个问题抖出来。这样的黑毒心肠，还从来没见过。叫南园的祖宗怎么看，让住在这街道的各位街坊怎么过日子呀。”他说完之后，立即引起了喝彩。

“程老师，把这个事情编成龙舟说唱，唱衰腐败分子！”

“对，唱衰他！”

有人趁着这热闹，高声喊叫：“走呀！大家到政府门口去，我们有道理，唱出来说出来，让大家知道，让社会知道，问题才能真正解决。再也不要拖了，也不要相信这种没有用的所谓承诺，只有闹大了才有根本解决的可能！”

吆喝声、鼓掌声、附和声，又如热浪一般掀起来，达到高潮。如果走上大街，造成交通堵塞，汽车鸣笛，一辆车、两辆车、一串车在鸣笛，笛声会响彻城市的上空。媒体，还有无数的自媒体，把这作为一个焦点，那事情就更大了。

有点危急。陈铸杰表面冷静，但心脏怦怦直跳。拳头攥得紧紧的，手心冒汗了。

老龙书记做基层工作显然有经验，他不慌不忙、不紧不慢，拨开人群，走到老程面前，向他鞠个躬，又将他拉到一旁，再做了一番解释。

老程不再说话，沸腾的情形像倒了一勺冷水，很快平静，偃旗息鼓。群众善良、宽容，也是松散的，他们对于政府还是寄予很大的希望，整体上是信任的，所以这个群体性事件并没有再升温。

站在旁边，一直在关注事态发展的陈铸杰，这时候才长长地舒口气。接着又对随从说：“这个事情，不要掉以轻心。你抓紧与社区龙书记那边联系上，叫他们报告情况。这是他们属地，由他们负责。开个协调会，各方合力，不要让事态发展。”

随从说：“都这么长时间了，你还没吃东西呢。”陈铸杰笑笑说：“你也一样，跟着我形影不离，咱们去吃饭吧。”转而又说：“还是先回办公会场。”

他没忘记原来做的事情，召开那个工程的决策会议。

他赶紧回来，果然办公室灯火通明，人们还在等着。他在原来的位置上坐下，叫别人把会议的讨论结果汇报一下，提了几个问题，再把意见进行归纳，做个总结，拍板敲定方案。

好不容易做完这些，正想结束，站起身来，突然脚下一软，身子倒在地上。大家赶忙把他扶起来。只见他脸色苍白，已经是晚上10点多了，他已经忙了大半天，别人已经吃过饭，而他是空着肚子。

陈铸杰在凳子上坐了一会儿，喝了一口别人端过来的热水，抬头对周围关切着他的人笑了笑，抱歉地说："不好意思，有点失态，麻烦了大家。"

大家见了，感动地点点头，说："领导真忙，要保重身体呀。"

接着，大家也都很快离开，让他安静休息。给他吃的饭也端上来了，那是一盆盒饭。在空荡荡的会议室只有他一个人，也真的饿了，打开盒饭，大口大口吃，空荡荡的肚子，这会儿才舒服起来。

猛吃几口，再看看四周，忽然眼睛潮湿，两行泪水悄悄地流淌下来，滴滴嗒嗒，落在饭盒里。

深夜，陈铸杰驱车回家。在房间，打开一个抽屉，拿出一沓材料。这时，用手盖住材料上面，下意识地四周看看，没有动静，才仔细查看阅读。过了好一会儿，倒吸一口凉气。将所看过的材料收拾好，又想了想，找了另一个柜子，在那里的底部，将这些东西藏好。

一段往事，总是无法摆脱，也是沉重的事实。那个设计方案，送到他那里，放了一些日子，迟迟不签字。作为经验丰富的专业人士，他一下子看到了关键的东西，有一条规划直线，批准；那样的一划，利益的天平立刻向某一方倾斜。开发商的算盘精明而大胆。受到损害的，是松散而沉默的大多数居民。当然，还包括社会正义与公平。后来，开发商就直接找他来了，做了那个交易。

这是什么日子？什么生活？为什么会走到这一步。你这南园，无论过去还是现在，当我们试图突破命运，向你靠拢的时候，总是这样为难我，为难我陈家。他在心中暗暗地说。

第十一章

1

前些年，在南园大门外的酒楼墙面上，展出了易咏梅的巨幅彩照，这个宣传广告，一度成为水城热议的话题。其实，并不牵强与复杂的一个联想，而且也大概率可得到很多人接受：那美丽鲜艳的牡丹花，南园的，或者说粤剧的，可以此来形容易咏梅。

在水城，在当地文艺界，在比这更大的范围，或多或少可以得到认同。

易咏梅这个水城粤剧一朵花，知名的女士，平日里总是脸上挂着笑容，亲切和蔼，神采奕奕，落落大方。在他人看来，此人非常幸福。但她心里明白，虽然大家更多看到自己成功的一面，而她并不以为然，恰恰相反，经常感到自己的人生有点古怪，许多事情匪夷所思，受到不少委屈。想起来，有时候免不了偷偷抹泪。比如在小学当红小兵，在中学当红卫兵，学唱样板戏，后来在南园社区学中心、演中心、唱中心，用文艺表演的形式，宣传当时的主流思想。而在这样的过程中，歪打正着，她学到了演唱与表演的基本功夫。又比如后来的婚姻，也百感交集，有一些说不清楚的感受。其实说必然也罢，说宿命也好，那次的地点也在南园，事情当然也忘不了。喜结连理，步入婚姻殿堂。忽然间喜从天降，易咏梅要结婚了。一个带着演艺才华的青春美女的这种事情，少不了人们的注目与赞叹；南园片区这里，立马成为津津乐道的佳话。人生一件大事，生命一个分水岭。那时候，她这样想，如此地点如此大事，不管怎么样，总得庆贺热闹，这样的要求，不会过分。自己在演戏时，无所不能，已经把欢乐、甜蜜、幸福、美满等这类剧情当作常态展现，不知演绎多少了。只是这回不同，不是演戏，是真实的，属于自己的。于是也就有所感触，不知道演戏是自己的人生，还是人生是另一种舞台的表演。因为都有规则，甚至都有台词。

但喜事之所以被深刻于心，那是因为不同寻常。当时，辛家状态不大佳，主人家经常愁眉不展，心不在焉，说实在的，并没有认真安排考虑这个大事情，马虎应对，得过且过。这种表现，让易咏梅大失所望，甚至颇为恼怒。自然，也在南园引起议论甚至嘲笑。

外面的人不大知道，其实事出有因。辛家正承受着莫名高压，不得安宁。他家那个问题，上面有了表态，说，已经很关心你们，争取了从宽处理，不用隔离审查，根据老辛的申诉材料和群众反映，不那么严重，实事求是，可以区别对待。但问题还是问题，毕竟属于政治问题，而且尚未下结论，所以，也不是小事。

演出养成习惯，一向注重外表与言行举止，所以老辛十分爱面子，自尊心特强。在南园长大，很小的时候在一旁的粤剧馆学习唱戏，练身段，练武功。定居南园的师傅有硬功夫，教训弟子十分严格，坚信以笨功取胜。嘴巴上不停地说，台上一刻钟，台下十年功，所有能够被招进来，严格按照规程，进行整套训练，又学成出师的，那可是经得住评议的好手。师傅见这个学生各方面条件都不错，为他指点了更广阔的舞台，老辛于是从南园脱颖而出，走到广州大舞台。

在那里他如鱼得水，加上自己的勤奋努力，顺利成为名角。可惜命运并不完全如意，于是回到南园，而且又发生了另一件事情，与很多演戏的人一样，闹心，情绪外露，敏感而脆弱。

对于易咏梅，这些深埋心里的故事，不时会打开，看一看，说一说，让她这个儿媳妇也知道一些。

2

专注某个事情坚持去做，很多时候会很二的样子。

有天夜里，独自在家，温灶花竟然这样自言自语：

“我怎么啦？我怎么啦？我会骗你吗？我会骗你吗？不会的，不会的，绝对不会的。你若不相信，那真是个傻瓜，二货。写东西为了什么？付出了辛苦，却要放弃对于成果的享有。你不是二货又是什么？”

不记得自己说过的这话是与谁人说的，接触了许多琐碎的事情。南园电机厂旧厂房，诸多住户，没有关联，互不相识或不在意的人士聚集，构成这片城区的活姿态。很少人这样留意。平常的事情，过去熟视无睹，不是因为南园题材的写作，自己也不会有兴趣去关心，但如今却亲临其境，竟然熟悉起来。

南园南街食肆聚牛家大门口，那个来自河南的老者，平时在这一带收购废旧物品，有时中午兼职，为饭店做来客停车服务。他穿着饭店工作服，戴着工作帽，表示了此刻的职责任务。他张开两手，裂开嘴巴，送出了热情讨好的笑容，招呼着开车过来的客人。

街巷角落，汕头人家的小小士多店，已经增添了文化颜色，因为如今也参加了南园丛书写作的茅作家，是在那里出生长大的，在那里做作业，读书，偷偷写作，放飞作家的梦想。茅作家的写作，一旦结合到个人的体会，总少不了他的士多店背景与情结。

老郭师傅的儿子、郭丽英的弟弟郭生，每天都上班。租下冼堂洪厂房的那个台资企业，做医疗器械，出口海外的，50 多个员工这两三年走了 10 多人，有的跳槽，到更多薪酬企业。他不走，快 50 了，交社保也交了 20 多年。他知道，有明文规定，过一两年 53 岁社保达到了 25 年他就可以退休，退休有退休金，到时候身体还可以，还可以做别的选择。没犯错，公司没有理由开除他。如果把他辞退，要给他法定补偿，按照他的实际情况，算了算，有十万八万的数目，对他来说，是很可观的。

鲁小南的弟弟鲁小水，经营一家铺位，营业室内正墙挂着伟人的画像，下面是他题写口号，一片牌子刻有红底金字：参战老兵之家。他 1970 年代末参加了保卫祖国的战争，虽没有上战场，所在部队负责运输炮弹，也感受了战火。第一二天很紧张，紧张得头脑一塌糊涂，分不清东西南北，三天之后有些镇定了。有些新兵是当年一月入伍，二月间战斗开始，立马投入。他们在尸体旁边蹲下解手拉屎，也曾手捧毛巾，盛着带有血丝的冷水，嘴唇贴着干净那部分的喝下。经过这些事，人的精神心态不大一样。战争结束后，由于表现不错，尽管个子偏矮的他，也被送到军校，当然他也非常努力，刻苦向上，表现不错，培训毕业后，回到连队，经过一段时间考察，很顺利地提了干。后来，转业到地方，机遇也很好，发展形势需要人才，干部容易安置，先在农行工作，后来又很顺利地转调到电讯公司，在当时两个先后都是经济效益最好的单位。前些年，工龄到了，办理提前退休出来创业，做保健品营销。学成了一套保健理论和方法，包括营养保健，身体保健，心理保健，智能潜能开发。没有太大的收获，但也有一些伙食费进账。前些时候会合计一下，退休金方面，社保加退伍军人补贴每月一万多，生活没有什么压力。但他不罢休，于是开设了这个铺面。在侧墙上贴出他亲自写出来的公司宗旨，大意是做企业咨询、策划、咨询保健顾问和酒品营销。他说："我们这一代，经历过三年困难时期、'文化大革命'、上山下乡务农当兵、参加对越自卫反击战，后来又经历了丰富多彩的改革开放，个中滋味，甜酸苦辣。但我们不忘初心，热爱领袖，热爱祖国，拥护改革开放，酒品也是全人类的共同财富，也应坚持和向往追求。"

南园老年大学准备搞个校庆活动，每天都开课的，这老年教育，有着严格的制度管理，但是管理的架构很简练，参照了香港的做法，一个校长，一个助理，一个管教务，一个管总务。当年南园学校的好老师薛萍萍担任校长，她是肥叔的表姐，以前因为有南园华侨富商的家庭背景，遭到打压。那时候在南园学校担任数学教师的她，因为和曾思艺校长交往甚多，又听从安排，一起保护南园学校的古旧文化。工宣队勒令她到学习班学习改造，之后又没能够重返教学岗位，被调整到南园电机厂的食堂当采购兼出纳，待在那差不多十年。时事恢复正常后，才又回到讲台。她爱当教师，干满 60 岁才肯退休。又联系香港的有钱亲戚，筹集资金，创办了这个老年大学。每天薛校长都会过来，她 90 多岁了，这个事做了 30 年。上课规范，管理规范，上午上三节课，两节专业课，一节政治健康教育，每个学年两个学期，每个学期 18 周，每节课 45 分钟，还有学习课时表，学习成绩表，联系了很多兼职老师，学制三年，有毕业证书。学员来自 20 多个省市，很多是外省。上课用两种语言，如果本地人多，那就用方言，如果外地人多就用普通话。当然粤曲、粤剧是要用方言的，文学课是要用普通话的，这个也明确了下来。课程还有舞蹈课、声乐课、二胡课、电子钢琴、葫芦丝、古筝等，最受欢迎的是经络保健班。每个学期有300多人参加，每节课有100多人在上课。每逢节日，比如六一儿童节、七一建党日、八一建军节，等等，都要搞活动，儿童节到学校去，七一进行政治教育，八一到军营去进行联欢。最近过敬老节，到养老院演出。办学多年来，演出了差不多400场。最近，请退休的地理教师来讲水城的变化，请宣传部退休副部长讲改革开放，特别是新时期伟大成就，讲中国故事。出版的校刊、教材是他们自己编写的。这些年，有政府给予的经费，最初只有几百块钱，后来追加到每年给几块钱，最近的费用达到一个高峰，就是日常的开支给了40多万元，再加几万元的水电维修费，学员要收学费五六百元不等。最近感到困惑的一个事情是，让他们改名字，不能叫老年大学而要改为学校。薛校长抱怨："为什么不能叫大学呢？大学多好听啊，我们又不用国家投入，我们也不会用毕业证要求政府给予什么待遇，就图个美名，有些老人一辈子没上过大学，就想在黄昏的时候，在走进生命最后阶段来上个大学拿个文凭，圆一下自己的大学梦，为什么不行呢？"

薛校长请谢雨竹帮忙。谢雨竹说："您说的都在理，我认同，但我帮不了忙。"薛校长说："那再给我们讲一次课吧。"谢雨竹说："这个没问题。"薛校长又说："把温灶花老师也请来一起听。"谢雨竹说："您也知道她呀。"薛校长说："咱们这里活跃的老师，我都关注，要不怎么请了那么多的老师过来授课呀。这次请温老师过来，看看你是怎样讲的，以后要请她也这样讲课。"

于是，温灶花又得去听课，仔细做了笔记。

那天，谢雨竹的课很不错，比如他说了这么一段：

"……都在问形势如何，其实不用问也难以回答，不用问，那是因为我们中小企业，每一个都属于小小的存在，可以很灵活。从古至今，流传的一句话：发国难财。一般而言，自私自利，只顾自己，不顾国家，不顾大众，属于不义之举。这是一方面。但似乎也可以从另一个角度来看，除去一些不健康的因素不说，也发现，即便国家有困难、有灾难，对于某些角色，如商业，如企业也都还存在发财的机会。我以为从这个角度来解读，未尝不可，其正面意义是，更多考虑一个企业，如何立足于现实，寻找发挥作用，创造价值的机会，而不管如何这样的空间或多或少总会有的。所以，在很多场合，面对不同的企业家、不同的朋友，我都强调这几句话：14 亿人口，巨大的市场，国内和平发展，没有战争、没有动乱，40 多年改革开放的推进，其所积累的丰厚基础，都是巨大优势。我们所处的南中国沿海，被称为粤港澳大湾区的前沿地带。不要抱怨，不要丧失信心，不要躺平。积极努力，机会多得很。如果你找不到，不怪形势，不怪环境，只怪你自己。所以你老是问，什么环境如何，环境是否有利？其实，永远都差不多，有有利的一面，也有不利的一面，看你如何把握，趋利而行。别信什么专家！哪有什么厉害的大师，那些滔滔不绝、口若悬河的大师、大咖们，如果他们真的说得准，自己贷款投资去了，自己创业发展去了，还需要靠吸引你们这些做企业的过来听讲，让他们收获一些讲课费吗？”

说得真好，可惜老年大学的学员听众年纪太大，这些道理，说了也没有什么作用。

“我们是在讲南园故事，这个大家有共识，但是我怎么说呢，说过去，说以前，说历史，这个不可能是创作，只是将过去事情的尽可能逼真的叙述，所以要深入了解材料，看看在多大程度上复原过去的历史、过去的轨迹、过去的人和事，通过这些认识南园。”

温灶花采访时，易咏梅说了这些。

易咏梅对于社科的东西，似乎兴趣不大，但也会配合，实话实说："我们听说过他们，知道他们。他们应该见过我们，但各有各的日子，没有也不会有什么往来，历史是这样过来的。"

温灶花收集整理南园史料，去图书馆本地文献资料室，去档案馆、博物馆，还有私人的保存，寻找民间存留的资料，认识也逐渐明确。梳理一下，得出一个结论：疍家，那些依水而生，在船只上劳作度日的人，少有属于他们自己的土地，但无疑是最早在南园这地方栖息，在这里聚集了人气。他们发现了这方少有水灾、可以落脚的地方。用他们的传说来解释，是因为在这土地下面，供养了一只巨大的神龟，洪水一来，神龟托举土地，使之免遭水灾。

多少年来，这里的人和事，来来往往，都是过客。

对此，温灶花也弄清楚了，几家人在南园或多或少有印象，却没有来往也不相识，各有各的生活，各自的梦想也不同，南园不是乡村，互相熟悉也不是现代都市，一点都不知道，纯粹是陌生人的世界。

过去的南园大户人家，不认识周边居住在狭小低矮旧房屋的穷人。穷人倒知道大户人家，经常议论他们的财富，以及一些被以为有趣的事情，但是没有也不可能走近。两者的鸿沟，明摆在那，人人皆知。

这是大概率的事情，南园学校的举办让这一代的孩子有机会接触交往，开始了一些纯正关系的建立，如今与人们有关联的，少不了南园的品牌内涵和历史记忆，或者说这样的中介功能，让南园在当今社区生活城市生活中，呈现了不可替代的价值。

她还做了一个参照，自己生活过的客家围屋，原为一个家族，一个宗族生存、延展的物质平台，后来也逐渐淡化了原来的血脉亲属关系。当人们大多出走离开，开辟了新的生活空间之后，原有的客家围楼，在那些后人中也主要体现为集体记忆的符号。所以，南园可定位为广府的标识。一个空间与人生、空间与社会、空间与时代的关系似乎需要把握好，否则缺乏一个真实的基础。

那些天，她真的有点郁闷，南园题材的写作让她陷入两难的境地，不知所措。一方面，采访钟寒木，收集研读相关材料收获甚多，因此对南园的了解越来越深入，觉得谢雨竹的推荐应该是给予自己的一个机遇。至少脑洞大开，知识大有长进，也认识了一些高人。另一方面，在推进中所感到的兴奋因素，似乎将它往另一个方面拉扯。其实那个方向温灶花很有共鸣，很能接受，不由自主心向神往，但是内心也产生担忧。因为也意识到，那是另一个方向，另一种价值，偏离了谢雨竹那套丛书的主题要求，而后者已经签订了协议。因此又导致了如何交差的一个现实问题。温灶花的价值理念，相信谢雨竹不会不接受，但是谢也身不由己，要交差，那标准便是协议的要求，毕竟那是一项工作，不是个人思绪的任意挥洒。只是温灶花无法妥协。

前几天的电话中，钟寒木说了一段话：中国书法学习中的著名观点，人书俱老，其实是一个愚蠢的约束，让人一辈子练基本功，不敢放开创作，浪费光阴。以为到老了，基本功成熟过关了，会万事大吉、大功告成。其实，那也是不可取的。老了才成熟，而那样的年纪又可以做什么事情呢？不同的年龄，有不同的精神风貌，那是风格的不同，或者说创作背景和创作故事的不同，而不是高低之分，不是成熟与不成熟的区别。然后是鼓励她放开手脚，在写作中不要亦步亦趋。当然也有所指向的一番话。有没有留意？或者留意了，有没有去实践？能否坚持？这才是改变现实的关键。

“是的，我会抓紧。事情总是相对的。但我的写作，首先要过得了自己内心这一关。”温灶花回应道。

从南岭到南园，或者从内地到南园，各有什么特点呢？前者是古代移民的问题，珠玑移民的问题，北江源头和出海口的这么一个关系，整体上来说他们都是岭南文化。后者是新移民问题，改革开放之后打开了大门，受到西方文化的影响。港澳所带来的现代文化，西方文化的影响，引起内地人们对于沿海、对于海洋文化、对于外面世界的一种热情。于是千里迢迢、风尘仆仆来到珠三角，来到南园一带，在这里打工，在这里寻找现代化，寻找市场经济，寻找海洋文化的味道。

这两种人他们对南园这里的广府文化、历史文化，印象不是很深，兴趣也不很大。

因为在古代文化中，南岭弱一些，它本身就是一个山区县开发，但是他们的祖宗的中原文化底蕴，确定了中原文化在当时的版图上中心地位、主导地位。

从内地来的感受就更深了。所以他觉得沿海的珠三角板块内的南园的历史文化，不是什么很新奇的东西。另外，他们不是来这里寻找历史，是来寻找当下，寻找未来的，不是来寻找本土的，是来寻找外部世界的精彩的。

所以，南园的传统文化，它要恢复过去，证明自己的价值与辉煌，但是，那给谁看呢？一定要与当今的辉煌创新活力结合起来，与众多的在海外拓展的珠三角人的成就、情结联系起来，才可以找到自己真正的定位、价值与特点。

3

“好奇怪，你这老板也来找我。”易新航说。

"怎么，不给面子呀，同住一条街，大家不就是街坊邻舍吗？你们艺术世家看不起我们这些做工匠的，是吗？"陈铸根说。他一身腱子肉，站如松坐如钟，举手投足，言行举止，流露出英武之气。他练过武术，学习水城崇尚的咏春南拳。功夫不负有心人，少年时的刻苦训练，打下良好基功底，效果体现出来了。

对于这，陈铸根很明白，得感谢父母。父亲老陈不屈服于过祖祖辈辈那种底层生活，一生都希望改变命运，在南园这一带，为陈家人争口气。两个儿子他按照一文一武的思路，严格要求他们。哥哥陈铸杰从文，所以鼓动他考上大学，在文治路上努力，而弟弟则培养成如今的样子。在南园，老陈的教子成果，获得连连称赞。

"哪里的话。应该倒过来说才是。如今你们陈家可够飞黄腾达的。还是第二波，运气到了。"

易新航说。

"嘴巴功夫，还真不如你，我们只会卖出苦力。"陈铸根说。

"也不要磨嘴巴皮子的花言巧语，说有用的。其实，接到你的信息真的喜出望外。只是怕货不对板，浪费你时间。"易新航说。

"有你这话我可以放心了，不管怎么样，这次绝对是合适的，其实已经对了板才来请你。"陈铸根说。接着将冼堂洪说的那个方案，说给了易新航。

"我们是唱乐曲的，但挣点钱、解决生存之需也是这些年没有停止过的事情，或许你也听说过一些，当然那会让你见笑，显然我还真不是这方面的料子。"易新航说。

"那好，我们合作。"陈铸根说。他倒是高兴起来，只要易新航有合作的意向，他觉得事情会好办。

易新航想了想，说："电商直播也有很多表演的成分，如今技巧与创意越来越多，精彩纷呈，你那把刀一定要文艺化故事化，这样一则便于受众接受，可以有效传播；二来也才有利于把戏曲等表演艺术结合进去。”

陈铸根听了，连连点头说：“在理，你是认真的，没有思考说不出这样的话。”

易新航倒是并没理会，继续说：“我们有个曲目演杨志卖刀，那个故事可以结合你的刀。”

第十二章

1

南园一群人组队，开一辆中巴，进行北江源头粤北之行。伍媛带队，车程几个小时，到达目的地。如今有高速公路，比过去快多了。伍媛颇有感触。老刘这天穿着整齐，特别梳洗一番，早早在那里等候。接上头后，再由他带路。沿途还不停地介绍情况。行程是住两个晚上，白天看几个点。其中，包括抗战时期周县长救援儿童的一个地方，南园学校毕业的伍媛他们，当知青下乡的莲塘尾村和郭丽英墓地。

前些日子在钟寒木寿宴上，伍媛和易红梅、易新航见面时说过，趁着这时候人齐聚，安排落实已经提过很多次的粤北行程。伍媛还说，那地方有点遥远，也似乎与我们没有什么关系了，但却又是我们不会忘记的。有时候想起来，五味杂陈，莫名惆怅，会掉眼泪。这次的途中，大家七嘴八舌，热烈议论。说着说着，伍媛眼眶又红起来。易红梅见了，赶紧给她递过去纸巾。伍媛擦干泪水，还是谈兴正浓，嘴巴不停，一段接着一段，回忆以前的事情。

那个时期，在粤北山区县的毛泽东思想文艺宣传队。住的单位宿舍，靠着山腰，坐北朝南，一列长排的平房，十八套房子面积大小、结构布局、材料质地都是一样的。前后三间房，从屋门一直往里走，过了第三间，里头是厨房，瓦面与前面的分开，中间隔开一米多宽的空间。让阳光照进来，空气流通。天花板是竹篾编织的席子，单块砖墙，红色方砖地面。老鼠在天花竹席上跑动和打闹，隔壁房屋走动的脚步声音，一清二楚。门口两米宽的过道，水泥铺就的表面。外边，几级阶梯。每级有近一米的落差。那一列平房各家各户共用一个电表。夜里，谁敢使用电炉煮东西，第二天会在外面的墙上看到对此进行揭发批评的大字报或小字报。

县文化局的宿舍在这里。县文艺宣传队的人也在这里分到了几间。伍媛就住在其中。到莲塘尾村背后大山里面的长江伐木场演出，节目是粤剧移植样板戏《沙家浜》，伍媛饰演阿庆嫂。易勇，是宣传队兼干杂活的美工。夜里，周边或远或近的村民，成群结队，高举火把，走一段，小跑一段，赶过来观看，散场后还不离开，演员从舞台下来，立马被他们团团围住，举起的火把，火苗噼里啪啦作响，近距离地看看这些会演戏的人。

这些事情，恍若隔世，偶尔提起，也颇有感慨。那天，拿着酒杯的谢雨竹，也凑过来，听了一段，插话说："是的。比如说住处，我记得，大家住的基本一样。那十多套房子，大部分没有后门，后头的厨房挨着山体。只有西边五套有后门。我父亲由于工龄长久一些，分房优先，便与其他四个当局长、馆长的，分到西边。在后门外，各自搭建了简易木棚房，里头堆放柴火杂物，种菜使用的工具等。另外，正对我家门口的过道外边，生长着一棵枝繁叶茂的桂花树。花开时节，星星点点，银白的小花，布满树上，散发甜香的气味，无声无息，悄然弥漫。夜里，在房间窗前，读书做作业，忽然闻到了树木香味，深吸一口，沁人心肺，至今还记得。"

他与伍媛碰杯，热情地说了几句好话。没人知道，他暗恋过伍媛，特别喜欢看她的排练。那时候，他是中学生，异想天开，内心的一丝活动，说出来会笑死人。后来，伍媛的女儿好像也对他有点意思，也是细微的、难以察觉的。两者都没有可能实现。但在两个人身上却真实地出现了如此幻想。可不可以说，那是一个宿命，有趣的宿命。

钟寒木也来了，他自己提出也要去。朋友老陈当年改造，是在这个地方的五七干校，而他曾经也去过粤北丹霞山写生，住过一些日子，因此都有所感觉。温灶花当然也不会落下，周县长那个点，是她提议去的。周县长当年把水城孩童转移途中住过那里，是她关注的内容。

到了粤北，伍媛对钟寒木说："钟教授您只看看周县长吧，其他的您不必辛苦了，有些路段是山路，大半路段是细碎砂石铺面而成，窄小弯曲，上坡下坡，不停颠簸，怕您身体吃不消。"

钟寒木呵呵一笑说："没事，难得一来，粤北山区，南岭风光，雄伟秀丽，胜似画作，让我心情舒畅，收获匪浅。更有意思的，是和大家一起，说说笑笑，总感到快乐，年轻许多。"

伍媛听了，转头对其他人说："你们要受到批评了，平常去钟先生那里还不够多，关心不够。"伍媛还没说完，易新航抢过话头，说："以后我们天天晚上去钟教授你那里打麻将，你可不要说没茶叶了啊。"易红梅倒是说："钟教授那里，咱们来去自由，不受限制，但茶叶要自带。"

开过玩笑，大家还是关心钟寒木的身体，又来劝说。钟寒木只好作罢，听从安排。有半天时间，待在县城宾馆，坐在凉亭的石板凳上，喝着当地特有的白毛尖山茶。下榻住宿的条件挺好，面临着山城那名叫锦江的母亲河，可看见当地最具代表性的风景区丹霞山。河水清丽，山风徐来，清静安宁，甚为怡人。会客厅的书屋里，文房四宝一应俱全。钟寒木雅兴大作，在宽大的长条桌案上，挥毫写作，兴致勃勃，不知不觉，竟留下十多幅书画作品。宾馆经理和服务员围在一旁，不停喝彩。

经理说：“钟教授，给我们说几句吧。”

钟寒木微笑，开口说道：“在这附近的珠玑巷，是中原文化南移的巷口，带动了百家姓氏，本家姓氏也在其中。后裔联谊会的一场义卖，我捐了一幅画响应，结果香港的南园乡亲拍得，据说是全场高潮。这次我画了这里的山，著名的丹霞山，画了这里的水，不那么著名的锦江水，但这个作品是以山衬水。水，那清澈美丽的水，从南岭的群山森林里流淌出来的水，才是主角。为什么这样？因为我们在珠江下游的南园人，要饮水思源，不忘初心，懂得报恩，习惯思德，唯其如此，方可以面世于人。”

经理带头说好，又是噼里啪啦的掌声，大家都高兴。

这次，他带上了阿玲和她女儿，吩咐阿玲照料生活琐事，小女儿跟着写生画画。出发前，到街上买了一大堆东西，鸡仔饼、双皮奶、西樵大饼，等等，叫阿玲带上，说：“让山区的朋友品尝，认识南园。讲南园的故事，他们没有心思听，大家相信味道，相信吃进肚子里的东西。”

2

不再往后拖延了，去看看他们吧，如同自己的亲人，否则，那些孩子，会更加可怜。当了解了这一段历史后，总忘不了这个事情。温灶花想，南园的史料引起自己心中的情感发酵，涌现出一些责任感、负罪感与回报感。在旁边的旧小巷发现青云文社，那里有文化历史。几百年来，有识之士、贤达之士关注传统文化，做了不少义举，而且传承接力，绵绵不断，积淀生效。抗战那一段，特别令人唏嘘。在网上交流南园丛书方面的话题，说开来之后，认识不少朋友。其中粤北一个写儿童文学的作家，报来他的选题，说，他发现一处历史遗迹，抗日战争时期的墓地，埋葬的是百多具少年儿童的遗体，根据资料得知，他们大多来自珠三角，不少还与南园有关系。对此，温灶花特别敏感，跟谢雨竹商量过，选题并不属于南园丛书范围，但与史料有关联。温灶花说一定要去实地考察一下。于是利用这次粤北行程的机会，约好后，安排好时间，她与这个儿童文学作家，还有几个爱好写作的中老年文化人，驱车前往。行车半日，到达粤北山区的满目青翠、人烟稀少的一方山岭地带。在朋友引领下，察看了那地方。写儿童文学，当然对儿童特别关注，尤其是他们的生命。山地无语，青草萋萋。“该是这里了。”儿童文学作家的朋友说。还看得到隐隐隆起的一处处小土堆。但找不到更多的资料。幸好，近些年树立了一块黑底白字、几平方米大小的碑石，那上面刻有文字，将那些悲惨的历史记录下来。对此，朋友是清楚的，为写这方面的书稿，他收集了大量资料，做过很多的研究。现场，他熟悉地介绍起来。那时候，日军打进了华南广东，珠三角遭受战火的摧毁，民众生活陷于水深火热之中，死亡，受伤，染病，挨饿，惊恐，逃难……大部分人处于这样的非正常状况。听到这里，温灶花不停点头，她熟悉这些。看过县志，仅南园一地，抗战前，由于经济发达，人口特别稠密，峰值 80 多万人。战火一来，日本侵略军飞机轰炸当地米市，吃饭立即成为严重问题，一时间，四处逃难，饿殍遍野，惨不忍睹，人口急剧下降不到 30 万。大量的儿童少年，失去家庭或与家庭中断了联系。无处安身，流浪街头野外。

拍下一些照片，采摘鲜花，编织好几个花圈，在微微隆起的土墓地前摆放。

“安息吧，这是南园的心。”鞠躬致意的时候，温灶花心里默默地说。

“为什么我喜欢做的事情，往往得到不到认同，比如文学写作，个人爱好的研究写作。做那些东西，被认为没有价值，等于浪费时间，消耗青春。而你们要求我做的，也做了出来的，却可以得到一些回报，主要是物质利益方面的回报。比如这次写作。这次写作历史文化丛书，作为本地的文化发展需求项目，有现实针对性。我做写作这个事情，真心付出心血。看一些作家创作感言，发现不少人都说，写作一个长篇作品，把自己的积累都掏空了。对此，可能我还是有所感触的。我还没有写过长篇的东西，但一些篇幅稍长的东西，我都会十分尊敬，全力以赴。这次这个专著，或许可以说，我也把自己的累积给掏空了。如果这次不写个长篇作品，可能以后再也写不出。同样，如果我以前咬牙开始写长篇，很可能我早些年就拿出这种大部头著作了。这个体会，说明的是一个有意义的规律。”

这些，是温灶花在微信上发给谢雨竹的一段话。

接着，两人还交流一番。

温灶花说：“你们这一批大学生，还在岗的不多了吧。你好像属于少数。”

谢雨竹说：“不错。如今使用前浪后浪的说法，应该还有一个：激浪。我们的某个时候，或者说，留有价值的部分是激浪。”

“没说到点子上。知识分子总是有意无意地回避现实，将问题引入歧途。其实问题并不复杂。遵守共同的价值理念，成为正常的主体，才可以同命运。其他的分歧与争论，可以慢慢给予解决。”温灶花说。

“没有办法，生性如此，木呆与认真，放不下这个姿态。也只是想一想，说一说，如此而已。一点点的理性与良知。一艘古老的航船，驶向哪里呀？认了，我是这样的命。永远是少数派，永远不识时务，永远是个落后分子。”谢雨竹说。

3

走着走着，在小街路上，两人迎面遇着，这样的会见出现好几次。都是沿着南园外围一个框框的路线行走，方向相反，碰面便不奇怪。各走各的，各想各的，都大致知道对方的这一点，也都不会询问什么，点点头，笑一笑，说几句话，如此而已。

“是你呀，真巧。”谢雨竹说。

“为南园项目吗？”陈铸杰问。

谢雨竹点点头，说：“差不多。”又反问：“你呢，工作关系还是回忆往事？”

陈铸杰笑笑说：“也许是吧，也许什么都不是，一种习惯。我在这地方长大的，你知道那可不就是以往的重现吗？”

在狭窄的巷道里，两人擦肩而过。谢雨竹没说假话，他以脚步丈量的方式加深对于南园的理解。

相遇过后，在独自的行走中，他又想到了陈铸杰。认为陈铸杰还是没有放弃一个情结，他能理解到的，生活在南园外围，处于社会底层的子弟，不会忘记此地。

前几天茅作家过来说，他的朋友邱青青，组建了一支古建筑研究传播队，这位博士研究生毕业的大学教师，原来研究地方史主要是岭南史，研究方向这些年定为古村落，又重点放在古建筑，主要是祠堂。

南园由山门、正门、前庭、舞台、小围墙、侧房状元堂、主人居后院、小姐楼、女儿房、鱼池构成，在南园的旧砖、旧瓦、古道当中迷失了，原来对它有神秘感、有敬仰感，接近的时候，走进去的时候发现找不着东南西北。若一进入之前缺乏一个正确的方向，方向感不明确、不正确，导致了迷失的结局，这是说在继承历史进程中的文化迷失。

谢雨竹与温灶花都知道，钟寒木带回了一批，留下了一批，传承了一批，创作了一批，这是他的创作生涯，他的创作与他此次一起回到南园叶落归根。

谢雨竹在南园里散步，不紧不慢，走了几圈，边走边看，不喜搭讪，不爱言语，既是运动，也在观察思考。

对此，以前想，可能是性格，是爹妈给的，学不了，练不成，少有的这么个样子，不温不火。近期又发现，也还是有着年岁的原因，人生的历练与磨合，慢慢会走向那成熟温和与消沉惰性。无论如何，过日子呗。光阴在流逝，总会展现某种过程。

如今，可能到了需要改变自己人生路径的时候了，这是接触南园项目的连锁反应吧。别人不一定知道，也无须知道。但对于他自己，仿佛像一个命运的指南。

他想，当年祖父也曾这样与南园接触。父辈对这里有过一些思念，而自己，又一次实地进入，更多体验，还有形而上的思考与研究。

南园是外在的，只有身体的感受才属于自己。那天他忽然想到，自己与南园，其实也是与钟寒木或者祖父一样，至少找到了这样的感觉，作为一个南园人，享受其文化氛围，构建自己的生活方式，那才有意思、有意义。像钟寒木，其人生飘逸潇洒。

夜深人静，古建筑老旧悠久的面目，那造型和图案经过岁月的洗礼，经过无数次的修改叠加，复杂、模糊而神秘，又仿佛修炼出了灵气，使用独特的方式在言语，诉说着说不完的又不清不楚的意思。

这时候，谢雨竹忽然若有所思，于是停下脚步，抹一把脸上汗水，去到停车位，驱车回家。一路在想，一座古旧建筑，经历了风风雨雨，经历了沧桑，布满着各种各样的痕迹，也留下各种各样的记忆，其中的内涵确实太丰富，诸多内容叠加在一起，部分东西模糊，无法搞清楚，当然也有一些，其实没什么意义的，它的意义只是相对于某种需要。直白地说，都各取所需，做出自己的解读，除了基本的东西之外，有特色的内容就是这样被理解，被解释，被传播，这也是一个无可奈何的客观事实。

与南园在一起，在一面奇异的镜子上观照了自己。当然只有顿悟之后才可以得到如此感觉。

走进了南园各个路径，当作园林建筑实实在在地接触，这是一方面，另一方面是参与编写这方面的书籍。谢雨竹忽然发现，手机里、电脑里、笔记本里，南园是最多的关键词，可以自嘲一下了：不是南园人胜似南园人，没想到在自己这最后一程的职业生涯中，遇到了这个题材。

如果又对思绪做整理的话，也免不了对祖辈的回顾思考。那也是一次珠玑移民的路径，从南岭子脚下沿北江顺水而下，到达珠三角也在广州这样的大城市待过。而到了广州，那是进入了广府的门户，再进入珠三角，等于进入了其高楼深院的里间，正因这种路径关系，所以祖父在广州的中嘉银行当账房先生，其实这是一条通行之路，自古而然。

北方南下的开发者、征服者、经商者，还有著名的粤北南雄的珠玑移民也都是顺着这样的路线图前行的，如今，谢雨竹作为一个普通的当代个体，更多可以与南下的知识分子甚至打工者。这座城，近几十年到来的，在常住人口中占了三分之二，已经是半个移民城市。在这里谋生发展，构建自己的生活和家园，本地传统文化的标志性地位，不仅没有因为四面八方的外来者的文化背景的不同，遭遇到淡化或弱化，恰恰相反，是一种认同的最大公约数。守卫之，传承之，尊重之，都成为在这方水土生活的人们的见面礼节与责任。只要在这里长期居住，只要有一点儿文化意识，免不了会是一个样子。

前几天，许书记来了电话，说："历史文化建筑连片活化，带动老城区改造，带动城市升级，改善民生，丰富文旅内容，树立城市文化标签，我们的这个意图，符合现实的发展需求。"

又说："给你们社科队伍一个任务，做点调研，在学术理论上思考：南园作为传统广府文化的地标，其非物质形态的东西是什么？我们今天进行这个项目如何与我们的文化责任相结合，如何符合群众的文化需求，如何与城市化发展乃至产业开发有机的互动配合。书记还提出，这个题目也不要紧紧依赖具体的事务操作和工程操作。要有点高度，有点前瞻性和超脱性，当然也不要太过空洞，泛泛而论。"

于是，谢雨竹又想到，当年，祖父因躲避战火，生活在颠沛流离中，所以无法想到这个文化的东西。作为孙子的他则不一样了，原来是个文艺青年，写诗歌，写小说，写散文，乃至写影视剧本，做了多年的作家梦，因为亲身摸爬滚打，更能体会到其中的艰辛与局限，理性的认识使自己保持了一定的清醒，一种说不清楚的几乎是与生俱来的、对于这个梦想的追求，又使他无法摆脱这个追求与渴望，后来终于在现实与浪漫之间，找到一个平衡点。

启动了务实的努力，这方面更多配合实践的、功利的。对于写作、对于文化、对于理论的需要，与祖父的账房先生的角色有点相同，但这是文秘工作者、材料工作者、社科工作者。

事实上，这样的角色更有利于从粤北进入这方热土，找到合适位置。都说爹妈没本事，只好搞文字。他进入了这地方，由此也形成了自身的价值与特色。和陈铸杰不同，陈是本地人，世世代代在这里生存，自然地打下了基础，而这种积累仿佛又在说明着一个有点辩证法味道的规律，他的先人以前在南园受苦受累，承受剥削与压迫。恰似小草，不仅默默无闻，而且还要为争取基本生存所需要的阳光雨露而煎熬。正所谓风水轮流转，近几十年，他们遇到翻身的时机，显露过头角，老陈当上工宣队长，作为工人阶级的代表，指导南园学校。陈铸杰受政府之命，分管南园项目，这些都是南园最高档次的荣耀。

另外一位同类者钟寒木，他对于空间及其文化内涵的坚守向往，也让人看到了南园的魔力。

相比之下，作为艺术界人士的伍媛、易咏梅与易新航，这类人便有诗意浪漫与洒脱，更像古园林中散发着清香又各具特色的美丽花朵。

与这些人不同，谢雨竹和执笔者温灶花是旁观者，讲讲故事，指点评说，即使是介入了传统建筑的维修活化，也都是外在元素，那么之于南园两类的认知情感是否一致呢？

官方曾提出过这样的问题，推荐一个口号宣传语：来了都是南园人，来了就是一家子。其实至多是良好的愿望而已。许书记带着班子成员在公开舞台亮相齐唱乐曲，他们大部分来自外地，不会说粤语。在舞台上，书记满面笑容，兴高采烈，亲自指挥，潇洒地挥动两条胳膊。合唱者打开嗓子，大声歌唱。有的明显太吃力，咬字不准，汗流满面，歌声不是很纯正，没有唱出真正的乐曲韵味。但现场反应效果很好，台下报以热烈掌声。之后各方评价也特别好，不仅让领导班子提升了亲民形象，也掀起一股粤曲风。那个时候，易咏梅找到谢雨竹，请他合作，用粤曲形式将本地的主流宣传内容，如好人表彰、阅读推广、文明创建等，传唱出来，群众乐意接受，政府也很满意。这些年，这样的热潮一阵又一阵。

谢雨竹最近了解到，包括冼堂洪在内的不少企业老板由此介入文化，尤其是与本地传统文化有关的文化，开始就文化而文化，之后是从文化到文旅到产业，不一定立马有所收获，但是文化所具有的新鲜与精彩还是让他们兴奋的，但拓展此领域也让他们缴纳了一些学费。前些日子，冼堂洪悄悄地吐了些苦水：他被一些教授、专家、作家拉住，前几年参加了一个在省城文化界里发起的广府文化项目，当时由德高望重的退休领导牵头，发布宣言，弘扬优秀传统，增强文化软实力，媒体做了很多报道，社会好评如潮，企业家纷纷参与，甚至还得到港澳及海外乡亲的支持，筹集了丰厚的资源。一鼓作气也做了不少事情，举办论坛研讨，整理文献，出版著作，创作作品，推广宣传，教育培训，等等，精彩纷呈，轰轰烈烈。没想因为疫情，老领导受到病毒感染，撒手人寰。一下子灵魂不在了，机构里的文人相轻，加上利益的纷争，出现不少矛盾。还传了出来，沸沸扬扬，闹出笑话。更严重的是许多计划落空了，本着有力出力、有钱出钱的动机，支持了资金，原希望如同老领导所说的那样将文化做大，传承历史，也让企业家的发展经营，创造新的领域，开辟新的资源。而乱象的出现，让企业家深感失望。对此，冼堂洪稍微不满，他对谢雨竹说，还是自己的家乡好些，至少熟悉，可信可靠，尽管没那么高大上，没那么精彩风光。

这时候，他向谢雨竹讲了他跟进的那个文化项目，委员会里有一个影视导演，从省城跑过来，找冼堂洪喝酒，说，与他一起做南园题材，搬上影视，做好品牌宣传。来来回回折腾大半年，作品出来了，导演和冼堂洪一起审看样片。做这个片子，导演也确实费了很多功夫，疲态尽显。冼堂洪看得到，相信他以及团队的付出，而在上项目之前，导演也与他明确表态了，说：“你不用花心思，专业的事情由专业的人来做，当然可能压力最大的是你，你是出品人、投资者，如今片子进入了传播阶段，也是投资变现的关键期。”

当然找到钱，然后又说需要与当地文化宣传部门配合。冼堂洪一愣，说：“当初确定面向市场，也做了预测，乐观看好。”导演说：“那是当初，那是为了立项。如今得看实际，所谓变现那只能看有无现金流出来。”冼堂洪说：“已经尽力了。该如何办理。”导演说：“方法是想出来的，也是有的，你看可以可否找个得力的人。”两人商量后，觉得应该找谢雨竹。

谢雨竹听了这个事情，呵呵一笑说，那个文化工程他也知道一些，因为也曾作为本地的文化与社科的代表，接受邀请参加过一些活动。而根据机构的意思，根据互动的一些感受，对方说以后南园的文化也就可以成为他们这个系列的一个部分，大家要互动。对此谢雨竹也认同，回来作了汇报，也得到了本地的支持。那个项目跟南园的项目本质上都是一样的，只是所在的地方不一样，具体的操作人员不一样而已。总的来说，他的观点是，前任领导的初衷颇有远见，也办了不少实事，大家有目共睹，所谓的文化效益，社会效益也显而易见，只因为疫情的突如其来，老领导也走得快。一些事情未能衔接好，所以出现了波动。作为一个过渡，这在所难免，其实所出现的问题，哪里都有。需要正视，再以客观公正科学的态度来解决，这个观点也是他在推进丛书的编写过程中渐渐加深的。

一些问题或早或晚、或多或少会出现，这不奇怪，要做的是发现问题与解决问题。其实也不是很困难的事情，只是责任心或者说良知，文化良知的缺位导致问题的泛滥与严重，在心里他这样判断。像许书记他们，着眼于整体的部署，而专业的东西，他们没有时间顾及。在陈铸杰这个层面，往往以职业任务来对待，而像冼堂洪那里，主要是经营的思路。说到专业内核，钟寒木有厚重的作品，温灶花有真诚的文心，易咏梅、易新航她们是戏曲艺术的冰心洁玉，而自己，则如同心爱的文化批评那样，站在相对超然的角度，提出批评乃至批判，让南园的文化底蕴在行政行为中，在工程建设中不要流失，而要在新的形式与平台上得以保存，得以发扬光大。

所以，对于冼堂洪投资的电影《南园美食》提出建议：首先不要指望政府，不可能用公共财政资源来买单，面向市场，能挣钱是投资人的财运。换言之，政府投入南园的核心内容，保护传统精髓，为之后的文旅产业搭建平台，不参与，也不担保收益。

这是他观察与思考的结论，也是他进行批评，影响工作的立场原则。他知道沿着这样的风格道路走下去，他不像公务人员，更像相对独立的学者。后者，回归以前的职业，更让他精神爽利，所以他也义无反顾，顺势而为。

前不久在一次审稿会上，他直接列举了两个例子。一个是教授博导的稿子，书稿写清代某城的经济社会历史。谢雨竹说，这个书稿之前，其作者写过明代某城的经济社会历史，再之前，又出版过明清某城的经济社会历史。一眼可见由一本书拆开铺成，形成了后面的两本书，而依照这样的逻辑，还可以写成某城区之某乡镇的明或清的经济社会的历史。另一部书稿，南园古建筑，作者是博士，之前写过某城古建筑，在此前出版的是某镇古建筑，其系列著作结构如同汉字的“回”字或者说俄罗斯玩具套娃，大结构套小结构，每部书主题基本一致，内容陈陈相因，诸多重复。更重要的问题是，这些著作的出版，依托政府投资的项目，为着名与利，不惜耗费宝贵的公共资源，不仅满足了一些个人欲望，同时也产生了大批量的文化垃圾。

谢雨竹发现，李教授在操作一个价值循环的模式：申报课题，地方历史文化方向的，向学校或政府机构申请，获得了立项及资金的批准，把收集到的资料汇编成书。加上部分个人观点，找出版社。由于有经费，也没有政治、法律及语言方面的问题，这样的书稿，出版并不困难。接下来，又以本次成果作为下一次课题申报的筹码。而结合这样的基础，还积极申请像南园丛书一类课题。一种成果，多种使用路径，则能够得到经费的增加，而后者已经成为教授们更感兴趣的东西。还有品牌加团队，教授是品牌的代言人、领头人，他的研究生、助教，还有其他人是参与者合伙人。教授利用自身的优势将课题取来，转身扔给具体做事的团队，而自己继续热衷于出席会议论坛，擦亮品牌。已经成为常态的这种运作模式导致了教授学术能力的下降，导致了调研思考、写作能力这些要素的贬值，也导致了一种让人讨厌的学术风气的形成。

这些在南园丛书的项目中，在参与广府文史传播项目中，看见了，而且也相信这些问题并非个别，是当下一个流行病。而弘扬优秀传统文化，如果对此没有旗帜鲜明地进行批评，会让人看笑话。这个道理谁都知道，但许多局中人由于现实的利益或者局限，充耳不闻，麻木不仁。

作为一个文化评论者，此时这应该有所觉醒。

但也要感谢李教授，他对南园丛书有贡献，而且，他的参与，本身就带来了品牌推介的亮点。还有，李教授还很关心谢雨竹，说："你离开大学到基层，有点可惜，尽可能地保持自己的品牌优势吧，你爱写作，为什么不去搞个中国作协会员的身份呢？"由此，谢雨竹想到了自己的定位，今后发力的领域和方式路径。南园是一个机会，认识了自己。告别一些东西，向着更为广阔的深水领域游泳，得到更加自由的快感。

4

事实上，粤北之行，有所触动，回来后，想法良多。温灶花说有时候自己有点二。对此，谢雨竹不吭声，没有评议。但心里明白，他本人也许更二。他有别人不曾注意的一面。

早上在楼下园区内小跑一阵，回来吃点早餐，然后打开电脑，敲敲键盘。

不应该成为一个项目的附庸，不应该成为南园这古建筑的配件。或者说，经过与南园的接触，特别是李教授的点拨，忽然明白，自己是个文化人，文化的灵魂异常活跃。即便在紧张的时候，也在开小差，按照自己的路径，在飞快奔跑。自己这个年纪，很快要退休，由此要回归，离开官场，回归学者、作家的做派。像多年以前，大学毕业后，分配到一所地方高校任教师那个样子。

最近，谢雨竹翻出了以前的一些个人资料，又将那时候的一个心愿点燃了：申请参加国家级的作家协会。了解了这个曾经向往的领域，知道了，不需要找任何熟人，在网络上按照要求提交材料，接受一步一步地审核。

在网上填写表格，把自己的几本书寄过去了，正要松口气，但遇到了问题。审核时，那周姓小姐说："你提交的那个书不对路，一看标题，可以判断，是语文辅导类的，而我们要求的是文学作品或者文学评论作品。"谢雨竹说："我那个作品是文学评论，不是你所说的教科书。难道我不懂判断吗？我当过多年大学教师，拥有高级职称。我申请复核。"周姓小姐回答说："我们不认资历，不认职称职务，只认作品。你要求申诉是可以的，请按照规定办理。"谢雨竹说："我把材料发给你，请给予评审。"周小姐说：“已经说过，不是你一个人的事情，这是标准，都这样处理的。”谢雨竹说：“也得合情合理吧。”周小姐说：“我们只是工作人员。公司承接了外包服务，我们按照客户给予的标准，进行材料的接收。申请加入作家协会的人非常多，每年都这样。”说罢，挂了电话。谢雨竹发邮件给会员处。再附上所提交过三本著作的电子版本。过了一些日子，并无回音。才觉得，不会有回音的。因为公布出来的三个联系电话，一直没有人接听。现在都是使用微信沟通。这个网络报名系统，还有初步审核，都已经交给一个文化公司承接办理。再看作协网络，来稿需要预约，先报送稿子的简介。否则不安排审阅。也难怪，网络的长篇小说和文集的来稿，一天过千部作品。于是，激活了他关于文化的一些思考。比如写作，如何才有价值。人生，如何评价，下一步如何走。不知道命运是否给机会，让自己如同蜗牛一样朝着目标慢慢爬行。

其实这是一个无法预测的未来。

自己的生命图形似乎在很大程度上定格了。风格定位，介乎于俄苏史诗性的叙事与日本纤丽之间，中国的个人化批判现实主义。中庸一下，都不像，即是自己。中文2班，男生宿舍人员，回忆，对面，由右到左，姓名……事件，入学报到，学前教育，真理标准讨论，伤痕主题是否正确，何为现实主义，社会主义国家是否有悲剧，三中全会召开，解禁的电影《阿诗玛》《早春二月》《不夜城》，中美建交，1979年春天的平反与批判，……幻想毕竟是幻想，即使几十年都带着从未放弃，也在不停地努力。虽然没有付出非常的代价，但也都一直在坚持。不过，现实已经坚硬地摆在自己面前，只得承认。客观状态，不得不接受，意识到，需要调整自己的思维。几个作品，有了人物，有了主题，接下来，组织好细节、情节，营造好氛围。要认同普遍的价值。世界是个地球村，我们是其中一部分成员。中国人口众多，勤奋刻苦，只要有一个和平共处的环境，日子是可以过得很好的。不要让人家将我们当成另类和怪物，否则，愚蠢与吃亏的是我们自己。

应该说，这才是南园所给予的收获，也是一个来自粤北山区知识分子的活姿态。

谢雨竹一个人的时光，离开了工作，独自待在家里，连个说话的人也没有。当然，他也不想说太多，除开公职工作和个人谋生的事务，感到，说其他东西，也真的觉得有点多余。什么文学，什么旅游，什么看世界，那些话题，都已经远离而去，或者苍白空洞。

那天晚上 12 点，手机上，一个邮件送达，谢雨竹一听到那提示声音，立即从床铺下来，打开桌上的电脑，查到了那个邮件。最后一部书稿到了，到了就告一段落了，像一条船要凑够人数才能够开船，第一个到了的人在那里久等，但是决定开船的时间是最后一个乘客，现在这个乘客一到，可以开船了。松了一口气。他是知道每一个选题，每一个作者，以及每一部书稿的写作进度，大体的质量。

这些事情，现在能够按计划推进，他长长地舒了一口气。本来即将入睡，现在反而更加兴奋，索性倒了一杯茶，不开电灯，怕刺激眼睛。在黑暗中慢慢品茶。

历史文化丛书的初稿基本上出来了，与温灶花那边也反复沟通过。她对南园的看法与众不同，更多人道主义的批判，对显赫地位、显赫权力理性的、不留情面的批判，另外是对那些淹没在历史尘土里面的弱势群体，一些过去否定了的人物，吹洗干净，让他们重新有光彩，有温度，让他们重新感动人。对于温灶花的这些观点，谢雨竹提醒她，面对历史，我们应该中庸一些，理性一些，善良一些，这个没问题，但是任何观点都不能因为一时的感情、一时的冲动而走向偏颇。

这些事情告一个段落，有一天坐在办公室，谢雨竹的头忽然一阵晕眩。走到窗户前推开那个活动的玻璃窗户，让外面的空气吹进来。一整天都在大楼中央空调里面，胸闷难受。缓了一会儿，觉得不行，还得回家休息。

第二天他没上班，用了年休时间给自己放了假，待在家里，这个时候觉得突然放松了，压力去掉了很多，感到了自由的愉快，像小鱼在水里游泳一样。

他静静地坐着在写字桌前，靠着藤椅的背部，看着前面的电脑、写字桌、毛笔、台灯，旁边是窗口，户外是小区，远处传来行驶车流的声音。这是下午三四点钟的时候，刚刚睡了个午觉。屋里一个人，安静空旷，还在厅里，客厅厨房走了一下，在阳台站了一会儿，抽了一根烟，坐下来喝了几口茶水，静静享受时间。

上午去图书馆还了几本书，去御宝轩那个风水先生那里，见了一个商人，谈文化项目。然后约见了从南园电机厂辞职出来创业的表弟。表弟从粤北的技工学校毕业，到水城打工十多年，只买下一间在步梯 10 楼的顶层小屋。结过婚，没有孩子。去做人工受孕，劳碌几年，花光积蓄。后来放弃。因为要孩子，选择离婚。四十多了，还在为找结婚对象发愁。坚持打篮球，证明自己身体好。不回家过年，受不了母亲的唠叨和家乡人的嘲笑。

谢雨竹为表弟的公司做咨询，但是不收钱，因为表弟与几个合伙人做了两三年，各自拿出了自己全部的积蓄，效益很糟。公司产品是管道，做品牌与销售平台，想发展加盟商。给了一些点子，但那些点子他们都想到了，而且去做了，只是没有效果。

表弟待了几个小时。他看电视，谢雨竹做面条，中午两个人吃了面条。表弟想要谢雨竹购买他们的股份。谢雨竹干脆地说，自己没这个能力，也没这个兴趣。

在准备一些事，弟弟从北京到广州来治病，他要去帮忙护理一下。不治之症，这是他心头的一个沉重的创伤，一个悲痛。弟弟学理工，他们一文一武，弟弟说，哥哥你继承我们家族的文脉，等我挣了大钱支持你。中学毕业后考取哈尔滨一所著名的理工科大学，在一线城市工作，进入著名的外资企业。收入很好，家庭生活打理得不错，准备移民国外。没料到这样的结局。

明天在深圳的两个中学同学要来南园走走，要接待的，安排在品牌店吃本地菜。自己准备的晚餐是米饭、蒸鸡蛋羹，再把前天买的一条咸水鱼蒸了，热一热上顿剩下的瘦肉汤，这样可以对付一顿。

去广州参加新经济研究院会议，签了个协议，他们聘谢雨竹当副院长，开拓水城乃至珠江西岸的业务。这个创始人也是粤北山区的，年纪比谢雨竹小10多岁，干得也不错，对人诚恳，也很随和。几人在天河体育场旁边的潮汕饭餐厅吃晚饭。是合伙生意人请的，那个退伍军人，开网约车，赚了第一桶金。

退伍军人拿出了茅台酒。谢雨竹说不喝了，自己开车回去，喝了点酸奶提前告别。从饭店走向广州街道，华灯万盏，车水马龙，繁华的大都市，然后向南大概一个小时的车程，回到广州南边的水城。途中百感交集，创新创业，人们非常勤奋，一心赚钱。第二天研究院把会议纪要发来，记录了他当副院长的事，同时，还把会议谈到的几个项目列了出来，明确要跟进。比如，做一个地方的政务数据化管理模式，要找哪个领导，升级为电子化、数字化。治水战略、人工智能产业园、预制菜等项目，都希望能对接。东江医院党建项目，星期一找广告公司去跟进，接下来签合同，只有签了合同才知道是否成功。

还要写作，写作是自己的生命，今生的生命，精神方面的生命，生命本质的一种体现，有写作才有存在感。不写作，灵魂不可安顿。无论多么困难，多么失望，濒临失败，乃至濒临死亡，都不放弃。写作是一个心灵对来到这个世界的一种感受和反应。多年教授写作课的他喜欢关注作家的技巧与体验，他也写了很多报告文学与散文，经常在当地报纸发表。不仅得到稿费，还有曝光率、亮相、称赞、满足感、荣誉感等，也是精神的享受。大学里，他有称号叫水龙头，说他文思泉涌，如打开的水龙头，那种文笔、那情感就喷涌而出，滔滔不绝。

写作，脱落的头发，累至晕倒。劳形费神，扭曲了性格，影响了在社会中的生存。代价是也。无法超越的必然。最高境界。写作小说。在此中解决一切问题，实现一切价值。做到这点，可以集中精力，追求前者，迅速赶上，提供有分量的作品，至少以此为目标、为要求，时不我待。

每天早上，走进办公室，看看台历，那上面写下的一项项日程安排，铺满了一天。准备开会，接待，审阅材料，批复请示，约见会谈……午饭后，还要外出调研，去向是几个企业。晚餐还是工作，有投资商约见，希望了解有关政策。

一个人的状态，所对应的南园，也都是这个样子。它不是一个概念。

在做南园丛书的时候，这样的事情与心情，自然地流露出来。其实属于正常范围，无法分开。

前些日子，温灶花说："老师，咱们这样像是有点颓废，另类，不入主流。"

当时，谢雨竹回答说："知道。这是一种立场、一种姿态，必须的。我们不是第一线的务实者，比如那些政府部门的责任人，他们的思路与我们不同，需要完成职责任务，每日每夜为着实现一定的指标操心。你多少会听说一点，比如有点工作，两会上确定了全国的指标，那是自下而上、从实践到理论的，联系了实际，但咱们这地方属于发达的先行区，其指标必定设在平均值之上。而先行的基层又在本地方的平均值之上。所以，操盘人与我们这些写作人，由这样的不同客观实际决定了各自的不同，其实这是一种必要的错位存在，本质上，大家的目标是一致的。”

温灶花想了想，说：“老师你的意见是作为旁观者、局外人，我们必须坚守批判的精神。”其实，她似懂非懂。

“一段醍醐灌顶的话：孔子发现了糊涂，取名中庸；老子发现了糊涂，取名无为；庄子发现了糊涂，取名逍遥；墨子发现了糊涂，取名非攻；如来发现了糊涂，取名忘我。在无奈与麻木中，默默地经营自己的价值，由此给精神一个寄托，美其名曰生命的意义。心里头也都清楚明白，聊以自慰，只能如此。如果不这样又能怎样呢？活着，作为一个人，不仅有七情六欲，也有头脑、有思想，免不了会做如是思考。”

这样的话，与陈铸杰喝酒的时候来说，可能更有意义。

做南园的项目，忙的时候不可能开小差，但是当工作告一段落，有更多的时间，独自喝茶听音乐，或散步或呆坐，于是让头脑走进一条弯弯曲曲的个人路径。

谢雨竹想，他的生活是这样，他的精神是这样，其实现在丛书所反映的南园历史也是这样。精神理念是抽象提炼出来的，故事传说是编造讲述形成的，混沌丰富、难以言状的状态才是真实的存在。所谓的清晰概念，是人们所赋予的，人为的。

这时候，他不得不相信，是南园给予了这样的存在感受。

第十三章

1

“我来找你，没想到吧。”花飞飞说。

“是的，没想到。”温灶花说。

“我们见过。”

“这我有印象，就是在钟先生的寿宴那里，你在台上表演光彩照人，我在台下当观众，我对你有印象，但你怎么知道我呢？”

“也是钟先生说的，他还叫我来找你。”

“那为什么？”

“你不是在写南园的书吗？我这有材料，可能你在书本上找不到，或者说在本地，是没办法知道的。”

“那太好了，真是喜出望外。”

“我在钟先生那听说了你，也是很敬佩的，也觉得这是很好的机会，也了却我的一些心愿吧。”花飞飞说。

“请坐。很高兴看到你，你是一朵花。”温灶花乐呵呵地说。

花飞飞笑笑，表示了谢意，又说：“我想说的是，我们布依学校的师生为什么到这里来，其实在重庆画展，我与钟老师一认识，就结下了这个缘分。我去了几百公里远的地方，在那当了个志愿者，教孩子们唱歌跳舞。为什么要这样呢？这个问题或者直白，说这个想法动机是清清楚楚的，心中有数想过无数遍了，但在这之前在云南在参加这次钟老师的寿宴之前，我都守口如瓶，未吐一字。如今我带上资料，有所准备。也想明白了，一定要说，充分地说，全部都说。材料那么多，还有图片，介绍得很详细。简单一句话，那因为我也是南园人，要像你们所说的那样，也继承一点什么，发挥一点什么，贡献一点什么。是吧？”

温灶花说：“你挺执着，是有异样光彩的女生。”

花飞飞说：“可能跟我的身世有关，你看是不是这样？你问过我的情况，我的经历像是故事，但其实不是故事，而是真实的人生。在生活的地方，不少人记得我是个老广，因为我和其他大多数人不同，不是在当地世世代代衍生下来的家庭的一个人，而是从广东来的，且年代也并不久远，我爷爷在抗日战争的时候从广都转移到了。那个时候的广东很先进，我经常听父亲说，记得牢牢的。”

话毕，两人各自手捧一杯清茶，面对面坐下来。

谈起钟寒木，温灶花忽然说：“在南园的书中，不仅写周县长，也写到了钟寒木。我跟他接触，经过采访，交谈，也跟谢雨竹老师进行交流，越来越明晰，我觉得可以从三个角度来理解他。”

“你们说话可真高深，把一些事情说得这么有学问。”花飞飞说。

“对不起，或许是专业习惯，说得有点过了。”温灶花说。

“不是的，别误会，我觉得很有意思。”花飞飞说。

“那你待会指点一下，看我有没有说错。”温灶花说。

“你客气了。当然可以，你说出来让我听，是相信我，所以我有什么也会掏心掏肺地跟你说。”花飞飞说。

“好，其实我本来也没准备要说，但是跟你一见面就有感而发了，就是一个交流吧。”温灶花说，“我觉得，认识他，有三个线索。第一个是几个女子，对他很大影响的，如他的太太，他太太的姐姐，还有他从小到大在那个有钱人家生活也认识了很多女子。他是艺术家，画家懂得怎么欣赏美。第二个是空间，南园给他留下第一个空间印象之后，在广州，在澳门，在香港，在马来西亚，到西方各个国家，那他经历了很多具体的环境和生活场景，但是给他留下最深刻印象，让他很有感觉的，让他念念不忘的，也像特别的东西，在勾着他的灵魂，让他回来的还是故乡——咱们的南园。第三个是传统文化，他用一支笔开创了他的事业，他用一支笔走遍了各个地方，他创造了很多有分量的作品，他也想在这方面发挥它的作用，用这方面的成就来回报社会，回报他的故土，回报他要关爱的这些人。”

“太有意思了，看得出来你是个聪明人，你们那写作我是外行，虽然我搞的是文艺，是同一门类，但我主要是唱唱跳跳，热热闹闹，不需动脑。长久不动脑，心里藏不住东西，也不会想问题。说话办事，直来直去，有人喜欢，有人不喜欢，这也倒好，喜欢的喜欢，不喜欢的就不喜欢，一目了然。大家都清清楚楚，明明白白，不会复杂。”花飞飞说了一大串话。

温灶花听了，不由打断她，说：“你说得真好。谁说你没头脑没文化，你很聪明，很善于表达，或者说你鲜明地表达了一个真实的自我。”

“咱们互相吹捧一下，好姐妹常常会这样。你看我这头脑，本来是说你的，一下子转到自己这来了，还没发现呢，不行，得倒回去说你。我夸了你的聪明，这是真的，好话不想再说，我不习惯这样子。要说的，是你提到的钟老师，我们怎么看他，一个有意思的老头，我们怎么去理解都知道他有才，用一根毛笔，一笔下去一幅字，大家抢着要。再一会儿过去，一幅画出来了，又引来一片赞叹。活得潇洒，和他在一起时间过得快。”花飞飞说。

“我与他待在一起，时间却不快。”温灶花说，“我要提问做笔记，还要思考琢磨，看看如何将材料写到书稿里头去。”

“那你是高级劳动呗。”花飞飞说，“不如我们找个时间去看看他，我们聊，你也可以做些采访记录。”

温灶花说：“这倒是个好主意。”

花飞飞说：“只是我这样不知是否可以帮到你，如果我在一边说笑玩耍而对你无益或者给你增添了麻烦，那不是我所想要的。”

温灶花说：“不会的，我也喜欢与他聊聊天，打发时间。作文要注意思路，思维的路子，思考的指引，要不笔抓在手中不知如何写，或者写下了文字，但一团糟，前言不搭后语，逻辑混乱，不成文章。解决好思路问题，情况就不一样了。”

2

5 楼会议室，主席位置的背后是一幅巨大的长方形木材浮雕，展现了龙舟奋勇争先的图景。会中，陈铸杰汇报南园保护活化的项目。许书记说：“不错，进展顺利。特别是利用丛书编写出版，整理研究了传统文化。关键一点，这是文化，而不是通常的土木工程。现代与传统的关系，体现了当代灵魂的风筝与拉线。决定着能飘多远，去到何处。文化结构还是土木工程，前者是社会与历史的责任，需要明确一下，否则欲望战胜理性。”

许书记的专业是机械制造和金融管理。但喜爱读书，研究古典文化，对古建筑有兴趣。周末到南园参观，便装轻行，不与下属打招呼。希望利用文化，使之在今日城市建设和人文发展中，发挥作用。

夜晚，住宅小区楼房，还是那样宁静的单身的温灶花住处。本来，已经洗净了茶杯，关闭笔记本电脑，意味着一天的工作，包括丛书稿件的审读校对，还有自己负责的这部著作的写作，到此结束。休息一下，放松自己，准备上床睡觉。

正要更换衣服，却忽然下了决心，想，那个事情还是尽快落实吧。

原来设想在写作开始时安排，但一拖再拖。

这些天，听过工作会议上许书记的意见之后，温灶花想再推进一下，探讨南园题材到底应该如何写。其历史轨迹如何，其价值意义如何，其材料又如何鉴定筛选，其语言文风又要如何，等等。经过这一段时间，材料收集与研究推进了一步，也有更多体会，专门举行座谈，也很有必要。

若向谢雨竹提出来，他会同意和支持，这点没有疑问。他也主张多做调研，收集更多的新材料，不要仅仅停留在目前已有的文字资料上。谢雨竹说过，以前那种研究和写作的做法，存在的一个问题是：把一些现成的材料，挪来挪去，做点文字功夫，重复以往，如同炒冷饭，了无新意。对此，人们早已提出了批评。

但是，如果真正纠偏，必须苦干实干，认真地做，也并没有什么捷径。几次与作者见面，他都强调这样的意见。所谓新东西，一是挖掘新的史料。那么再到档案馆、博物馆坐下来，舍得花费时间，细致查看有关的文史资料，看看以前的记载，直接的、间接的，将那些与南园有关联的东西，一一收集梳理，以丰富内容。再者，做好田野调查，写南园，应该到园区察看其每一个角落，每一处建筑，还要考察一些物件，尽可能发现文字材料所没有的东西与亮点。

按照这样的意见，找人采访调查也是搜集材料的途径。这些温灶花心中也明白，只是，需要的不仅是时间，还有其他成本。

做一个项目，车马费、茶水费、误工费，等等，没钱不行。要跟谢雨竹再聊聊。

过程中有快感，一种设想所带来的兴奋和刺激。在她心里，南园逐渐活起来，这不仅仅是个沉静的古建筑，其中积淀太多的故事和人生的痕迹，还有各种各样的生活细节，则是动态性、多维度、活生生的元素。

在脑海中经常会有这种场景，一个个人物浮现在他的眼前，钟寒木、曾思艺、曾思华、周县长、小周营长，还有易亮、郭丽英，以及南园电机企业的人……

3

另一头，温灶花也真的与钟寒木联系上了，显然他是高兴的，很愉快地接受了这个安排。两天后的下午，温灶花和花飞飞到了钟寒木那里。

还是画室兼会客厅，他也没什么事，也不能忙碌劳累。聊天喝茶，有精力，有时间写写画画，如此度日，见了这两个当然笑逐颜开，那种闲聊也不同于一般，不需客套，也特别真挚和坦诚。

钟寒木说：“上周我有所不适，熬了几天，自己买药服用，效果不行。阿玲扶着我，叫了出租车，带我到医院。那个男医生诊断了一会儿，笑笑，轻声问我，你现在单身一人生活，有没有女朋友呀？我一听，反问他，你说我是应该有还是不该有？”说到这，钟寒木故意停下来，喝了口茶。

花飞飞等不及了，说：“那他怎么回答？”钟寒木转过头问：“温灶花，你猜猜那医生怎么说？”温灶花笑着摇摇头，说：“我猜不出来。”花飞飞却又抢了过话，说：“不用猜，那是该有的。”

钟寒木一仰头，哈哈笑了，说：“该不该有并不重要，应该属于命运的安排，这些事对于我都是人生悲喜剧，温灶花一定明白，她采访了我，用一个钩子勾住我的灵魂，把我带到了遥远的过去，让我又回到了南园的时光。我之命也，一如《红楼梦》的少爷公子宝玉，白吃白喝，衣食无忧，是个混世魔王。遇到了很多好女子，她们不嫌弃我的愚蠢木讷，对我恩惠有加。或许是女子的施舍关怀，激发了我的一点点小聪明，让我走上艺术创作的人生之路。所以我对自己生命中遇到的女子，唯有敬重，方可得到心灵的安慰。”

“钟老师给予南园的东西，除了作品，还有更加宝贵的，是您一生为中国画艺术的故事，是一颗回归故乡的心。我受教育了，敬佩。”温灶花说。

“我可没说假话。”钟寒木似乎不大理会别人的反应，只顾自言自语。“我那个大儿子有点佛性，和妻子过自己的小日子，非常低调。他们的性格与成长经历有关，他在内地长大，受到一些运动的冲击，心灵受到伤害，有点儿扭曲。中学毕业后到雷州半岛当知青种田割树胶，能过上安稳平静的生活，他十分满意了。我也不勉强，到了腰踏板平安即好。二儿子又是另一种性格。一直在我们身边宠惯了，特别任性，从小到大，营养没问题，身体非常好，精力旺盛，喜好运动，参加田径比赛，全能几项都可以得到奖励。他在美国上的大学，前些年暑假带了韩国的女友回家，夜里两人在自家的游泳池裸泳。这事情在我们看来有点过了，儿子被他妈妈叫到房间狠狠骂了一顿。我倒不理会他，但也确定那看法：我的东西不传给他。说实在的，心里有伤痛，无可奈何的悲凉。在我这里，从南园出发的传统，交由我的后人再传承的那条路子，已经断绝了。为此，这些日子我想到的不是传统本身，而是人，是我所认识的女子。这是移情别恋，抑或说，寄托有望。要问苍天，方才知道。”

钟寒木这话一出口，场面便安静下来。一时间，温灶花不知道说什么，默默地拿起茶杯放在嘴边，似喝也未喝。花飞飞倒一动不动，眼睛渐渐发亮，闪出泪花。

这时候，似乎有点尴尬。噔噔噔，阿玲走了过来，看了看他们，说："都这么晚了，你们还坐着不动，快来吃饭吧，我准备好了，只是菜有点简单，反正两位客人也是钟老师的熟人。"

钟寒木听了，一挥手，对她们两个说："你们去吃饭。反正回去都是自己找饭吃或者做饭吃，不如在这吃了再走。"

温灶花说："咱们一块吃。"

钟寒木说："你们吃吧，我再坐一会儿。"

花飞飞站起来，拉起钟寒木的胳膊说："不行，你不能饿着，要吃咱们一块吃。"

温灶花也站了起来，倒是劝住花飞飞，说："让钟老师先休息一会儿，我们先吃。老师休息好再过来，我们留好饭菜，一边吃一边等着。"

4

南园题材写作推进座谈会，主要议题完成后，谢雨竹意犹未尽，还要发言，说："关于南园的文化内涵如何确定，如何丰富，这里，我想岔开说一下，南方跟北方搞文化的不同所带来的启示。南方应该怎么样向北方学习？比如搞文学，在南方，经济上去了，又担心被批评为没有文化，于是政府投入了不少钱，作家也很卖力，拿出的作品不少，包装推介也是不惜成本的，重赏之下有勇夫嘛。但是与北方相比，在精品力作方面其差距也是明显的，为什么呢？这不是新鲜问题，人们讨论多时了，其中文化底蕴的历史欠账是明摆的。又比如语言，北方方言很容易甚至直截了当转为文学语言，一下子让作品有滋有味，栩栩如生。而广东的粤语、客家话、潮汕话，却没有这样的便利，需要语言转换。这个先天性不足，不可回避，需要正视。发展文化，并不仅仅依靠经济实力，外在条件不可取代内核的构建。传统与底气，决定了文化内涵价值。广府文化，应该注意这问题，扬长避短，坚持特色，以独到的文化品质，确立特色与竞争力。坐而论不如起而行。在认真确定了一个方向、一个方案之后，赶紧行动。在落实中推进，在落实中修正。”

对此，在座的作者、编辑等都是认同的，纷纷点头。

陈铸杰全程参加。会上，他没有答应主持人温灶花的邀请，不作讲话，倒是侧着脑袋，神情专注，认真倾听，有时还拿起笔，沙沙地书写，细致做了笔记。

会后，他把谢雨竹和温灶花留下，翻开自己的笔记本子，笑着说：“我刚才是当学生，又学了很多。虽是在南园长大，但你们这次的调查研究还是让我大开眼界，收获不少新知。看来很多东西，我过去熟视无睹，而也确实如你们所说，南园是历史的古迹，是文化的宝库，整理挖掘很有必要，大有可为。其实你们也知道，咱们这次做南园活化的项目，政府用意很清晰，为了文化，为了城市，为了品牌，也为了继承。”

陈铸杰一打开话匣子，话语如流水般流畅。

在一边，温灶花早已打本子，迅速记录下来，谢雨竹也不时点头应和。

见陈铸杰一时停顿，温灶花抬起了头，说：“讲得真好，刚才在会上讲给大家听，那更好了。”

陈铸杰笑笑说：“这些都是从你们那学来的。会上你介绍自己的体会，谢主编的布置要求，不也都体现了这样的意思吗？你们的话已经很直接、很具体、很充分了。”

温灶花点点头，说：“谢谢领导的肯定。听了你的话，我不由又摩拳擦掌，下一步该如何做好呢？”

“按照我们已经定好的方案，切实有效地、有创意地、有亮点地推进，让文化在我们的城市现代进程中发出光彩，发挥作用。”陈铸杰说。

谢雨竹笑笑说：“领导的话很精彩。”

陈铸杰摇摇头说：“发明权不在我这儿，我只是职务代言。”又说：“这样，我想加码给你们一个新任务。”

听到这，温灶花抬起了头，看着陈铸杰。

陈铸杰说：“你们继续研究继续写作，按照目前的部署做下去，但我还有一个想法，刚才你们，包括其他人，在会上的发言，都介绍了南园那里大量的文化内容，这些东西不仅要写要研究，同时看能不能做，使之落地。”

温灶花眨眨眼，似乎有所不解。

谢雨竹倒是将话题接了过来，说：“领导刚才说的，其实他已经做了，他过去分管的产业园，不就是搞得很热闹吗？那个产业园，最近已经成为夜生活的打卡点，成了青年热闹聚集的地方。我是务虚的，总喜欢说些空洞的理论，有点浪费时间。在行动上，我们按照领导的要求去做。”

谢雨竹说的城市那个地方，是国企的遗留下来的东西，在计划经济的时代曾经辉煌过，无论在本地的份量、外观形象，还是人们就业、价值评价的向往度，等等。那时候是一个重点的项目，重点投资，厂房、设备和职工宿舍，都是本地一流的。改革开放后，体制变了，产业结构变了，整个市场局面也变了，这个企业经过几番挣扎，终于还是像一艘船，在风雨中飘摇，行将沉没。后来，经过一段时间的颓废荒凉，终于因为搞工业设计、会展，以及文化旅游的进入，如同注射了兴奋剂，活力又出现。而这，是陈铸杰的手笔，很多人知道，他功不可没。

如今的选择注定了是顺从现实的一个安排，向过去追求精神文化的自我告别了，两条腿走路，工作是工作，自我是自我，要处理好，也可以处理好。

在会议室，在看着陈铸杰与温灶花说话的时候，谢雨竹这样想。

谢雨竹邀请名家过来指导，说不要太把他们的意见当一回事。温灶花有点迷惑，谢雨竹说："那些大咖很出名，获了很多奖，写了很多东西，当他们接受采访或者参加论坛，喜欢侃侃而谈，介绍自己的写作动机、理想目标，等等，经常悬而又悬，云里雾里，不知所云，信马由缰，不知道说的是什么。他们甚至也在说，我们就是要陌生，要有难度，要敢于想象，只有这样才是文学，只有这样才是艺术，只有这样才有个性价值。实际上，没有边际的个性化很难跟大众进行对接。还有另外一种情况，直白朴实，但僵硬。"

"那如何安排，才不会失礼呀。"温灶花说。

"安排吃饭。"谢雨竹说。

这次请到了几位大咖，和许书记见过面，中午吃特色工作餐煲仔饭。晚餐是另外的广府美食，还是乡村风味的菜馆。谢雨竹主持，菜单是：清汤牛腩、烧味拼盘、烧汁糖腰果炒肠头、酸梅海蜇手撕鸡、碧绿炒酸羊肚菌、鱼翅鱼云羹、脆皮烧肉、猪肠丝捞起、淮盐明虾沙、沙窝百合鸡纵菌、红烧翅、塘鳢鱼欢唱、脆皮伦教糕、煎墨饼、红烧鹅掌、古法彭公鹅、蚬肉生菜包、燕麦大包……

大家都很高兴，李教授喜欢黄鳝塘虱煲，说黄鳝肉丝嫩滑、塘虱肉感丰富，浓郁的肉汁裹着米饭清香，十分美味。他的学生还要了份田鸡瑶柱煲。做南园古建筑项目的邹教授在席上说，她对腊味叉烧情有独钟，腊味蜜味可口、叉烧焦脆甘香，妇孺喜尝。还有滑鸡冬菇煲，鸡腿肉厚嫩滑、冬菇香味独特，益气补肾。

“广府菜与苏州菜，一个生猛，一个温润，各具特色。”李教授说，“前段时间我们到苏州考察园林，进行与南园的对比研究，有了这个感觉。”

一边吃，一边谈论着美食。

“什么文化呀，吃才是重要的。学者大师也不例外。”看到大家的高兴模样，温灶花咧开嘴笑了，偷偷地对谢雨竹说。

“都不例外，人之本性。也并不矛盾，很多东西是错位存在的。”谢雨竹说。

风，吹动了窗外榕树的枝叶，鸣奏起树的音响乐曲。弯弯的小河流，水质优良，碧绿而清新。上游的闸门关住了几个月，所有的生活与生产的污水被堵住，导流出去。制止了向水面乱扔垃圾的行为，终于，换来这难得的景象。

第十四章

1

南园晚上群体事件后，陈铸杰急着要见钟寒木。打电话直接联系，钟寒木几次推脱，要么说在画画，要么说已经有预约了，要么说身体不适。

陈铸杰不罢休，找到谢雨竹，叫他帮忙。

谢雨竹说：“你们不是对接过了吗?”陈铸杰说：“还想见见。”

谢雨竹答应了，去到钟寒木那儿，说：“陈铸杰是南园长大的，现在主管南园文物活化，跟他沟通，有这必要。”

钟寒木说：“安排吧，你也参加，如果温灶花有空，也叫上她吧。反正我跟谁都是聊，跟政府官员也是这个态度。”

很快，陈铸杰在谢雨竹陪同下，去拜访了钟寒木，看了他的画室，了解了他的创作，寒暄了一番。不久，温灶花也到了，氛围更加活跃。吃饭的事情，陈铸杰说，不必烦钟先生走动，安排好了，做的是水城特色菜，在品牌饭店订的，让他们送来，保温保鲜，带上饭菜和餐具，还有服务员，就在钟寒木会客室里安排。

陈铸杰还自带了酱香好酒，说：“这酒年份很久，朋友送给的，一直不舍得喝。今天这么好的聚会，一定要喝了。”

他真的很投入，对着钟寒木，还有谢雨竹和温灶花，不停举杯敬酒，每次都仰起脖子，一饮而尽。温灶花细心，有时还劝阻一下，说：“领导，可别用力太猛了。”陈铸杰总是摇摇头，拨开温灶花，说：“没事，来到南园，见到钟老师，心里就亲切，踏实。”

没人知道，他差点说，为了不再做噩梦。上午，还收到李丽在东北发来微信，又来借钱。心里明白，南园不出事，才可以摆平面临的问题。

想到这，陈铸杰再一次举起装满酒的酒杯，红着眼睛，大声地招呼：“喝呀。”

2

“我们把南园的事情，都放在里头了。”易新航说。

这个节目，易新航担纲主演，易咏梅大力协助，担任特约导演。剧本找专业创作人员创作，谢雨竹是总顾问。

她和易咏梅，约上谢雨竹、温灶花，来到剧场，坐在前排，观看一段排练，研究粤剧《九大篕》的创作。都十分投入地观赏，不时评价几句。

关于题材内容，大家说了许多。比如龙舟说唱、锣鼓柜、九大篕，观音开库：向财神祈求，借钱创业、做生意，努力发财。从故土出去的画家带着前清秀才的墨宝回来，交给谁？这是一个悬念。

谷南萍，拜师宴。思艺、思华……在机场，前来迎接的有几拨人。他们还打出了横幅，红底白字，上面写着欢迎岭南画派某大师。手捧鲜花的，是妙龄少女。西装革履、大腹便便、满脸堆笑的是有钱的老板……

“还有一个叫船妹的角色，她是美术大师的初恋？”温灶花说，她似乎很感兴趣。

“钟教授说过多次了，他忘不了少年时认识的几个女子。她们出身贫寒，心地善良，年纪小小，来到大户人家打工，影响了画家的心灵底色，也是南园一道凄美的风景线。”易咏梅说。

剧中的船妹，在大户家度过十几年，出落成漂亮女子。从小懂事，早熟，很可怜的，不敢挑食，不敢贪吃，衣服也是别人穿旧了的，给什么就穿什么，嘴巴甜，尽管不是爱说话的性格，但喊叫主人家，还有哥哥姐姐，非常及时，声音响亮……

“船妹这个角色，是不是老师提议安排的，也挺有意思。”易新航说。

温灶花说：“目的是表现疍家人的存在感与色彩。”

“你忘不了他们。”易新航说。

“在真实的历史视域下，他们应该在场。这也是今日现代性的一个义务与责任。”温灶花说。

接下来，是谢雨竹表态，他的顾问并不虚设，他的发言有专业深度，说：

“所有的人物情节都是作者主体意思中的内容，都反映了作者的理解情感和评价。所以现实客观性是不可能成立的伪命题，一个作品就是作者借助传统的一些要素，如人物、情节、细节，环境、关系、氛围，等等，用来表达作者在某个时代、某个角度，他的某种体验认识。我们写东西要突出这种意识。现在讲南园故事，通过戏剧来表达也离不开这个道理。不要把原生态的什么饮食，舞龙舞狮，龙舟竞技，民俗活动，一股脑地搬上，把舞台作为展览馆。那没有主导性，缺乏作者主体的张力。所以，我强调主题，建议强化戏剧特有的一种夸张。当然，我不是粤剧专家，这些东西体现在唱腔念白，体现在动作、表情、服饰、舞美等各个方面，要由你们去安排。比如作为舞台艺术，你总得有个时间观念，你总得有一个现场的感觉，现场观众的接受，以及内容跟观众的情绪照应和互动。文艺理论这门课，我以前在大学讲过，现在忘得差不多了。还靠你们这个节目，让我重新捡起一些过去的东西。除了这个主题引导，还有这个艺术形式特有的表达方式，它的语言特征。比如作为戏剧，那旋律唱腔，人物的基本故事，这些都是需要写好的，表面的热闹，打打闹闹、蹦蹦跳跳，或者花枝招展，大型夸张，让人家眼花缭乱，只是现场热闹，其实留不下什么。观众没有印象，作品也没有生命力。”

谢雨竹的话一结束，立马有了喝彩。

“好！不愧是大学教授！”易新航两只手噼里啪啦地拍了起来。

“你又来搞笑。”易咏梅手指点了一下易新航的脑门，说。

易新航哈哈地笑了几声，又说：“道理当然非常到位精彩，但是，咱们做落实的，哪有这个本事呀。”

温灶花也附和说：“还是你敢于直言。我每次见到我这位老师，都要接受一番教育，少不了洗耳恭听，频频点头，心领神会。”

谢雨竹哼地冷笑一声，说：“我还没收取你们的听课费呢。绞尽脑汁，苦思冥想，方才悟出的这点东西，在你们这里，一阵风没了。”

一番说笑后，谢雨竹说：“还有其他正经的意见。”他看着易咏梅说：“我们两个年长的，要提醒她们帮助她们，个人生活，也要抓紧。别把自己的搞得那么另类、那么艰苦，过了若干年，后悔莫及。”他还指了指温灶花、易新航，说：“这个话，比我的大学水平的授课重要得多，想方设法，也要落实。”

易新航吐吐舌头，对温灶花说："风向转得真快。"

温灶花说："我和你不一样。他提到我是出于面子，你倒是要认真听取这些意见呀。"

这次，是在南园前庭明悦院，土石材料垒就的一个舞台，表面平整，约莫半个篮球场的面积，背景立面是青砖石块树立起的厚墙。古老的建筑，坚守了漫长岁月，不同寻常，因为隆重大型的户外活动少不了这个场地。每逢祭祀庆典、重大节日等时节，这里成为焦点，人声鼎沸，最为热闹。20 世纪 30 年代，在此迎来本地的高光时刻，那届名扬四方的首次缫丝业博览会，庆祝的粤剧晚会也是在这里举行的。最近一天，仿佛时光倒流，移位到某个节点，然后定格下来，演绎着近百年前的风情。所说的那个丰收时节，水乡喜庆，商务生意，一场地方特色的盛宴上了场。

于是，南园这里水乡的最美时光，得到浓彩重墨的呈现，淋漓尽致，魅力十足。剧作中情节结合着历史文化与民间传说和习俗，穷苦家庭出身的美丽船妹与大家族公子的缘分。公子眼光别具一格，看上了如水般清纯可爱的船妹，不贪念荣华富贵，安于现状的船妹开始不答应，她限于社会地位的差距，对于陌生的对方不予相信。公子锲而不舍，克服了这道心理难关。但接踵而来的是家族的门第观念的限制，公子还是痴心不改，感动了家族，得到许可，终于，天高云淡，秋日丰收时节，又有商会的生意盛会，在南园举行婚礼大典，好事多磨，皆大欢喜。老而又老的情节，粤剧是无所谓的，只要唱得好，服饰道具好看，舞台布置漂亮。方方面面，都下了功夫，效果拿得出来。

这情节，谢雨竹和温灶花对视一下，都笑了起来。温灶花说："老师，你看如何？"

谢雨竹说："很好呀，可惜我不是生活在那个年代。"

温灶花说："不，可惜你不是公子，或者没有公子的运气与情怀，否则，你可以穿越时代。"

说了一些有用无用的话，再待一下时间，才告辞离开。

剧排继续。

易新航和易咏梅还留在现场，看着看着，对视一下，微微笑了。排练的这个片段，创作和演出都不错。

这段时间，易咏梅将别的活撇在一边，除了那个小食店。每天，经营好小食店的早餐，淋浴洗涤，清洁身体，换上干净衣服，抖擞精神，迈着轻盈步伐，匆匆赶到剧组。在排练现场，她看得认真细致，也很投入，动了脑筋，提出不少建议。在人物定位，情节细节，服装扮相，舞美动作，唱腔旋律，动作造型，念白吐字等方面，都做了许多优化。很多时候，当她一一说出这些意见，大家听罢，大都纷纷点头，都表示认同。这样修改过之后，节目果然不同，效果立马出来。

易新航说："你还真厉害，宝刀未老，功夫存留在那。真不愧是我们这地方粤剧的一个王牌明星。"

易咏梅笑笑，摇摇头说："不行啦，年龄不饶人，虽然艺术要讲功底，但是视觉感受方面，年轻还是很占优势的。来日方长，以后看你们的了。"

易新航说："不是的。外行看热闹，内行看门道，等这个节目一上演，那个风采我们还是会领略的，行专还是会给你充分的评价。"

易咏梅拍了她一下，说："这些话以后再说，现在言之过早。"

这份冷静她是有的，毕竟有多年的演出经验，也不会太在乎这点，毕竟她在这里是一个配角。她也对易新航说过，演完这个节目之后，自己真要离开这类活动，去搞小品创作和面向社区的粤曲推广。

但意料之外的事情还是发生了，尽管她这么老练冷静。

那是一次彩排结束之后。赞助款没有按时转来，起初易新航并不在意，因为已经落实敲定了的，也并不是等着开支使用，排练修改的工作量也很大。但再过了几天还是不见来，刚好易新航也有空拨打了电话，直截了当地问起这个事情，对方说，忙着呢。易新航没有勉强对方，挂了电话，又过了几天，还是没有动静，想了想再拨电话，对方不说忙了，但支支吾吾，不知所云，说之前怎么做不顺利，易新航心里都有点不愉快了，抽空找了易咏梅。

易咏梅说："这有什么奇怪呢，你以为挣钱容易吗？人家要赞助也不是容易的事，虽然是答应了，甚至签了字有了合同，但是在支付前在掏钱的那一刻还是犹豫不决、心里不爽的。"

易新航说："我知道。我们这个粤剧团，这几年下来自己找饭吃，这种事情我见的还少吗？但是这个事情我觉得还是有点蹊跷，有点不一样。"

易咏梅还是不以为然，说："你再等等看吧。"

易新航说："我都等了好一些日子了，所以之前我还懒得说这事情，现在觉得还是不对劲，所以特地跟你说一说。"

易咏梅想了想，说："那这赞助的企业是哪个？"

易新航说出了这个企业和相关人员的名字。

易咏梅说："这个企业我知道，我们很多企业都知道的，这些年搞艺术，忘不了的一个就是服务企业，所以企业我们再熟悉，但是这个企业好像以前也不怎么介入这个粤剧演出的，这个是对粤剧演出的赞助，倒也不见得有什么行为，不过他们好像对文物感兴趣。"

过了几天，易新航又找易咏梅，说："你的感觉是对的，你猜中了，但是我觉得这不行，我一定要跟他们再说一说。”

易咏梅说：“别找，我问了人，也知道是怎么回事了。这个问题解决不了，或者说要解决的话，由我来解决吧。”

易新航说：“你有什么办法。”

易咏梅说：“我退出，一切都回归正常。”

易新航说：“不行。”

易咏梅说：“有什么不行的。”

易新航说：“那多可惜啊。”

易咏梅说：“没啥，我演过的戏还少吗？虽然不是什么大腕大咖，但自己也算尽了力，机会对我也不薄。”

易新航说：“那不公平，你付出了那么多，到了这时候你以这种方式来退出，真是不公平，我心里一想止不住气来。”

易咏梅笑笑，说：“哪有什么公平的，公平不公平都是相对的，我看得开，你也别费心思了，这个节目还有很多事情，你去做吧，我也由此梳理一下我自己原来的那些想法。”

3

易咏梅回到家，一进门，还没坐下，招呼一声，把两个女儿叫来，说：“这段时间我忙，忘记问你们男朋友的事，按说你们已经长大，会做出自己的选择。但是这毕竟是终身大事，父母的关心，既是权利也是责任。现在想通了，归还给你们自己，所以特别地做一个交接，也送上一个嘱咐。这个时代与过去不同，五花八门，异彩纷呈，看看你小姨，三十好几了，依然单身，依然不慌不忙，若无其事。”

听罢，两个女儿扑哧一声，笑了起来。

“笑啥？妈给你们说正经事，你们的终身大事，你们的人生选择。”易咏梅说。

女儿还是不停地笑。原来在近日，两个双胞胎女儿都找到了男朋友，只是瞒着，没有跟家里人说。

易咏梅一听扬起手巴掌，要打两个女儿。说：“都在故意气爸爸妈妈。其实急死我们了，你们却若无其事，该说的不说，一点不为父母担待。”

女儿也不躲避，嘴巴嚷着：“你打吧，你打吧。”

易咏梅扬起的手臂在空中停下来，哈哈大笑。又说：“该打的，我下不了手而已，这么大的事。”

“这不就说了吗，那么简单的事情，三言两语说完了。”两个女儿说。

“那你们都答应下来了，那人怎么样啊？你们的男朋友到底是个什么条件，什么个模样？我一点儿不知道。两个女儿一嫁走就没了。你说我来气不？”易咏梅说。

女儿说：“你不是说过，只要人好就行了，不要在乎外面的条件。”

易咏梅说：“道理是道理，我说得出来，也都能够接受，但是你这样就让我觉得空落落的，一点也不踏实啊。来，给我一个一个介绍。”

女儿围拢过来，讲男友的基本条件，还把手机上的图片和视频打开，让易咏梅一个个细看。

“那好，我要摆酒了。”看罢，易咏梅说。这回女儿笑了，说：“你不是喜欢低调的吗？”

易咏梅说：“现在我想高调一下。”

女儿说：“我们倒想来点新的意思，搞搞新意思，不想像以前那样搞大的场面，吃吃喝喝。”

易咏梅摆摆手，说：“不行。要按我的意思办，就这么定下来吧，我们再商量一下具体的事情，反正一定要张罗好。”

她叫两个女儿走开，拨打了易新航的电话。

“我不是跟你说过吗？那个事，你也不要烦恼不要操心。该怎么样就怎么样啊，我看得非常开，所以我特地给你打个电话，按我上次说的那个意思，我不参与了。让他们早点把那个赞助费转过来，我这段时间我也不去你们那了，你有什么事可以打电话来向我咨询，反正呢，我有自己要干的事。”

接下来，她还真的是全副心思投入女儿的婚事操办。

事情也还真的按照她的心愿一项一项地落实。

让很多人出乎意料的是，两个女儿的出嫁，举行婚宴的时间和地点都是一样的。

两个女儿的对象也就是两个男方他们的家长，都因为儿子找到了这么优秀的对象感到心满意足，所以完全尊重女方家庭的意思。

在一个地方摆酒席，确实太别出心裁了。

张罗这事，花费全部精力和时间，老公阿龙被她指使得团团转，有时不免发牢骚，也有口角。

那天在写请柬。写着写着，阿龙说：“我们结婚简简单单的，几乎没有仪式，现在补回那曾经遗漏的。”

易咏梅哼一声说：“你还想得起来，本来该是我找你算账的，那都是欠我的。”

阿龙连忙堆起笑脸，冲着易咏梅讨好，又说：“对不起对不起，都是那个年代的问题。你也知道，且不说要搞什么移风易俗，批判四旧，实行革命化，还受到那种思维的影响，我家父母从广州大城市发配回到老家南园。后来又扯出另外一个问题，以为我父亲与‘文革’某红人有关系，说起来无人相信，匪夷所思，两头不讨好，倒霉到了家。”阿龙说到这情绪激昂，脸色涨红，两眼发光。

易咏梅眉头一皱脸一沉，急忙拍打他一下，说：“别说这些了，都说了不知多少遍，我还不知道吗？我以前责怪过你一句没有？不说那话，说明我也认了。”

阿龙一听，嘴巴嘟嘟囔囔的，说：“你这些话也是不知道说了多少遍了。”

易咏梅说：“那倒不怕多说，因为是快乐的事情，越说越快乐，即便不说想起来心里也都是甜滋滋的。”

一说到快乐，易咏梅心里还是立马涌起愉快的感觉。那也在南园，街区私伙局，易咏梅将大众评选出来的好人典型写成粤曲，教街坊群众演唱。陈铸杰表示支持这事情，接着有个企业愿意给点经费。易咏梅邀请易新航参与，她却没有兴趣，说背景复杂了，觉得有点变味。易咏梅感到不悦，说：“我没有那么复杂的头脑，只关注那些平凡的好人，不在乎别的。包括有没有领导支持，有没有经费，都无所谓。我唱他们，因为这是快乐的事情。”

阿龙也表态了，说：“搭上我吧，我可以教身段、动作。”

4

陈铸杰坐在办公桌前，关闭面前的电脑屏幕，眼睛看着前方洁白的墙面，板着脸，半晌不言不语，一动不动。办公室里安静得很，连墙上挂的时钟滴答滴答的响声都听得见。下班时间到了，没什么事。此时，他做不了什么，也不知道要去哪里。待在办公室里头，从办公桌抽屉里取出一包香烟，拿出一支烟叼在嘴上，忽然想到，环境管理规则不允许，只好把这支烟抓在手里，揉碎了。站起来，感到烦躁，情绪纷乱。

前几天，和谢雨竹接触，谈完工作，又聊了其他。这些天，陈铸杰似乎喜欢和谢雨竹一起，说一些务虚的东西。陈铸杰说："以前我说过，我们好好喝酒深谈，喝酒总没安排到，但聊天也可以推心置腹。其实我也喜欢文学，以前可以说是个文艺青年。比如四大名著，我读过多次。前些年中央电视台播出的相关论坛，我是痴迷的粉丝，几乎全都看过，也经常思考。"

谢雨竹说："四大名著，内容丰富，博大精深，给读者提供了非常多的解读的可能。比如，在当下，可以结合流行的主导性话语来看待。"

陈铸杰竖起大拇指，说："你的高见，我更多放在心里，不会提炼。"

见他这么说，谢雨竹的谈兴来了，说："《三国演义》是关于治国理政的，其中的人物与故事，大多围绕国家大事，天下大势。其分其合，其争其斗，其强其弱，其智其谋，莫不如是。《水浒传》说的是公平正义。开篇的朝廷大臣洪太尉，玩忽职守，刚愎自用，私自放走妖魔，且欺上瞒下，罪不可恕，给国家社会埋下祸根。之后的高太尉，其品行更糟，蛮横欺人，心肠歹毒。逼走王教头。九纹龙史进，苦练武功，结交绿林好汉，是对于社会与官场的失望与否定，镇关西郑屠户，欺行霸市，控制了市场、物流，还有当地官府。无人敢碰他。鲁达在茶楼上偶然遇到金翠莲，从她拿得到郑屠户的罪恶，也不走官方惩罚的路径，说明了社会与法制的黑暗。由此，逼得他这样的好汉见义勇为。《西游记》讲的是本体自信，也是对外开放，虚心向国外学习。《红楼梦》说的是官场治理，廉政作风与长治久安的问题。"

陈铸杰说："你这个长篇大论，和央视的论坛差不多了。"

谢雨竹说："什么论坛也都是讲课呀，只要有了知识积累，都可以讲出一些东西。"

陈铸杰说："我得逐步拾回人文爱好，说实在的，精神的东西，对于我们还是不可或缺的，否则，神经绷得太紧。生活的质量太低。"

谢雨竹说："你的这个感受，可以看到你的内心。说实在的，我非常认同。"

陈铸杰说："以前，向往南园的粤曲、粤剧表演。说来不好意思，对易咏梅等人，是欣赏的。所以特别想发表作品，参加作家协会，以增加文气。"

谢雨竹说："还是文人气质。其实，文艺的理想与现实，还是很不一样。现在的作家热衷突出行政特征，如那口号，把某省的文学搞上去，将某市的长篇小说推向全国。如将作家群体区分为湘军、晋军、陕军，还区分为京味作家、海派作家、武汉的汉味作家，等等。不像古代的什么建安诗人、边塞诗、田园诗人、竹林七贤、桐城派、公安派那样。忽然明白了，因为作家的供养体制所决定。所以，你进入了后，估计不会有什么新鲜感。"

中午，机关食堂，几百人在一个大平层里吃自助餐，围坐圆桌，席间少不了说话。这几年，经常性的话题就是"二胎政策"放开后的生育事情。那个科长在年纪问题上很是纠结。终于，她和丈夫达成共识，她对念高中的儿子说："我和你爸爸商量好了，给你的生日礼物就是不要二胎，把全部的爱都给你了。"大家一听，哈哈笑起来，饭桌上一片活跃。

陈铸杰一言不发，只顾吃饭。

下午，审阅材料时，发现问题，眉头一皱。立马打电话问起草材料的科室人员，问："为什么这个材料两个部门，抬头与盖章的前后排序不一致？"

科员说："您看得真细致，但下发的材料是这样安排的，可能因为……"

陈铸杰打断他，说："不需解释，如果上面有文本，我们参照，如果没有，按照常规执行。"

还有，资料员手里拿着几本刚刚领到的读书笔记本，毫无表情地把一本放到他的办公桌上，转身离开。他瞥了一眼桌面，不动声色地把书放到一旁，忽然发现，不知不觉，也就是几个月时间，类似这样的无须自己掏钱也不会使用东西，已经有了十多本，垒起来，尺把高了。

往常，晚上将到时候总会兴奋，要是没有会议，也不用处理临时的事情，这个时候会有好几个电话打进来，要么约吃，要么约玩。

现在来约请的电话是有的，但是他都没心思去接了，他把手机调到静音状态，一概不接。

小区的冲突事件引起了领导的高度重视，立即做了专题研究，并做了部署，多方面介入，要求彻底查清事情的真相，采取有效的措施解决问题，给群众一个交代。

陈铸杰是所属项目的负责人，责无旁贷。在会上，他心情还是沉重的，做了解释并且做了检讨。看到领导这么关注此事，感到格外不安，陷入了沉思。下面的事情闹大了，动作闹大了，影响大了。在小区聚集，愤怒的声音这么强烈，如今这信息非常便捷的时代，自媒体都聚焦了，成为一个热点，这个问题又和另外的问题交织一起，热上加热。舆论不时发出声音：南园的活化改造，牵涉出来的历史问题到底是怎么回事啊？

联合调查组开展工作，社区的龙书记参加了，而自己不在其中，他感到不妙。本来他应该在当中发挥一些作用的，但是不让他进去。意思很明显，他不是一个解决问题的人，而是一个与问题有关、需要被审视的对象。

想起这些，陈铸杰心里烦乱慌张。他不由叹口气，想起人们讲得很多的一句话：出来混总是要还的。这回轮到他来了。富贵险中求，为了求富贵，为了改变自己的生活，为了实现梦想，不顾很多东西，不顾很多戒律，贸然地铤而走险。前些日子，他到外地出差，利用一两天时间，特地飞到李丽那里，看看可否解决问题。但匆匆一见，因为钱的事情，两人都不愉快。李丽说："本来我是经过多年专业培训的粤剧专业人才，好不容易在珠三角站稳了，如今回到落后了几个档位的区域，失去工作。你看我这生活，过成这样。给我补偿，难道不应该吗？"

陈铸杰说："别说了，当初我也是一时糊涂。但我做的事情，我会负责。"

双方都无话可说。

一会儿，陈铸杰要洗澡，李丽看他一眼，很不高兴的样子，说："那条红色的毛巾是用来洗脸的，白色的才是洗澡的。你不要弄错了。"

"没事的，我们是打工人出身，民工都习惯了在工地上洗澡，不都是洗涤自己的身体嘛。"陈铸杰说。

"你是你，我是我。"李丽说。

陈铸杰淋浴出来，光着膀子，头发满是水滴，要往床上坐下。李丽拦住他，说："搞好自己的卫生，用长毛巾擦干头发。"接着，又嘀咕一句，"还是杜生有派头。"

陈铸杰愣住，想，自己花了钱，还被她数落。那个杜，十有八九是为了做生意，也把手脚伸到这里来了。什么叫一失足成千古恨，如今有所体会了。

打电话给社区书记老龙，探听一下风声。以前与这个参加过越战、从部队转业回来的社区带头人没有什么接触，也没有什么兴趣，只是南园的事情发生后，感到需要得到老龙的帮助。而感觉也还可以，老龙对陈铸杰还是很坦诚的，什么话都直说。

电话那头，老龙是兴奋的，健谈的他，一开口便说个不停：

近两年南园某氏族人准备重建大宗祠，同宗人士积极响应，企业家慷慨捐资，已筹集了一千多万元资金，经过设计公示、意见征集、建设申报、工程投标，已于近期平整土地，准备进入重建祠堂的工作，工期约两年时间。大宗祠重建，其牵头人是杜生。此大宗祠始建于明嘉靖年间，重修于清雍正年间，在1959年拆其砖木支持建设水城大会堂，祠堂现尚存正门框廊……

这些，不是陈铸杰关心的，但所需要的东西，老龙一句话也都没有提到。陈铸杰打住了他，少不了说一番道理，无非是：祠堂文化已有千年历史，是中华优秀传统文化的一个重要组成部分。祠堂因时代变革，其重建、复建、修缮工作是其一个重要的特征，总的来说是：国强民富而修谱建祠。建议相关文化部门组织人手以南园这里的大宗祠为蓝本，记录本地祠堂文化，主要是文献资料类、影像记录，特别是影像记录应与建祠工作同步，记录其建设过程、礼制礼仪，以及筹备与建设者的风采风貌等。这文化工作，应派专业机构去执行。

接下来又有一个电话进来，请示一项工作：按照绩效办安排，今年的绩效网络评议工作即将于某月某日前结束，现请各单位广泛动员、积极参与作风评估的网络评议。您对开展垃圾分类测评的评价是？您对加大多层次群众性卫生活动供给的评价是？请对上述2题选择：很满意。

“可否？”对方请示。

“同意。”他作出了批示。之后，又不由自主地摇摇头，暗自说，这样做事情，能不忙吗？

感到坐立不安，只得悄悄离开办公室。

水城做官十几年，推广本地美食，吃遍了各种各样的好菜，做了数不清的宣传活动。但是，没有结识过一个厨师。不知道他们的生活。对于花卉，对于龙舟，对于粤剧也都是。不认识一个花农，未和一个龙舟赛手深谈过。粤剧，也只结识了易咏梅、易新航。过去不大在意，如今突然感到空虚。

出去之后，到了艺泰书院，他也认识那个风水先生。他喜欢跟他说话，喜欢到那个地方去，所以一直保持联系，这次只想到这个地方来坐一会儿喝口茶闻闻香味，放松一下心情，他其实这时候并没有兴趣听这个风水先生说什么。他太了解风水先生了，他只是喜欢这个环境。风水先生以前也属于半个体制内的人物，是一个为领导开车的，去炒股，也有梦想，投入太大，没想到失败了，欠下一屁股债。于是放弃了炒股，也放弃了司机这个职业。思虑一段时间，开始走偏门，迷上风水。相信风水是一个谋生的手段。到了那里，看到风水先生正接待一个访客，一个50多岁的女人。

陈铸杰悄悄地坐在一边。听到这女人说自己生活不顺利，风水先生说，宅子有问题，可能是凶宅，地底下里面埋了肮脏的污秽东西，需要辟邪。

唠唠叨叨，说个不停。

陈铸杰坐不住了，他走到神台前面点燃一炷香，从口袋里掏出一张钞票放进旁边的那个功德木箱，还把随手带来的两盒茶叶也放在一边，然后开车回去。

这段时间感觉到自己和过去不一样了，过去非常自信，觉得可以靠自己的能力改变很多，安排好生活。特别是走上领导岗位，掌握一定实权，如经费的开支、项目的拍板、资源的调动，等等，虽然有制度、有程序，但可以发挥个人影响的空间依然非常大。于是有点飘飘然，觉得像一条快乐的小鱼，在宽阔的水域里，自由地游泳，尽情地欢乐。现在面对的挑战和问题，力不从心，思来想去，又感到归根到底，要靠外力，要看心中寄托的那种外力。于是，烧香，拜佛，求神，不知不觉已经成为自己最大的希望所在。

心里一阵苦痛，又是后悔莫及。

第十五章

1

“又见面，如今的几天，胜过以往十几年、二三十年。这是什么缘分。”易新航说。

陈铸根有点不好意思，说：“还是有事相烦。做直播，想来想去，还得找你。谈谈生意合作，别的我不会。你看，我们都是在南园长大的，现在一文一武、一软一硬、一蹦一跳，又走到一起来了。”

“你也蹦，也跳了吗？”易新航说。

“我练习咏春拳，每天去卖刀，还想做电商，还要去开网约打车，这么折腾，不用蹦不用跳吗？”陈铸根说。

易新航哈哈地笑起来，说：“你能！恭喜你加入了如今流行的“斜杠青年”的行列。但我能帮你的前提是，你可否参加我们《南园九大篡》的制作。”

陈铸杰说：“那是你们演艺圈子，距离我们这世代打铁打造铁器的，两者相差太远啦。”

“有缘总可以相遇，不在乎什么背景与角色。其实我们节目的后台不就是你的亲哥哥吗？你知道的，我们都是为他打工，都得听他的。”易新航说。

“他的这个工作关系，仅仅因为要听命于人。”陈铸根说。

“那当然。我的意思是说，什么事情、什么关系也都有可能出现，所以不必以一成不变的眼光来看待问题。”易新航说。

“你说的在理，我可以接受，但是你们那个粤剧演出，我这打铁做刀的又是如何参加呢？”陈铸根说。

“那有什么难的。”易新航说。

“登台表演当众亮相，毕竟是你们干的，我没有这样的训练，更没有这天赋，自然不行。”陈铸根说。

“我们的舞台大得很，直接展现给观众的其实仅仅是一部分，后台也有庞大的队伍，需要各种各样的支撑。”易新航说。

陈铸根说：“我明白一点了。”

“直白说，有钱出钱，有力出力，有才艺出才艺，有相貌出相貌。”易新航说。

“你真伶牙俐齿，真会说，那到底要我做什么呢？请直白说。”陈铸根说。

“你这么一讲，我又开不了口了。”易新航说。

“不就钱吗？你不说我，我说了。”陈铸根说。

“世界上最难开口的这个东西你知道的。”易新航说。

“再傻再笨的人都明白，哪需要费那么多口舌，只是想和你多说几句话。”陈铸根说。

“那你的嘴巴也够甜的。”易新航说。

“钱不是问题，问题是缺钱，江湖上大家习惯说的这句话又用来回敬你了。但我也只能去做这方面的事情。”陈铸根说。

“众人拾柴火焰高，老板总是被拉赞助的人盯住，我们也不能总是找那些有钱的品牌企业，他们也做了不少对于社会文化的贡献。如今他们需要歇口气，有些事情轮着来做，所以做这类文化扶持，我们努力开拓新的资源，揾食艰难都是这样的，有一点出一点吧。”易新航说。

“好的。这么一说觉得通透了，还是你厉害，演戏的高手也是沟通的高手，我会尽力的。”陈铸根说。

“那我们也合作，最大限度实现双赢，所以在演出作品中，在符合剧情需要的前提下，想办法做些软性广告。”易新航说。

“太费心了。”陈铸根点点头。

“那是应该的，我们也在努力。企业参加我们的节目，不仅是奉献，还在一定程度上共同经营，那么我们更开心，因为这也是我们的成功。”易新航说。

“这方面我们可以多些探索，南园的铁锅闻名遐迩，做铁器我们不在话下，而现在打的这把刀，要与本地的与九大簋大餐配套，也是在做文化，可以找到结合点吧。”陈铸根说。

“对，可以这样考虑。不是想做电商直播吗？用这个平台来回报，最近我们还做了安排。”易新航说。

“求之不得，直播很热门，我在一旁看着发呆，不知如何入手，正愁着呢，你们太专业不过了。”陈铸根说。

“那倒不假，我们这平台可以让你的产品有良好形象，有清晰表达，还有难忘的代言形象和生动的故事。”易新航微微一笑，说。

“那可否让你亲自当我们这把刀的代言人呀。”陈铸根说罢，有点不好意思。

“你说对了，我正有此意。”易新航说。

“这个回报真是超值了。”陈铸根高兴地拍手。

“只要合作，希望总会有的。”易新航说。

2

其实，陈铸根的钱，要向冼堂洪那儿借。这些天，陈本人颇为焦虑，寝食不安。前景未测，而压力已经悄然而至。这次做南园美食刀具不同以往，那新产品很多事情要从头开始，开始他不觉得苦，反倒着了迷，满腔热情，寄托了很大的希望，被一种看不见的东西在吸引着，仿佛前方有精彩的东西召唤。也真的下了功夫，不惜血本。刀具的质量，离不开钢材，他特地挑选，多次比较。使用的材料不错，锻造也花了很多心思。质量效果明显，工艺进展顺利，很快做出了一批，硬挺挺，亮晃晃，握在手里，感觉舒适利索。产品无论质量、功能，还是观感与体验等，都很满意。他隐约意识到，在南园流淌着这样的传统，工匠活计，一分钱一分货，不欺骗人。借助文化影响力，组织饭局，邀请书法家、作家、文艺人士捧场，在网络上宣传这个刀具品牌。但事情也并非一帆风顺，接下来不如意了，销售推不动。包装好的刀具，一盒一盒地堆放在南园里头的仓库，卖得很慢。他当然知道，货物的销售有个周转期，这个周转期看来是比较长的，再延长下去的话，贷款资金的压力会更加沉重。

开始兴奋，高歌猛进，接下来平静如常，还有艰难沉闷的考验，很多事情往往是这个样子。

于是，这事压在心里，让他急得整天愁眉不展，忙得团团转，又不知道怎么办。到本地超市和小店询问这个货的销售情况，总不理想。打电话到外地的销售点也没有什么着落。没办法，硬着头皮与哥哥陈铸杰通电话，不仅没戏，还被骂了一顿。陈铸杰只听了他几句，不耐烦地打断他，说：“做生意你得看市场，自已想办法，找我有什么用?”又说：“不要依赖别人，要有独立性，靠自己。我们的《国际歌》唱得好，谋求幸福全靠自己。三种情况你可以找我这个哥哥，比如你们没饭吃，饿肚子了，生病没钱治，小孩读书的学费拿不出来。我管你这三样，兜底线。别的事情，你和别人一样，自己努力谋生。”

陈铸根连连点头。

陈铸杰说：“我看了你和易新航做的产品推广宣传，效果确实不错。但是，我能直接参与，帮你去卖刀吗？什么时候我有了更大的权力，能管理一个城市了，但也不能替你去卖刀啊，难道我是《水浒传》里面那个英雄好汉杨志吗？故事都知道，他到街上卖祖传宝刀，不仅买卖没做成，还闹出了一条人命案子，收不了场。”说罢，啪的一声挂了电话。这边，陈铸根还把手机贴在耳朵边上，半天没放下来，愣在那儿，眼珠子都不会转了。

一时间，真不知道如何是好。还是天无绝人之路，这个时候有人来找。是冼堂洪。这人还是有他的过人之处，有他的办法，老板毕竟就是老板，江湖上的能人就是能人。陈铸根见了他，老老实实说起情况，很不好意思的样子。还没说完，冼堂洪笑眯眯地摆摆手，打断了他，说：“慢慢卖呗，做生意哪有心想事成的？再说老弟你做的刀具，谁不相信我都相信，质量肯定没问题的。以后一定会卖得出，而且卖得好，可以成为品牌。至于困难，你说的资金周转问题，这个问题不是问题，在咱哥俩当中，钱不是问题，我来帮你解决。不用去找你的领导哥哥了，这点小事放在我身上。”

陈铸根一听，如释重负，长长地舒了一口气，说：“好在有你。”

冼堂洪说：“无论是江湖上还是生意上，都要互相帮忙，我们都是在南园这地方长大的，自小熟悉，无须客套，不要谢我。稍后我转一笔钱给你，不着急还的。”

陈铸根点点头，说："我不忘记你。"

冼堂洪说："我是帮了，但是还没有帮到家，归根到底还是要靠你自己。"

陈铸根说："那是那是。"

冼堂洪说："找到什么办法了没？"

陈铸根张开嘴巴，又说不出话来，停歇一下，摇摇头说："还真没想出来。"

冼堂洪说："我给你分析一下，提个建议。"

陈铸根说："你赶紧说。"

冼堂洪说："你不是学习了新方法吗？不是要讲故事吗？"

3

都在讲故事。刘晓岭在南园小街的祖屋咖啡馆倒了一杯咖啡，坐在在那码字，笔记本电脑随身带着，写作的地点也是不确定的。他在深圳做自由职业，37 岁，还单身。

半天写了四千多字，天马行空，虚构故事，自娱自乐。咖啡喝完了，看着空空的杯子，心里笑了一下，不由得说了一句："一杯咖啡写了这些东西，到底值不值，有没有对不起这咖啡？"

前些时候，刘晓岭和打铜器的鲁小南聊了一个下午，说自己在深圳也有一些经历，也有一些积累，主要是经验的积累、朋友的积累、人脉关系的积累，这次来到南园，看到了政府搞文化的热闹，见到了钟寒木先生。和父亲刘文勇商量，把刘家在南园旧街小巷里头的祖屋弄起来，也活化一下。

两人还是投缘的，鲁小南说："我在这打铜，也非常熟悉这里的各个角落，你家那个祖屋，我也跟你爸爸提过，但他没这方面的意识。"

刘晓岭说："他是他，我是我。"

"他追求虚幻、理想的东西，那是他写的东西。他读书，一直在写作，一直是基层作者。过去在农村写通讯报道，那篇通讯报道写得非常好，我们当时听了县有线广播伍媛的播音，每一句都流进了心里头。当时，大家都流下了眼泪。那个阴冷的春天晚上，天下着雨，我们在哭泣，分不清哪是泪水，哪是雨水。"

"一个感人的写作传播与阅读接受的案例，过去的痕迹。"刘晓岭说。

"老刘熟悉生活，有真实的感情，但是他没有找到发展平台，后来到了矿山也写作，半辈子过去，还那个样子。没有将自己的才华发挥好。"

刘晓岭说："我这有他那写作的兴趣，还有他所没有的搞项目、搞工程的思维。"

策划了一下，把那个旧宅的改造起来。鲁小南动手维修了一下，刘晓岭设计，像搞艺术创作，定下一个主题，结合古色古香南岭旧居，加点前卫先锋元素，平凡的旧物变成显眼的打卡点。

鲁小南在那里打铜，展示铜器作品，楼上是几间公寓房。

刘晓岭过来了，他说："我在这住一段时间，反正我一个人，自由自在，独来独往。我把深圳公司的那份工辞掉了，写网文，做自媒体。深圳是我工作的平台与空间，南园也是。在这里还可以感受老祖宗的气息。"

易新航找到伍媛那头的关系，又与老刘儿子刘晓岭接触了，感到有点新意思。

那天，易新航到来，聊得很投缘。刘晓岭说："我这段时间其实没做什么生意，也没做什么项目，这些东西放到一边。关注另一个东西，我爸那里的一些资料，觉得要研究，而且有这个责任。”

“那是什么呢?”易新航问。

刘晓岭说:“是一个历史故事了，我细说一下吧。”

说起来，是温灶花发现的南园故事。老校长，南园学校的创始人周县长，他的儿子在抗战的时候，当营长。他带领的粤军部队，参加了抗日的战斗。在咱们粤北，北江之畔。这个故事又跟老校长思艺有关。当年思艺在做小周营长工作的时候，小周营长对她说:“我不走了，是听了你的，但是还有一个心结，我和你说，不和别人说，你也不必说，因为有风险。可是无论如何在我心中涂抹不掉。那个东西不可忘却，而且还有重要的后事需要完成。”当时思艺听了，满脸严肃，说:“这么重要，愿闻其详。”

于是小周营长仔细介绍，他说，抗战时期北江旁的山岭上的一场战斗，几十个兄弟牺牲。战火纷飞，紧急撤出，没有处理好战友的后事。抗日战争胜利之后万事纷繁，而且他又在外地，接着是内战，也没办法去跟进，又确实不敢离他们而去。所以小周营长决意留下，想找机会了却此番心愿。

思艺听罢，连连点头，立马表态，说:“我明白了，烈士者乃抗日之烈士，他们都是中华民族之烈士，属于中华民族之光荣，所以你的心愿是正确的、必须的，相信一定会实现。”

刘晓岭如今做的这个事，是父亲提起的。他找到温灶花，温灶花说:“之所以感动人，因为故事主人投入了自己的财产和生命。为了那些在侵略者点燃的战火中受苦受难的少年儿童，他不惜做出巨大牺牲。所有的文字，在这历史事实面前，都是轻飘飘的、苍白的。不要说我写得如何如何，算是一个作者对于那写作对象所发自内心的致敬吧。”

刘晓岭说:“也许我能理解。”

温灶花说："写作，没有别的什么技巧，只有码字，一句话甚至一个词语一个词语地写。能坚持下来，把语言铺排起来，成为作品，才算有实绩。什么方法、什么学问、什么理论都没有用。作品是为表达内容而写作出来的。"

刘晓岭说："我接受。心情为之沉重，我们不能忘记那些牺牲的烈士。他们是中华民族的英雄，应该处理好后事，让英烈的灵魂得到安息。"

对于这些，易新航听罢，点点头，说："温灶花和你，心地都是纯净的。"

4

钟寒木生病，头痛发热，脑子昏昏沉沉，迷迷糊糊。食欲全无，便秘多日，排尿也不行，腹部膨胀，双腿浮肿，全身乏力，躺在床上，睡不了，也动弹不得，半夜里经常说胡话。

但在心里头，还是放不下那件事，《锦水图》的安排，到底交给何人？前些天，陈铸杰打电话找他。觉得乏味，不可交心，谈不出意思，等于浪费时间，于是干脆没有答应见面。

谢雨竹过来，认真地介绍书稿撰写需修改的事情。这个人沉稳实在，可惜有点暮气，活力不够，与其年纪不符，很难为南园带来亮色。

接着云南布依族学校的女教师，单身的花飞飞过来。让生活不能平静。后来才发现温灶花。她也来写丛书，接触南园题材，不是赞誉，而是提出批判。说出移民对于疍家的不公，关心龙舟说唱的传人，为民国周县长正名。对于自己家乡围屋是真心的呵护。

在心里，一直不停地考量着这几个人。

5

老乌龟是南园的活宝。温灶花说，这不仅是她的研究心得，也是她试图创作的一个文艺思路：千年老龟是疍家的土图腾。老龟听得懂疍家的语言。并且，老龟还在呼喊与等待。期待其主人回归，得到他们应有的权益。

老程先生知道了，表示认同，还说，他的龙舟说唱，每年要到古井边上演出一次。到时候，老龟会爬出来，聆听说唱和鼓角声音。老程在说唱里头表示，老龟是一个证物。千年的斗殴，古老的悲情，所欠的账务，如今大白释然。提出要做一个仪式，让公道昭示于青天白日之下，画出一个圆满的历史句号。

其实，温灶花是希望以这个类似于魔幻现实主义的东西，表达某种观点。这些天有点郁闷，南园的故事生活在她心中半年多了，这空间是巨大而深邃的，不仅鲜明抢眼，而且具有代表性。但是这个题材的写作让她陷入两难的境地。

采访钟寒木，收集研读相关材料，收获甚多，对南园的了解越来越深入，觉得谢雨竹的推荐应该是个机遇。那天谢雨竹又跟她聊开了，说："现在看你的啦，你的前景空间还是可观的，但是，要抓住机遇，努力地一步一步推进。"

温灶花说："谢谢啦，我知道的。"

"我之所以有点唠叨，以前也讲过，现在又在说，那是因为我有一个对照。参照物就是我本人。"谢雨竹说。

温灶花听了，认真地说："你的这番话，说明老师对我是发自内心的指导。因为联系到了你，我教学生从做人立身的角度去考虑自己的学习、成长路径。这是对一个学生的最深切的关心。"

谢雨竹说："那这点我还真可以接受，我们都当过老师，所以对这个问题的理解容易产生共鸣的。"

他又说到了他自己，说："80 年代阅读著名作家王蒙的小说，其中有一句话叫作'句句是真理的套话，句句是套话的真理'，讽刺了当时开会发言、写文章的一些八股文现象。以为经过时代浪潮的冲击，八股文现象会消失，没想到如今依然存在，很多发言和文章，一大套一大套，空空洞洞，长篇大论，云里雾里，不知所云。未能解决实际问题。而我本人还是那个样子，木讷直白，内敛文静，平和冲淡，这些词语所形容的特点构成了我的性格内涵，所以平静生活，不为人注意，在追浪赶潮的竞争中总是慢人一拍。

"但是观察与体验的认真细致，执着的坚守，又让自己难以放弃在别人看来应当放弃的梦想，于是存在变得有点搞笑，可以定位为某种色调的生活幽默。"

温灶花哈哈一笑，说："老师你真幽默，跟你在一起受益匪浅，所以我的选择是对的，或者说你给我的机会真是宝贵，至少脑洞大开，知识大有长进，也认识了一些高人。"

另一方面，在推进中所感到的兴奋因素似乎将它往另一个方面拉扯。

对此，温灶花有所共鸣，能够接受，不由自主心向神往。但是内心也产生担忧。因为意识到，那是另一个方向，另一种价值，偏离了谢雨竹的要求，如何交差，又成了一个现实问题。温灶花的价值理念，在修复和打捞历史过程中，不仅看到了过去的真相，更看到了当代人的真实面目。历史就在当代，当代也是历史的延续。

那是一条必然的尾巴。

花飞飞离开这地方后，回到云南的家，走之前并没有打招呼，走了几天，发现没有她的动静，才知道她已经不辞而别。

钟寒木打她的电话，打了几次没人接。钟寒木就把情况跟温灶花说了一通，然后叫温灶花跟她联系，温灶花也是打电话没人接，发微信没有回复。

温灶花就对钟寒木说："咱们还是别找吧，让她安静一下，这个人我多多少少知道一点的，她不跟我们联系总有原因，我们要宽容一些。"

钟寒木说："是这道理，我本来也这样想，但心里总是放不下，脑海里总是想着跟我在一起时她的容颜。"

过了一些日子，忽然花飞飞有消息了。

她在微信跟温灶花联系了，说："我找到了那个东西，想了好久，还是决定下来，不给杜生，寄过来给你，收到之后，请转给钟寒木教授。"

快递寄来的那个东西，温灶花打开一看，是一份地契，关于南园的一处房产的地契，主人是离开南园，参加了云南的中国空军后勤部队，参加了抗日战争的花飞飞的大伯。

看了这份东西，温灶花立马跟花飞飞沟通，说："这是你大伯的东西呀。"

花飞飞说："是他的遗产。"

温灶花说："那你拿出来可要思量清楚。"

花飞飞说："我明白，确定了。跟你说吧，其实我大伯原来也不是这样想的，他曾经跟我说，南园他的一块砖头他都要珍惜，虽然现在是传到他手中，但是其实也不是他自己的，是祖祖辈辈流传下来的一份血脉、一条文脉。"

"不能与杜生或者冼生做交易。"温灶花说。

6

那个自己生活中的黑洞，像是没完没了漏斗，耗费资源，难以持续。怎么办才好。陈铸杰站在河边，掠过江面，遥望南园，思绪杂乱。当初也不是没有想过，这类事情算得上普遍存在，漏洞，大概率的问题，所以预料其出现也并非奇怪，只是自己的实际生存的欠缺，至少是自己依照传统理想标准所得出的欠缺的判断，迫使他铤而走险，于是也就到了这个地步。

陈铸杰，从后街走出来的官，又被打回底层。悲剧，与性格有关，或许也是宿命的安排。

陈铸杰把一包烟抽完，头脑昏沉，胸口很堵，全身乏力，一点食欲都没有，脸皮似乎发麻，他用带着浓烈香烟味的手使劲揉搓脸颊，但好一会儿，那张脸仿佛不是自己的，并没有什么感觉。

老婆说："你今晚奇了怪了，特别多话，和以往不一样。"

陈铸杰说："以前怎么过来的，我想不起来了，脑子里一塌糊涂，有时候感到被一股洪流推着走，其实是随波逐流，不由自主，顺势而为之。"

老婆说："让你回家吃个饭，一家人团聚一下，都不是容易的事，晚上九点、十点才回来是经常性的。打个招呼，洗个澡，上床便睡着。你不知道的，在你呼噜作响的时候，我在一旁睁大眼睛，看看黑魆魆的房间，无法入眠，又不知道自己在想什么。"

陈铸杰听了，一把抓住她的手，说："对不起了，老婆。"

老婆的脸转向另一边，轻轻拨开他。

陈铸杰长叹一口气，说："以前你说我话少，不跟你说话，现在我想跟你说话你又不理我了，那我们怎么能够对话，怎么能够共鸣呢？”

等了好一会儿，老婆开口了，说：“那好说吧，我不是不想听，而是很想听。”

陈铸杰一听显然高兴了，索性坐在床上，说：“我们该说点什么呢？”

老婆说：“是的，我们需要珍惜这时间。”

“说什么？”

“你说呢？”

“你点个题吧，你扯个话题来，你要我说什么都可以。”

“那好，我们说说南园吧，你不是说过，这地方跟你的生命有一种说不清的神秘关系吗？”老婆说。

“谢谢你知道这个。”陈铸杰说，他抹抹眼睛，有点感动。

第十六章

1

这天上午，刘晓岭待在咖啡祖屋，煮上一杯浓香咖啡，打开笔记本电脑，写作网络小说，一边创作，一边享受表达的愉悦。平台的记录是即时出现的，本次码字：3775 个；码字速率：每小时 4560 个字；码字时间：49 分 55 秒；空闲时间：36 分 20 秒。

记录非常精细的写作软件，数据一目了然，但也像是一台压榨机，挤压着写作者的精力。这些年，那些年轻的朋友，有的人写了十多年，经常抱怨，颈椎腰椎受损不想干了，但是放不下来，或者放下后又回头重返现场。今生的依恋，也享受自由的工作，及时发泄与放飞，还有陷入社交恐惧的心理怪圈，走不出去了，觉得这样更为自在。

在祖屋写作，会有一种特别的感觉。

当然还知道，如今其实都不容易。最近一个大学同学来联系，他那的状况有点震撼。在上海谋生，硕士学历，月薪 4000 元，还要养家人。业余时间在平台接 20 块钱的单子，有时候做一次要花 12 小时。他找到刘晓岭，说看了一圈，还是觉得他这个大学同学靠谱。又问，有没有能回本变现的项目可干。快撑不住了，特别需要。刘晓岭回答说，快速变现这块，目前推荐自媒体带货、视频号直播、图文板块推荐，单号一月挣两三千是可以的。同学连声道谢，说月收入这些，要买什么股票才能赚到啊。

刘晓岭这里似乎稳定了一些，半天写网络小说，半天做自媒体，搞了好几年，套路比较熟悉了，收入尚可。反正一个人生活，在深圳不买房子，租房子住，压力不是太大。跟进了温灶花的项目后，又继续做短视频与直播。最近抓住一个特色题材，父亲刘文勇主讲，推介粤北山区的农副产品，特别联系了水城的粤菜美食店，在这里落地。老刘的南园经历、知青故事以及标志性的光头，都是显示特色、吸引受众的要素。

前些日子，将莲塘尾村山坑石螺卖了高价，通过丹霞机场空运，送货到河南郑州。山坑石螺都乘上飞机啦，这事情让村里人目瞪口呆、兴奋不已。接着又向大湾区推介竹笋，刘文勇到了莲塘尾村当年的“三同”户家，八十多岁的老伯带着他，两人扛着荷锄头，走进竹林，采挖竹笋。山清水秀，竹林茂密，现场感好，反应热烈。到了水城，凉拌竹笋在饭店推出，食客评价不错。易新航很高兴，特地告诉了谢雨竹和温灶花。很快，他俩和茅作家，一同前往品尝。

易新航和刘晓岭在那家饭店等候了。

谢雨竹笑着对刘晓岭说：“这道菜注入了文化内涵，如何讲的？”

刘晓岭呵呵一笑，说：“粤北的天然宝贝，南园的精细文化。”

谢雨竹说：“看来可以接受。”

刘晓岭说：“我这么想，生活就如同这盘凉拌笋衣，看上去普普通通，实则蕴含着独特的滋味。笋衣曾经是竹笋的守护者，如今在凉拌中展现出新的魅力。这像在不同阶段，人们变换着各种角色，只要用心，总能挖掘出一定的价值。那独特的调料，如同生活中的挑战与刺激，让平淡如水的日子变得有滋有味。而笋衣本身的清脆，恰似我们内心深处那份坚定与纯粹，无论遭遇多少风风雨雨，都能坚守最初的美好。”

温灶花笑了，说：“不仅填饱肚子，还带来文化，一个无中生有的案例。”

产品鲜明特色，风土人情的背景，也被抓住了。这段时间的短视频里，老刘大摆擂台，如同授课，有声有色地做了介绍。

第一个说自己做过的搬运生猪。两人抬，与其说是抬担架，不如说是抬轿子。猪笼高高举起，超过人头，这是让后面的人方便看路，还免得闻着那猪屁味。一人扛猪。用两个树杈和一根扁担扎好，将猪笼固定在上面，用树皮或竹壳将随时可能拉撒的猪尿粪便导引开。扛猪人肩扛扁担，手扶两柄树杈，与挑担无异，中途休息，轻轻一放，起落方便。还有一人挽猪，用一条长担杆穿过猪笼，挽在肩上，让猪笼紧贴身后。担杆长的另一端朝前，并坠着一块石头。

第二个说绣花。山村冬天，女人们围着火盆，边聊天，边打鞋底、做鞋样、绣鞋面。有的还撩起衣服用大腿搓麻线。长单辫，扎上红头绳，盘在头上。

第三个说头饰……

茅作家说：“这些特色东西，再经过刘晓岭专业且时尚的包装跟进，短视频图文并茂，内容真有意思。”

易新航来找刘晓岭，说都在做这个，有共同话题。

“我们一起做，推介南园的菜刀，还可以结合粤剧、粤曲的创作。”易新航说。

“套路不同。”刘晓岭说。

“不都是写作吗？”

“那不一定的。”

“看来什么都有遗传，我唱粤剧你写东西都这样，我妈妈很欣赏你爸爸的文笔，在南园念书的时候，写大字报、思想汇报、决心书，你爸爸都最厉害，经常被同学们围住，他的作业作品成为大家追逐欣赏的对象，有的同学拿过去一字不改照抄照搬。”易新航说。

刘晓岭呵呵一笑，说：“你怎么知道这些事情？”

“我妈常说，我也在照片上见过你爸爸，他参加全县文艺汇演，是写东西的，和我爸爸妈妈合影，那时候南园学校毕业的，在文艺上都有两下子。”

刘晓岭说：“他在粤北居住的时候，冬天待在屋内，整天不出门，外面冷雨不止，寒气逼人，所以在那只好写作。写作要接好二传手的球，要用好它。基层作者的材料，本土的材料，要充分使用，像以前的作品，《三国演义》《水浒传》《西游记》都使用了这种使用别人材料的方法，这并不影响原创，关键是作者要有强烈的主体意识，能够将其他方面的二手材料，变成可以支配的内容。”

易新航说：“很羡慕你能自由地选择人生。”

刘晓岭说：“这话好像不是你这个年纪的人说的。我因为某种原因，本想在大学学习戏剧理论，结果却跑去学了金融相关的东西。花费了四年的时间才找到了自己。毕业之后留在京城，在央视参加电影创作与传播的一些工作，在电视台里做事，混了几年之后，决定离开，到深圳做动漫。”

易新航说：“我早早就找到了自己的道路，幸运还是不幸？其实我眼里满是金币、勋章、成就。确定搞个东西，就一定要完成任务。爽吗？”

刘晓岭说：“我今天累了，不想多说。但内心告诉你，要不歇一歇？你现在已经做得很好了。”

易新航说：“但我不能，我是个完美主义者。太累了，这个事情你做一百遍一万遍，绑牢你，结果是固定的。”

刘晓岭说：“我找到了什么呢，真正的内心动力。开始享受我做的事情。仍然在攀登，但不再是为了心里面的那个高峰，山的那一边还有另外一座山，爬不完的。享受沿途的风景，享受汗水滴在地上化为一颗种子，享受阳光照在脸上，享受同路人携手，享受手掌间跳动的小火苗。”

易新航听到这，想都不想，说：“那么，我们继续。”

2

状元堂一旁，树丛围绕的古井，千年老龟居住此处。龟壳的颜色质地，与井底的古老石头几成一致，无法辨认。只有在老龟挪动的时候，才知道有活体待在其中。

动漫剧情，作品是温灶花、易新航、刘晓岭合作的。内容像是梦境，仿佛穿越了历史的迷雾，若虚若实，只见南园的大门徐徐打开，门内一个50多岁穿着中山制服的男人，气宇轩然，头发灰白，身板挺直，举手投足带着刚健豪气，他是周县长。他与一群脸带惊恐的少年少女在一起，号召他们团结起来学习好文化，听从指挥，相信抗战必胜。他告诉孩子们准备行动，沿北江而上，转移到粤北山区去，那里有着希望的大本营。而护送南园学校这些孩子的，是周县长儿子的部队。

一会儿又来了一位中年女子，三四十岁，乌黑短发，眉清目秀，皮肤白净，穿一身整齐的列宁服装，她是曾思艺校长。

水城解放时候，思艺是解放军工作队干部，接管水城，在这里当文教书记。解放前夕，她策反周县长的儿子，即一个国民党军官。费了很多口舌，真诚地希望他留下来，相信新中国，相信共产党。思艺在做小周营长的工作时说，周县长我了解，他追随孙中山先生，精诚奉献；而又是靠着南洋华侨的大力支持，他才当上县长。在官场不同流合污，受到排斥。他威望很高。小周是他那一派的。她满腔的赤诚，换得了对方的同意。但是不到三年，镇压反革命，不知道什么缘故，这个营长给镇压了。事情对思艺的触动非常大，她情绪低落，心灵受到很大压力，也发了牢骚。正因为这状态，军管领导觉察到，提出严肃批评，还进行了组织处理，把她从军管会调到南园学校担任校长。

在南园，她整理了老周县长的一些经历，编成了青云社的一些资料，宣传周县长的精神。上面不说什么，但是又觉得她还是有点怪怪的，跟不上主流。于是对另眼相看，冷落了她。

“大跃进”浪潮来了，头脑发热，两个县忽然合并，还没有得到上方的批准，行动出台了，做了第一个项目，兴建人民大礼堂，也是自己动手，土法上马，大搞群众运动，自己设计，自己施工。材料方面就是动员大家回到乡下去，拆祠堂，拆庙宇，把祠堂庙宇的木料、石料、砖块瓦片等拆下来搬到大礼堂的建设工地，也就是南园附近的一个山岗上。

对这种做法，思艺有保留意见，觉得这样不划算，拆掉历史的东西来新建一座东西，新东西当然是必要的，但拆掉传统的历史的东西，那其实得不偿失。

后来拆的风气蔓延到了南园，要拆南园几个房屋的建筑，从中取石材、木材、砖和瓦。思艺进行了抵制，在会上说：“南园电机厂几个工人师傅，老陈、老郭和老冼都表态反对，我们当教师的，更有义务保护传统文化。”结果被定为右倾。有领导过来，要曾校长将南园学校搬走。

曾校长一愣，问为什么。领导说形势要求，以大局为重。曾校长说："难道培育新一代不是大局、不是形势的要求吗？"领导说："漂亮的话谁都会说，大道理要结合具体的实际。"

"什么具体实际呀，这么重要。"曾校长说。

"你看不见咱们水城中心的山坡上，天天人山人海，在那里挖土方吗？"

"知道。"曾校长淡淡地说。

"咱们两个县合并成为一个县了，这是一个新的形势，两个县要有一个中心，这个中心是咱们水城，要有一个中心点，那就是新建的人民礼堂。将成为时代的结晶，还要在全国排第一。"领导说。

曾校长说："我知道也赞同，我们要在全国排第一。"

领导说："那好，说明你的革命觉悟还是有基础的。"

"为什么要我们搬走呢？这有什么关系呀？"曾校长说。

领导呵呵一笑，说："宏伟的工程，在蓝图上看起来是漂亮的，在人们的嘴巴上传送起来也是漂亮的，但是做起来却是很复杂很艰巨的。"

"这个能理解。"曾校长说。

领导看了看，他说："直白说吧，现在我们土法上马，材料不够，群策群力，什么石头，什么木材，什么钢铁，想尽了千方百计。"

曾校长点点头，说："这些我知道，其实有些劳动我们也已经参加了。积极性是非常高的，是时代的积极性，我双手赞成。"

"现在还差木料，我们把一些旧祠堂庙给拆了，将材料集中到工地上。南园这宏大的旧建筑，与我们的时代不是很适应的，可以重新安排。"

曾校长一听，警惕起来说："那你是什么意思呀？"

领导说："把南园学校搬走，到别的地方去合并办学，空出来的南园这个旧的校舍需要把它拆了，把这些木材、砖瓦、石块，用来兴建我们新的行政中心，一个在全国耀眼的大会堂。”

曾校长说：“我不反对要有新的飞跃，但是一个简单的道理是，你建了一个新的好东西，又把一个旧的好东西拆了，一个是加法，一个是减法，那不是等于零，等于白做吗？”

因为这个理由，曾校长不同意把学生学校搬到别的地方去，她叫上与自己很要好的薛老师带头，天天上课，学生整天待在南园的教室。想着这样的办法跟领导耗。

耗着耗着，一个月过了，又过了一个月，再过了两三个月之后，形势发生了很大的变化，那个在热火朝天的时代合并的县只是半年多点时间，又宣告分开，恢复了原样。

大会堂建设还是继续推进，只是没有那么紧迫了。这包括南园在内的很多祠堂庙宇，要被拆除的命运，又被一只巨大的手给控制住，历史的文脉被保住了。

“文化大革命”开始，当然也是遇到了一只巨大的手。又掀起一阵风，破四旧，践行文化上的革新，结果南园建筑上的一些文化装饰、艺术装饰，一些泥雕窗户、门前的摆设等，那些很有地方特色的艺术品要全部毁掉。这时候，思艺校长悄悄地，还是找到薛老师，安排一些人手，用黄泥巴将栋梁墙壁的字画封住。回答上面说，破了四旧，校园环境已经焕然一新，展现了时代的革命精神。另一方面，她又教育南园学生，任何时候都要做一个德智体全面发展的人，不丢南园学校的脸。这番话，大家都知道是什么意思。

思艺校长这回被批斗了，要上大会上进行检讨认错，工宣队队长老陈师傅主持。她无法忍受，万念俱灰，后来在厢房里上吊自杀……

思艺校长对保护南园是来真的，献出了自己的心灵，也献出了自己的生命。

这作品不错，但在什么渠道展示出来呢？

一时间，三人都没有主意。

3

南园的东侧，也就是靠近德胜河的那一边，100 多米长的地带，种着柠檬树和红棉树，好像是水城的两枚徽章别在了南园上，也像两枚艳丽的头发夹子夹在了南园院墙边。三四月进入春天，温和的季节，红棉花灿烂盛开，火红的一片，朵朵像火焰红莲花，饱满丰润，一盏盏像一团火。红棉花旺盛不久，花熟蒂落，又从高高的树枝上脱落，掉到地上，每落一朵花，砸在地上会啪地响一声，然后静静地躺在地面。七八月是柠檬的季节，满树满枝的柠檬，拳头那么大，椭圆形；柠檬熟了，黄澄澄的，散发淡淡的柠檬特有的香味儿。要是没有采摘，成熟的时候也会脱落从树枝上掉下来。在地面上的柠檬有些皮会裂开，香味透露得更多，让这一带的空气都弥漫着柠檬的香味。捡起来洗干净，晾干了可以制药。柠檬果儿肥大，肉厚汁多，味道鲜美。在河边的水城，处处都有红棉，处处都有柠檬。它们是南园旁边散发着鲜艳色彩和青春活力的风景线。

在那里钓鱼，是放学以后经常的活动。那对着水面的专注目光与期待心理，是陈铸杰一份无法抹去的记忆。

这个早上，他忽然来到树林带，为什么来他说不清楚，不由自主地来到了。以往都起不了早床，因为通常很晚睡觉，活动太多，工作的、应酬的，还有私密的。想起来，有点愧对家人，尤其愧对妻子。每天回来，已是深夜，匆匆洗澡，躺在床上，很快呼呼大睡。直到第二天快到上班时间，起来洗漱一下，坐上在楼下等他的专车，赶去政府机关食堂用早餐。早上的大自然，早上的轻松，对他来说是个久违的东西。

这时候，他忽然发现，这里的美正是自己生活所缺少的，所忽视的，或者说过去对这种美的没有在意，那真是一种遗憾，一种愚蠢的忽略。如果早点坚守这份美丽，可能对生活对工作的焦虑，会大为减少。不至于走到如今这一步。但没办法了，他自己知道接下来会怎么样，因为他清楚事实，以及相关的制度和要求。都是硬碰硬的东西，改变的可能性不大存在。

还有一个念想，以前的清晨，在这里经常听到优美的声音，那是易咏梅、易新航在这里做早晨的功课。

那个时候，或是到小河边挑水，或是在做晨运，他很刻意在这多待一会儿，听一听，很想接触那种艺术，接受优美的歌声，接触演艺排练的那些服装、身段，还有那些故事。

回顾也是来说一声再见。

今天上午或者今天下午吧，应该不能够拖到明天了，要去表这个态，到有关部门去认真严肃地做出自己的表白。

接下来，等待着判决。当然他也准备了很多理由，尽可能为自己开脱。结果可能会有一些变数，但是大致的情况，自己还是心中有数，这个也必须接受，只能接受。

4

“亲爱的南园学校，亲爱的老师，亲爱的同学，亲爱的朋友，再见吧。”伍媛轻声地说道。

这时候，心里头放下一个多年的包袱，立马感到了轻松。然后又哼起在南园学校里学会的歌曲。那是在他们年轻的时候，在校园活动，在串联的队伍中，在粤北山区当知青的时候，嘹亮响起的歌曲。

如今没有那么大的声量，那种旋律不是飘荡在辽阔的空间，而是飘在嘴边，回旋在口腔内，流连在心里。但这样的歌声，似乎注入了情感，变成穿越时空的一把钥匙。

这样的时光，愉快又伤感，而且，也不可避免地有终结的时候。

过去已经过去，现在不是自己可以左右的现在。所以，需要告别了。

夜里，伍媛来到南园那个曾经的学校的旧址，默默地站立了许久。

这次回来最大的心愿就是了却与这个地方的一段情缘。埋藏在心里多时的这个东西，近些年忽然感觉越来越强烈。一个是年岁走向了末年，另外一个是空间，远离了故乡。这次趁着钟寒木的寿宴，也了解到了南园文物活化改造的工程。回顾一下往事，与一些过去的朋友见见面，叙叙旧。

和刘文勇、鲁小南他们聊那段岁月的事情，红卫兵、大字报、批斗游行、大串联、上山下乡，粤北山村和小县城。作为历史，如今还不时会引起热议，但他们毕竟是普通人，所到的地方，是山区的农村和小城。故事只会留在当事人心里，或者在当年的伙伴中交流。

南园学校的弟子们，是一群特殊命运的普通人。

南园附近，快速道路桥梁下面，施工后留下来的一片平整空地，几年时间，不知不觉开了数家饭店，成为一个餐饮区域。什么煮饭婆粤菜、有骨气东北菜、老湘亲湖南菜，等等，原来在城区的，忽然就搬过来了。食客不少，门前平地停满了小车。

世态也正这样不知不觉地演变着。

老刘又被大家说起来了，他和儿子合作的电商，自然地成为大家的话题，为了不冷场，他来卖段子甩包袱，演示他直播的东西，说：“你们知道玉米有几种吃法吗？”

大家哈哈地笑，也不回应。伍媛说：“玉米是绿色的食品，在加拿大我也经常吃玉米，我喜欢吃这个没有经过加工的，从田里收割回来可吃。”

老刘听了仰头一笑，一拍大腿说：“你们这太斯文了，也太乏味了，听我说粤北山区的玉米怎么吃？那是独一无二的。在缺乏雨水的石灰岩小块土地种玉米，几代人都这么吃，以吹口琴的标准姿势打横着啃。其脱粒过程有如机械收割大田作物，纵横进退都给人以速度与面积的成就感。煮玉米饭，要将脱粒之后的玉米晒干碾碎，用锅煮成干饭，香里带甜，经嚼耐饱，吃一顿顶三餐。

“煎玉米饼。玉米粉加水揉捏成团，干湿以能煎成饼块为宜。当锅里一片焦黄并香气飘逸，会给人一种饶有成果的感觉。煮玉米羹。先将玉米粉调成糊状，倒入沸水之锅并边煮边搅至火候充足稀稠适中。这种吃法充饥解渴，易于消化，不干不燥，老少皆宜。炒玉米粉。其实是炒好玉米磨成的粉。这一食谱不馊不腐，最适于做路上干粮，只需一掬清水，便可对付一餐，何其美哉！

“爆玉米花。一种专在热锅里开花而不结果的玉米，看去如棉花朵朵，洁白而香脆。是赠亲馈友、绑茶就酒。正点半餐、打发闲暇的轻便食品。

“这些事情，在粤北没有人感兴趣，我对此那么津津有味，因为面对水城，面对南园。”末了，刘文勇哈哈一笑，对大家说。

即使变成了地道的粤北山区人，南园人还是南园人。

第十七章

1

暮色降临，从南园里头出来。刚才直白地说了一番话，提醒易新航：每个人都有自己的人生故事。自己是主角，但也要看舞台，也要考虑观众。所以，生活需要面对一定的现实。

这番道理，并不新鲜，以前易新航一听便摇头。谢雨竹无法完整表述。这次，似乎有点异样，她一声不吭，让谢雨竹把话从容地说完，然后还致谢，说："很快你会相信我是真的。"

谢雨竹完成了一个任务，有点轻松了。或许，这也是一个句号。南园文化系列工程，按部就班推进，如其所愿完成，热烈充分的宣传造势。农业县、工业城市、文化城市……持续发展的轨迹，如今进入新的阶段。导向与逻辑非常清晰，目的明确了，一切正常。

丛书系列陆续出版发行，少不了赠书、座谈、笔谈；粤剧节目，首演，巡演。当然，舞台作品的每一次展示，都耗费不小的资金成本，并非易事。

而主演易新航也支撑不住，据说生病了。温灶花把情况跟谢雨竹说了后，两人去看望了。在南园粤剧团易新航工作处，趁着温灶花到外面的洗手间清洗水果，谢雨竹把一番话给说了。

这处小楼，古色古香，狭小典雅，空气清甜，书香温馨。在温暖的春天，柔和的风从街巷口吹来，让人感到轻松和舒适。

或许，易新航有了新的感受。希望她能接受，让伍嫒、易咏梅等长辈放心。

温灶花还要待在那儿，谢雨竹先离开。

路上，手机"滴"了一声，是茅作家。"老师，你刚才经过南园东路吗？我们擦肩而过。路口的士多店，是我父母家。"滴的一声轻响，来了微信。那是茅作家。丛书有他一个作品，收获了写作成果和稿费，也是一点喜事。在驾驶座位，谢雨竹没有立即开车，微信上交流了起来。

茅作家说，自己有三个孩子，一女二男，大的是女儿，念六年级。最近在报纸看到政府出台的一个文件，说上学读书的条件改变了。他怕最小的儿子上学有问题，请谢雨竹关照。

"他什么时候要上学呀？"谢雨竹说。"还有两年。你看有没有问题。"茅作家说。"没有问题。""是真的吗？""真的。你放心。""谢谢。"

"不必谢。因为孩子开始减少了以后学位更多。有问题也不怕，你父母跑出家乡，到水城小街经营士多店，不照样培育了你吗？""对的。另外，我想请你吃饭。""什么事情？""吃个饭，感谢谢老师给我机会。""你有这份心意即可。不必破费，或者以后再找时间聊聊。""好的，谢谢。另外，我也想向你请教，现在当聘员不那么稳定，也没有机会转成公务员身份。我想在士多店那地方，搞一个小作家培训。做点小生意。""很好，非常好。""请您指导。""无须大多的研究与理论，你想好了就行动吧。过程中遇到问题，我们再商量解决。做好失败的准备，只要可以承受这点风险。"

谢雨竹还提醒茅作家，克服自卑感。比如，会上发言，开头说得好好的，表达生动流利，还有一点独到的见解，能吸引人。正当听者对他产生敬佩之意的时候，忽地，他又开始自嘲，显得不自信。要相信自己，坚持下来，一定可以做出成效，不断修正提升。

听罢，茅作家感动了。对于谢雨竹来说，也算交代了一个事情。之后，开车觉得特别清爽。

2

对应着水城的轨迹，这里曾是家电一条街、模具一条街、二手货一条街，而如今，是文旅一条街。

南园南街的发展，出现了新的局面。这也是当地媒体的报道。

温灶花也有这样的感觉，想了解一下这里的夜生活。如今在城里，很难也没有兴趣弄清楚夜幕什么时候降临。大多情况是，渐渐地，满街灯火亮起，模糊中切换了白日与夜晚。南园南边的街巷也是这个样子，新的热闹忽然开始了，墨西哥风情餐厅、精酿啤酒吧、日式火锅馆、饮品小吃店，还有保健的盲人按摩，瑶桶药浴……千米长的街道两侧，一家挨着一家的特色商铺。

走进一家川菜餐厅，拍照发朋友圈。餐厅里的纯手工竹编、装饰画、桌椅满满都是西南特色，注入了美术家的设计内涵，很有时尚文艺范。曾经脏乱差的背街老巷，如今成了一条网红路。

温灶花约了谢雨竹，也跟此地社区的老龙书记打了招呼，专程去体验。

老龙热情带路，不停介绍。说到，南园街巷改造初期，有人建议，干脆把整条街道的外立面全部重新装修，做成风格统一的购物街。这个方式简单粗暴，也容易引流，但会磨灭南园老街巷的味道。龙没有同意。

这次，南园周边也进行改造，街道蜕变从硬件提升和文化打造开始。人行道整改，绿化修剪，升级人行道景观，在沿街道路边设置室外花箱、休闲座椅，还定制了灯光系统、导视系统。

文化元素的植入，多了几分灵气。一条百米长的艺术长廊，陈列油画、国画，还不时组织开展非遗展演、新书发布会、读书会。引进了不少零售、餐饮、休闲、文化、娱乐品牌，突出粤曲粤剧、龙舟、武术与广府民俗、历史轨迹的主题。几十家餐厅、酒吧，店铺风格迥异。街上还穿插着琳琅满目的首饰店、精致的中古店、休闲的瑜伽馆。

“这条街有个社区医院，我孩子小的时候来过，记忆犹新。”温灶花说：“那次出发了时间是凌晨四点多。路上担心，医院的值班医生没准已经睡着了，待我们把他吵醒。他迷迷糊糊起来，能看病吗？会不会误事呀。妇幼保健院的儿童医院，坐落在南园小街里头，道路本来就是狭窄，白天车辆总是非常多，交通拥堵。但这时分，却是难得的顺畅，几乎没有行车。但是，到了医院，才发现，这里的情形与想象中的完全不同。仿佛是白天。人多，坐着的、排队的、来回行走的，诊室、候诊室，满满的都是人，嘈杂热闹。那时候，这里只有医疗服务，没有文化。”

“有的。经过转弯角落，侧门进去南园，不就是戏台吗？”老龙说：“我第一次看粤剧就在那里。还没上小学，跟着大人屁股后进去了，那是我第一次看真人演的大戏，武打场面至今难忘，主角帽子被演员误打掉了，自己捡起来接着唱，那个演员是易咏梅的公公，那是当地明星。改革开放后，剧团解散下岗了，生活没有保障，觉得他们有点可怜。那天，在戏台上看到易咏梅、易新航排练南园题材的粤剧，我走过去，说，‘有什么需要我们本地社区帮忙的，我一定做到。’”

温灶花说："南园人的情结，有很多是共同的。"

老龙笑笑，说："新南园人带来新的气象。前几天，茅作家来到社区，提到他家士多店的事情。我们在旧街搞文化，也希望他家那个士多店配合，收拾一下，增加点文化元素。可能社区干部急了点，沟通不是很好，与茅作家父母发生一点争执。那两位老人说，你们不为我们服务，那就不是为人民服务，你们不是为人民服务的吗？年轻的社区干部说，我们是为人民服务的，但你俩不能代表人民。两位老人说，我们是基本群众，我们不是人民，是什么？社区干部说，你们代表你们自己。茅作家过来，跟我聊了一下，说他路过这，恰好有空，觉得他父母对他说的这件事情有点意思。结果，我们谈得很顺利，看法都一样。社区干部、群众在进行的这个话题讨论，专家、学者用高深的理论都没办法说得清楚。我们做事的，努力让群众满意就行了。像茅作家那样的潮汕人，还有其他外地人，改革开放几十年，来到水城打工谋生定居的，超过一百万。"老龙说。

谢雨竹点点头，说："你是会思考的，其实，对于历史文化，现在人的态度有多种视角，更加理性，也更加务实，由此历史不仅得以保护，得到尊重，也在被利用。功利性和商业气息的加重，是当今历史观念与历史行为的特色。广府文化已经与过去不一样了，需要再寻找，再定位，再出发。"

老龙谈兴正浓，又说："所以，我要求我们的社区干部，要适应水城发展的新形势，做到守住一个字：奉，将奉献作为最高境界；两个字：忠诚，忠诚于事业与职业；三个字：百事通，一定要坚持学习；四个勤快：跑，做，说，思，要勤快；处理好五个关系，就是与群众，与企业，与上级，与同事，与社会。"

"基层干部有哲学，体现了南园的风采。"温灶花呵呵一笑，说。

接着，穿过耳屋造型的漆黑大门，走进餐酒吧，咖啡的醇香、面包的甜香、啤酒的清香，让人立马感受。店主过来介绍，这是国内精酿啤酒界著名厂牌，提供十多款口碑精酿、百余种葡萄酒，年轻人喜爱，客流量大。

不远处，一家约二百平方米的空间里，有潮玩、二手奢侈品皮包、饰品以及复古服饰，琳琅满目。

店主说：“越来越多年轻人，喜欢中古品独特的复古风情。”

“非特色不引进，非精品不荟萃。”老龙介绍，“这条街的布局，走特色之路，商业与物业、消费与生活、居家与社区等场景融合起来。我们将继续引入特色餐厅、潮流艺术展、网红书店、小剧场等业态，形成美食、旅游、文化、展览等多维度消费场景，打造既有烟火气又有文艺范的时尚消费新地标。”

这段时间，经常接受记者采访，他说话已经习惯了固定的腔调。

“南街配合南园文物活化，打造高品质社区街道，算是丛书的一个延伸吧。”温灶花说完，吐了舌头，悄悄对谢雨竹说，“我的腔调也变了。”

谢雨竹笑笑，不说什么。其实老龙有些更猛的话，当着温灶花不会说的。但与男人在一起就不同了，前几天听报告，结束后谢雨竹和老龙一起离场，路上都抽着烟，说起了各自的忙碌。老龙打着哈哈说，他们有个中年干部，放假几天，哪都不去，待在家里，吃饭，睡觉，与老婆做爱，如饥似渴，一天来三次。这些事情，一直很想做的，但平时太忙，都无法尽情安排。谢雨竹说，也包括你吧。老龙笑了，没有否认，说：“我们的努力终将成为无可复制的自己。”谢雨竹说：“呵呵，那是一句当下流行的广告语，你也会使用了。”

3

“你叫我来，有什么事情呀。”温灶花说。

“有点儿失礼，是吗？”钟寒木说。

“哪里呀，很多人想见您，沾点光，有的希望学点东西，增长见识，有人希望谋取好处，比如求得墨宝，甚至图画，但是大都求之不得。我很幸运呢。”温灶花说。

“那好，我高兴。看来没走眼。”钟寒木说。

“到底啥事？”温灶花说。

“不急，也不是什么大事。也许是微不足道的事情。”钟寒木说。

“您慢慢说，我认真听。”温灶花说。

“那幅画，交给你吧。”钟寒木说。

温灶花面前，摆放着一幅画。

“是这事情吗？”温灶花轻声问道。

“是这事情。”钟寒木说，“怎么，你不相信？”

“有点，真的有点不太相信。”温灶花说，“这么重要的事情，传得沸沸扬扬的事情，忽然，摆到在我的面前。有点不知所措。”

一不留神，成了管家婆。温灶花想。一个记忆，很多年前，她还是小女孩的时候。几个男子，在夜里屋前的空地，树下，嘲笑邻居一个女孩，年纪稍微大一两岁的，说她做了管家婆。每日管理油盐柴米的开支，其实那是非常琐碎的事。笑她，因为她像大人似的，失去了少年儿童的天真与欢乐。

如今，她也成为一个管家婆。那样，需要老成才行。于是开始小心翼翼起来。记得很清楚，钟寒木这样交代：

“其他话我都不说了，也说不完的，那么多深奥的道理，我也没有传播的力气了。只想说这东西其实也不是我的，我的老师他是主要执笔者，而众人的希望更为重要，他们的期待使这东西有了意义和价值。都知道大家为什么会这样追捧，那是为了南园为了广府传统文化的延续，包括人们以为的文化水平不高的疍家，他们也都一样有着十分聪明和高明的想法，仅此一点说明他们有文化也是高贵的族群。所以我们都一样，你接过来了，当然是承接了一个责任。”

温灶花听罢，点点头说：“钟老师您放心，我会尽力。”

她伸出双手，从钟寒木手里接过了这个长轴作品。

“最烦、最怕仪式的我，此刻真想举行一个接受仪式，否则心里不安。”温灶花又说。

“你逗我开心。”钟寒木说，“两人在一起，君子之交清淡如水，那不是最好的仪式吗？”

“好的，不客气了，我领过来。”和钟寒木紧紧地握手后，温灶花一转身，噔噔迈开脚步，离开。

刚刚她也提出过自己的疑问，说了一些话：

“为什么不给花飞飞？”温灶花说，“她对你十分崇敬呀。火一样的热情。况且，她父亲还是南园出去的，在飞虎队的队伍里抗日有功，是个可以光宗耀祖的人。”

钟寒木说：“你说的都对。事实是这事实，道理是这道理。花飞飞是个好女子，性格透明，很可爱，但这与传承此画作、做应有的事情是两回事。”

“几个男士，他们不仅雄心勃勃，拥有专长，而且可支配的资源也不少，相比于我，他们强多了。”温灶花又说。

“我知道你说的是什么人，其实都留意过，交流沟通过，但一一否决之。”钟寒木说。

“为什么呢？可以给我透露一点吗？”温灶花说。

“你的老师谢雨竹，各方面不错，品质好，但有暮气，甚至有点颓废，既然如此，不想让他增添压力。那位陈生，他在南园长大，熟悉本地，但官气太重，对这事他最多作为职业行为，一旦不是他本职工作需求，会忘得一干二净。不上心的人也不可，诚意最重要。冼总，是很上心的，也付出了不少，难能可贵，这点很不错，差点给他了。但，他一只脚踏在商业，一只脚踩在文化，脚踏两条船，也叫人不放心啊。”钟寒木说，“比较来比较去，你并非最强，但却是最为合适。你写南园故事时的认真执着态度，我印象很深。”

温灶花笑笑，说：“像我这个样子，没想到还进入了钟老师的视野，让您费心。”

“那你是否愿意接手?”钟寒木说。

“我能拒绝吗?我有理由不介入，但更有心愿承担。不为什么，也是一个本能。”温灶花说。

“什么本能?”钟寒木笑着问。

“又要回答这种问题了。我可以这样说吗?客家人，在客家围屋长大的客家人的本能。写作人，坚守独立的写作人的本能。”温灶花说。

没几天，消息传出，温灶花明确地成为此图的传人。钟寒木的住处来客开始稀少，社会反应是现实的。钟寒木倒是更为乐意，因为到了喜欢安静的时候。

4

十年八年前吧，国庆中秋长假。休假前一天，温灶花的老公突然说，有生意上的事，需陪同别人，趁着这个假日去一趟澳门。温灶花一听，火气冲上来，两人吵了架。温说：“放假你也不陪陪我，怎么回事！咱们是夫妻呀。”冼堂洪说：“那人是重要的客户，正在谈一个生意，他是不折不扣的财神爷。”温灶花说：“可不是头一回听你这样说，借口与编造是不难的。”冼堂洪说：“反正我要做这个生意。”见他这个态度，温灶花说：“好吧，各自安排。”

本来是约好了带上女儿到海边冲浪，行走沙滩，看看在海边的那个博物馆。那是几百年前载满货物的沉船打捞后的展示，内容非常丰富。上小学高年级的女儿很是渴望，是她提出来的。在电视新闻上看见过，知道沉船里头的东西很有吸引力，一时萌发这个想法，快到放假的时候天天嚷着去看，如今老公却变卦。

“为什么在放假的时候去澳门呀？国内尤其是内地，很多人选择在这个时候去，拥挤得很，非常不便。为什么不在平时去呢？”温灶花说。

冼堂洪说：“这位客户人家是国企高管，平日上班下班，也只有节假日才有空。”温灶花说：“这么说你是非去不可的。”“是的，非去不可。”冼说，他并不让步。

既然如此，温灶花只好独自驾车带女儿去了粤西海边，100多公里的车程。到了已经是傍晚，找度假旅社住下。在沙滩边的大排档吃了海鲜。心不在焉，还生冼的气。女儿也要照顾好，应付这应付那，有点疲惫，原本计划待满一个假期，玩上几天，好好休息，放松。但是第二天上午，在第一个景点海船博物馆参观的时候，事情来了。

手机响起，老家打过来的，不是好事。父亲，因心脏病突发突然去世。一如晴天霹雳，眼前一黑，觉得世界都变了。须立即中断这里的安排，迅速赶回老家。眼泪还在流着，顾不上擦，赶紧拨打冼的手机，不通，连续拨几次都未有应答。这头，温灶花只好收拾一番，带着女儿，开车到加油站，加满了油，匆匆上路。

往几百公里远的家乡赶去，免不了风尘仆仆，心如刀割，悲伤万分。孝心是那样表达了，事情也按常规常理办了。但过程中，与冼堂洪的矛盾激化。没有及时接电话的冼堂洪，在温灶花到老家里的第二天，才回了电话，懒洋洋地问有什么事。这头一听，温灶花立即冒起火气，但她还是强行压住，把这里发生的重要事情向他通报了。那头的他，沉默了一会儿，表示了哀悼难过的心情。又说："需要我回去吗？"温灶花说："这里也都文明了起来，不再讲究旧的习俗，实行厚养薄葬，也是尊重我父亲生前一贯的主张，简单办理，明天即火化。"电话那头，冼堂洪又沉默了一会儿，才说话："本来我应该回去也想回去，但是一来时间有点紧，二来更为重要的是，还在陪着客人。之前也跟你说过，这个客人很重要。"未等他说完，温灶花抢过话头，说："我说了我该说的，你看着办吧，没什么大不了的。我父亲已经走了，我还在乎什么呢？"说罢，挂了电话。冼堂洪还真的没来，加上在澳门不接电话，还有之前的矛盾，为他们之后的离婚埋下隐患。

另一个事情是家乡里头的，关于大围屋的，也在后来与南园发生了关系。因父亲的突然离世，也有假期，温灶花此行在家住了好几天。某天早上睡不着了，起床后想散散心，走出门外散步，想到了以前家里居住的客家大围屋。这些年自己家和其他的本村人家也都因为多年的大围屋太陈旧，陆续搬出，在村子里的另一片规划了的新村住宅基地，盖好新房屋搬进去住了，其乐融融。以往温灶花回家，因为待的时间不长，竟忘了去旧地看看，一转眼好些年过去。如今父亲过世，忽然地产生了心思，沿着村庄的小路走了一会儿，看清了旧围屋的现状。不看不知道，看了吃一惊，怎么变成如此模样？四周杂草丛生，里面破墙烂瓦，门口窗户一些石料、木料被拆走。房屋更加惨败，岌岌可危。彻底地摧毁，已经是可以看见的不久将来。温灶花皱起眉头。走进里面，还想看个究竟。但里头的不堪入目和危险，又让她止步。想了想，转身快步走回自己的家，腿还没有跨进门槛，便大声叫嚷起来，说："哥，为什么将咱们的大围屋弄成这模样，触目惊心。"温的哥哥一直在村里居住，陪着父母生活，一年中有几个月在珠江三角洲做工，但自己的家一直没有挪开过老家。他回话说："不知不觉变成这个样子，谁都不愿意。"

温灶花说："那是老祖宗留下来的，见证了我们的大家族乃至一个村的历史，不仅如此，我们村的家族关系、人脉关系，还有风土习俗，特别是文化特征和价值理念，都与其有关，那是养育我们的一个老窝，是我们的圣地。"温的哥哥说："道理谁都懂，放在心里，停留在嘴巴上，但只是没有管，更没有人负责。"温灶花说："村里的事情、集体的事情、公共的事情，村委会要担当起来吧，你还是一个委员呢。"温的哥哥在村里，有见识和威信。对这句话，他苦笑了一下，说："村里的任务太重了，上级布置下来，忙着验货，想法子完成达标，一不留神，自己的重要事情倒搁在一边了。"

温灶花嘟起嘴巴，问："你们都忙什么呀？"哥哥说："你这样说就奇怪了，农村不忙吗？你没有听到，你没看到吗？乡村振兴要做的事情难道不多吗？不说别的，保护山林，绿化美化，关心留守儿童，老年健康，引进兰花种植，引进山羊养殖，卫生保洁，等等，还少吗？"

没等哥哥说完，温灶花朝他摇摇手，说："知道了，但不管如何，咱们祖屋的保护说什么也不能不管呀。"哥哥的声音更大，说："你说这个又扇起我的火。"温灶花一愣，眨眨眼睛。哥哥说："你丈夫这回，我饶不了他，我们家这事他不回来，你说他在澳门没有接电话，到底在干啥？说陪客户，钱在他那是最大的。”

“我更饶不了他。”温灶花说。

“这个以后跟他算账。这是家里的事情，先放在一边。现在要说他几年前到我们这来也去过大围屋，看得仔细，用手机拍个不停，最近我发现和我一起去你们那做工的同村的老李被他拉了下水，干了一些对不起老祖宗的事儿。”哥哥说。

“还有这事。”温灶花让哥哥坐下，慢慢说个清楚。

老李和温的哥哥几个本村男人一起到珠三角做木工这个事情，再早几年与冼有关。冼回老家休假探亲，吃饭喝酒，抽烟品茶，也少不了高谈阔论，他也会办企业，于是少不了出谋划策，将村里的人引进到珠江三角洲。当然温的哥哥担当了重要的角色，在珠三角干了好几年，也干了好些活，其中由温的哥哥领头，还承包过南园电机厂与古建筑有关的一些土木工程。

冼是故意瞒住了温的哥哥与老李私下沟通，和一个房地产老板见面，那杜老板在自己的一座楼房里辟出几千平方米的空间，建了个中国乡村传统民居的博物馆。

博物馆收集各地的旧物件，杜老板对老李说：“冼生与我是兄弟，大家互相关照，他推荐了你们村的大围屋，说是都人走楼空了，丢弃在一旁不顾，而房屋也好，楼宇也好，一旦没了人气，那不仅很快衰败，而且用传统的观点来看，也就是风水学上说的，那会很不吉利，滋生邪气，吸引孤魂野鬼，这是万万不可掉以轻心的。另外呢，我虽然做生意，但骨子里头是文化人，这一点与冼生是一样的。冼生你们应该熟悉了，他是你们村的女婿，你们相信他，也应该相信我。”

杜老板又把老李带到了他的乡村民居博物馆，看到那丰富多样的收藏品，老李目瞪口呆，又佩服得五体投地。

接下来吃饭喝酒，丰盛的菜肴，高档名酒，一次次不停干杯，老李喝得脸红耳赤。吃饱喝足，杜老板又在耳边吹风，说："我们特别崇尚文化，因为自小到家住的祠堂，那里面呈现出来的信条，十分突出的内容便是崇文重教，传承先人精神，不忘祖宗恩德。又因为小时候家境不好，读书条件差，在文化上明显不足，所以当挣到了一些钱，生活富裕起来之后，不忘祖训，重视文化，便成为义不容辞的事情。正是有了这样的初衷，搞起了这个专题博物馆。"

杜老板巧舌如簧。老李不住点头，如同小鸡啄米似的，完全相信他了。这时杜老板再回头趁机提出，说："你们的大围屋，是客家文化的标志，保护客家文化，不仅是客家人的义务，也是广府人的义务，我这博物馆各种风格的民居案例都有，只差客家的，所以很希望用我们这个空间为保存客家文化，尽一点心意。"

听到这，老李似懂非懂，说："你到底是个什么意思呀？需要我做什么？你开口说出来好了。饭吃了，茶品了，酒也喝了，也听了你一番大道理，直白地说干什么吧。"这时候，杜老板才不紧不慢地说出了他的要求：把大围屋里的石材木材质的物品，如窗户、门槛、护卫符物、装饰符物等，收购过来。

老李一听，眼睛瞪得圆圆的，脑袋像拨浪鼓，使劲地摇晃，唾沫夹着酒气，连连说："这个不行，这个使不得。"

杜老板笑眯眯的，不说什么，给他端来一杯清香的热茶，也不强求。当天的饭局就这样结束了，但没几天又请老李吃喝，这样一来二往，最终老李还是答应了杜老板，亲手去做了这些事。

这样下来，大围屋很快衰败。这个过程以及细节，被温的哥哥发现了，他赶紧处理，问了好些个村民，终于找到了老李。一番盘问，紧追不放，老李也心中有愧，在温的哥哥和几个同村人面前，扑通一声，双膝着地跪下，两手抱着脑袋，号啕大哭。

情况如实细致交代了，很快，温的哥哥他们也知道杜与冼是同伙，计谋还是冼堂洪提出的。这简直是引狼入室。温的哥哥气愤不已，也讲给了妹妹温灶花听。“不行，这事没有完，我得去追回来。”温灶花说。温的哥哥倒不乐观，说一手交钱一手交货，这单生意完结了，老李所得的并不多的钱，也让他吃吃喝喝玩玩花费得差不多了。

“不，我不放弃。这老杜我认识，可以说话。”父亲的事办完后，温灶花带女儿回到自己家，再过一段时间，真的将婚姻的问题做了个了结，接下来也十分认真地着手跟进大围屋物器流失的事。先是与冼谈，冼显然不是很有诚意，说自己没有直接参与，所谓的牵线搭桥之说，冼也不接受，说：“我既然可以介绍村里的人来珠三角打工，那介绍认识杜老板，也是正常不过的事情。”

至于让杜知道大围屋，也有他的道理，先说他与杜是多年好友，从个人兴趣到企业经营，无话不说，共同喜爱文化也都是事实。在这样的关系中介绍大围屋十分自然。温灶花也不想与他多辩，原本只是希望看他可否看在女儿外婆家的传统，心回意转做点好事。既然他没有这样的心意，仅仅从生意角度来考虑问题，也便作罢。

又打电话找杜。杜一见温灶花来电，立刻心知肚明。听了温灶花的诉求，他不否定、不拒绝，但也不答应，倒是邀请温灶花参观他的博物馆。

在电话上的这一番交流，双方的意思大体明白。杜的这个邀请，温灶花想了想还是答应了，因为两人在手机上的交流还是客气的，她也希望保持这种氛围，讲理讲情，解决大围屋的问题。

理由与道理各方都有，需要理解与谅解，约好的时间，在大家都方便的时候，温灶花带上女儿认真参观了那个听说过多次，但以前并不感兴趣的地方，果然像模像样。

女儿很兴奋，说大开眼界，了解了中国历史文化，了解了丰富多彩的民间生活。

于是支点出现了，温灶花很快明白，杜和她都在利用这个支点发力，杜要展示他对传统民居文化的热爱，显示自己的文化价值。而温灶花要求维护自己家乡的利益。双方都维持着客气与文雅，不撕破脸皮。温灶花想过，反正一时解决不了问题，反正家乡的东西还放在杜生的博物馆展区或者储藏室里头，暂时没有流失与毁坏的可能，或许再看一看，把希望寄托在时间上。

没想到时间的流逝中，温灶花进入了南园项目，出乎意料接过了钟寒木的这个托付。众多关注的当中，少不了杜的，还有前夫冼堂洪的，他们也凑过来套近乎。

当然钟寒木那个事情注入了精神承诺，不存在讨价还价的交易，没有利益空间，不可能以钟寒木的利益来换取自己的需要。

而这同时，家乡那关于大围屋的事情，又跟到温灶花这来了。温的哥哥毕竟是个明白人，自打妹妹提醒了大围屋的问题后，他似有猛醒之感，原来也是这么想，只是因为忙碌，一下疏忽，没想到问题出了来，实在看不下去，村里人，尤其是年长者，气得差点用烟杆敲打他的脑袋了。这时才明白，切不可大意，为此浪费了不少工夫，挨个串门做村民的工作。温灶花这边南园项目启动后，温的哥哥也将自己知道的事情迅速讲给了村民听。说人家沿海发达地区富得流油，如今也不只是看着钱，还非常重视自己的传统根源，他们是走在前头的，不仅经济还有文化各方面都是，所以要学习人家，向他们看齐。这么一说谁也不会反对，倒是那个老李，自觉辱没了祖宗，无脸见人，跑到华东一带打工，几年都不回家乡。

温的哥哥找到妹妹，说："家乡下一步的事情，全村达成了共识，开了很多次会议，集思广益，也有人抽空去学习考察了，我在南园这里干过活，介绍了南园的情况，也算是一个学习交流，过来一番考察，做了个大围屋保存活化的方案，拆除一些，保留一些，空出位置，整体再规划设计，保留精髓特色，还可以活化，发挥新的功能作用，比如读书学习的书院，传承历史的村史馆，还有村民议事，传统技艺的学习培训，等等。"

温灶花一边听一边点头，说："这就对了，这方面咱们家乡的理念一点也不比这里差，咱们的文化底蕴深厚，在一些方面可以实现弯道超车，这点我信了。"温的哥哥说："好，你这样对家乡，村里人都知道，也很高兴，具体的事情我们来做，需要不少的钱不少的工夫，我们会想办法会努力，不丢祖宗的脸。"

"如今也有好的环境，我们的项目纳入了县里的乡村振兴部署，上级给了我们扶持，很不错的了。"温的哥哥说。

温灶花说："乘势而上，以后还可以配合好相关的政策，争取更多的扶持。"温的哥哥说："这个我们会的。"温灶花说："那要主动，有好的策划，南园这里也都摸出了一些经验。"温的哥哥说："是的，南园是我们的参照，虽然体量相差甚远，但一些好的做法也可以参考学习，以后少不了找你。"温灶花说："其实自从进入了南园的项目，我一直没忘记把咱们的大围屋做好。这方面的对接太有必要了。"温的哥哥点点头，说："我知道你会这样想的。"温灶花说："那现在还要我做什么。"温的哥哥说："交给你的任务还很重要。你把咱们的大围屋流失在杜老板那的东西要回来，尽可能要回。有人说这很难，做了交易，已经是别人的了，我说，说难也难，咱们认可拍板成交，不是翻脸不认账的人，但事情也不是完全没有希望。圆明园流失在海外的古铜兽首，不也回来了吗？有些东西该是在哪儿，总得回到哪儿。"温的哥哥费了不少心思，肚子里也装了一些东西。他还要说什么，温灶花打断了，说："不必多说了，这些道理我懂，而有些事情你们知道的还不够多。我会跟进的，其实已经在努力当中，你们在家乡安心地做好自己的事情，这边的问题还有与南园的合作我来办理。"

5

下午临下班时，领导秘书给陈铸杰电话，叫他立即去见许书记。一听，心脏怦怦直跳。这个时刻终于到来了，精神恍惚，放下电话，急忙走出去，在出口等候电梯，觉得时间特别长，上到了领导那一层，走出电梯，向入口旁坐在值班台内的秘书点头致意，匆匆去到书记办公室。门半开着，轻轻推开，见许书记坐在办公桌前看材料。听见动静，许书记抬起头，看了一眼，指着另一处的会客座位，说："你坐下。"

陈铸杰点点头，听从坐下，两手空空，不知所措。这时才发现忘了拿笔记本和笔，以前每次来收记办公室都会带上了厚厚的笔记本和笔。

他有点歉意地笑笑，说："书记，我来得匆忙了。"

许书记说："这个倒不要紧。"

陈铸杰抬头，半张开嘴巴，露出诚恳的表情，说："书记，您找我什么事，有什么吩咐？"

许书记没有回答，离开座位，缓缓地走过来，在他对面坐下。两眼盯着他，停了一会儿，才说话。

许书记说："我们共事一年多，有不少的交流，有些沟通还是深入的，可以说是推心置腹的。我不仅把你当同事，也把你当朋友。因为在了解中觉得你还是有不少的优点。另外还有很重要的原因，我也跟你说了，我从外地过来这里工作，我有自己积累的经验和长处，也有不足。到基层来工作，要注意的问题是，深入实际，了解社会，了解群众，和大家打成一片，取得他们的支持，与他们产生共鸣。你是本地出来的干部，又在大学里面工作过，专业性很强，这方面我们又多了点话题。所以，过去我也跟你透露过，也算交了个底。让你发挥更大的作用，通过南园改造工程顺利完成之后，让你上个台阶。”

端坐一旁，一眼不眨，认真聆听的陈铸杰连连点头，说：“书记非常器重我，我心领我感恩。我心里也做好准备，一定会更加努力，事实上，我也都是尽我的能力去做好我的工作。”

许书记显然对这些话不大在意，但也让他说完。

沉默一会儿，许书记叹了一口气，然后转过脸，两眼看着陈铸杰，说：“找你来都不是谈这个事，是另外一方面的事情。这个事情非常重要，或者说非常严重。”

这时，陈铸杰的脸唰地白了。

许书记说：“你在南园留下什么问题？”

陈铸杰一愣，说：“没有什么问题，我全部心思扑在工作上，落实您的部署要求。”

许书记点点头，说：“大家看得到。有口皆碑。但是，我说的是以前。现在不可以覆盖过去。过去的事情，对照我们党纪国法的要求，有什么问题？一定要想明白，弄清楚。”

陈铸杰一听，欲站起来，张口要说。

许书记向他摆摆手说：“你现在不要说，回去好好想一想。接下来一定要向组织说清楚。你原原本本地说清楚了，我这里看看怎么处理。”

陈铸杰坐在许书记面前不想起身，没有离开的意思，他不想离开。他知道，这是他的一个靠山、一个依赖，一旦失去，他将会掉到无底的深渊。

许书记不动声色，停了一会儿，然后给他面前的杯子加了茶水。

“领导还是多给我一些教育吧，您经验丰富水平高。”陈铸杰说。

许书记笑了一声说：“我们的理论还少吗？我们的道理还少吗？我们的教育还少吗？正面的教育，反面的教训，少吗？现在，我倒是想说一说最近听到的一些观点。有人说，战争年代我们一些同志牺牲了，‘文化大革命’时我们一些同志被打倒了，改革开放以来我们的一些同志被关进去了，这些都是代价。那天在一个场合，我听到了这些话，当即就表达了不同的看法。这些代价性质是完全不同的，不能等同。在战争年代牺牲的前辈是革命先烈，死得光荣。‘文化大革命’中被批判的某些同志是含冤受屈，应该改正。”

又待了一会儿，这个谈话到了结束的时间，许书记给陈铸杰加了点茶水。

陈铸杰看了看许书记，端起杯子，一仰头喝个干净，说：“没想到我在这里摔了一跤。”说罢，长叹一声，苦笑起来。

许书记摇摇头，说：“我也不想这样的结局。你也应该知道，本来，我想把你作为一个优秀干部来培养。你是本地的干部，熟悉实际情况，容易被群众接受，受过很好的教育，工作努力，也有才干，各方面的条件不错。但是没料到你出现了这样的问题。”

“我背负着历史包袱，心里头有阴影。在我这里，南园不是一个传统的古旧建筑，它是一个价值的象征，一个命运审判的符号，生命的动力似乎都来源于此。但这个地方又给我画了一个圈，我没办法走出去。在这个圈内挣扎奋斗，到头来还是受到了约束，受到无法回避的制裁。”陈铸杰说。

许书记说：“你说的这个，有点形而上味道或者书生气息了。这样说吧，每个人都有自己的轨迹、自己的性格、自己的历史背景，但是通用价值的法则也是公开的、公平的，对谁都一样，对谁都不客气。我们首先要遵守这样的规则，才考虑自己的个性，个人的东西。这不是什么高深理论，而是一个大众与社会都接受的常识。”

第十八章

1

陈铸根在自媒体上卖刀具和铁锅，生意不理想，店铺里冷冷清清。再加码，晚上开网约车。刚买不久的那辆小车，耗油量大。几个月下来，差不多是为石油公司打工。想把车转给在广州银行上班的外甥，自己再买一辆省油的小车，继续开网约车。

老婆嘀咕起来，说："哪有钱呀。"

陈铸根说："当然没有，向银行贷款。"

老婆说："贷什么贷，不用还钱是不是？现在这辆，是贷款买来的，每个月还钱。"

陈铸根说："不找银行，那又有什么办法呢？"

老婆说："要是真的想买新车，我们各自借钱。我妈妈说了，她那点老底，可以帮助我们接济一下。你也借几万，凑合起来，交个首期。"

陈铸根说："你那是个办法，但我向谁借呢？"

老婆说："找你哥哥。他不会没有钱。"

陈铸根看她一眼，说："只说对了一半，但他会借给吗？以前的事情你不会不知道。"

《锦水图》传人的选择数度更变。每次都是认真的，但改变也总有理由，也属于无奈之举。先是看好谢雨竹，他的文化底蕴最好，且祖上与南园有关联，曾经向往南园。可惜谢雨竹暮气太重。冼堂洪也有意思，他为经商，考虑自己的是利益，与本宗旨不符，自然不宜。后来陈铸杰出现，他从政为官，冠冕堂皇，资源多，可以为南园做好事。但觉察到他缺乏真情，所说的并非真实。果不其然，终于发现，他是冼堂洪的代理，收了人家的好处，为冼堂洪利益出面，当然也不可。

最后是温灶花，一个客家女，不属于同一文化派系，但，对于传统文化的理性、敬重与责任，都真心实意，坦荡而不做作。这使她跨越了通常的障碍，具备了最为重要的承接条件。

“那个南园的宝贝图作品，无法转给你，虽然我非常想这样做，但由于钟老所委托的权限，只能执行而不可更改，唯有如此。现在我与你的关系，如同将之前写南园题材著作时你我的关系，做了一个颠倒。这回我作为督办方，你作为执行方。事情还得仰仗老师您来担纲，除了你，别人我是找不到的了。你知道我要去做什么，其实与南园有关，确切地说，与南园精神文化有关。过去也不时与你说过那些，进入南园世界，偶然得到的，如同夜明珠，即使光芒未照到他们，但是那里的光依然在放射。你知道，我这里说的是，周县长营救的少年儿童，小周所部在粤汉铁路边上野岭荒丘上的抗日烈士骸骨，抗日飞行员英勇牺牲的历史事迹，不可忘记。”

温灶花在微信上把这些文字发给了谢雨竹。

其实这些天在口头上，在电话中都已经说过了，写下来更多的是为了象征意义，作为一个凭证。

温灶花说：

“对于南园传说，我做了一番思考，也向老师、专家、同行进行了请教和咨询，大家都有一定的共识，所谓的盛世修志，著书立说，也可以将南园丛书项目列为其中一例。政府重视花了钱，还要看如何将其做好。应付一下，表面上过得去，完成任务，这并不难。大多数类似项目也都差不多，也可以交差，因为说要做得更好也是普遍的想法，但实际上并不容易写。”

谢雨竹的回应也是经过一番深思熟虑，说：

“事实上这仅仅是个愿望，我们要清醒，也就是说既要努力向上，争取优秀，又要明白路漫漫其修远。在这个前提下，我提出了写作的要求，丛书定位的依据应当是，对应城市发展，对应传统文化的活化，对应南园整体工程。其实这也是丛书的价值。丛书的内容初步设定如下选题：除了总的框架性、整体性，贯穿其中轴线的南园故事外，还有南园建筑、南园人物、南园字画楹联、南园美食、南园粤曲、南园饼业、南园茶业、南园酒业、南园药业、南园与广州十三行等。

“自然，内容的核心是广府文化，作为岭南文化的一部分，其内容实质特征与价值意义等并非新鲜的事情，几十年来都是学界研讨的对象，著书立说，林林总总，数不胜数。近年社会经济的发展说到地域文化的时候，少不了要提到岭南文化、广府文化，这些往往又离不开务实创新、开拓开放、兼容和合等。这些日子我在学习与思考中觉得，我们在做理论概括的时候，在粘贴标签的时候，似乎应加上一个被遗忘的词语，那就是边缘性。

“岭南文化、广府文化其实是边缘性的东西，或者说边缘性是其最具特色的标志之一，说到这，本地的学者会很不高兴，拒绝接受。他们总是强调我们的文化是中原主体文化的一部分，我们认同、接受和继承的这个主体文化，而且还要批判以往认为岭南是南蛮之地、荒凉之地的说法，说那是一种偏见，等等。但冷静观之，理性观之，则不然。客观事实是，没有边缘性这个特色，岭南文化、广府文化，则丧失了其特征与价值。另外，边缘性并不是一个贬义称谓，这边缘性的内涵与魅力是丰富的，也是精彩的，比如它是主流文化在新的空间里的自由发挥与发展，它是一种文化与另一种文化或者多种文化结合交融的结果，它是最早接纳外来文化，兼容性最大，变异性与创新性最显著的文化。边缘性并不是落后性，并不是弱态性，边缘性是在量变过程发挥先锋性、先导性的动力与表征。

“我又放了一炮。”最后，谢雨竹说。

“我应该这么自嘲一下，又听了一课，不管懂与不懂，也不管有用或者无用。”温灶花说。

“不管你有用没用，我会以此来审读验收，货不对版则难免退货返工。”谢雨竹说。

“这个我知道，会努力的，谁叫你是老师，又是负责人。”温灶花吐吐舌头，说。

“那是吓唬你的，当然最好的事情是皆大欢喜。”谢雨竹又说，“于我最重要的还不止于此，因为我们似乎找到了一个让灵魂安定舒适的方向，重返学术与写作，也不是简单走回头路。这些年并非白白浪费时间，另有收获。也正是这样，才可以更加清楚地认识某些事物，这叫作否定之否定。”

“这也是你的南园收获。”温灶花说。

“可以这么说吧，人生有顿悟，我在这找到了，毕竟有着多重关系或者说原因，比如我的祖父曾经在这里寻梦与碎梦。”谢雨竹说。

2

终于水落石出，陈铸杰的问题，纪检介入，调查之后作出处理，事情不复杂，只要关注，弄清基本事实，几乎是一目了然。调查的过程顺利而快捷，一者是明摆的问题，二者陈铸杰也没有特别的心机，对提出的询问一一交代，不做抵抗与狡辩，问什么回答什么，如实坦白。问题弄清后，形成书面材料，由此定案。对这些材料，办案人员也很有责任心，公道厚道，特别提醒陈铸杰仔细阅读，看看有没有出入；也明确地说，如无异议，则要签名确认。

到这时，陈铸杰却突然心慌起来，他不由擦擦眼睛，再看了一会儿，面对看过不知多少遍的十几页纸，每页密密麻麻的字符，仿佛有了重量，所连接的是沉重的内涵与严酷的未来。这时候，才知道问题的严重性。而事实表明，那确实挺严重。顿时，头脑嗡了一下，拿着笔的时候，手指抖个不停。他抬起头，眼巴巴看着办案人员，说："我还要看一下。"回答是宽容的，说："看吧，看认真一点，实事求是，有不同意的，可以提出来。"但是，他却没有细看，头脑乱糟糟，眼睛模模糊糊，那一大篇文字材料，再也看不下去了。

"我们见过面。"忽然，陈铸杰说。

对方没有表情，回话说："我是本单位工作人员。"

陈铸杰说："我记得，上次在歌剧院，你来看演出。后来，你还与我的同事谢雨竹说了几句话，大家都是友好真诚的，气氛轻松愉快。"

对方并没有理会这个，说："我们现在是工作关系，公事公办。"

陈铸杰点点头，说："是的，我知道，我不应该说这些没有用处的话。但是，其实也没有别的什么意思，只是有感而发，怀念那种氛围。也许我没有珍惜，一不留神给弄丢了。人生，有时候有点微妙和古怪。"

停顿一会儿，咬咬牙，手指发抖，一笔一画地书写，总算把名字给签了。放下笔后，又摘下眼镜，用手背去抹去眼睛里的泪水。

心里头翻江倒海。祖辈父辈还有他自己。生命中各自的轨迹中最明显的亮色是什么？最明显的标志是什么？这段时间的反复亮相，几代人放在一块来对比。由此观之，他发现一个东西，南园。有时候忍不住脱口而出，是历史，是性格，还是命运？

他不由得这样的思考起来，思来想去，感到走到这一步，有些是偶然的，也有一些是必然的。当初要不是那李丽的逼迫，他不急于用那个钱，也不至于造成这么一个失误，留下这么一个问题。或者南园的文化、修复工程、旧城改造的这个事情推进再放慢，一两年后他不在这个地方了，有些东西随着时间的推移会消磨掉了，也不至于东窗事发。

3

"姑，我来看你。"这天，易新航提着一个袋子来到小食店，易咏梅正在擦餐桌，她看了易新航一眼，说："看你这样说话，这副模样，带上的是什么？鼓鼓囊囊挺撑的，少有呀，这怎么回事？"易新航笑笑，说："坐下再说吧。"

易咏梅说："啥时候学会慢条斯理了，我还要把几张桌子擦干净呢，你说我听，我不走神的。"易新航说："那你把活做好吧，不急。"

易咏梅说："像是郑重其事的。"易新航说："真的，待会你会明白。"易咏梅说："好，你坐着看手机，我抓紧干活。"

两人便不说话。一会儿，易咏梅做完手头的活，找个安静角落，姑侄俩坐好，易咏梅看着易新航，说："你说吧，我听着了。"易新航说："先说工作，南园九大篮那个剧目。"

"他是谁？"易咏梅问。

易新航摇摇头说："现在不说。"

"什么时候才说呀？"

"不知道，或许很久。"

"你说的很久，是有多久？"

"孩子长大成人，在社会上独立谋生之后。"

易咏梅摇摇头，还是问："他健康吗？"易新航点点头说："非常健康。"易咏梅问："模样如何？"易新航说："非常帅。"易咏梅问："年轻吗？"易新航抬眼看了看她，说："年轻。或者说，还算年轻吧，至少年轻过。"易咏梅笑了，说："真有你的，这样的事情，别人也只是想想说说，但，一不留神，你却做出来了。"易新航说："我不说也不多想，只是想清楚了就果断去做。要不会后悔，我不想吃后悔药，不想把后悔的事留在未来。"

"那么，也好吧。现在，重点是你自己和你肚子里的孩子。"易咏梅说罢，又摇头叹气。

来见姑姑之前，在南园巷子路口，易新航找到那地方。远远的，闻到一丝咖啡香味。她没有往前走，知道他不在。南园、深圳，还有粤北，这几个地方，他轮着去。那件事情，本想专门告诉他。忽然一想，改变了主意，并不需要告知，而是应由他来关切。对此，她并不担心，对他应该有这样的信任感。但是，毕竟谁也不可以把握别人。对于自己都不可以把握，难道不是吗？很多人都是这样。在丰富多彩的当下，无奈地漂流，顺其自然。他也是。要不然不会今日这个样子，要不然，他们也不会相识于南园。

等着他过来的那一天。即使等不到。

于是，易新航转身离开，漫无目的地走着。到了修理自行车的档口前，又站住，打招呼说：

“阿伯，你还认识我吗？”

那老师傅抬起头说：“你谁呀，我老花眼了，头脑也不灵活，许多事情模模糊糊，记不清楚。”

易新航说：“我有次赶去演出，我姑咏梅准备用自行车带我去，车胎突然爆炸，是你修好的。”

老师傅说：“这样的事情我记不住，太多了，也没必要去记呀。”他说罢，低头干活。

为什么会这样问呢？这时，易新航自己也感到有点奇怪。可能是又得重复南园童年的故事了。

应该是。

4

工作越紧张，会不由自主地越思念学问。这时候才更加感到学术这些看似无用的东西，确实有着一种特别魅力，无法替代，无法离开，特别是有过接触的经历之后。

对于南园的认识与解读，实际上是面对历史、接纳历史，表达现代人一种正确的历史观念。因此，不仅关注了一些熟悉的，一眼看上去闪闪发光的东西，也关注那些人们感兴趣的，容易变现，容易带来实际效益的东西，还要关注那些不为人们注意的角落，关注那些曾经被忽视、被误判的东西。

也就是说，要关注历史的短板，只有这样，展现理性良知和胸襟，才可以真正对历史负责，对后代负责，作为一个文化人，应有这样的认识与操守。

最近看到一个著名的哲学家兼作家说，希望今后静静地活着，静静地读书，静静地写作，静静地死去，岁月静好，这也是一种很高的境界，但现实哪是这样啊。

夜里，谢雨竹在家整理自己以前在文学研究方面的一些文章，写下了一段文字。累了，他就去另一张书桌，铺上桌布，摆放好文房四宝，练习书法。

丛书出版了，出版之后推广发行，和往常一样，搞个首发仪式，在会场上布置一个场景，摆出新出版的印得漂亮、散发着油墨香味的书籍。

谢雨竹觉得，自己是错位发展。学而官，官又学，找到了地域与文化的对应。

他家在岭南山脚，他在山区长大，从小镇高中毕业之后，上山下乡当了知青。县城那条河，自北向南从山上流下来，汇入了增江、北江，又流到了珠三角。说不定这条河是渊源，所以他从南岭山脚下漂流到珠江三角洲平原。

想到这些，谢雨竹长长叹了一口气，走到窗前望着黑暗而深邃的夜空，心里又想起了那么一些偶尔看到，大家所认同的观点：性格决定命运，命运塑造性格。这个互相促进的过程离不开一定的历史文化和时代。

是明确的，也是简单的，但是对于一个人来说，他其中的各个要素博弈的结果怎么样，那就是千差万别的了。

其实一个人生命的轨迹，是在这大的框架内，由各种偶然因素或不确定因素来确定的。

前些天，谢雨竹在南园丛书首发会上说，陈铸杰也做了许多有益的工作，大家有目共睹。他是他，南园是南园。我们南园项目是城市整体提升的重要部署，没有错的，会继续推进，也必须继续推进。

在心里，谢雨竹想，陈铸杰父子两代人都先后在南园充当过重要角色，可惜都没有把握住，匪夷所思地都以悲剧收场。当然，老陈不是个人的原因，而是形势变化所导致的。工宣队后来解散，实际上是作为一个制度的错误来处理，老陈回到南园电机厂，解除了以工代干的身份，回到车间劳动，还原为陈师傅。与以前所不同的是，经受了几次颇为严格的政审，自己感到委屈，心里很不舒服，还遭到一些白眼。老陈的这个结果，归根到底是因为时代，是外部因素。

而陈铸杰，则是内因了，个人行为的放纵冒险，得意忘形，落得个马失前蹄的下场。

作为南园的实践者、体验者，他们改变命运的努力，谢雨竹是理解的，也是同情的，对于不幸的结局，却无可奈何，只能喟然长叹。

所谓腐败，因为是熟悉人，更为触目惊心，浮想联翩。觉得一方面是人性，人是动物变来的才有贪婪，有欲望之心。这是与生俱来的一种本能。所以这一点必须教育、修炼和控制。另外一个方面，是整个社会的习惯性氛围与制度，我们还没建立有效的社会氛围与实用的制度，来将这种现象消灭掉，或者缩减到最小。

人们都有这个共识，这些观点成了常识，但真正做也不那么容易。自我认知清醒，自我控制到位，那真是一种至高的境界。

再说制度，现在方方面面，上上下下，从理论到实践，都在关注这个事情。由于历史渊源，由于庞大的社会，要做到这一点，或者说落到实处，真需要磨合的时间。

所以，问题会长期存在。希望不引起太大的动荡，不造成太大的损失，基本上正常运转，既有理想的原则性，又有现实的客观性，比较现实的存在。只有想不到，没有看不到。没有后悔，只有后续修补。所以，无须过于焦虑，从容应对。只要还有时间，认真、耐心、刻苦，会有可能解决问题。

第十九章

1

年久与宏大的南园，乍看起来，一如以往，稳健安宁，但内在的东西不停变动，从未停止过。一些事情也不可避免地有其始终，去到了某个时间节点。钟寒木走了！心源性休克，油枯灯灭，无可奈何，无力回天，驾鹤西去，享年八十八。这个他所号称的年纪，只为讨个好意头，这个不少人知道。真实的岁数，谁都不清楚。生命长寿，口碑很好，这是明确的。而那些符号的东西也可以没有什么价值，这个做派符合他的心态。他的两个儿子从海外赶回来，肥叔也代表亲戚从香港过来，一起办理丧事。

他所托付的东西，其实没有什么奥秘，仅仅一幅画而已。这样说吧，南园是一棵大榕树，那幅画就是一片树叶。

对此，温灶花也不在乎。她只认为，需要承传和纪念的不是别的什么，而是钟寒木先生的人生故事与精神内核。

记得那个时刻，他睁开眼睛，对围拢在周边的人，用尽了力气说："那幅画，其中的一片叶子，从树上飘下来，落在了榕树的根上。它只是南园的一个见证，从一个角度反映了这地方某一段的生活和那时候的景象。这幅画后来随着我走了那么多的地方，也都变成了各种各样的关系，各种各样的网络。大家之所以把它看得那么重，其实是一种心境。”

钟寒木走后，阿玲感到四周都空空荡荡，自己也找不到方向，双手呆呆垂放，不知道要干什么。那几天待在钟寒木画室里，一句话不说，默默地收拾他的一件件遗物。在他生病住院期间，他与自己的交流，不写文字，而是画了很多图画，如想吃鱼，画了鱼，想吃水果，画了水果。那是钟寒木最后的画作，会有人收藏的，有经济效益。这些，都是为阿玲准备的。

2

斜阳金晖，微风徐徐。临近傍晚，冼堂洪开着四驱车，在河堤道上行驶，前方的榕树下，有个竹木寮，去打火锅吃鱼生。那个在村委会担任委员的男青年很有活力，利用业余时间在榕树下开了家私房菜馆，那是经常去的地方。靠着大河，吃着家乡菜，心里舒坦一些。宽阔的江面，巨大的轮船缓缓行驶，一艘接着一艘，少有安静时刻，航道是珠江的一个出海口，附近港口是工业城市的运输枢纽。

白天参加钟寒木的告别仪式，默不作声，平静地度过那段时间，心里在想，也是一个事情结束了，曾经的希望已经归零，尘埃落定。

这个事情打了平手，也在预料当中。做生意，哪有顺利的。当初的预测，只是一种可能。过程当中，该请客的请了，该送礼的送了，这也是一种成本。总的来说还是不错的，达到一半目的，已经可以心满意足，可以松一口气。

几杯白酒下肚，里头热烘烘的，兴致来了，嘴巴停不住，对着酒席上的退休副部长等几个朋友，又来讲他的过往。这些人是的食客，也是他的倾诉对象，有时候还可以提点有意思的建议。

那故事不知讲过多少遍了。爸爸在南园当了半辈子工人，从作坊一直干到成立电器厂，后来当副厂长，企业转制后，真正做企业，拥有了资本。而自己接过父亲授予的权利，掌门企业，艰难地走到今天。

但这次说出许多以前不曾说过的东西。

总得要创新发展啊，多次尝试之后，也跟着潮流，想搞文化。和温灶花婚姻的情况，可以说的都说过了，知道别人在议论，可那也是没办法啊。

他说，他充分考虑了温灶花的情况，让她辞职，生第二胎，他养她。但是温灶花不同意，说还是要有自己的职业。冼堂洪说，那没办法啦，只得与她离婚。

对于陈领导，不该做的他没做，该做的他都做了，仁至义尽，在江湖上不会被人诋毁与笑话，也对得起自己的良心。别人出事与他冼堂洪无关，那问题是他自己搞出来的，也是对方应该承担的。

和钟寒木靠近，也不能说是巴结他，冼堂洪真的是喜欢他的艺术，喜欢他的那种氛围。冼堂洪也很照顾他了，他给的东西，全部都有回报。

一些看好的场地也定了下来，这就不错了，以后和文化界的人士在一块高雅很多了，自己也变得有文化起来，那温灶花再也不会说看不起他了。

…………

前些日子，冼堂洪硬着头皮，来到南园的工作室，找到温灶花，开口提出复婚。

温灶花听罢，冷笑一声说：“那么艰难的事情，想不到你说得出口。”

冼堂洪站立不动，嘻嘻一笑，说：“我思考了半年，其实心里头冒出这个念头，还不止半年，至少两年甚至三年。你也许不知道，我和她合不来，她也带不来你给我的感受。”

温灶花说：“你们不是有了男孩吗？实现了你以及你们家多年的夙愿，这确实是好事啊，可惜我没有那样的运气或者说本事，无法为你们做到。”

冼堂洪说：“你知道那是没办法的事，那也只是一个方面，是生活的一个方面，是人生的一个方面。”

温灶花说：“那男孩也就是我女儿同父异母的弟弟，如今大概也三岁了吧，正是需要温馨的家庭生活的时候。但，你又考虑换人了。”

冼堂洪说：“只是感到离不开你。”

温灶花说：“可能我没有那样的福分，承受不起。”

冼堂洪说：“我们一起来经营南园，现在有了很好的时机，这个项目太有意义了，祖宗在天之灵，知道我们有这一天，也会感到欣慰的。”

“如何经营，南园是你我的吗？”温灶花说。

“万物皆有生意，皆可经营。”冼堂洪说。

“你是做生意的，满脑子金钱关系。可我不行。所以，我们难以合作。”温灶花说。

3

陈铸根坚持做刀做锅，继承父辈手艺。冼堂洪让他做房地产，但他最后没有参加，觉得心不在那里，还是做回了真实平凡的工匠，生活也乐意以文创方式来推广实践，放弃走捷径获取成功的想法，选择慢工出细活，刀与锅，结合了美食。

老程先生在南园，接受刘晓岭的自媒体视频采访，做了一期节目。

老程先生说，九大簋是一道名菜，还有小吃，双皮奶、姜撞奶，粗料精做。一条鱼有 100 多种做法，鲮鱼头可做一道菜，鱼鳞也可以做成一道菜，鱼骨、鱼皮、鱼肚、鱼肠都是各有特色的原料，一点儿也不浪费，都给做来吃了。鱼与羊熬成了汤，取其鲜味。新春多宴乐，肠胃负担重。除品斋外，喝碗生菜粥也是清理消化系统的一种合适选择。以前会吃生菜，初心是为了迎接生气，后来才演变成世俗的求子求财……

4

谢雨竹对温灶花说：“有一段文字发给你，许书记那天对我说的。整理了一下，还是有点意思的。你看看，推介丛书的时候，引用一些。”

说话间，温灶花手机“滴”的一声细响，她看了看，说：“收到了。”然后面对手机，朗声地念起来：“什么是广府文化？什么是岭南文化？因为这次南园活化工程，人们热烈议论起来，当然不是第一次，其实这一直以来是热门的词语，只不过出现在我们基层工作中倒有点新鲜。说新鲜，是因为与我们的实际工作相结合了，它不再仅仅是历史的概念、学术的概念或者文化的概念，理论上、文化上的研讨、推介与创作，依然会继续，这毫无疑问。而对于从事实际工作的我们，知道一下也是必要的。但更需要明确的是，我们要有什么样的态度和作为？我这样理解，一熟悉之；二保护之；三继承之。第二、第三点，目前南园的修复与活化正是抓手。”

谢雨竹说：“那次会谈的背景与细节，我也说说。”

“其实，我更有兴趣的是这个。”温灶花说。

“为什么?”谢雨竹说。

“因为理论，你在平时多多少少说过了。或者说，我在序言起草时所能写到的东西，仅仅是官方色彩的表态性文稿，不可能有什么石破天惊的创意。因此，我更喜欢真实的、活生生的东西。”温灶花说。

谢雨竹笑笑，说：“明白。我细说如下。”

那个谈话，在许书记办公室。

“下午本来有一个调研接待，上级临时改变了，空出机动时间，和你聊聊吧。务虚，谈谈文化。”许书记说，“当然时间也不太够，一个小时内。还有几拨人在前面排了队。”

说话间，茶水端上来了。

“领导这么忙，应该放松一下，有时候可以把格局看得更清楚，具体的事务是永远都做不完的。”谢雨竹说。

许书记向他伸出大拇指，说：“不愧是我们的学者、土专家，对实际工作有体会，我们说说南园。”

谢雨竹说：“我一直在思考，还写了一些文字，难得见到书记，我做个汇报吧。

“将传统的历史文化街区，改造成为文旅产业区，使之成为文化产品的集散地，吸引游客。传统手工艺品、文化衍生品、艺术品等，还可以搞出口，做大文化生意。举办各种文化活动、展览和演出，吸引游客参观体验，带动相关的业务，如旅游服务、餐饮、住宿等。吸引文化机构、艺术家、学者来合作交流。导游服务、翻译服务、旅行社服务，通过外包方式提供相关服务。

“总之，这些场景活力四射，既是产业，也充满人与文化的交流与融合。”

5

夜经济，场面璀璨夺目。建筑物和街道被灯光营造出浪漫而热闹的氛围。建筑物的外立面可能会被彩色灯光点缀，街道上会设置各种装饰性灯饰，如彩灯、灯笼等，营造出梦幻的夜景。

明悦院弥漫着浓厚的历史文化氛围和夜晚的喜悦。人们在这里穿梭，感受传统文化的魅力，品味美食的诱惑，欣赏艺术的精彩。

温灶花说："关于南园历史，周县长、思艺校长，小周营长这些很特别也是伤痛的历史，我们还是不要回避，因为在历史长河当中，我们是一个阶段性的存在，承前启后，把以前的东西保留下来，好的东西发扬下来，留给后人一个交代。如果我们不这样，那么以后的人也许会对我们给予嘲笑与谩骂，会说，我们这个时代纵然有那么多的知识分子，但是居然无所作为。想到未来可能会出现的这一幕，真是如坐针毡，无法安定。今日之奋起，便是自认为胆怯和懦弱，唯一可以让自己有点儿安慰的，那是承诺，形成了历史虚无主义、生命虚无主义。"

"找短板。社会是公平正义的，彰显良知与理性，而不是政治功利。文学的价值和魅力，应该把这些当作关键要素。"谢雨竹说。

"那当然。"温灶花说。

"你对南园那个河南老汉有印象吗？有时他在聚牛食家引导顾客停车。程老师告诉我，那人其实也简单，每天，他蹬三轮平板车，车后厢满是回收的纸皮、报纸、废旧家具。多年在南园一带做这行，已经熟悉了这里，活像眼线，了解这里的方方面面，各种各样的隐秘事情。一张嘴就能说出这里头的精彩故事，或者说让人惊讶的故事。”谢雨竹说。

“是吗？这有点意思。”温灶花说。

“真的，最近程老师给我讲了几个，都是从收废品的河南老汉那里听来的。”谢雨竹喝了一口茶，不紧不慢地说了起来：“老校长钟先生回来，80 多岁的他带着一个 3 岁多的孙子。那是 40 多岁的儿子唯一孩子。钟校长还有两个女儿，至今都还没有结婚。这个年纪，显然这辈子要不婚，单身过日子了。有个领导干部在台上作完报告，慷慨陈词，讲廉政，讲理想，讲信念，讲自身修养。下班后坐上小车，悄悄去到郊外的私人会所，跟企业老板吃吃喝喝，昏昏沉沉，脸红耳赤。三更半夜回到家，对床边台灯下等候他的妻子说，没办法啊，工作很忙，然后匆匆洗了个澡，心中有鬼，躲在床边，赶紧打呼噜，装作睡觉。”

温灶花听罢，哈哈大笑，说：“这第二个说的不正是那位陈某吗？”

“社会的眼睛是雪亮的，南园是一个人们关注的目标，到处都有眼睛。那个老头掌握这类故事特别多，也不知道从哪听来的，也不能说他是做假捏造或者胡侃乱扯，还是有眉有眼、有根有据的。”

“哪有什么故事啊，都是不难想象的，没有什么奇迹，没有什么例外，只有常识。”温灶花说。

“程老师一直知道，如今，我们也知道了。”谢雨竹说。

第二十章

1

南园项目结束，水城掀起一阵文化高潮。一段时间过后，又免不了回味。在温灶花看来，变化明显，但不是一些文化人所预期的样子。他们的浪漫只是言谈书写，多为空想幼稚。

许多事情，峰回路转，潮起潮落，扑朔迷离，当水落石出，尘埃落定，看得清清楚楚的时候，才发现还是常识正确，道理其实非常朴实。

这番道理，是谢雨竹说的。

喝茶时听到，当时温灶花双手一摊，呵呵笑起来，说："老生常谈。我接受了，因为不再天真，告别幼稚了。"

谢雨竹说："也无须急于下结论，当然经一事长一智，会有所提高，更加成熟的。只想提醒的是，经过时间河水的冲刷，能够留下来的有用的，也都是平淡无味的这种老生常谈。"

于是温灶花又想，还是耳熟能详的话说得对，如古人言：读万卷书，行万里路。学问不仅在书本里头，还分布在各个方面，世事洞明皆学问。参与南园题材的写作出版，大有收获，至少完成一次对于某种风格建筑的历史文化的认识，如同对于故乡的围屋。

她安心在学校做老师，一如往日，备课讲课，给学生组织与文学有关的活动，按照要求填表汇报，应付检查考核，事情没完没了，忙得停不下来。课余带学校文学社，辅导写作文学作品，鼓励和推动学生们的作家梦。其实，她还拒绝了一些机会，比如，不去社科联当副主席，也不去某企业当副总。她心里很清楚，没有纠结与后悔。还有一个事情，继续做好南园题材的编写。个人生活的事情，一点新动静都没有。似乎也麻木了，觉得有一道看不见的墙，在阻挡着那个方向的路径。

画室里，钟寒木留下的画作，整理起来，有一大堆。阿玲认真仔细，不辞劳苦，收拾了一番。尺寸篇幅一样的，放在一起，按照时间先后进行排列。当然，有些作品创作的时间并不清楚，对此，则大致确认一下。安置妥当，将工作室打扫干净，关紧窗户，把门锁上，不让别人进来。

谢雨竹和温灶花当然也特别重视，与阿玲一起收拾，所采取的方式，不仅按照钟寒木的遗愿，也经过了钟寒木儿子与肥叔的见证，征得这些亲属同意。请来几位画家和包括茅作家在内的文化工作者，再经过一番专业整理，基本面貌清楚了。那些作品，摆放出来，令人惊叹，他的技艺，还有他的勤奋，他对于艺术的虔诚和执着，作品的精神风貌和力量，都具有强烈的感染力。珍贵难得，非常有价值，要收藏好。待以后南园的纪念场所建成了，各方面条件都具备，按照先生的生前意见，捐献出来。作为珍贵的见证，借着丰富绵长的故事，把南园文化内涵传播下去。

晚上，待在家里，坐在椅子上，闭合眼睛，整理一下思绪。

如今，南园这个历史性东西，获得新的生命。很多人都有这种感触，比如对于钟寒木老师，落叶归根。他的生命旅途，最后是回到了原点，做了希望做的事情。一者把画作带回家安放好，交代好。二者继续创作，发挥了余热。三者帮助云南布依族的小孩子读书。做了善事，了却心愿。这三件事情都是他的牵挂，是需要在岁月末尾赶紧完成，向生命交代的夙愿，也是精神依赖。他还强调自己的观点：南园，不是谁家的，所谓的南园之子这个雅号，没有专属性和垄断性，很多人都是，或者可以担当起这一称号。其实，大家都是过客，只是在这地方住宿休息过，吃过，喝过，享受过，有义务与心愿，做出一些回报。

温灶花还想，如果说，支撑钟寒木的是女子、南园、画笔，而支撑南园的则是三大群体：直接人是珠玑后裔，他们是建造者，兴建经营，构建了基本的故事内涵。但是在他们之前，水上疍家人已经存在，在此生活的祖祖辈辈，带来水的灵性。他们作为旁观者也围绕南园做了很多事，他们种下的榕树还在生长，他们挖掘的水井还在冒着清泉水，他们饲养的乌龟还在这里生活着。新来的现代移民，他们则用文化的目光，赋予这古老建筑形而上的价值，促进了当代自觉的认识、维护与传承。

头脑里，还经常活跃着思艺、思华两姐妹……

“沉舟侧畔千帆过，病树前头万木春。无边落木萧萧下，不尽长江滚滚来。”当事情告一段落，脑海里会冒出这几句唐诗。

南园古井里的老乌龟，沉淀了历史；前庭的青石板面空地，见证变迁与冲突，留下往事的呼啸，仿佛万向风口，修缮活化后，一个个平台和空间吸引了年轻一代，他们对这里的过去知之甚少，或者没有兴趣，只知道这里是一个城市的地标，展示出的特色是人们津津乐道的广府文化。

如同当下热闹的成功案例所证明，在这里搞文旅，做创客，可以开辟一条动感十足的赛道，因此他们乐此不疲。

2

温灶花咬咬牙，定下决心，拨通了冼堂洪的电话，但还未说话，对方先开了腔，他是兴奋的，所以迫不及待，说："少有呀，想不到呀，居然可以接到你的电话，以前可都是我打电话给你，而且经常还不接我的，通常要拨打几次才听到你的声音，那属于常态。今天变了风向，真是太高兴了，你有什么好事，有什么关照给我呀？"

温灶花这边，听过他说的这一段话后，不紧不慢地说："你真是个生意人，尽是生意头脑，我说不了那样的话，只想顺便告诉你，还要做更重要的事做。"

"那是的，你说得对。"冼堂洪连忙说，"到底还有什么话呀？"

"我找到了一些资料。"温灶花说。

"什么东西与我有关？"冼堂洪说。

"有关无关，要看你的理解。"温灶花说。

"到底是什么呢？"冼堂洪说。

冼公守本于公元1887年生本县某乡。少务农，性聪敏，好创造，行年二十五，于南园开设冼氏长立织染厂生产名牌长立蓝布、灰布及天青布等，行销全国及东南亚各地，公元1905年迭经试验，首创用沉淀之果绿素染制布料，再经巨石扇压而成上等衣料，以质品上优驰名于世。公为人豪爽慈祥，相邻有求必尽力协助，可谓宅心仁厚，以故享遐龄焉。

最早一支冼氏，于北宋靖康耻之后从中原南下，经五岭入珠玑巷，再迁移到水城。冼氏以陶与铁为生，明正德年间（1506—1521年）建起南地古灶，至清末为冼氏持有，1959年公私合营，由南园铁器厂管理，20世纪80年代南园电机厂民营化。

温灶花将这些资料介绍给了冼堂洪。

“你们的家世，荣耀与权益，都可以在这里找到依据。难道不是巨大的财富吗？”温灶花说。

“太谢谢你了。”冼堂洪说。

“不谢，一来是对你上次提议的回应。二来希望我老家客家大围屋的修复事情，发挥你应有的作用。”温灶花说。

3

突然，温灶花还找了谢雨竹。微信沟通，意犹未尽，又通电话，说了很久。

“咱们吃个饭如何？”她说。

“很久没见了，你还想得起我。”谢雨竹说。

“什么时候忘记了老师您啊。”

“有你这句话已经足够。真不要想着我，没有这必要。我都已经进入生命的下坡期了，没有太多价值。你还可以向前冲一冲。你是70后，还是有发挥的空间，当然也要抓紧了。”谢雨竹说。

“老师为人师表，什么时候都把学生的前途命运放在心里。太累了，该放松就放松，该放下就放下。吃饭聊天，见个面，彼此关心问候一下。”

“在什么地方呢？”

“在南园。以前你请我吃饭的那个地方。”

“什么是以前呀，糊涂了。南园我们吃饭的地方不少，到底哪里？”

“最重要的第一次，你和我开始接触的时候，你向我介绍南园项目。忘不了那情形，忘不了的格调，忘不了那个时候我们的思想状态。”

“如同流水一样，很多东西，一去不复返。但我能看到，南园已经变化很大了。”

“那是必然的，离不开老师你的功劳，当然也有我的努力。”

“说到南园，变化太大了。大到我都很少去，不想去，不敢去。这两天看电视又报道了那个嘉年华。一到晚上，灯火辉煌，五颜六色，音乐响声满天飞，什么爵士乐、流行音乐、民歌，青年人各种各样的联欢活动、摆摊活动、创业创新活动、演讲活动、慈善活动，等等，一波接一波，精彩不停。幽静古老的地方，出现了街市文化，成为打卡点、热点。”谢雨竹说。

“这些已经被媒体烂熟地报道过了，无须多说。”温灶花说。

南园开发成为城市地标，成为一个城市品牌。老龙书记的那个社区，聚集很多企业、机构和个体户，利用品牌进行系列开发，品种越来越多，有南园月饼、南园双皮奶、南园鱼灯、南园龙舟、南园点心、南园九大簋……

还有线上开发的相关品牌。

光阴似箭，时间如白驹过隙，南园又回归了平静，新状态的平静。南园的人们也大多在平静的状态下生活。

“很久没联系了，近况如何？有时在本地作家协会群那里看见你的活动，比如组织学生到企业参观，到创意产业园采风，举行作品研讨会、诗歌朗诵会，还邀请作家进校园讲小小说创作经验，好热闹啊。”谢雨竹说。换了话题。

“谁叫我是当老师的，中学教师不这样做，能行吗？”温灶花说。

“我们改变不了现实，这个说法，我懂了，但难以接受。我相信，写作是生命的寄托与表达，要以良知向上帝表白。要直面现实，在这过程中找到生命的意义。

“是的，我们要冷静，思考与写作不应该为破圈而出发，文化也不能为经济利益而出发，破圈不是目的，而是一种传播推广的方式，文学文化应追求其固有的本质，要有冷静的坚守，精神也要有坚守。思考如何借用历史资源打造历史古迹，如何处理历史与现代其中的关系，现实的人们其实是两者关系的演绎者，是决定其存在的主人。南园启发了我们，如城市发展中的现实需求，对于文化产业的，对于历史遗产的，对于公共文化的这些需求。

“在南园的旧墙上，我差点要贴一张大字报，专门批评我们在文化发展中的一些问题。”谢雨竹说。

说着，又提到吃饭。谢雨竹说：“我想，既然安排，搞大一点吧。以前，许书记说过，丛书出版后，和我们几个吃个饭，聊聊天。这次，请他一起。”

温灶花一听，赶紧摇头，说：“不好不好，太紧张了，不自在。”

谢雨竹说：“我知道。但是，我们自己沟通的机会多得很。而见见领导，开阔眼界，也未尝不好。对于我，也算是完成了一个任务。”

接着，很快安排了。许书记指定了地点，在咖啡祖屋。谢雨竹召集，参加人员是易咏梅、温灶花、老程先生、茅作家等。

到了那天，谢雨竹和温灶花去等候。小巷里头，汽车开不进来，两人前往停车处，把许书记带过来。在咖啡祖屋，应邀的几个人，还有主人鲁小南，过来帮忙服务的鲁小水等，也已经等候在那里，一见许书记到了，齐刷刷站起来，鼓掌欢迎。

许书记笑呵呵地大步走进屋内，和他们一一握手，说：“好呀，看到你们这么热情，我心里头如同燃起一把火，也成为文艺青年了。”

大家也就轻松起来。

许书记说：“泡茶、煮咖啡，边喝边谈。喜欢喝茶的喝茶，爱喝咖啡的喝咖啡。”又对谢雨竹说，“把茶叶包打开。”

谢雨竹说：“许书记带来了茶叶。一下车就交给我了。”

易咏梅说：“书记喝茶还要自己带上。”

许书记说：“那可是我家乡的好茶。”

这时，谢雨竹把那土纸包裹揭开，露出乌黑的茶叶，一股浓香立马在屋内飘荡。

“好茶。”大家都说。

许书记说：“这真不假。待会喝过，你们会更有感觉。我家乡的茶业，依靠的是天然条件与手工优势。我们那里是偏僻山区，很少污染，山清水秀；我们世代种茶做茶叶，我父母双手粗糙，十指乌黑，都是因为做茶叶。我小时候，也参加过这方面的劳动，更懂得每片茶叶的滋味。如今，家乡人有了经营意识，做了包装设计，请书法家题写品牌，也叫我帮忙推销。以后，也请各位费心。”

大家哈哈笑了，也频频点头。

说话间，水烧开了。谢雨竹动手倒茶，没几下子，把茶几的一个水杯弄倒了，热水洒了一片。许书记挡住他，说：“我来吧。”迅速拿起一块抹布，把水擦干。

谢雨竹赶紧说：“这哪行呀。”

许书记说：“一看你那动作，就知道你从来不做这些小事。当了十多年公务员，还是大学教授的派头。你以前抱怨过自己升职不快，我今天告诉你，要当官，首先要当好下级，端茶倒水这些具体事务是少不了的。老兄，这可是经验之谈。”

“肺腑之言，十分受益。”谢雨竹说。

许书记哈哈一笑，说：“其实这道理对你这个大教授并没有什么用处了，但还是说出来，与你共勉，和大家分享。”

鲁小南说：“书记待人诚恳，真心朴实。”说着又叫鲁小水来倒茶。

许书记没让，说：“我先给各位倒一杯茶。南园文化项目，感谢大家的辛苦付出。”

这时候，谢雨竹忽然说：“我差点忘记了一件大事。”他朝许书记笑了笑，又对大家说：“告诉你们一个好消息，许书记的提拔考察昨天公示了。”

大家一听，齐声叫好，举起茶杯祝贺。

许书记摆摆手，说：“这事，我还真没多想，服从分配，手头的事情做完再说吧。工作是一个棋盘，咱个人是颗棋子，该往哪摆就往哪摆，摆在哪都得发挥作用。”

然后，他扫了大家一眼，说：“易新航呢？她和姑姑易咏梅都是咱们水城文艺界的名片。”

温灶花说：“跟她说了，但她身体不适，今天请假。”

许书记说：“用不着请假，咱们是文化人聚会，谈心闲聊，自由参加。身体要紧，注意保重。老程年纪大，更要保重。”

易咏梅说：“谢谢书记关心，我一定转达。”说罢，她与温灶花对视一下，微微笑了。

老程摸摸自己的光脑袋，又双手一合，笑嘻嘻地说：“得闲搞一点龙舟说唱，目的无他，正是为了抒发胸臆，保重身体。”

许书记说：“还有陈铸根呢？”

谢雨竹说：“我也请过他了，他说自己不是文化人。”

许书记说：“陈铸根现在不是打铁的啦。那是做文化，比如品牌内涵的挖掘，自媒体的传播，等等。也只有做文化，他的菜刀、铁锅才有更多的价值。咏梅的粤曲少年培训，老鲁的打铜，老鲁弟弟的再创业，还有这个祖屋咖啡，都是文化。另外，也叫陈铸根不要有思想负担，他是他，他哥是他哥。再说他哥，我也说过，具体情况具体评价，实事求是地对待他的工作成绩，全面地评价他的为人。但是，问题是问题，我们有党纪国法，一丝一毫也不能含糊。不过他的案情不很严重，以后出来了，我们喝个茶，或者到大排档，喝啤酒，啃烧鹅，聊聊天，也都未尝不可。”

许书记还要说，来了一个电话，他打开手机看一眼，说声对不起，起身走出门外，在大家听不清说话声的地方，又讲了好几分钟，才回到屋里来，向大家微笑一下，说：“电话打进来，我也没办法。”

谢雨竹说：“领导太忙，这么多的事儿。”

许书记说：“不忙是说不过去的。咱们这水城，这么大的经济总量，这么多的人口数量，外界那么多人看着，总要当先锋，走在前面。公务在身，请各位海涵。今天还想与大家商量一个话题，叫作人文经济。文化、建设、人文经济，是我们连贯的思路。以往我们说创新驱动，如今还要讲驱动创新。我们靠什么来创新？有很多方面，如科技，如制度，如开放引进，执行力，等等。现在还要说文化，比如我们的广府文化，我们的南园等，都是。文化落地，就叫人文经济。刚才雨竹也说到了那个公示的事，也许以后不是我抓这件事，但集体讨论过了，水城今后一个方向是要重点突破这个。文化大有可为，继续推进。拜托大家努力。”

说到这，他对坐在旁边的谢雨竹说：“你是我的大哥，我还是那句话，官场有官场的规矩。但是做事不一定靠当官，发挥你之所长，人生更加精彩。”他掏出几张百元钞票，交给谢雨竹，说：“一点心意，你代我给这里的咖啡付费，再请各位吃个简餐。电话追到这来了，临时有安排，只得告辞。”

待许书记走了，温灶花说："是一个结局，也是一个开始。"

谢雨竹说："各位都听到了，各自发挥，各自精彩。当然，吃饭可以聚在一起。"

老程说："没错。但我这年纪，没有太多想法，该干啥干啥。"

温灶花给老程加了茶，说："我正要找你，我把南园的故事编好，把它弄成龙舟说唱。我们一起走到老井旁，讲给老乌龟听，无论如何，做一个仪式，让它几百年的一个心愿，得到回应，平静下来。"

大家哄堂大笑，接着鼓掌……

温灶花把杯中的咖啡喝了，却没有跟着笑。

又过了一些日子，一个清晨，南园。

难得的安静，更接近这个古典建筑的精神风貌。温灶花和老程先生，果然来到南园。

那个故事编好了，老程先生很有兴趣，和温灶花一起，忙了几天，专题的龙舟说唱作品出来了。

两人约好悄悄过来。

路上，温灶花说了不少话，她对老程先生说，前几天，看到一个海上捕捞的视频，那个沉重的网，从海水里捞出来，浮出水面，呈现出一个巨大的球形，里面是无数条鱼和海洋的动物。鲜活的生命由于在一个自己所不能控制的区域而被网及其主人所控制了，被打捞上来，这巨大球形的网，其底部一打开的时候，哗啦哗啦，鱼像水一样流淌了出来，在船舱上面铺满一地，鲜活的生命走到了这一步，终于没有回头路，成了人类的食物。

这样的收获，人们都兴奋与喜悦。

这可以理解，劳动的目的是这个，而有了这，生存才有所保障，丰富多彩的生活，才有资源的支撑，这是人类的必需，不可缺少，难以取代，继承与发展是这样走过来的。

历史已是事实，谁也没办法改变，存在就是合理。但，变革必须接受，良知不能缺位。面对这样的景象，还增加了另外的情绪。

所有的生命都是平等的。

应该得到一个合理的解释，或者说心里的一个平衡点。再想了一会儿，终于有所感悟有所发现了。

学习那个方法吧。在宰杀羊的时候，免不了要做祈祷。我们也来做一下，一是表示对所有生命的尊重，二是进行一种交流沟通：今天你成为我的食物，我吃了你，明天我会成为别的生物、别的动物的食物。形成生物链、生态链的循环，都是一样的。由此可以互相尊重，实现了平衡。这样觉悟，应该是理性与良知的表征，是精神境界的提升，所以是必须的，有意义的。

老程先生一直听着，没有插话，轻轻敲击着竹板，像是给龙舟在说唱伴奏。

到了井口，温灶花对老程先生说："我先说几句话，你再来说唱。"

她两手撑着井口边沿，伏下身子，脖子伸得长长的，也像乌龟那样，大声地和井底的老乌龟说话。

"你走出来，我有话跟你说。听着，你这古园的最长久的见证者，也是真正意义上的地头主人。你的长生不死，你的双目期待，你的无声抗议，你的内心独白，这些都是一种语言。你的这些表达，客观地存在于天地之间。"

清脆悦耳、铿锵有力的话音，在井道上下回荡。

说话间，古园里一片沉静。风止住了，树叶不响了，枝蔓不动了，肃然寂静，庄严以待。

说唱人轻轻地敲击着木鱼，配合着温灶花说话的节奏，为之打拍。

温灶花似乎不管别的什么，自言自语地说着。

忽然，井底出现蠕动迹象。模模糊糊，温灶花看到，老乌龟出来了，它伸出了乌龟头，昂然挺起，朝向苍天，细小的眼睛，冷静而坚毅，似乎期待什么，想表达什么。

南园的历史轨迹和当下人们的理解与评价，这些陈旧而新鲜的话语，又一次得以诉说传播。

看来可以说，这个活生生的见证物在告诉人们，对于当今围绕南园大大小小的故事与各种各样的理念，终于也听懂，心里开始清楚了。

万物皆有灵性。一切都有语言，一切都有表达，一切都有记忆。

仰望苍穹，俯瞰大地，于是相信，天地可作证。

只是，什么人可以感知？到哪去询问？而那又有什么价值、什么用处呢？

如果认真细想，还是有点模糊。

哗啦啦，哗啦啦，大雨滂沱。南方沿海地区的雨，说来就来。哗啦啦，雨点从天而降，密集丰润。那雨，是海风吹来的豪雨……

2024. 12. 21